R.A. Salvatore est l'un des auteurs de Fantasy qui connaît le plus grand succès. Ses fans sont fidèles et toujours plus nombreux. Ses romans apparaissent régulièrement dans la liste des best-sellers du *New York Times* et se sont vendus à dix millions d'exemplaires.
C'est en 1988 qu'est né sous la plume de Salvatore un héros qui allait tout de suite devenir extrêmement populaire : Drizzt Do'Urden, plus connu sous le nom de « l'elfe noir ».

Du même auteur, chez Milady :

Demon Wars :
1. *L'Éveil du démon*
2. *L'Esprit du démon*
3. *L'Apôtre du démon*

Les Royaumes Oubliés

La Légende de Drizzt :
1. *Terre natale*
2. *Terre d'exil*
3. *Terre promise*
4. *L'Éclat de cristal*
5. *Les Torrents d'argent*
6. *Le Joyau du halfelin*
7. *L'Héritage*
8. *Nuit sans étoiles*
9. *L'Invasion des ténèbres*
10. *Une aube nouvelle*
11. *Lame furtive*
12. *L'Épine dorsale du Monde*
13. *La Mer des Épées*

Mercenaires :
1. *Serviteur du cristal*
2. *La Promesse du Roi-Sorcier*
3. *La Route du patriarche*

Transitions :
1. *Le Roi orque*
2. *Le Roi pirate*
3. *Le Roi fantôme*

Les Lames du Chasseur :
1. *Les Mille Orques*
2. *Le Drow solitaire*
3. *Les Deux Épées*

Chez Milady Graphics :

La Légende de Drizzt, le guide

La Légende de Drizzt :
1. *Terre natale*
2. *Terre d'exil*
3. *Terre promise*
4. *L'Éclat de cristal*
5. *Les Torrents d'argent*
6. *Le Joyau du halfelin*
7. *L'Héritage*

www.milady.fr

LES ROYAUMES OUBLIÉS

LA LÉGENDE DE DRIZZT

LIVRE I

TERRE NATALE

R.A. SALVATORE

Traduit de l'anglais (États-Unis) par Sonia Quémener

Milady est un label des éditions Bragelonne

Originally published in the USA by Wizards of the Coast, Inc.
Originellement publié aux États-Unis par Wizards of the Coast, Inc.

Titre original : *Homeland – The Legend of Drizzt, book 1*

Illustration de couverture : Todd Lockwood

Carte :

1re édition : mai 2009
2e tirage : mars 2011

ISBN : 978-2-8112-0138-8

Bragelonne – Milady
60-62, rue d'Hauteville - 75010 Paris

E-mail : info@milady.fr
Site Internet : www.milady.fr

À mon meilleur ami, mon frère, Gary

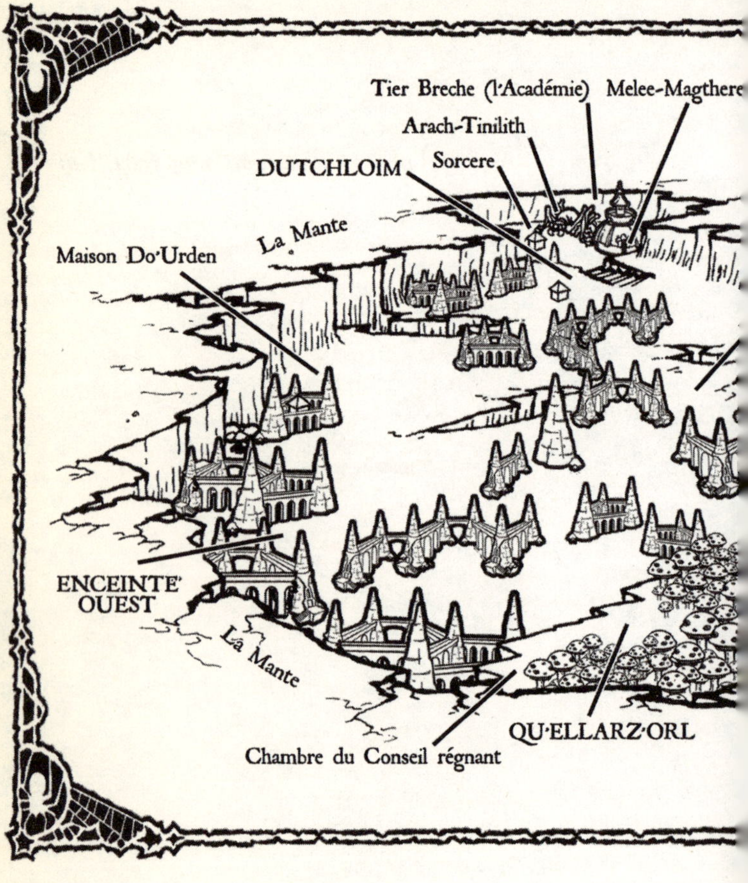

Tier Breche (l'Académie)
Melee-Magthere
Arach-Tinilith
Sorcere
DUTCHLOIM
La Mante
Maison Do'Urden
ENCEINTE OUEST
La Mante
QU'ELLARZ'ORL
Chambre du Conseil régnant

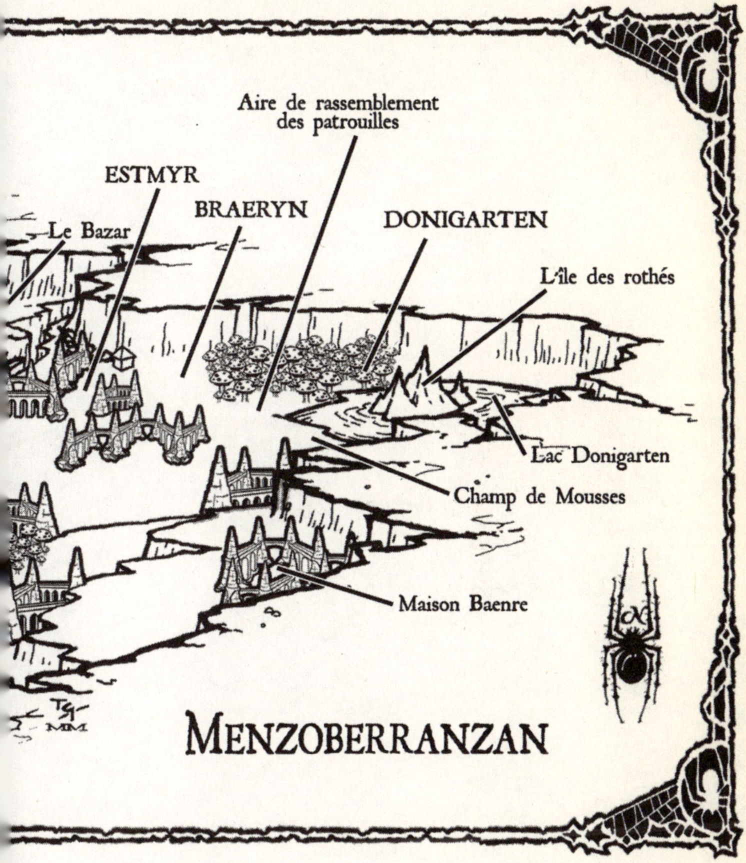
Aire de rassemblement
des patrouilles
ESTMYR
BRAERYN
Le Bazar
DONIGARTEN
L'île des rothés
Lac Donigarten
Champ de Mousses
Maison Baenre
MENZOBERRANZAN

Prélude

Jamais aucune étoile n'embellit de son mystérieux scintillement poétique cet univers, et les chauds rayons porteurs de vie du soleil n'y parviennent pas davantage. Nous sommes en Outreterre, le domaine secret situé sous la surface grouillante des Royaumes Oubliés. Ici un plafond de pierre froide tient lieu de ciel et les torches des malheureux égarés venus de la surface n'éclairent que des parois où s'étale le vide gris de la mort. Ce n'est pas leur monde, le monde de la lumière. Rares sont ceux qui, entrés en ce lieu sans invitation, en reviennent un jour !

Et ceux qui parviennent à s'échapper pour retrouver la sécurité de leur demeure ne sont plus les mêmes. Leurs yeux ont contemplé les ombres et la noirceur, le destin sinistre d'Outreterre.

De sombres couloirs tortueux s'entrecroisent dans ce royaume de ténèbres et relient des cavernes de toutes tailles, hautes ou basses. Des concrétions de pierre aussi acérées que les crocs d'un dragon endormi pointent depuis les voûtes en une menace silencieuse ou se dressent en travers du chemin des intrus.

Le silence règne, profond, sévère, semblable au calme immobile d'un prédateur en chasse. Souvent l'unique son assurant le voyageur qu'il n'a pas perdu l'ouïe provient des gouttelettes d'eau glissant le long des parois pour s'écouler au loin dans les profonds étangs glacés d'Outreterre, où elles éveillent des échos évoquant les battements de cœur d'une bête. Personne ne sait ce qui peut évoluer sous la surface étale et noire comme l'onyx de ces étangs. Quels secrets attendent le vaillant, quelles horreurs l'insensé ? L'imagination seule en donne une idée – du moins jusqu'à ce que *quelque chose* perturbe cette tranquillité.

Telle est l'Outreterre.

On y trouve cependant des oasis de vie, des villes aussi étendues qu'à la surface. Au détour d'un des innombrables méandres de ces boyaux de roche grise, le voyageur peut soudain trébucher dans l'enceinte d'une cité, un monde en complet contraste avec le vide des galeries. Mais ces lieux ne constituent pas des refuges ! Seul un inconscient aurait un tel espoir. Car là demeurent les peuples les plus pervers de tous les Royaumes, notamment les duergars, les kuo-toas et les drows.

C'est dans une de ces cavernes, large de trois kilomètres et haute de trois cents mètres, que se tapit Menzoberranzan, témoignage monumental de la grâce prodigieuse – et souvent mortelle – qui caractérise les elfes noirs. Il ne s'agit pas d'une cité très importante pour les drows, elle ne compte que vingt mille habitants. Là où, à des époques révolues, se trouvait une caverne déserte emplie de stalactites et stalagmites aux formes grossières, l'art règne aujourd'hui ; il a sculpté rang après rang de palais palpitant dans l'aura silencieuse de la magie. La ville affiche une perfection formelle où pas un caillou n'a été laissé à l'état naturel. Mais cette impression d'ordre et de maîtrise n'est qu'une façade perfide, une tromperie masquant le chaos et la perversité qui imprègnent le cœur des drows. Tout comme leurs cités, les gens de ce peuple sont beaux, sveltes, fins, et ont des visages aux traits nettement dessinés qui marquent la mémoire.

Ils règnent sur ce monde anarchique, les drows, les plus dangereux de tous, et les autres peuples prennent garde à leur approche ! Mais même la grande beauté d'un elfe noir devient moins fascinante quand il vous menace de la pointe de son épée. Les drows survivent ici, en Outreterre, dans la vallée de la mort – une terre de cauchemars indicibles.

Première partie

Rang

Rang : aucun mot ne possède davantage d'importance dans le monde des drows. Tel est l'appel de leur – de notre ! – religion, le repas de cœurs affamés. L'ambition prévaut sur la raison et la compassion ne compte pas face à elle, tout cela au nom de Lolth, la Reine Araignée.

Dans la société drow, la conquête du pouvoir consiste simplement en une série d'assassinats. La Reine Araignée est une divinité du chaos ; tout comme ses hautes prêtresses, les dirigeantes de cette société, elle considère avec bienveillance les ambitieux porteurs de dagues empoisonnées.

Il existe bien sûr des règles de conduite ; toute société se doit d'en afficher. Un meurtrier ou un fauteur de troubles déclarés subissent les foudres d'une parodie de justice aux châtiments impitoyables. Mais poignarder un rival dans le dos au sein de la confusion d'une mêlée ou dans une ruelle sombre et isolée constitue un comportement acceptable, voire admiré. Les drows ne s'embarrassent pas d'enquêtes car cela n'intéresse personne.

Le rang, telle est la voie de Lolth. Elle s'appuie sur l'ambition pour étendre le chaos, pour garder ses « enfants » sur le chemin auquel ils sont voués, leur prison. Des enfants ? Il faudrait plutôt parler de pions, ou de poupées se trémoussant pour le bon vouloir de la Reine Araignée, de marionnettes suspendues aux fils impalpables mais indestructibles de sa toile. Tous gravissent les échelons de la Reine Araignée, tous chassent pour son plaisir, tous tombent sous les coups de ses chasseurs.

Le rang : le paradoxe dans le monde de mon peuple, ce qui limite notre pouvoir au cœur même de notre soif de pouvoir. On l'obtient par duperie et on doit ensuite craindre la duperie des autres. Les puissants de Menzoberranzan surveillent toujours leurs arrières où une dague peut frapper à tout instant. Et leur mort se présente souvent de face.

Drizzt Do'Urden

1

Menzoberranzan

Un habitant de la surface n'aurait sans doute pas remarqué son passage à trente centimètres : les pas feutrés du lézard géant qui lui servait de monture étaient trop légers, et la cotte de mailles souple, d'une facture parfaite, que le cavalier et la bête portaient tous deux suivait leurs mouvements aussi bien qu'une seconde peau.

Le lézard de Dinin était capable d'avancer à vive allure aussi bien sur le sol accidenté que sur les murs ou même au plafond. Ces reptiles souterrains pourvus de pattes molles et gluantes à trois doigts constituaient des montures de choix justement grâce à cette capacité à escalader les parois aussi aisément qu'une araignée. À la surface, là où le soleil luisait, on ne voyait pas de trace sur un sol rocailleux, mais presque toutes les créatures d'Outreterre étaient dotées de l'infravision, elles pouvaient voir dans le spectre infrarouge. Les empreintes de pas laissaient une chaleur résiduelle facile à repérer si elles suivaient un chemin prévisible sur le sol d'un couloir.

Dinin serra bien fort les flancs de sa monture tandis que le reptile courait sur une portion de plafond, puis bondissait et descendait le long du mur selon une trajectoire tortueuse. Il voulait passer inaperçu.

Aucune lumière n'éclairait son chemin ; il n'en avait pas besoin. C'était un elfe noir, un drow, de ce peuple à la peau d'ébène cousin des habitants des forêts à la surface du monde, ceux qui dansent sous les étoiles. L'acuité visuelle de Dinin lui permettait de traduire de subtiles variations de température en images vivement colorées. L'Outreterre ne lui paraissait pas obscure. Une infinité de teintes tourbillonnaient sur la pierre des murs et du sol, provoquées par une fissure ou un courant chaud. La chaleur émise par les êtres vivants était la plus distincte : elle permettait à l'elfe noir de discerner chez ses ennemis des détails physiques aussi précis que ceux visibles par un habitant de la surface en plein jour.

En principe, Dinin ne sortait jamais seul de la ville ; le monde d'Outreterre était trop dangereux pour permettre des promenades solitaires, même à un drow. Mais, en cette occasion particulière, il ne pouvait risquer qu'un œil hostile repère son passage.

Une douce aura magique bleue au-delà d'une arche sculptée lui indiqua qu'il approchait de l'entrée de la cité, et il fit ralentir sa monture. Ce tunnel étroit et peu fréquenté menait à Tier Breche, la partie nord de Menzoberranzan, celle consacrée à l'Académie. Hormis les maîtresses et les maîtres, instructeurs à l'Académie, personne ne passait par là sans attirer le soupçon.

À cet endroit, Dinin se sentait toujours nerveux. Ce tunnel était le mieux gardé des centaines de galeries qui débouchaient dans la caverne principale de Menzoberranzan. De l'autre côté de l'arche, des statues jumelles figurant de gigantesques araignées assuraient une surveillance silencieuse : si un ennemi venait à passer, elles s'animeraient, l'attaqueraient, et l'alarme retentirait dans toute l'Académie.

Dinin mit pied à terre et laissa sa monture confortablement installée sur un mur, à hauteur de poitrine. Il sortit de sous le col de son *piwafwi*, son manteau de camouflage magique, sa bourse-collier d'où il tira l'emblème de la Maison Do'Urden, une figurine d'araignée brandissant diverses armes dans chacune de ses huit pattes, décorée du blason « DN » : Daermon N'a'Shezbaernon ; tel était l'antique nom, le nom officiel, de la Maison Do'Urden.

— Attends-moi ici, chuchota-t-il en faisant aller et venir la statuette sous les yeux de son lézard.

Cet emblème de la Maison Do'Urden, comme d'ailleurs celui de tous les clans drows, comportait plusieurs dweomers, des enchantements, dont l'un conférait aux membres de la famille un contrôle absolu sur les animaux domestiques de leur domaine. L'animal obéirait à l'ordre reçu et resterait ancré à la paroi sans bouger, même si un rat-véloce, sa proie favorite, se trouvait endormi à quelques dizaines de centimètres de sa gueule.

Dinin prit une profonde inspiration et avança précautionneusement sous l'arche. Il savait que les statues d'araignées le lorgnaient, cinq mètres plus haut. Il était un drow de la cité, pas un ennemi, et pouvait emprunter sans souci n'importe quel autre tunnel, mais à l'Académie tout pouvait arriver. Dinin avait entendu que les araignées refusaient souvent le passage, par pure perversité, à des drows non invités.

Il ne pouvait, toutefois, laisser des craintes hypothétiques le retarder. Sa mission présentait une importance primordiale pour le plan de bataille de sa famille. Le regard braqué droit devant lui, au-delà des araignées monumentales, il passa entre les deux statues et pénétra dans le domaine de Tier Breche.

Il obliqua tout de suite et s'arrêta un instant, d'abord pour s'assurer que personne ne se cachait aux alentours, et aussi pour admirer la vue qu'on avait sur tout Menzoberranzan. Personne, drow ou non, ne pouvait contempler la cité depuis ce point de vue sans se sentir submergé d'admiration. Tier Breche dominait toute la caverne et offrait une vue panoramique du reste de la ville. L'enclos de l'Académie ne prenait lui-même guère de place et ne comportait que les trois structures d'enseignement drow : Arach-Tinilith, l'école de la prêtrise de Lolth, un bâtiment en forme d'araignée, Sorcere, la tour gracieusement incurvée en nombreuses spires vouée à l'étude de la magie et, enfin, Melee-Magthere, la structure pyramidale moins élaborée où les guerriers mâles apprenaient leur métier.

Au-delà de Tier Breche et des stalagmites sculptées en colonnes qui en marquaient l'entrée, le sol de la caverne descendait rapidement puis formait une plaine dont la superficie défiait la vue perçante de Dinin. La vision sensible du drow distinguait trois prismes différents. D'abord, l'infravision lui permettait de distinguer les fissures et courants chauds qui tourbillonnaient dans tout l'espace de la caverne. Mauves, rouges, jaunes brillants ou bleus subtils s'entrecroisaient ou se mêlaient, gravissaient les parois et dégringolaient des stalagmites, ou traçaient des lignes individuelles sur l'arrière-plan gris terne de la pierre. Les points de magie intense, contrairement à ces graduations omniprésentes de couleurs infrarouges naturelles, se trouvaient davantage confinés à des endroits précis, comme par exemple les araignées entre lesquelles était passé Dinin, et luisaient de leur énergie virtuelle. Enfin, il y avait les lumières de la ville, les lueurs féeriques et les sculptures éclairées des différentes demeures. Les drows s'enorgueillissaient de la beauté de leurs créations, et soulignaient presque toujours d'un feu magique les colonnes particulièrement décorées ou les gargouilles les plus parfaites.

Dinin, même d'où il était, pouvait ainsi distinguer la Maison Baenre, la Première Maison de Menzoberranzan.

Son domaine comportait vingt piliers stalagmites et trente énormes stalactites. La Maison Baenre existait depuis la fondation de Menzoberranzan, cinq mille ans auparavant, et n'avait cessé de parfaire sa demeure. Quasiment chaque centimètre de cette immense structure étincelait de lueurs féeriques, du bleu sur les tours extérieures et un mauve éclatant sur le dôme central.

En outre, la lueur vive des chandelles, si insolite en Outreterre, illuminait certaines des fenêtres au loin. Dinin savait que seuls les prêtresses ou les sorciers allumaient de tels feux, maux nécessaires à leur étude de rouleaux et de parchemins.

Ainsi apparaissait Menzoberranzan, la cité des drows. Vingt mille elfes noirs y vivaient, vingt mille fantassins dans l'armée du mal.

Un sourire mauvais étira les lèvres minces de Dinin à la pensée que certains de ces soldats devraient tomber cette nuit.

Il regarda en direction de Narbondel, l'énorme pilier central qui servait d'horloge à toute la cité. C'était le seul moyen dont disposaient les drows pour marquer le passage du temps dans un monde qui ne connaissait ni le cycle circadien ni celui des saisons. À la fin de chaque journée, l'Archimage en exercice allumait un feu magique à la base de la colonne de pierre. Le sort durait un cycle entier – un jour entier à la surface – et répandait peu à peu sa chaleur sur tout le pilier jusqu'à ce qu'il émette une lueur rouge uniforme pour l'infravision. À cet instant précis, la colonne était sombre, elle avait eu le temps de refroidir depuis l'extinction du dweomer. Dinin supposa que le mage devait déjà se trouver à sa base, prêt à relancer le cycle magique.

Il était minuit, l'heure du rendez-vous.

Dinin s'éloigna des araignées qui gardaient le tunnel et longea le mur de Tier Breche en suivant le plus possible les « ombres » que constituaient les gradients de température sur la paroi, pour dissimuler son corps et ses émissions de chaleur. Il arriva enfin près de Sorcere, l'école de sorcellerie, et se glissa dans l'allée étroite située entre la base incurvée de la tour et le mur extérieur de Tier Breche.

— Maître ou élève ? entendit-il murmurer comme prévu.

— Seul un maître peut arpenter Tier Breche pendant la mort sombre de Narbondel, répondit Dinin.

Une silhouette vêtue d'amples robes apparut au détour du mur courbe et s'approcha de lui. L'étranger se tenait dans la posture classique d'un maître de l'Académie, les bras repliés, les mains bien serrées l'une sur l'autre, posées sur sa poitrine.

Il s'agissait là de l'unique aspect ordinaire du personnage.

— Salutations, Sans-Visage, énonça Dinin dans la langue des signes drow, un langage aussi nuancé que l'elfe parlé.

Mais ses mains tremblantes dissimulaient moins efficacement ses sentiments que son visage impassible : la vue du mage lui mettait sérieusement les nerfs à vif.

— Second Fils de la Maison Do'Urden, répondit le sorcier en employant le même code. Avez-vous mon paiement ?

— Vous serez rétribué ! rétorqua Dinin en quelques gestes secs. (Il retrouvait son assurance grâce à ce début de colère.) Oseriez-vous douter de la parole de Malice Do'Urden, Mère Matrone de Daermon N'a'Shezbaernon, Dixième Maison de Menzoberranzan ?

Sans-Visage eut un mouvement de recul en prenant conscience de son audace excessive.

— Toutes mes excuses, Second Fils de la Maison Do'Urden.

Il mit un genou à terre en signe de soumission. Depuis qu'il s'était joint à cette conspiration, le sorcier avait craint à plusieurs reprises que son impatience lui coûte la vie. Il avait autrefois subi le contrecoup violent d'une de ses expériences magiques, qui l'avait laissé complètement défiguré ; il ne restait de ses traits qu'une surface brûlante où blanc et vert suintants se mêlaient. La Matrone Malice Do'Urden, dont la réputation de guérisseuse n'était plus à faire dans toute la cité, lui avait fait miroiter un brillant éclat d'espoir qu'il ne voulait pas laisser échapper.

Le cœur endurci de Dinin ne connaissait pas la pitié, mais la Maison Do'Urden avait besoin de ce mage.

— Vous aurez votre baume, lui promit-il calmement, quand Alton DeVir sera mort.

— Bien sûr, approuva le sorcier. Cette nuit ?

Dinin croisa les bras et étudia la question. Matrone Malice lui avait ordonné de faire mettre à mort Alton DeVir au moment où le combat entre leurs familles se déclencherait. Mais ce plan semblait maintenant à Dinin trop net, trop facile. L'étincelle qui apparut soudain dans la lueur écarlate des yeux doués d'infravision du jeune Do'Urden n'échappa pas à Sans-Visage.

— Attendez que la lumière de Narbondel approche de son éclat maximal, indiqua Dinin, faisant virevolter avec excitation ses mains pour exprimer cette idée.

Un sourire pervers apparaissait sur ses traits.

— Voulez-vous que le jeune condamné apprenne le sort de sa Maison avant de mourir ? demanda le mage, car il avait percé à jour les intentions cachées derrière ces ordres.

— Quand vous lui porterez le coup fatal, confirma Dinin. Qu'Alton DeVir perde tout espoir avant de mourir !

Le jeune Do'Urden reprit sa monture et s'éloigna au plus vite le long des galeries désertes ; obliquant à un carrefour, il franchit une autre porte et pénétra dans la cité proprement dite. Cette route l'amena à longer l'extrémité est de la grande caverne, la section de production de Menzoberranzan. À cet endroit, seules quelques stalagmites brutes se dressaient sur le sol rocheux, et aucun drow ne serait là pour remarquer qu'il était sorti de l'enceinte de la ville. Dinin éperonna sa monture le long de la berge de Donigarten, le petit étang de la cité avec en son milieu une île couverte de mousse où paissait un grand troupeau de créatures appelées rothés, le bétail des drows. Une centaine de gobelins et d'orques levèrent les yeux de leur labeur de bergers ou de pêcheurs au passage rapide du guerrier, mais, conscients de leur condition d'esclaves, ils évitèrent soigneusement de le regarder dans les yeux.

Dinin n'aurait pas pris garde à eux de toute façon, trop concentré qu'il était sur l'urgence du moment. Il força encore davantage l'allure de son lézard en abordant les avenues courbes situées entre les lumineux palais drows. Il se dirigeait vers le centre sud de la cité, plus particulièrement vers la plantation de thallophytes géants marquant la limite du quartier où se trouvaient les demeures des premières familles de Menzoberranzan.

À la sortie d'un virage sans visibilité, il faillit entrer en collision avec un groupe de quatre gobelours. Ces créatures géantes semblables à des gobelins velus s'arrêtèrent un instant pour considérer le drow, puis, sans se presser, s'écartèrent de son chemin.

Dinin savait qu'ils l'avaient identifié comme membre de la Maison Do'Urden. Il était noble, fils de haute prêtresse, et portait le nom de sa Maison. Sur les vingt mille elfes noirs de Menzoberranzan, un millier environ, pas plus, appartenaient à la noblesse : les enfants des soixante-sept familles reconnues dans la cité. Tous les autres formaient la soldatesque commune.

Les gobelours étaient assez intelligents pour distinguer un noble d'un drow du commun. Les elfes noirs n'arboraient pas ostensiblement l'emblème de leur famille, mais la coupe en pointe impeccable des cheveux d'un blanc étincelant de Dinin, associée au dessin caractéristique mauve et rouge qui ornait son *piwafwi* noir, indiquait clairement son identité.

L'urgence de sa mission interdisait à Dinin de perdre du temps, mais il ne pouvait ignorer la légèreté des gobelours à son égard. Ils se seraient sûrement dispersés bien plus vite à la vue d'un membre de la Maison Baenre ou d'une des sept autres Maisons siégeant au Conseil !

— Vous apprendrez vite à manifester le respect qui convient à la Maison Do'Urden ! marmonna l'elfe noir à part lui en dirigeant le reptile droit sur le groupe.

Les gobelours se mirent à courir et filèrent dans une allée jonchée de cailloux et de détritus.

Dinin fit appel aux pouvoirs magiques innés de son espèce pour se venger : il invoqua sur le chemin des créatures en fuite une sphère de ténèbres, impénétrable aussi bien en infravision qu'en lumière normale. Sans doute faisait-il preuve d'imprudence en prenant le risque d'attirer l'attention, mais, lorsqu'il entendit l'instant d'après les gobelours trébucher puis s'écrouler en crachant des jurons, il estima que cela en valait la peine.

Une fois sa colère calmée, il suivit un itinéraire plus raisonnable, passant au milieu des ombres créées par les aires de chaleur. En qualité de membre de la Dixième Maison, Dinin pouvait parcourir n'importe quelle partie de la cité sans avoir à se justifier, mais Matrone Malice avait fait clairement savoir qu'on ne devait surprendre aucun des membres de la Maison Do'Urden dans le voisinage de la plantation de thallophytes.

On n'avait jamais intérêt à contrarier Matrone Malice, la mère de Dinin, mais après tout il ne s'agissait que d'un ordre! À Menzoberranzan une consigne prévalait sur toutes les autres: ne pas se faire prendre.

Lorsqu'il arriva en vue du côté sud des thallophytes, le drow impulsif trouva ce qu'il cherchait: une grappe de cinq énormes piliers joignant le sol au plafond de la caverne, creusés de tout un réseau de pièces et reliés entre eux par des passerelles et des ponts de métal ou de pierre. Des gargouilles rouges, l'emblème de cette Maison, le fusillaient du regard depuis des centaines de perchoirs, semblables à des sentinelles silencieuses. C'était la Maison DeVir, Quatrième Maison de Menzoberranzan.

Une clôture de grands thallophytes encerclait le domaine; un champignon sur cinq était un criard, un être intelligent qui tirait son nom et son intérêt comme gardien des cris d'alarme perçants qu'il émettait chaque fois qu'un être vivant passait près de lui. Dinin resta soigneusement à l'écart. Il ne voulait pas pénétrer le champ de perception d'un criard et savait également que d'autres chausse-trapes plus dangereuses protégeaient la forteresse. Matrone Malice avait un plan pour chacune.

Un silence lourd d'attente régnait sur cette partie de la cité. Tout Menzoberranzan savait que Matrone Ginafae DeVir était tombée en disgrâce auprès de Lolth la Reine Araignée, la divinité de tous les drows, la source véritable du pouvoir des Maisons. On ne parlait jamais ouvertement de ce genre de situation chez les elfes noirs. Mais tous ceux qui savaient s'attendaient à voir tôt ou tard une famille d'un rang inférieur frapper cette Maison DeVir affaiblie.

Matrone Ginafae et sa proche famille avaient bien sûr été les derniers à entendre parler du déplaisir de la Reine Araignée, car telle était la manière tortueuse de Lolth, et il suffisait à Dinin d'un simple regard sur les défenses extérieures de la Maison pour constater que cette famille condamnée n'avait pas eu le temps d'élever de véritables fortifications. DeVir comptait près de quatre cents soldats, surtout des femmes, mais ceux que Dinin pouvait voir à leur poste sur les parapets semblaient nerveux, indécis.

Le sourire de Dinin s'élargit encore à la pensée de sa propre Maison, dont le pouvoir augmentait chaque jour sous la direction avisée de Matrone Malice. Ses trois sœurs auraient bientôt toutes le titre de haute prêtresse, son frère était un mage accompli, et son « oncle » Zaknafein, le meilleur maître d'armes de tout Menzoberranzan, veillait à l'entraînement des trois cents soldats attachés à Do'Urden. En outre, Matrone Malice, contrairement à Ginafae, jouissait de toute la faveur de la Reine Araignée.

— Daermon N'a'Shezbaernon, marmonna Dinin, reprenant l'ancien nom, l'appellation officielle de la Maison Do'Urden. Neuvième Maison de Menzoberranzan !

Cela sonnait bien à ses oreilles.

À l'autre bout de la ville, au-delà du balcon argenté et de l'entrée en arche qui s'ouvrait à sept mètres de haut dans le mur ouest de la caverne, les nobles de la Maison Do'Urden s'étaient réunis pour mettre au point les derniers détails concernant l'attaque de la nuit à venir. La vénérable Matrone Malice était assise sous le dais dressé au fond de cette petite salle d'audience, le ventre gonflé en ses ultimes heures de grossesse. Près d'elle, à leurs places d'honneur, se trouvaient ses trois filles : Maya, Vierna, et l'aînée Briza, dernièrement ordonnée haute prêtresse de Lolth. Maya et Vierna, sveltes, d'une petitesse trompeuse qui ne laissait pas deviner leur force, évoquaient des versions plus jeunes de leur mère, tandis que Briza, elle, ne présentait pas vraiment d'air de famille ; elle était massive (énorme pour une drow), ronde d'épaules et de hanches. Ceux qui la connaissaient bien se disaient que sa corpulence était le reflet de son tempérament. Un corps plus petit n'aurait pu contenir la colère et la brutalité dont faisait fréquemment preuve la nouvelle haute prêtresse de la Maison Do'Urden.

— Dinin devrait bientôt revenir, remarqua Rizzen, le consort actuel de la famille, et nous faire savoir si le moment de l'assaut est venu.

— Nous irons avant que la lueur du matin apparaisse sur Narbondel ! rétorqua sèchement Briza d'une voix caractéristique, à la fois rauque et tranchante.

Elle adressa à sa mère un sourire torve, guettant son approbation pour avoir remis le mâle à sa place.

— L'enfant sera là cette nuit, expliqua Matrone Malice à son conjoint inquiet. Nous irons quelles que soient les nouvelles apportées par Dinin.

— Un garçon ! grogna Briza sans chercher à masquer sa déception. Le troisième fils vivant de la Maison Do'Urden.

— Vivant le temps d'être sacrifié à Lolth, intervint Zaknafein, autrefois consort de la Maison, qui occupait dorénavant le poste important de maître d'armes.

Ce combattant drow émérite semblait ravi à l'idée du sacrifice, ainsi d'ailleurs que Nalfein, le Premier Fils de la famille debout à côté de Zak. Un Premier Fils de famille n'avait pas besoin d'une autre concurrence que celle déjà apportée par le Second Fils, Dinin.

— Comme le veut la coutume, rayonna Briza (et la lueur de ses yeux se fit plus vive). Il favorisera notre victoire !

Rizzen avait l'air plus incertain. Il osa prendre la parole.

— Matrone Malice, vous savez comme une mise au monde est pénible. La douleur ne risque-t-elle pas…

— Oserais-tu remettre en cause les décisions de la Mère Matrone ? s'écria Briza, prête à saisir le fouet-serpent pendu à sa ceinture et qui se trémoussait déjà.

Matrone Malice arrêta sa fille d'un geste.

— Occupe-toi de combattre, déclara-t-elle à Rizzen. Laisse les femmes de cette Maison se charger de ce qui compte, la stratégie.

Rizzen, mal à l'aise, baissa les yeux.

Dinin approcha de la barrière magiquement forgée qui reliait, sur le domaine Do'Urden, le donjon dressé à l'intérieur de l'enceinte ouest de la ville aux deux tours stalagmites et limitait ainsi la basse-cour. Cette barrière d'adamantium, le métal le plus dur au monde, s'ornait d'une centaine de gravures représentant des araignées en armes, chacune ensorcelée de glyphes mortels de protection. Le puissant portail de la Maison Do'Urden éveillait l'envie de nombre de familles drows, mais Dinin, après avoir vu les domaines spectaculaires nichés dans la plantation de thallophytes, ne pouvait qu'éprouver de la déception devant celui de sa famille : il était dans l'ensemble sobre, voire dépouillé, tout comme la partie du mur qu'il occupait, à l'exception notable du balcon de mithral et d'adamantium au premier étage, là où s'ouvrait l'entrée en arche réservée aux nobles de la famille. Chaque balustre était gravé d'un millier de motifs qui finissaient par ne former qu'une seule œuvre d'art.

Contrairement à la grande majorité des domaines de Menzoberranzan, celui de la Maison Do'Urden ne se dressait pas sur un terrain délimité seulement par un groupe de stalactites et de stalagmites ; l'essentiel de la structure se tapissait dans un recoin. Malgré l'avantage défensif évident de cette disposition, Dinin se surprit à souhaiter que sa famille eût fait montre d'un peu plus de panache.

Un soldat très nerveux se précipita pour ouvrir la porte au Second Fils. Dinin passa devant lui sans un mot et traversa la basse-cour, bien conscient qu'une bonne centaine de paires d'yeux le suivaient. Les soldats comme les esclaves savaient que la mission de Dinin, cette nuit, avait à voir avec la bataille qui s'annonçait.

Il n'y avait pas d'escalier pour monter au balcon argenté du premier étage de la Maison Do'Urden. Ceci constituait un moyen supplémentaire de marquer la différence de rang entre les dirigeants de la Maison et la plèbe, leurs esclaves. Les nobles drows en effet n'avaient pas besoin d'escaliers, puisque leurs capacités magiques innées les disposaient à la lévitation. Dinin eut à peine besoin d'y penser pour s'élever aisément et atteindre l'entrée sur le balcon.

Après avoir franchi l'entrée voûtée, il s'engagea sans délai dans le couloir principal de la demeure, faiblement éclairé de douces lueurs féeriques qui permettaient la vision normale sans être trop brillantes et interdire l'usage de l'infravision. La porte de cuivre savamment ouvragée au bout du couloir marquait la destination du Second Fils ; il s'arrêta un instant devant elle pour laisser à ses yeux le temps de revenir au spectre infrarouge pur, car la pièce au-delà ne disposait d'aucune source de lumière. Il s'agissait en effet de la salle d'audience des hautes prêtresses, l'antichambre de la grande chapelle de la Maison Do'Urden. La lumière n'avait pas sa place dans les pièces vouées au culte et aux rites sombres de la Reine Araignée.

Lorsqu'il se sentit prêt, Dinin poussa la porte, passa sans hésitation devant les deux gardiennes scandalisées et s'avança fièrement jusqu'à sa mère. Les trois filles de la famille se crispèrent devant l'audace orgueilleuse de leur frère. Il savait que son entrée sans permission les indignait ; sans doute regrettaient-elles qu'il ne fût pas celui destiné au sacrifice cette nuit-là !

Même s'il se plaisait à tester les limites du rang inférieur de son sexe, Dinin ne pouvait négliger les danses menaçantes de Vierna, Maya et Briza. Les femmes étaient évidemment plus grandes et plus fortes que lui, entraînées depuis l'enfance à l'usage des armes et des pouvoirs pervers réservés aux prêtresses de Lolth. Dinin regarda les attributs ensorcelés attachés à la ceinture de chacune des trois sœurs : les effroyables fouets-serpents qui se tortillaient déjà dans l'attente du châtiment qu'ils allaient lui faire subir. Leur manche d'adamantium n'avait rien d'extraordinaire, mais leur mèche à plusieurs pointes était formée de serpents vivants. Le fouet de Briza notamment, avec ses six têtes reptiliennes, dansait, frétillait ; ses pointes impatientes formaient des nœuds autour de la ceinture qui le maintenait en place. Briza était toujours la première à punir.

Mais l'insolence téméraire de Dinin semblait amuser Matrone Malice. Elle estimait que son Second Fils connaissait bien sa place ; il obéissait toujours à ses ordres sans hésitation.

Dinin se sentit conforté par le calme qu'affichait le visage de sa mère, contrairement à ceux de ses sœurs qui, ardents de fureur, luisaient en blanc dans le spectre infrarouge.

— Tout est prêt, annonça-t-il. La Maison DeVir se blottit dans son enclos, sauf Alton bien sûr, qui poursuit stupidement ses études à Sorcere.

— Tu as vu Sans-Visage ? demanda Matrone Malice.

— Tout était calme à l'Académie, notre réunion s'est déroulée sans problème.

— Il a accepté nos conditions ?

— Il s'occupera d'Alton DeVir, gloussa Dinin.

Il se rappela à ce moment qu'il avait pris sur lui de modifier légèrement le plan de Matrone Malice, puisqu'il avait préféré par pure cruauté retarder l'exécution d'Alton. Cette pensée en amena une autre : les hautes prêtresses de Lolth possédaient le talent gênant de lire dans les pensées.

— Alton mourra cette nuit, se hâta-t-il donc d'ajouter avant que sa mère, impatiente, aille chercher dans son esprit davantage de détails.

— Parfait ! grogna Briza.

Dinin respira plus aisément.

— La fusion, maintenant, ordonna Matrone Malice.

Les quatre mâles vinrent s'agenouiller devant la Matrone et ses trois filles : Rizzen devant Malice, Zaknafein devant Briza, Nalfein devant Maya, Dinin devant Vierna. Une psalmodie s'éleva à l'unisson : chaque femme, la main délicatement posée sur le front du combattant face à elle, s'accordait ainsi à son être.

— Vous connaissez vos missions, conclut Matrone Malice à la fin de la cérémonie. (Elle grimaça sous le coup d'une nouvelle contraction.) Commençons le travail.

Moins de une heure plus tard, Zaknafein et Briza se tenaient tous deux sur le balcon, devant l'entrée voûtée de la Maison Do'Urden. En contrebas, au niveau du sol, s'affairaient les seconde et troisième brigades de l'armée familiale (celles de Rizzen et de Nalfein). Chaque homme ajustait des lanières de cuir et des plaques de métal chauffées qui dissimuleraient la forme de son corps dans le spectre infrarouge. Le groupe de Dinin, première force de frappe comprenant une centaine d'esclaves gobelins, était parti depuis longtemps.

— Après cette nuit, tout le monde saura qui nous sommes, déclara Briza. Personne n'aurait imaginé qu'une Dixième Maison oserait affronter la puissante famille DeVir ! Les rumeurs qui se répandront au lendemain de cette nuit sanglante parviendront jusqu'à Baenre, qui prendra elle aussi conscience de Daermon N'a'Shezbaernon.

Elle se pencha au balcon pour suivre des yeux les deux brigades qui formaient leurs rangs et sortaient en silence par des chemins séparés ; elles parviendraient après de nombreux détours à la plantation de thallophytes et au domaine aux cinq piliers de la Maison DeVir.

Zaknafein, le regard rivé sur le dos de la fille aînée de Matrone Malice, se sentit submergé par l'envie de lui planter une dague dans l'échine. Mais, comme toujours, le bon sens le retint.

— As-tu le nécessaire ? lui demanda Briza sur un ton infiniment moins hautain qu'en présence de la Matrone.

Bien que Zak ne fût qu'un mâle, un drow du commun à qui on permettait de porter le nom de la famille parce que Matrone Malice recourait parfois à ses services de mâle et l'avait même choisi un temps comme consort, Briza préférait éviter d'attiser sa colère quand sa mère n'était pas là pour la protéger. Ceux qui avaient vu le maître d'armes grand et musculeux de la Maison Do'Urden dans la frénésie du combat le considéraient comme l'un des meilleurs combattants de tout Menzoberranzan, sans distinction de sexe. Tout comme Briza et sa mère – toutes deux hautes prêtresses de la Reine Araignée –, Zaknafein, grâce à son habileté incontestée à l'épée, constituait un atout non négligeable de la Maison Do'Urden.

Zak rabattit sur sa tête une capuche noire et ouvrit la petite bourse à sa ceinture, dévoilant plusieurs minuscules sphères en céramique.

Briza eut un sourire mauvais et se frotta les mains.

— Voilà qui ne va pas faire plaisir à Matrone Ginafae ! chuchota-t-elle.

Le maître d'armes lui rendit son sourire et se retourna vers les soldats qui partaient. Rien ne le réjouissait davantage que tuer des drows, et surtout les prêtresses de Lolth.

— Prépare-toi, l'avertit Briza quelques minutes plus tard.

Il secoua la tête pour écarter sa chevelure drue de son visage et se tint bien droit, les yeux fermés. La haute prêtresse se mit à incanter, la baguette levée. Elle en frappa les épaules de Zak et maintint ensuite l'objet magique immobile au-dessus de la tête du maître d'armes, qui sentit des particules glacées pleuvoir sur lui, imprégner ses vêtements et son armure, sa chair même.

Tout ce qu'il portait s'était rafraîchi et arborait désormais une couleur uniforme dans l'infrarouge. Zak détestait ce froid apporté par le sort (il n'imaginait pas autrement l'approche de la mort) mais savait que, grâce aux particules crachées par la baguette, il apparaissait aussi gris que la pierre nue aux yeux sensibles à la température des créatures d'Outreterre : camouflé, indétectable.

Il ouvrit les yeux et frissonna, puis fit jouer ses doigts pour s'assurer qu'ils restaient en mesure d'effectuer les mouvements précis qu'exigeait son art. Il reporta son attention sur Briza, qui avait déjà commencé sa deuxième incantation, une invocation cette fois. Cela prendrait du temps, aussi le maître d'armes s'appuya-t-il contre le mur pour considérer tranquillement la tâche agréable quoique risquée qui l'attendait. Bonne idée qu'avait eue Matrone Malice de lui réserver les prêtresses de la Maison DeVir !

— C'est fait, déclara Briza au bout de quelques minutes.

Elle désigna à Zak le plafond invisible de l'immense caverne.

Il repéra tout de suite l'œuvre de la haute prêtresse, un courant d'air jaunâtre car plus chaud que l'atmosphère ambiante : un courant d'air vivant.

Cette créature, convoquée depuis son plan d'existence élémental, vint planer en tourbillonnant juste au-delà de la rambarde qui bordait le balcon, attendant avec soumission les ordres de celle qui l'avait appelée.

Zak bondit sans hésitation dans le sein de cette poche d'air et la laissa le soutenir.

Briza le salua une dernière fois avant son départ et fit signe à son esclave aérien de s'éloigner.

— Combats bien ! cria-t-elle à Zak, déjà invisible dans l'air au-dessus d'elle.

Le maître d'armes apprécia l'ironie de ces mots tandis que la cité tortueuse de Menzoberranzan défilait sous ses yeux : Briza souhaitait la mort des prêtresses DeVir aussi sûrement que lui, mais leurs raisons étaient bien différentes ! En dehors de toutes considérations pratiques, il aurait tout aussi volontiers supprimé celles de la Maison Do'Urden.

Il dégaina une de ses épées d'adamantium, une arme drow d'une facture magnifique et, grâce à des dweomers meurtriers, incroyablement aiguisée.

— Oui, je combattrai bien, chuchota-t-il.

Briza n'avait pas idée à quel point.

2

La chute de la Maison DeVir

Dinin remarqua avec satisfaction que tous les gobelours en vadrouille (tous les êtres des multiples races habitant Menzoberranzan en fait, y compris les drows eux-mêmes) s'écartaient à présent en toute hâte de son chemin. Mais cette fois le Second Fils de la Maison Do'Urden n'était pas seul, et près de soixante soldats attachés à la famille avançaient en rangs serrés derrière lui. Plus loin encore, disposés de manière similaire mais faisant montre de beaucoup moins d'enthousiasme pour l'aventure, venaient une centaine d'esclaves armés, de races moindres : gobelins, orques, gobelours.

Les spectateurs ne pouvaient s'y tromper : une Maison drow partait en guerre. Cela n'arrivait pas tous les jours à Menzoberranzan, mais il ne s'agissait pas non plus d'un événement unique ; tous les dix ans au moins, une Maison décidait que son rang dans la hiérarchie de la cité pouvait s'améliorer grâce à l'élimination d'une autre. L'entreprise n'était pas sans risque, car il importait de disposer rapidement et discrètement de tous les membres nobles de la Maison « victime ». Il suffisait d'un survivant capable de mettre en accusation la Maison assaillante pour que la

« justice » impitoyable de Menzoberranzan extermine à son tour la coupable.

Mais si le forfait était commis de façon aussi parfaitement perverse qu'il le fallait, aucune mesure de rétorsion ne s'ensuivrait. Toute la cité, y compris le Conseil régnant des huit Mères Matrones, applaudirait en secret la Maison courageuse et intelligente ; plus personne ensuite ne ferait allusion à l'incident.

Dinin choisit un trajet détourné, car il ne voulait pas laisser une piste qui mènerait directement de la Maison DeVir à la Maison Do'Urden. Une demi-heure plus tard, il était de nouveau en vue de la plantation de thallophytes, près du groupe de stalagmites où se dressait la Maison DeVir. Ses soldats prirent avec enthousiasme position derrière lui, dégainèrent leurs armes et apprécièrent en connaisseurs le domaine devant eux.

Les esclaves se mirent en position plus lentement. Beaucoup d'entre eux cherchaient une issue du regard, car ils savaient au plus profond d'eux-mêmes que ce combat verrait leur fin. Toutefois ils craignaient la fureur des elfes noirs plus encore que la mort même ; ils n'essaieraient pas de fuir. Avec toutes les sorties de Menzoberranzan protégées par la vicieuse magie drow, où pourraient-ils aller ? Chacun d'eux avait été témoin des punitions cruelles que subissaient les esclaves repris. Ils obéirent donc à l'ordre de Dinin et se disposèrent autour de la barrière de thallophytes.

Dinin sortit de la grande sacoche qu'il portait une plaque de métal chauffé. Il leva trois fois derrière lui l'objet étincelant dans le spectre infrarouge pour faire signe aux brigades de Nalfein et de Rizzen, à l'approche. Puis, comme toujours porté à l'ostentation, il le lança en l'air en le faisant tournoyer, le rattrapa et le remit à l'abri de sa sacoche isolante. À la vue de ce signal tourbillonnant, la brigade drow de Dinin encocha des carreaux enchantés à ses arbalètes de poing et visa les cibles prévues.

Un thallophyte sur cinq était un criard, et chaque pointe portait un dweomer capable de faire taire un dragon rugissant.

— Deux… trois ! compta Dinin dans le code manuel drow, puisqu'on ne pouvait rien entendre dans la sphère de silence magique qui englobait ses troupes.

Il dut imaginer le « clac » dû à la détente de la corde sur son arme quand elle projeta son carreau dans le criard le plus proche. La première ligne de protection de la Maison DeVir fut ainsi réduite au silence par trois douzaines de flèches enchantées.

De l'autre côté de Menzoberranzan, Matrone Malice, ses filles et quatre prêtresses n'appartenant pas à la noblesse formaient le vicieux cercle sacré de huit en l'honneur de Lolth. Elles entouraient une idole à l'image de leur divinité maudite, une araignée à visage de drow sculptée dans une énorme pierre précieuse, et la priaient de leur venir en aide dans leur combat.

Malice était assise à la place d'honneur du cercle dans un siège conçu pour l'accouchement. Briza et Vierna se tenaient à ses côtés ; Briza lui tenait la main.

Elles psalmodiaient à l'unisson, combinant leurs énergies pour un sort d'attaque. Un peu plus tard, quand Vierna, grâce à son lien spirituel avec Dinin, perçut que le premier groupe d'assaut était paré, les huit femmes du cercle Do'Urden envoyèrent les premières vagues sournoises d'énergie mentale en direction de la Maison rivale.

Matrone Ginafae, ses deux filles et les cinq prêtresses les plus expérimentées rattachées à la Maison DeVir faisaient cercle dans la chapelle principale du domaine aux cinq stalagmites, une petite pièce obscure. Depuis que Matrone Ginafae savait qu'elle avait perdu la faveur de Lolth, le cercle DeVir se rassemblait toutes les nuits en prières solennelles ; Ginafae était bien consciente que sa Maison resterait des plus vulnérables tant qu'elle n'aurait pas apaisé la Reine Araignée. Il y avait soixante-six autres Maisons à Menzoberranzan, dont une bonne vingtaine en mesure d'attaquer une Maison DeVir affaiblie par un tel désavantage. Les huit prêtresses se sentaient anxieuses, elles avaient la sensation viscérale que cette nuit serait décisive.

C'est Ginafae qui perçut la première une explosion glacée de sensations confuses, et elle se mit à bégayer en plein milieu de sa prière implorant le pardon. Les autres membres du cercle levèrent les yeux avec nervosité face à ce manque de maîtrise verbale inhabituel de la part de leur Matrone, attendant la reprise du rituel.

— On nous attaque, leur annonça Ginafae dans un souffle, sa tête déjà martelée d'une douleur sourde provoquée par l'assaut toujours plus puissant du cercle clérical de la Maison Do'Urden.

Le second signal de Dinin mit les troupes esclaves en branle. Avançant toujours à couvert, elles se ruèrent en silence vers la barrière de thallophytes, qu'elles tranchèrent à grands coups de sabres à large lame. Le Second Fils de la Maison Do'Urden suivait d'un regard ravi l'invasion aisée du domaine.

— Rien de tel qu'une solide défense, chuchota-t-il tout bas, avec un air railleur, aux gargouilles rouges situées sur les hauts murs.

Dire qu'elles avaient paru si menaçantes plus tôt dans la nuit ! Elles se trouvaient désormais réduites au rôle de témoins impuissants.

Dinin sentit l'attente contenue mais croissante des soldats autour de lui. Ils maîtrisaient à grand-peine leur soif de combat typiquement drow. De temps en temps, une lueur mortelle abattait un esclave qui avait eu le malheur de déclencher un glyphe de protection, mais cela ne provoquait rien d'autre que de l'amusement chez le Second Fils et les autres elfes noirs ; les races moindres constituaient la « chair à canon » sans valeur de l'armée Do'Urden. On n'avait fait venir les gobelinoïdes à la Maison DeVir que pour en déclencher les chausse-trapes et défenses mortelles, et ouvrir la route pour les drows, les véritables combattants.

La barrière était passée à présent, le secret n'avait plus lieu d'être. Les soldats attachés à la Maison DeVir présents à l'intérieur du domaine se heurtaient de front aux esclaves de la force d'invasion. À peine Dinin avait-il levé la main pour lancer l'ordre d'attaque que ses soixante soldats drows anxieux de combattre bondirent et chargèrent, les visages tordus d'une jubilation vicieuse, les armes brandies et agitées avec fougue.

Mais ils n'oublièrent pas de ralentir au moment voulu, car il leur restait une tâche à accomplir : tout drow, noble ou du commun, possédait certains pouvoirs magiques. Invoquer une sphère de ténèbres, comme Dinin l'avait fait plus tôt en direction des gobelours dans la rue, ne présentait aucun problème même pour le plus humble des elfes noirs. Les soixante soldats de la Maison Do'Urden furent ainsi en mesure de masquer le pourtour du domaine DeVir, après la barrière de thallophytes, en l'engloutissant sous une quantité de ces sphères.

Malgré toute leur sournoiserie et les précautions prises, la Maison Do'Urden se rendait bien compte que de nombreux regards surveillaient l'assaut. De tels témoins ne représentaient pas un vrai problème, ils ne se donneraient pas la peine de chercher à identifier la Maison responsable. Mais la coutume et les règles demandaient qu'on respecte un semblant de dissimulation ; telle était l'étiquette de la guerre chez les elfes noirs. Ainsi, en un clin d'œil drow à l'éclat rouge, la Maison DeVir n'apparut-elle plus au reste de Menzoberranzan que comme une tache noire dans le paysage.

Rizzen se plaça à côté de son plus jeune fils.

— Très bien, signa-t-il dans la langue gestuelle élaborée des drows. Nalfein passe par-derrière.

— Une victoire facile, répondit en silence Dinin avec sa vantardise habituelle, si on peut bloquer Matrone Ginafae et ses prêtresses.

— Fais confiance à Matrone Malice, conclut Rizzen.

Il donna une claque sur l'épaule de son fils et suivit ses troupes à travers la barrière de thallophytes abattue.

Bien au-dessus du groupe de bâtiments DeVir, Zaknafein était confortablement installé dans le sein impalpable du serviteur aérien de Briza et observait la scène qui se déroulait sous ses yeux. De ce point de vue, il voyait l'intérieur de l'anneau d'obscurité qui cernait le domaine et entendait les sons au milieu du cercle de silence magique. Les troupes de Dinin, les premiers soldats drows à avoir pénétré l'enceinte, avaient rencontré de la résistance partout et se faisaient copieusement étriller.

Nalfein et sa brigade, les troupes de la Maison Do'Urden les mieux entraînées en sorcellerie, traversèrent la barrière à l'arrière du domaine. De la foudre et des boules magiques d'acide frappèrent la basse-cour au pied des bâtiments, abattant sans distinction les défenses DeVir et la chair à canon Do'Urden.

Devant, dans la cour, Rizzen et Dinin commandaient les meilleurs combattants de la Maison Do'Urden. Zak put se rendre compte, quand la bataille fut pleinement engagée, que Lolth considérait sa Maison avec bienveillance, car les coups de ses soldats étaient plus vifs et portaient mieux que ceux de leurs ennemis. En quelques minutes, la bataille fit rage partout dans l'enceinte délimitée par les cinq piliers.

Le maître d'armes s'étira pour mieux supporter le froid persistant dans ses membres et donna l'ordre mental à l'élémental d'air d'entrer en action. Il descendit rapidement sur ce matelas intangible et sauta le dernier mètre pour se réceptionner sur la terrasse à l'extérieur des salles les plus hautes du pilier central. Deux gardes, dont une femme, se précipitèrent vers lui.

Mais ils hésitèrent, les sens trompés, essayant de discerner la forme véritable de ce gris banal, flou – de précieuses secondes perdues !

Ils n'avaient jamais entendu parler de Zaknafein Do'Urden et ne savaient pas que la mort était sur eux.

Le fouet du maître d'armes, en un éclair, atteignit la gorge de la femme et l'entailla en s'y enroulant, tandis que, de l'autre main, Zak exécutait à l'épée des bottes et des parades accomplies qui déstabilisèrent le mâle. Il acheva ses deux ennemis d'un même mouvement, éjectant de la terrasse d'une simple torsion du poignet la femme entravée par le fouet tout en frappant brutalement du pied le visage du mâle et en l'envoyant rejoindre sa coéquipière sur le sol de la caverne.

Il se rua alors à l'intérieur où un autre garde se dressa devant lui... pour tomber tout de suite à ses pieds.

Zak longea le mur incurvé de la tour stalactite; son corps refroidi par magie se confondait parfaitement avec la pierre. Des soldats de la Maison DeVir passaient à toute allure près de lui. Ils essayaient de se regrouper en défense contre la horde d'envahisseurs qui tenaient déjà les niveaux inférieurs de tous les bâtiments et avaient conquis deux piliers entiers.

Cela ne concernait pas le maître d'armes. Il ne laissait pas parvenir à sa conscience le bruit des lames d'adamantium qui s'entrechoquaient, les ordres hurlés, les cris d'agonie. Il se concentrait plutôt sur un son particulier qui le mènerait à destination : celui d'une psalmodie frénétique chantée à l'unisson.

Il se retrouva dans un couloir vide aux murs gravés de bas-reliefs représentant des araignées, qui plongeait droit vers le centre du pilier. Tout comme dans la Maison Do'Urden, ce couloir aboutissait à une énorme porte à doubles battants, richement décorée de motifs évoquant les arachnides.

— Ce doit être ici, marmonna Zak en rabattant sa capuche sur sa tête.

Une araignée géante surgit de sa cachette près de lui.

Le maître d'armes plongea à plat ventre sous la créature en roulant sur le côté, et il put plonger son épée au plus profond de l'abdomen bulbeux du monstre. Un liquide visqueux se déversa sur lui et l'araignée fut parcourue d'un bref frisson avant de mourir.

— Oui, chuchota-t-il en essuyant le jus poisseux sur son visage, ce doit être ici.

Il tira le cadavre répugnant pour le ramener dans son antre caché et se glissa à côté en espérant que personne n'avait remarqué cette brève lutte.

En entendant les rumeurs du combat, il sut que la bataille avait déjà atteint ce niveau. Toutefois, la Maison DeVir semblait avoir enfin installé ses lignes de défense, et ne cédait plus de terrain.

— C'est maintenant, Malice, reprit Zak à voix toujours aussi basse, avec l'espoir que Briza, grâce au lien qui les unissait, ressentirait son anxiété. Il ne faut plus tarder !

Dans la pièce cultuelle de la Maison Do'Urden, Malice et ses subordonnées poursuivaient leur assaut mental forcené contre le cercle clérical DeVir. Lolth entendait mieux leurs prières que celles de leurs adversaires et, dans ce combat des esprits, donnait l'avantage à la Maison Do'Urden, qui avait déjà aisément acculé ses ennemis à la défensive. Une des prêtresses mineures chez les DeVir avait déjà été anéantie par l'invasion de Briza et gisait morte aux pieds de Matrone Ginafae.

Mais les progrès avaient brusquement cessé, le combat semblait se rééquilibrer. Matrone Malice, soumise aux contractions douloureuses de l'accouchement, avait du mal à maintenir sa concentration ; sans sa voix, les sorts jetés par son cercle maudit perdaient leur pouvoir.

Briza serrait de toutes ses forces la main de sa mère, jusqu'à en chasser le sang et à la faire apparaître fraîche aux yeux des autres – le seul endroit frais sur le corps de la femme en travail. Elle étudiait les contractions et l'apparition de la chevelure blanche au sommet de la tête de l'enfant, afin d'estimer au mieux le moment de la naissance. Cette technique qui consistait à sublimer les souffrances de l'accouchement en un sort d'attaque n'avait jamais été tentée jusqu'à maintenant (sauf dans les légendes), et Briza savait que sa réussite reposerait sur une synchronisation parfaite.

Elle murmura à l'oreille de sa mère les paroles de l'incantation rituelle.

Matrone Malice fit écho au début de l'invocation, transfigurant ses cris de douleur, sublimant la fureur de sa souffrance en pouvoir agressif.

— *Dinnen douward ma brechen tol*, psalmodia Briza.

— *Dinnen douward... maaa... brechen tol!* grogna Malice, si déterminée à se concentrer malgré la douleur qu'elle se mordit la lèvre jusqu'au sang.

La tête du bébé apparut un peu plus ; cette fois-là elle ne repartirait pas en arrière.

Briza tremblait, elle avait du mal à se rappeler la formule. Elle chuchota la rune finale à l'oreille de la Matrone, presque effrayée des conséquences.

Malice prit une profonde inspiration et rassembla son courage. Elle ressentait la trépidation du sort aussi nettement que la douleur du travail. Ses filles rassemblées autour de l'idole la regardèrent fixement, stupéfaites : elle leur apparaissait comme une tache floue de rage brûlante, recouverte de lignes de sueur aussi brillantes dans le spectre infrarouge que de l'eau en ébullition.

— *Abec*, reprit la Matrone qui sentait monter la tension jusqu'à son prochain paroxysme. *Abec!* (Elle ressentit la déchirure cuisante de sa peau, la soudaine délivrance glissante de la tête qui sortait enfin, l'extase subite qu'apporte la naissance.) *Abec di'n'a'BREG DOUWARD!*

Malice hurla, repoussa sa douleur torturante loin d'elle, la transmua en une explosion prodigieuse de pouvoir magique qui renversa comme des quilles les prêtresses de sa propre Maison.

Porté par l'essor de la jubilation de Matrone Malice, le dweomer tonna dans la chapelle de la Maison DeVir, fit voler en éclats l'idole en pierre précieuse de Lolth, réduisit les deux battants de la porte en un tas de métal tordu, jeta à terre Matrone Ginafae et ses subordonnées débordées.

Zak vit voler près de lui les portes de la chapelle et eut du mal à en croire ses yeux.

— Un joli coup, Malice ! dit-il en gloussant.

Il atteignit très vite l'entrée de la chapelle et se précipita à l'intérieur. Il utilisa son infravision pour évaluer rapidement la situation et compter les occupantes encore vivantes de cette pièce dépourvue de lumière : elles étaient sept à tenter de se relever, leurs robes déchiquetées. Zak secoua la tête, incrédule face à la force brute du pouvoir de Matrone Malice. Il rabattit sa capuche sur son visage et ferma les yeux.

Il fit éclater à ses pieds une de ses petites sphères de céramique sans autre avertissement qu'un claquement de son fouet. Du globe brisé s'échappa une bille minuscule que Briza avait enchantée pour ce genre d'occasions, une bille qui brillait aussi fort que le plein jour à la surface.

Pour des yeux accoutumés à l'obscurité et entraînés à discerner les gradients de température, une telle illumination produisait un éblouissement insoutenable. Les cris de souffrance des prêtresses eurent pour unique résultat d'aider Zak dans sa recherche systématique ; chaque fois qu'il plongeait son épée dans un nouveau corps drow, il souriait largement sous sa capuche.

Il entendit l'amorce d'un sort un peu plus loin et comprit qu'une des prêtresses avait suffisamment récupéré pour le mettre en danger. Le maître d'armes n'avait pas besoin d'y voir pour viser : d'un unique claquement de son fouet, il arracha la langue de Matrone Ginafae.

Briza posa le nouveau-né sur le dos de l'idole en forme d'araignée et leva la dague cérémoniale, admirant au passage son aspect redoutable. Sa poignée représentait un corps d'araignée pourvu de huit pattes recouvertes de barbillons serrés tels les poils d'une fourrure mortelle, toutes dirigées vers le bas comme autant de lames acérées. Elle tenait l'instrument à la verticale de la poitrine du bébé.

— Baptisez l'enfant, demanda-t-elle. La Reine Araignée n'acceptera pas le sacrifice d'un enfant sans nom !

Matrone Malice, la tête ballante, essayait de comprendre ce que lui disait sa fille. Elle avait mis toutes ses forces dans ce sort jeté au moment de la naissance et frôlait à présent l'évanouissement.

— Baptisez l'enfant ! ordonna Briza, anxieuse de satisfaire sa déesse jalouse.

— La fin approche, disait au même moment Dinin à son frère qu'il avait croisé dans une salle en bas d'un pilier secondaire de la Maison DeVir. Rizzen est presque arrivé au sommet, et on raconte que Zaknafein a achevé sa sombre mission.

— Deux douzaines des soldats attachés à la Maison DeVir nous ont déjà prêté allégeance, répondit Nalfein.

— Eux aussi entrevoient la fin ! s'écria Dinin en riant. Pour eux, une Maison ou une autre, c'est pareil ; pour les drows du commun, aucune Maison ne vaut qu'on meure pour elle. Notre tâche sera bientôt accomplie.

— Ç'a été trop rapide pour que quiconque l'ait remarqué, ajouta Nalfein. Do'Urden, Daermon N'a'Shezbaernon, est désormais Neuvième Maison de Menzoberranzan. DeVir soit damnée !

— Attention ! cria soudain Dinin. Les yeux écarquillés, il regardait avec une expression d'horreur feinte au-dessus de l'épaule de son frère aîné.

Nalfein réagit sur-le-champ et pivota pour faire face au danger derrière lui ; mais, à l'instant même où il se rendait compte qu'on l'avait trompé, Dinin lui enfonçait son épée dans l'échine. Puis il posa la tête sur l'épaule de Nalfein, joue contre joue, observant la dernière étincelle de chaleur qui jaillissait des yeux de sa victime.

— Trop rapide pour que quiconque l'ait remarqué, railla Dinin, faisant écho aux dernières paroles de son frère. (Il laissa tomber le cadavre à ses pieds.) Désormais, Dinin est Premier Fils de la Maison Do'Urden. Nalfein soit damné !

— Drizzt, dit Matrone Malice dans un souffle. Je baptise l'enfant Drizzt !

Briza resserra sa prise sur le couteau sacrificiel et commença le rituel.

— Souveraine des Araignées, prends cet enfant. (Elle leva la dague, prête à frapper.) Nous te donnons Drizzt Do'Urden en rétribution de notre glorieuse vic…

— Attends ! s'exclama Maya depuis l'autre bout de la pièce.

Son lien avec son frère Nalfein s'était soudainement rompu. Cela ne pouvait signifier qu'une chose.

— Nalfein est mort, annonça-t-elle. Ce bébé n'est plus le troisième fils vivant.

Vierna jeta un regard intrigué à sa sœur. À l'instant même où Maya avait ressenti la fin de Nalfein, elle, dans sa fusion avec Dinin, avait perçu un puissant sursaut émotionnel. De l'exultation ? Vierna posa un doigt fin sur ses lèvres serrées, se demandant si c'était Dinin qui avait commis le meurtre.

Briza tenait toujours le couteau en forme d'araignée au-dessus de la poitrine du bébé ; elle avait tout de même envie de le sacrifier à Lolth.

—Nous avons promis le troisième fils vivant à Lolth, avertit Maya, et c'est ce qu'il s'est produit.

—Mais pas en sacrifice ! objecta Briza.

Vierna haussa les épaules ; elle était indécise.

—Si Lolth a accepté Nalfein, alors il lui a été donné, remarqua-t-elle. En donner un autre pourrait attirer sa colère sur nous.

—Ce serait pire encore de ne pas donner ce que nous avons promis ! insista Briza.

—Achève le rituel, alors, concéda Maya.

Briza raffermit sa prise sur la dague et s'apprêta à reprendre.

—Retiens ton coup ! ordonna Matrone Malice en se redressant sur son siège. Lolth est satisfaite et notre victoire complète. Accueillez donc votre frère, le tout dernier membre de la famille Do'Urden.

—Un simple mâle, commenta Briza, de toute évidence écœurée, en s'éloignant de l'idole et de l'enfant posé sur son dos.

—Nous ferons mieux la prochaine fois ! gloussa Matrone Malice, bien qu'elle ne pût être assurée d'une prochaine fois.

Elle approchait de la fin de son cinquième siècle, et les drows, même jeunes, engendraient peu. À la naissance de

Briza, Malice était une jeune mère de cent ans mais, au cours des quatre siècles suivants, elle n'avait eu que cinq autres enfants. Ce bébé, Drizzt, constituait en fait une surprise, et elle ne s'attendait guère à concevoir encore après lui.

— Assez de ces considérations, chuchota Malice à part elle, épuisée. J'aurai tout le temps pour ça…

Elle se laissa aller sur son siège et sombra dans des rêves volatils mais vicieusement agréables de pouvoir toujours croissant.

Zaknafein avançait à l'intérieur du pilier central du domaine DeVir, capuche à la main, fouet et épée bien assurés à la ceinture. La rumeur d'un combat se faisait encore entendre de temps en temps, mais ne durait pas. La Maison Do'Urden avait vaincu : la Dixième Maison avait pris la Quatrième, il ne restait plus qu'à éliminer les témoins et les preuves. Un groupe de prêtresses de moindre rang avançait ; elles soignaient les Do'Urden blessés et réanimaient les cadavres de ceux pour qui elles ne pouvaient plus rien afin qu'ils évacuent tous seuls la scène du crime. Une fois de retour au domaine Do'Urden, les corps récupérables subiraient une résurrection et on les remettrait au travail.

Zak se détourna avec un frisson bien visible des prêtresses qui allaient de salle en salle, laissant derrière elles une quantité de plus en plus importante de morts-vivants.

Le maître d'armes n'appréciait pas le travail de ces femmes, mais le groupe suivant faisait pire encore : deux prêtresses de la Maison Do'Urden guidaient une petite troupe de soldats dans le domaine et jetaient des sorts de détection pour repérer les endroits où pouvaient se cacher des survivants de la Maison DeVir. L'une d'elles s'arrêta dans la grande salle à quelques pas de Zak, les yeux absents, concentrée sur les sensations créées par son sort. Elle tendit les mains, formant de ses bras une espèce de baguette de divination macabre destinée à repérer la chair drow.

— Là-dedans ! s'écria-t-elle en désignant un panneau au pied du mur.

Les soldats bondirent comme une meute de loups affamés et arrachèrent la porte secrète. À l'intérieur de la pièce dissimulée se blottissaient les enfants de la Maison DeVir. Il s'agissait de nobles, non de drows du commun. Il était hors de question de les laisser vivre.

Zak hâta le pas pour laisser la scène derrière lui, mais entendit clairement les cris impuissants des enfants que les soldats Do'Urden prenaient plaisir à achever. Il se mit à courir. Au détour d'un couloir, il faillit se heurter à Dinin et Rizzen.

— Nalfein est mort, lui annonça Rizzen sans marque d'émotion.

Zak jeta aussitôt un regard soupçonneux sur le fils Do'Urden.

— J'ai tué le soldat DeVir qui a commis cet acte, lui assura Dinin sans se donner la peine de cacher un sourire arrogant.

Le maître d'armes vivait depuis près de quatre siècles dans la société drow, et il n'ignorait rien des méthodes de ce peuple d'ambitieux. Les deux frères étaient restés derrière les lignes, avec en permanence une troupe de soldats Do'Urden entre l'ennemi et eux. Quand ils avaient enfin eu l'occasion de rencontrer un drow qui n'appartenait pas à la Maison Do'Urden, la plupart des soldats survivants de la Maison DeVir avaient déjà changé d'allégeance ! Zak doutait que les deux frères Do'Urden, cette nuit, aient même seulement assisté à un combat.

— La description du carnage dans la salle de prières s'est répandue dans les rangs, déclara Rizzen. Vous avez œuvré aussi excellemment que d'habitude, ainsi que nous nous y attendions tous.

Zak jeta au consort un regard de mépris et passa son chemin. Il sortit par la porte principale du bâtiment et, traversant l'anneau de silence et d'obscurité magiques, retrouva l'aube sombre de Menzoberranzan. Rizzen n'était que le partenaire sexuel actuel de Matrone Malice, rien de plus. Nombre de mâles l'avaient précédé dans ce rôle. Quand Malice se lasserait de lui, elle le reléguerait dans les rangs de la soldatesque commune et lui retirerait son nom de Do'Urden avec tous les avantages associés, ou bien elle l'éliminerait. Zak ne lui devait aucun respect particulier.

Il s'éloigna de la barrière de thallophytes jusqu'au point de vue le plus élevé qu'il pût trouver, puis s'écroula. Un peu plus tard, encore sous le choc, il observa la procession de l'armée Do'Urden : le consort et son fils, les soldats et les prêtresses, suivis de deux douzaines de morts-vivants drows peu alertes, retournaient chez eux. Ils avaient perdu et laissé derrière eux la quasi-totalité de leur chair à canon, pourtant les rangs qui s'éloignaient des ruines de la Maison DeVir étaient plus fournis que ceux arrivés plus tôt dans la nuit. Ils avaient remplacé leurs esclaves tués par deux fois plus d'esclaves capturés sur le domaine DeVir, et une cinquantaine au moins de la soldatesque commune des DeVir, dans une manifestation de « loyauté » typiquement drow, avait volontairement rejoint les rangs des assaillants. Ces traîtres seraient interrogés – un interrogatoire magique – par les prêtresses Do'Urden afin de s'assurer de leur sincérité.

Ils passeraient tous cette épreuve, Zak n'en doutait pas. La priorité pour les elfes noirs était la survie et non la fidélité aux principes. On donnerait de nouvelles identités à ces soldats et on les enfermerait pendant quelques mois à l'intérieur du domaine Do'Urden, le temps que la chute de la Maison DeVir devienne un vieux conte sans intérêt.

Le maître d'armes ne les suivit pas tout de suite. Il s'éloigna au milieu des thallophytes géants jusqu'à trouver un creux bien caché; là, il s'allongea sur le sol moussu et leva le regard vers l'éternelle noirceur de la voûte de la caverne, noirceur à l'image de son existence.

La prudence lui imposait le silence: il était entré en ennemi dans la partie la plus puissante de la vaste cité. Il pensa aux témoins possibles de ses paroles, les mêmes elfes noirs qui avaient assisté à la chute de la Maison DeVir et en avaient pleinement apprécié le spectacle. Mais, confronté aux événements de la nuit, à ce carnage, Zak ne pouvait contenir ses émotions. Ses plaintes sortirent de lui comme une supplication faite à un dieu bien au-delà de son expérience.

— Quel est donc ce monde où je vis? Dans quel sombre tumulte mon âme a-t-elle choisi son corps? chuchota l'opposant furieux qui avait toujours fait partie de son être. À la lumière, je vois ma peau noire; dans l'obscurité elle luit blanche de la chaleur furieuse que je ne puis chasser!

» Si seulement j'avais le courage de partir, de quitter ce lieu ou cette vie, ou bien de me dresser ouvertement contre le mal qui sous-tend leur monde, celui des miens. De rechercher une existence qui ne soit plus la négation de ce en quoi je crois, de ce qu'en conscience je tiens pour vrai!

» On m'appelle Zaknafein Do'Urden, pourtant drow je ne suis pas, ni par choix ni par action. Qu'ils découvrent alors qui je suis! Qu'ils fassent pleuvoir leur rage sur ces pauvres épaules déjà courbées sous le désespoir de Menzoberranzan.

Sans se soucier des conséquences, le maître d'armes se releva d'un bond.

— Menzoberranzan, quel enfer es-tu donc ? hurla-t-il.

Un peu plus tard, sans qu'aucune réponse soit venue en écho depuis la cité silencieuse, Zak chassa par quelques étirements de ses muscles las ce qu'il restait du sort glacial de Briza. Il puisait un peu de réconfort au contact du fouet avec lequel il avait arraché la langue d'une Mère Matrone.

3

Les yeux d'un enfant

Masoj, le jeune mage apprenti – donc, à ce point de son éducation, guère plus qu'un elfe de ménage – appuyé sur son balai, regardait Alton DeVir qui entrait dans la plus haute chambre de la spire. Il éprouvait presque de la compassion pour l'étudiant qui allait devoir affronter Sans-Visage.

Mais il ressentait également beaucoup d'intérêt à l'idée des étincelles que sans nul doute cette rencontre entre Alton et le maître défiguré allait provoquer ; elles constitueraient un beau spectacle ! Il se remit à balayer, ce qui lui donna un prétexte pour se rapprocher de la porte qu'avait franchie le jeune DeVir.

—Vous m'avez demandé, maître Sans-Visage ? répéta Alton DeVir, une main devant ses yeux mi-clos pour se protéger du vif éclat des trois chandelles allumées dans la pièce.

Il se sentait mal à l'aise et piétinait sur place, tout près du seuil.

À l'autre bout de la pièce, Sans-Visage, voûté, tournait le dos à l'étudiant. *Autant faire cela vite et bien*, se répétait le maître. Il savait cependant que le sort qu'il préparait à l'instant même tuerait Alton sans lui laisser le temps de connaître le sort de sa famille : il n'obéirait pas complètement aux instructions de Dinin Do'Urden. Mais l'enjeu était trop important, autant en finir proprement.

— Vous..., reprit Alton, mais, par prudence, il s'interrompit et tenta de comprendre la situation.

Il était très inhabituel d'être convoqué dans les quartiers privés d'un maître de l'Académie avant même le début des cours. En entendant cet ordre, Alton avait craint d'avoir échoué dans une des matières. Cela pouvait suffire à lui faire rater l'ensemble de son cursus à Sorcere. Il avait presque fini ses études, mais l'opposition d'un seul professeur pouvait tout arrêter.

L'étudiant avait brillamment suivi les cours de Sans-Visage, il avait même eu l'impression que son énigmatique professeur l'aimait bien. Peut-être l'avait-il invité simplement pour le féliciter de l'obtention toute proche de son diplôme ? Mais non, même si Alton avait envie de l'espérer, c'était très peu probable. Les maîtres de l'Académie drow ne félicitaient pas souvent leurs étudiants.

Il entendit alors une psalmodie chantée à voix basse et se rendit compte que Sans-Visage était en train d'incanter un sort. Il en fut tout de suite alarmé ; il se passait quelque chose de franchement anormal, de tout à fait déplacé pour le protocole strict de l'Académie. Alton se campa sur ses jambes et se raidit, suivant ainsi le conseil que tout jeune étudiant s'entendait marteler sans cesse et qui permettait aux elfes noirs de survivre dans leur société si proche du pur chaos : *Tiens-toi prêt !*

La porte explosa devant Masoj. L'impact le projeta contre le mur et répandit partout des éclats de pierre. Mais il se dit que le spectacle en valait la peine (et même cette nouvelle ecchymose à l'épaule) lorsqu'Alton DeVir sortit péniblement de la pièce. Du dos et du bras gauche de l'étudiant s'élevaient des volutes de fumée, et la plus exquise expression de terreur et de souffrance que Masoj ait jamais eu le privilège de contempler était gravée sur son visage.

Alton tituba et se jeta à terre pour s'éloigner en roulant sur lui-même : sa première priorité était de mettre un maximum de distance entre lui et ce professeur assassin. Il suivit ainsi la courbe descendante du plancher et passa le seuil qui menait à la pièce suivante, plus basse, juste au moment où Sans-Visage faisait son apparition sur le seuil ravagé.

Le maître s'arrêta le temps de cracher un juron maudissant son sort avorté et de se demander comment remplacer sa porte.

— Nettoie-moi ça ! jeta-t-il sèchement à Masoj, qui avait repris une pose nonchalante, les mains appuyées sur son balai et le menton posé dessus.

L'apprenti baissa la tête avec soumission et entreprit de balayer les éclats de pierre. Mais il releva les yeux quand Sans-Visage passa devant lui et le suivit sans bruit.

Inconcevable qu'Alton s'en sorte ; le spectacle promettait !

La troisième pièce, la bibliothèque privée du maître, était la plus éclairée des quatre que comportait la spire. Des dizaines de chandelles brûlaient sur chaque mur.

— Satanée lumière ! vitupéra Alton en titubant jusqu'à la porte qui le mènerait à une autre pièce des quartiers de Sans-Visage, puis à la sortie.

Les illuminations lui brouillaient la vue et l'étourdissaient, pourtant, s'il parvenait en bas de la spire qui constituait le logement du maître, il pourrait sortir dans la cour de l'Académie et faire ainsi basculer les chances de son côté.

Le monde d'Alton avait essentiellement été cantonné à l'obscurité de Menzoberranzan, mais le maître avait passé des décades à Sorcere, à la lueur des chandelles, et ses yeux avaient pris l'habitude de voir dans le spectre lumineux au lieu de discerner les gradients de température.

Le hall d'entrée était encombré de sièges et de coffres, mais il n'y avait qu'une seule chandelle allumée et Alton recouvrit suffisamment la vue pour franchir tous les obstacles. Il se rua vers la porte et saisit l'énorme poignée, qui tourna sans effort ; mais le vantail ne réagit pas à son coup d'épaule. Une étincelle d'énergie bleue le jeta à terre.

— Maudit endroit ! s'écria Alton, furieux.

L'issue était dotée d'un verrou magique. L'étudiant connaissait un sort permettant d'ouvrir des portes magiquement fermées mais doutait que sa magie soit assez puissante pour prévaloir sur celle d'un maître. En outre, dans sa hâte et son épouvante il faisait du dweomer un bredouillis incompréhensible.

— Inutile de courir, DeVir, le prévint Sans-Visage depuis l'autre pièce, tu ne fais que prolonger ton supplice !

— Toi aussi je te maudis, répondit Alton à part lui.

Il renonça à essayer de se rappeler ce malheureux sort : il n'avait pas le temps. Il parcourut la pièce du regard, en quête d'une issue.

Il remarqua quelque chose d'inhabituel à mi-hauteur du mur, entre deux armoires. Alton recula de quelques pas pour avoir un meilleur angle de vue, mais se retrouva plus près de la chandelle, dans une zone trompeuse où ses yeux devaient interpréter à la fois lumière et température.

Il discernait seulement une lueur uniforme dans le spectre infrarouge, d'une nuance juste un peu différente de la pierre des murs. L'entrée d'une autre pièce ? Il ne pouvait que l'espérer. Il se rua à travers la pièce, s'arrêta juste devant l'objet, et força son regard à se limiter à la vision normale, celle du monde de la lumière.

En ajustant ainsi ses sens, le jeune DeVir éprouva un instant de perplexité : il ne s'agissait pas d'un seuil, il n'y avait là aucune ouverture. Ce qu'il voyait, en fait, n'était autre que son propre reflet et celui de la partie de la pièce où il se tenait. Au cours des cinquante-cinq ans de sa vie, Alton n'avait jamais rien vu de tel, mais il avait entendu les maîtres de Sorcere parler de ce genre d'objet. Il se trouvait devant un miroir.

Un mouvement perçu à l'entrée haute de la pièce lui rappela que Sans-Visage était presque sur lui. Il ne pouvait se permettre d'hésiter pour chercher la meilleure solution. Il baissa la tête et fonça droit sur son reflet.

Peut-être s'agissait-il d'un portail de téléportation débouchant ailleurs en ville, ou dans une pièce tout près. Ou peut-être, osa espérer Alton durant ces quelques secondes désespérées, se dirigeait-il sur une porte interplanaire qui le ferait accéder à un étrange plan d'existence inconnu !

Il ressentit le picotement excitant de l'aventure tandis qu'il approchait de cette chose prodigieuse, puis rien d'autre que le choc de l'impact sur le verre, qui vola en éclats, et sur le mur de pierre derrière qui, lui, ne céda pas.

Peut-être s'agissait-il seulement d'un miroir.

⚔ ⚔ ⚔ ⚔ ⚔

— Regarde ses yeux, chuchota Vierna à Maya, tandis qu'elles se penchaient toutes les deux sur le nouveau membre de la famille Do'Urden.

Effectivement, les yeux de ce bébé étaient remarquables. Moins de une heure après sa sortie de la matrice, ses pupilles se dirigeaient déjà de gauche à droite, pleines de curiosité. Elles émettaient la lueur normale des yeux sensibles au spectre infrarouge, mais à ce rouge familier se mêlait une touche de bleu qui donnait aux iris une nuance violette.

— Un aveugle ? s'interrogea Maya. Peut-être sera-t-il livré à la Reine Araignée après tout...

Briza leur lança un regard inquiet. Les elfes noirs ne permettaient pas aux enfants qui souffraient d'une déficience physique quelconque de vivre.

— Non, répondit Vierna en agitant la main au-dessus de l'enfant et en lançant un regard contrarié à ses deux sœurs. Il suit le mouvement de mes doigts.

Maya vit que Vierna avait raison. Elle s'approcha de l'enfant et étudia son visage, ses yeux étranges.

— Que vois-tu donc, Drizzt Do'Urden ? demanda-t-elle d'une voix douce, non par gentillesse pour le bébé mais pour ne pas déranger sa mère qui se reposait sur son siège, près de la tête de l'idole en forme d'araignée.

» Que vois-tu qui nous échappe ?

Alton sentit des éclats de verre craquer sous lui et s'enfoncer dans ses blessures alors qu'il changeait de position pour essayer de se relever. *À quoi bon ?* se dit-il, désespéré.

— Mon miroir ! gronda Sans-Visage.

Il leva les yeux sur le maître furieux planté devant lui.

Il lui semblait immense ! Grand, puissant, sa masse empêchait complètement la lumière de la chandelle de parvenir jusqu'à cette petite alcôve entre les deux armoires ; à cause de la menace qu'il incarnait, il paraissait dix fois plus imposant encore aux yeux de sa victime impuissante.

Alton sentit alors qu'une substance poisseuse descendait en flottant autour de lui : des morceaux de toile d'araignée installaient leur prise gluante sur les meubles, sur le mur, sur son corps. Le jeune DeVir tenta de bondir et de les éviter en roulant par terre, mais le sort du maître l'entravait déjà solidement ; il était pris comme une mouche *dirgit* dans les rets d'une araignée.

— D'abord ma porte, grommela le maître, et maintenant tu t'attaques à mon miroir ! As-tu seulement une idée du mal que j'ai eu à me procurer un objet aussi rare ?

Alton secoua la tête, non pas pour lui répondre mais pour libérer au moins son visage de ses liens.

— Ne pouvais-tu donc pas rester tranquille et me laisser accomplir proprement ma tâche ? rugit Sans-Visage, franchement écœuré.

— Pourquoi ? réussit à balbutier Alton en recrachant quelques fils qui s'étaient immiscés entre ses lèvres minces. Quelle raison avez-vous de vouloir me tuer ?

— Tu as cassé mon miroir !

Cela n'avait évidemment pas de sens. Alton n'avait brisé le miroir qu'à cause de l'attaque du maître ! Il supposa que Sans-Visage n'avait pas besoin de raison. Il savait qu'il plaidait pour une cause perdue, mais n'en poursuivit pas moins ses efforts pour dissuader son adversaire.

— Vous savez que je suis de la Maison DeVir, s'écria-t-il avec indignation, la Quatrième Maison ! Cela ne va pas plaire à Matrone Ginafae, et une haute prêtresse sait comment découvrir la vérité !

— La Maison DeVir ? répondit Sans-Visage en riant.

Peut-être tenait-il finalement une bonne occasion de faire subir à Alton les souffrances qu'avait réclamées Dinin Do'Urden. Ce jeune idiot avait brisé son miroir !

— Oui, la Quatrième Maison ! cracha Alton.

— Pauvre crétin, caqueta le maître, la Maison DeVir n'est plus – ni quatrième, ni cinquante-quatrième, ni rien !

(Le jeune drow s'affaissa dans ses liens, qui l'empêchèrent de glisser jusqu'à terre. À quoi rimait ce babillage du maître ?)

» Ils sont tous morts ! continuait l'autre d'un ton railleur. Matrone Ginafae voit Lolth de plus près aujourd'hui. (L'expression d'horreur apparue sur le visage d'Alton faisait jubiler Sans-Visage.) Tous morts ! répéta-t-il méchamment. Sauf ce pauvre Alton, qui aura vécu suffisamment pour connaître le sort malheureux de sa famille. Mais je vais remédier tout de suite à cette exception !

Sans-Visage leva les mains pour jeter un sort.

— Qui ? s'écria Alton. (Le maître s'interrompit, l'air perplexe.) Quelle Maison a commis ce forfait, ou quelle maudite alliance de conspirateurs ?

— Ah, je devrais te le dire, répondit Sans-Visage, de toute évidence ravi de la situation. Sans doute as-tu le droit de le savoir avant de rejoindre les tiens au Royaume des Morts. (La fissure s'élargit là où s'étaient autrefois trouvées ses lèvres.) Mais tu as cassé mon miroir ! grogna-t-il. Meurs donc idiot, tu ne vaux pas mieux ! Cherche toi-même la réponse !

La poitrine du maître fut soudain prise de soubresauts, et des convulsions le secouèrent ; il se mit à balbutier des malédictions dans une langue totalement incompréhensible pour l'étudiant terrifié. Quel sort pervers cet ignoble monstre avait-il préparé pour lui ? Quelque chose de si infernal que la psalmodie s'en faisait dans un langage obscur (Alton, pourtant bien entraîné, n'avait jamais rien entendu de tel) et de si incroyablement vicieux que les termes en semblaient à peine maîtrisés par celui qui le jetait.

Sans-Visage s'effondra face contre terre et rendit le dernier soupir.

Le regard abasourdi d'Alton passa de la capuche sur le crâne du maître aux robes sur son dos, puis au carreau qui les transperçait. Il vit le dard empoisonné tressaillir un moment encore sous le choc de l'impact, puis porta son attention plus loin, au centre de la pièce, là où le jeune elfe de ménage se tenait debout, impassible.

— Belle arme, Sans-Visage ! clama Masoj d'un air extatique en admirant sous tous les angles l'arbalète de poing de bonne facture qu'il tenait.

Il jeta un sourire pervers à Alton et ajusta un nouveau carreau.

Matrone Malice se hissa hors de sa chaise et se mit péniblement debout.

— Écartez-vous ! jeta-t-elle sèchement à ses filles.

Maya et Vierna s'éloignèrent en toute hâte de l'idole et du bébé sur son dos.

— Regardez ses yeux, Matrone Malice, osa suggérer Vierna. Ils sont des plus inhabituels.

Matrone Malice examina l'enfant. Tout avait l'air bien en place ; tant mieux, car Nalfein, Premier Fils de la Maison Do'Urden, était mort désormais, et ce garçon, Drizzt, aurait fort à faire pour le remplacer dignement.

— Ses yeux, répéta Vierna.

La Matrone lui jeta un regard plein de venin mais se pencha pour voir ce qui déliait tant les langues.

— Mauves ? dit Malice, étonnée.

Elle n'avait jamais entendu parler d'une chose pareille.

— Il n'est pas aveugle, glissa rapidement Maya en voyant le dédain envahir le visage de sa mère.

— Va chercher la chandelle, ordonna Matrone Malice. Nous allons voir ce que donnent ses yeux à la lumière.

Maya et Vierna, par réflexe, se dirigèrent vers le coffre aux objets sacrés, mais Briza les coupa dans leur élan.

— Seule une haute prêtresse peut toucher les mystères du culte ! leur rappela-t-elle d'un ton lourd de menace.

Elle pivota avec mépris et prit dans le meuble une chandelle rouge déjà à moitié consumée. Les prêtresses portèrent la main à leurs yeux et Matrone Malice mit la sienne, prudemment, sur le visage du bébé quand Briza alluma la chandelle sacrée. Elle ne donnait qu'une faible flamme, mais, pour des drows, cela représentait une agression lumineuse.

— Apporte-la ici, ordonna Malice quand leurs yeux se furent accoutumés à la clarté.

Briza approcha la chandelle de Drizzt, et la Matrone retira peu à peu sa main du visage du nouveau-né.

— Il ne pleure pas, remarqua Briza, étonnée qu'un si petit bébé accepte sans protester une lumière aussi blessante.

— Toujours mauves, chuchota la Matrone sans prendre garde à sa fille. Dans les deux mondes, les yeux de cet enfant apparaissent mauves.

Vierna eut un petit cri en reportant de nouveau son regard sur ces iris lavande si frappants.

— Il s'agit de ton frère, lui rappela Matrone Malice, car la réaction de Vierna lui semblait annonciatrice de complications à venir. Quand il grandira et que ses yeux te feront de l'effet, rappelle-toi, sur ta vie, qu'il est ton frère.

Vierna se détourna, retenant sur ses lèvres une réponse qu'elle aurait sûrement regrettée. Les exploits de Matrone Malice avec presque tous les soldats mâles de la Maison Do'Urden, et avec beaucoup d'autres qu'elle parvenait à arracher à leurs Maisons respectives, étaient presque légendaires dans tout Menzoberranzan. Et elle se permettait de lui donner des leçons de pudeur ! Vierna se mordit la lèvre en espérant que ni Briza ni Malice ne lisaient ses pensées à cet instant précis.

À Menzoberranzan, laisser son esprit évoquer de tels ragots (vrais ou faux) à propos d'une haute prêtresse vous valait une douloureuse mise à mort.

Sa mère fronça les sourcils et Vierna craignit d'avoir été découverte.

— Ce sera à toi de l'éduquer, lui annonça Matrone Malice.

— Maya est plus jeune, osa protester Vierna. Si je poursuis mes études, je ne suis qu'à quelques années du titre de haute prêtresse !

— Rien n'est sûr, lui rappela brutalement Malice. Emmène l'enfant dans la chapelle proprement dite. Sèvre-le, apprends-lui à parler et enseigne-lui tout ce qu'il aura besoin de savoir pour accomplir dignement sa tâche de Prince Page de la Maison Do'Urden.

— Moi je m'en occuperai, proposa Briza, sa main glissant déjà d'elle-même vers son fouet-serpent. J'adore apprendre aux mâles leur place dans notre monde !

Malice lui jeta un regard mauvais.

— Tu es une haute prêtresse ! Tu as d'autres devoirs plus importants à remplir qu'éduquer un enfant mâle. (Elle ajouta à l'adresse de Vierna :) Il est à toi. Ne me déçois pas ! Les leçons que tu enseigneras à Drizzt te seront profitables à toi aussi. Cet exercice de « maternage » t'aidera à devenir haute prêtresse. (Elle laissa un moment à Vierna pour considérer sa mission sous un jour plus favorable, puis reprit la parole d'un ton de nouveau lourd de menace.) Cela t'aidera peut-être… Mais pourrait aussi te détruire !

Vierna poussa un soupir mais garda ses pensées pour elle. Cette corvée que sa mère venait de placer sur ses épaules occuperait l'essentiel de son temps pour les dix années à venir, au moins. Vierna n'appréciait guère la perspective de se retrouver tête à tête avec cet enfant aux yeux mauves pour dix longues années. Mais l'autre possibilité, essuyer la fureur de Matrone Malice, paraissait sans conteste infiniment pire.

Alton cracha un autre morceau de toile.

— Tu n'es qu'un jeune garçon, un apprenti, balbutia-t-il. Pourquoi voudrais-tu ?…

— Le tuer ? acheva Masoj. Ce n'est pas pour te sauver, si tel est ton espoir. (Il cracha sur le corps de Sans-Visage.) Regarde-moi, un Prince de la Sixième Maison, réduit au rang de domestique de ce sale…

— Hun'ett ! l'interrompit Alton. La Sixième Maison, c'est la Maison Hun'ett.

Le drow plus jeune porta un doigt à ses lèvres pincées en un rictus.

— Attends un peu, remarqua-t-il en arborant un sourire sarcastique qui allait s'élargissant, nous devons être la Cinquième Maison à présent, je suppose. Les DeVir ont été annihilés !

— Pas tous ! grommela l'étudiant.

— Momentanément, l'assura Masoj, le doigt sur son carreau d'arbalète.

Alton s'affaissa un peu plus dans ses entraves. Se faire tuer par un maître était déjà humiliant, mais l'indignité d'être abattu par un tout jeune garçon…

— Sans doute devrais-je te remercier, ajouta Masoj. Depuis quelques dizaines déjà j'avais prévu de le tuer.

— Pourquoi ? insista Alton auprès de ce nouvel adversaire. Tu oserais assassiner un maître de Sorcere uniquement parce que ta famille t'a placé à son service ?

— Il n'arrêtait pas de me regarder de haut ! s'exclama Masoj. J'ai été pendant quatre ans l'esclave de cet arrière-train de bousier. J'ai nettoyé ses bottes, j'ai préparé des onguents pour son visage répugnant ! Se montrait-il jamais satisfait ? Oh non ! (Il cracha encore sur le cadavre et se remit à parler, davantage à lui-même qu'à l'étudiant entravé.) Les nobles destinés à la sorcellerie ont le privilège d'entrer en apprentissage en attendant d'avoir l'âge de commencer à Sorcere.

—Oui, bien sûr. J'étais moi-même l'apprenti de...

—Il ne voulait pas me laisser y entrer ! (Masoj continuait sans plus prendre garde à Alton.) Au lieu de Sorcere, il comptait me contraindre à suivre l'enseignement de Melee-Magthere, l'école des guerriers. L'école des guerriers, et je ne suis qu'à deux dizaines de mes vingt-cinq ans ! (Masoj leva les yeux, comme s'il se rappelait soudain la présence d'Alton.)

» Je savais qu'il me fallait le tuer, poursuivit-il en s'adressant directement à lui. Et voilà que tu débarques et que tu m'offres une occasion en or ! Un maître et un élève qui s'entre-tuent au cours d'un combat. On a déjà vu ça. Qui enquêterait sur une telle histoire ? Je suppose donc que je te dois des remerciements, Alton DeVir, d'une Maison Sans Rang Appréciable, ajouta Masoj railleusement en s'inclinant très bas.

» Enfin, avant de te tuer.

—Attends ! À quoi cela t'avancera-t-il de me tuer ?

—J'aurai un alibi.

—Mais tu as déjà ton alibi et nous pouvons encore l'améliorer !

—Explique-toi, répondit Masoj qui, de fait, avait le temps d'agir : les toiles de Sans-Visage, mage de haut rang, ne risquaient pas de se desserrer trop vite.

—Libère-moi, déclara carrément Alton.

—Serais-tu aussi idiot que le disait maître Sans-Visage ?

Alton subit stoïquement l'insulte ; ce gamin se trouvait du bon côté de l'arbalète.

— Libère-moi, et je prendrai la place de Sans-Visage, expliqua-t-il. La mort d'un maître soulève toujours des interrogations, mais si on le croit toujours vivant...

— Et que fera-t-on de ça ? demanda Masoj en décochant un coup de pied au cadavre.

— Brûlons-le, répondit Alton. (Son plan désespéré prenait forme très vite.) Il sera Alton DeVir. La Maison DeVir n'est plus, il n'y aura donc ni vengeance ni questions. (Masoj avait encore l'air sceptique.)

» Sans-Visage vivait très retiré, presque en ermite, insista Alton. Et moi je suis tout proche du diplôme ; après trente ans d'études, je peux sûrement assurer l'enseignement des bases de la magie !

— Qu'est-ce que j'y gagne ?

Alton resta bouche bée, si surpris qu'il se laissa presque engloutir par la toile poisseuse, tellement la réponse lui semblait évidente.

— Un maître de Sorcere qui sera ton mentor ! s'écria-t-il. Quelqu'un qui te facilitera grandement tes années d'études.

— Et qui pourra se débarrasser d'un témoin à la première occasion, remarqua Masoj vicieusement.

— Qu'est-ce que j'y gagnerais ? rétorqua Alton. Me mettre à dos la Maison Hun'ett, la Cinquième de la cité, alors que je n'ai pas de famille pour me soutenir ? Non, mon jeune Masoj, je ne suis pas idiot comme le pensait Sans-Visage !

Masoj fit cliqueter sur ses dents un ongle long taillé en pointe et réfléchit aux différentes possibilités. Un allié parmi les maîtres de Sorcere ? Voilà qui ouvrait des perspectives...

Une autre idée lui vint ; il ouvrit l'un des placards à côté d'Alton et entreprit de fourrager à l'intérieur. Alton se crispa en entendant des flacons d'argile ou de verre se briser. Il pensait aux ingrédients, voire aux potions déjà élaborées que l'apprenti, par sa négligence, perdait ainsi. *Peut-être serait-il en effet plus à sa place à Melee-Magthere*, pensa-t-il.

Cependant, l'apprenti réapparut quelques instants plus tard, et Alton dut se rappeler qu'il ne se trouvait guère en position de décider de l'avenir de Masoj.

— C'est à moi, affirma celui-ci d'un ton sans réplique en exhibant un petit objet noir, une figurine d'onyx à l'image d'une panthère en chasse, remarquablement détaillée. C'est un cadeau d'un habitant d'un plan d'existence inférieur pour un service que je lui ai rendu un jour.

— Tu as rendu service à une de ces créatures ?

Alton se sentait obligé de poser la question, parce qu'il avait du mal à imaginer qu'un simple apprenti aurait même eu des chances sérieuses de survivre à une rencontre avec un adversaire si imprévisible et si puissant.

— Sans-Visage… (Masoj donna un autre coup de pied au cadavre)… s'est arrogé tout le mérite et a gardé la statuette, mais ils me reviennent ! Tu auras tout le reste ici, bien sûr. Je connais la plupart des dweomers à utiliser et je te montrerai ce qu'il y a à savoir.

Tout à l'espoir de voir réellement la fin de cette abominable journée, Alton ne se souciait guère de la figurine pour l'instant. Il voulait d'abord se libérer de ses entraves pour pouvoir découvrir la vérité sur le sort qu'avait connu sa Maison. Tout à coup, Masoj, décidément plein de surprises, tourna les talons et s'éloigna.

— Où vas-tu ? demanda Alton.

— Chercher l'acide.

— L'acide ?

Il dissimulait sa panique, même s'il avait le sentiment affreux de parfaitement comprendre où l'apprenti voulait en venir.

— Tu veux sûrement que le déguisement soit convaincant, expliqua tranquillement Masoj. Sinon il ne vaudrait pas grand-chose ! Nous devrions nous servir de ces toiles tant qu'elles tiennent, elles te feront tenir tranquille.

— Non…, commença Alton en guise de protestation, mais Masoj pivota et lui fit face, un sourire pervers sur le visage.

— Oui, c'est sans doute douloureux, une tâche pénible à accomplir, reconnut-il. Tu n'as plus de famille et ne trouveras pas d'allié à Sorcere, puisque les autres maîtres n'avaient que mépris pour Sans-Visage. (Il leva l'arbalète à hauteur des yeux d'Alton et y encocha une autre pointe empoisonnée.) Peut-être préfères-tu la mort.

— D'accord, va chercher l'acide ! s'écria le jeune DeVir.

— Pour quoi faire ? demanda railleusement Masoj, l'arbalète toujours bien en vue. Que te reste-t-il comme raison de vivre, Alton DeVir d'une Maison Sans Rang Appréciable ?

— La vengeance ! répliqua Alton, un rictus sur le visage. (La rage pure que trahissait son ton fit reculer Masoj d'un pas, malgré sa position dominante.) Tu n'as pas encore appris cela, mais tu le feras, mon jeune élève : rien au monde ne motive davantage dans la vie que la soif de vengeance !

Masoj abaissa l'arbalète et considéra le prisonnier avec un nouveau respect, presque de la crainte. Mais l'apprenti de la Maison Hun'ett ne se rendit compte de la solennité de la proclamation d'Alton que lorsqu'il entendit Alton répéter, avec cette fois un sourire plein d'expectative :

— Va chercher l'acide.

4

La Première Maison

Quatre cycles de Narbondel plus tard – quatre jours – un disque bleu luisant flottait le long du chemin de pierre bordé de thallophytes qui menait au portail gravé d'images d'araignées du domaine Do'Urden. Les sentinelles le virent arriver depuis les fenêtres des deux tours extérieures et depuis la basse-cour ; il s'arrêta et resta patiemment en lévitation à un mètre du sol, près de l'entrée. L'information parvint en quelques secondes aux membres dirigeants de la famille.

— Qu'est-ce que ça peut bien être ? demanda Briza à Zaknafein.

Dinin, Maya, le maître d'armes et elle s'étaient réunis sur le balcon au dernier étage.

— Une convocation ? suggéra Zak. Nous n'en saurons rien sans nous renseigner plus avant.

Il enjamba la rampe et descendit en lévitant doucement jusqu'au sol. Briza adressa un signe à Maya, et la plus jeune fille Do'Urden descendit elle aussi.

— Il porte l'emblème de la Maison Baenre, déclara Zak d'une voix forte après s'être approché du disque.

Maya et lui ouvrirent le grand portail et l'objet entra paisiblement à l'intérieur du domaine.

— Baenre, répéta Briza en tournant la tête vers le couloir au bout duquel attendaient Rizzen et Matrone Malice.

— On dirait qu'on vous convoque à un entretien, Mère Matrone, intervint Dinin, nerveux.

Malice se dirigea vers le balcon, dûment suivie de son consort.

— Savent-ils pour notre assaut ? demanda Briza en langage des signes.

Chaque membre de la Maison Do'Urden, noble ou du commun, se posait la même question déplaisante. La Maison DeVir n'avait été éliminée que quelques jours auparavant et il était difficile de considérer comme une coïncidence une invitation de la Première Mère Matrone de Menzoberranzan.

— Toutes les Maisons savent, répondit à haute voix Malice, car elle jugeait inutile de garder le silence dans les limites de son propre domaine.

» Mais les preuves sont-elles accablantes au point d'obliger le Conseil régnant à entrer en action contre nous ? (Elle regarda fixement Briza, et ses yeux sombres se mirent à passer de la lueur rouge de l'infravision au vert profond qu'ils arboraient sous la lumière normale.) Telle est la question que nous devons nous poser.

Malice sortit sur le balcon, mais Briza agrippa le dos de ses lourdes robes noires pour l'immobiliser.

— Vous ne comptez pas repartir avec cette chose ? s'écria-t-elle.

Malice répondit à cet éclat par un regard surpris.

— Si, bien sûr. Matrone Baenre ne me convoquerait pas aussi ouvertement si elle me voulait du mal. Même quelqu'un d'aussi puissant ne peut se permettre d'ignorer les règles de notre cité.

— Êtes-vous sûre que ce soit bien prudent ? intervint Rizzen avec une inquiétude réelle.

Si Malice se faisait tuer, Briza prendrait les rênes de la Maison, et Rizzen doutait que la fille aînée souhaite la présence d'un mâle à ses côtés. Et même si cette femme détestable voulait d'un consort, Rizzen ne tenait pas du tout à remplir ce rôle. Il n'était pas non plus le père de Briza, en fait il était même plus jeune qu'elle. Le consort actuel de la Maison avait de toute évidence intérêt à ce que Matrone Malice reste en bonne santé.

— Je trouve ton inquiétude très touchante, déclara Malice, parfaitement consciente des véritables sentiments de Rizzen.

Elle arracha ses robes de la prise de Briza et passa par-dessus la rambarde en les réarrangeant pendant sa descente majestueuse. Briza secoua la tête d'un air hautain et fit signe au consort de la suivre à l'intérieur de la maison. Elle trouvait peu raisonnable d'exposer trop de membres de la famille à des regards étrangers, hostiles.

— Souhaitez-vous une escorte ? demanda Zak tandis que Malice s'asseyait sur le disque.

— Je suis certaine qu'il y en aura une dès que nous aurons quitté les limites du domaine, répondit-elle. Matrone Baenre ne permettrait sûrement pas que je sois exposée au moindre danger alors que je suis sous la responsabilité de sa Maison.

— D'accord, mais voulez-vous en plus une escorte de la Maison Do'Urden ?

— Si la chose avait été prévue, on aurait envoyé deux disques et non un seul, répondit Malice d'un ton définitif.

Elle commençait à trouver toute cette sollicitude étouffante. Elle était la Mère Matrone, après tout, la plus puissante, la plus âgée, la plus avisée, et elle n'appréciait guère que d'autres se croient autorisés à voir plus loin qu'elle. Elle s'adressa au disque :

— Fais donc ce pour quoi on t'a envoyé ; qu'on en finisse !

Zak faillit ricaner en entendant cette expression à double tranchant.

— Matrone Malice Do'Urden, annonça une voix magiquement sortie du disque, Matrone Baenre vous présente ses salutations. Une trop longue période s'est écoulée depuis la dernière fois où vous avez eu un entretien toutes les deux.

— Jamais, signa silencieusement Malice à Zak. (À voix haute, elle dit :) Amène-moi à la Maison Baenre, alors. Je n'ai pas envie de perdre davantage mon temps à bavarder avec une voix magique !

Matrone Baenre avait apparemment prévu l'impatience de Malice, car, sans ajouter un mot, le disque ressortit en flottant du domaine Do'Urden.

Zak fit signe aux soldats de se mettre tout de suite en mouvement. Malice ne voulait pas d'escorte officielle de sa Maison, mais le réseau d'espionnage Do'Urden suivrait en secret tous les mouvements du siège envoyé par Matrone Baenre, jusqu'aux portes mêmes du grandiose domaine de la Maison dirigeante.

Malice avait eu raison de s'attendre à une escorte. Dès que le disque eut quitté le chemin qui menait au domaine Do'Urden, vingt soldats de la Maison Baenre – toutes des femmes – sortirent de leurs cachettes des deux côtés du boulevard et formèrent un losange défensif centré sur la Mère Matrone invitée. Les quatre soldats situés aux coins de la formation portaient des robes noires avec dans le dos un grand blason représentant une araignée rouge et mauve : des robes de hautes prêtresses.

Les propres filles de Baenre! se dit Malice, car seules les filles de nobles pouvaient aspirer à un tel rang. La Première Mère Matrone n'avait rien négligé pour assurer la sécurité de son invitée au cours du trajet.

Les esclaves et les drows du commun se bousculaient frénétiquement pour s'écarter le plus possible du cortège qui avançait par les rues tortueuses en direction de la plantation de thallophytes. La Maison Baenre était la seule dont les soldats arboraient ostensiblement leur emblème, et personne ne voulait s'attirer la colère de sa Mère Matrone!

Malice leva les yeux au ciel et espéra, incrédule, atteindre avant sa mort un pouvoir aussi écrasant.

Elle retrouva une expression d'incrédulité quelques minutes plus tard, quand le groupe s'approcha de la Maison dirigeante. Le domaine Baenre comportait vingt grandes stalagmites majestueuses, toutes reliées entre elles par les arches gracieusement incurvées de ponts et des passerelles. Des feux magiques et des lueurs féeriques sourdaient d'un bon millier de sculptures isolées et une centaine de gardes à la tenue flamboyante circulaient en formations impeccables.

Les trente stalactites plus petites, images inversées des stalagmites, étaient encore plus remarquables. Elles pendaient du plafond de la caverne, leur base perdue dans la noirceur en altitude. Certaines touchaient du bout l'extrémité d'une stalagmite, tandis que d'autres paraissaient suspendues comme autant de pointes en attente. Des balcons avaient été construits autour de chacune d'elles ; ils les encerclaient selon une spirale en pas de vis, luisaient d'une magie débordante et de toutes leurs décorations mises en valeur.

La barrière qui reliait la base des stalagmites extérieures était elle aussi magique et limitait l'ensemble du domaine.

Elle représentait une toile d'araignée géante qui émettait une lueur argent sur le fond bleu de la clôture extérieure du domaine. On murmurait qu'il s'agissait d'un don de Lolth elle-même, formé de fils solides comme le fer, aussi épais que le bras d'un elfe noir. Tout ce qui entrait en contact avec cette barrière de Baenre, même la lame drow la mieux aiguisée, y restait tout simplement collé jusqu'à ce que la Mère Matrone donne l'ordre magique de le libérer.

Malice et son escorte s'approchèrent d'un endroit situé entre les deux plus grandes tours extérieures, où la clôture présentait une symétrie circulaire. Le portail s'écarta par un mouvement en spirale, laissant un espace assez large en son centre pour que le cortège puisse passer.

La Mère Matrone resta assise sur son disque en tâchant d'avoir l'air blasé.

Des centaines de soldats dévorés de curiosité regardèrent la procession avancer jusqu'à la structure centrale de la Maison Baenre, le grand dôme luisant mauve de la chapelle. Les soldats du commun s'en allèrent, laissant aux seules hautes prêtresses le soin d'escorter Matrone Malice à l'intérieur.

Le spectacle de l'autre côté de l'immense porte ne risquait pas de la décevoir : un autel central dominait tout l'endroit et une rangée de bancs formait autour une spirale qui se déroulait plusieurs dizaines de fois avant d'atteindre l'extrémité de la salle. Deux mille drows pouvaient s'y asseoir très à l'aise. Il y avait partout d'innombrables statues et idoles, luisant d'une calme lumière noire. Dans l'air au-dessus de l'autel planait une gigantesque image lumineuse, une illusion en rouge et noir qui passait graduellement, sans arrêt, de l'image d'une araignée à celle d'une belle femme drow.

— Une œuvre de Gromph, mon sorcier en chef, expliqua Matrone Baenre depuis son perchoir situé sur l'autel, devinant que Matrone Malice, comme tout individu entrant pour la première fois dans la chapelle Baenre, devait être époustouflée par cette vision. Même les sorciers ont un rôle à tenir.

— Tant qu'ils n'oublient pas leur place, répondit Malice en descendant du disque qui s'était arrêté.

— Certes. Les mâles se révèlent parfois si présomptueux, notamment les mages ! Pourtant, ces temps-ci, il m'arrive de plus en plus souvent de regretter la présence de Gromph. Il a été nommé Archimage de Menzoberranzan, vous savez, et on dirait qu'il se retrouve constamment à travailler sur Narbondel ou autre chose.

Malice se contenta d'acquiescer en silence. Évidemment qu'elle savait que le fils de Baenre était le premier mage de la cité ! Tout le monde le savait. Tout le monde savait aussi que la fille de Baenre, Triel, était Maîtresse Matrone de l'Académie, une position qui, à Menzoberranzan, ne le cédait qu'à celle de Mère Matrone d'une famille. Malice se doutait que tôt ou tard Matrone Baenre s'arrangerait pour glisser ce fait dans la conversation.

Avant même qu'elle ait pu faire un pas en direction de l'escalier qui menait à l'autel, sa toute nouvelle escorte sortit de l'ombre. Malice ne réprima pas son expression de mécontentement à la vue de cet être, une créature connue sous le nom d'illithid ou flagelleur mental. Il se dressait du haut de ses deux mètres, bien cinquante centimètres de plus que Malice. C'était surtout l'énorme tête de cet être qui le grandissait : luisante de mucus, elle faisait penser à une pieuvre pourvue d'yeux sans pupille, d'un blanc laiteux.

Malice se contraignit à reprendre au plus vite son assurance. On connaissait les flagelleurs mentaux à Menzoberranzan, certains disaient que l'un d'eux était ami de Matrone Baenre. Mais ces créatures, plus intelligentes et plus perverses que les drows eux-mêmes, provoquaient presque toujours des frissons de dégoût.

— Vous pouvez l'appeler Methil, expliqua Matrone Baenre. Je n'arrive pas à prononcer correctement son vrai nom ; nous sommes amis. (Sans laisser le temps à Matrone Malice de réagir, Baenre reprit :) Oh ! C'est vrai, Methil me donne l'avantage dans notre entretien, et vous n'avez pas l'habitude des illithids…

Et, devant une Malice bouche bée d'incrédulité, Matrone Baenre fit signe à l'être de se retirer.

— Vous avez lu dans mes pensées ! protesta la Matrone de la Maison Do'Urden.

Il y avait peu d'elfes noirs capables de traverser les barrières mentales d'une haute prêtresse jusqu'à lire dans ses pensées, et cette manœuvre était considérée comme un crime de la plus haute gravité dans la société drow.

— Mais non ! s'expliqua Matrone Baenre, tout de suite sur la défensive. Je vous demande pardon, Matrone Malice. Methil lit les pensées, même celles d'une haute prêtresse, aussi naturellement que nous entendons prononcer des paroles, et il les communique par télépathie. Je ne me suis même pas rendu compte que vous ne vous étiez pas exprimée à voix haute, je vous assure !

Malice attendit que l'être ait quitté le grand hall, puis s'avança vers les marches qui menaient à l'autel. Elle faisait de son mieux, mais ne pouvait s'empêcher malgré tout de jeter de temps en temps un coup d'œil à cette image d'araignée-drow-araignée.

— Comment se porte la Maison Do'Urden ? demanda Baenre avec une politesse feinte.

— Aussi bien que possible, répondit Malice, qui avait davantage envie à cet instant de jauger son interlocutrice que de faire la conversation. Elles étaient seules toutes deux au sommet de l'autel, mais il y avait sans nul doute une bonne dizaine de prêtresses en train d'errer dans l'ombre de cette immense salle et d'épier leur rencontre.

Malice s'appliquait de toutes ses forces à dissimuler le dégoût qu'elle éprouvait à l'égard de Matrone Baenre. Elle-même était âgée, elle avait presque cinq cents ans, mais on pouvait qualifier Matrone Baenre d'antique ! Ses yeux avaient vu la naissance et la mort d'un millénaire, disait-on, bien que les drows dépassent rarement sept siècles et n'atteignent jamais la fin du huitième. Les elfes noirs, en principe, ne faisaient pas leur âge – Malice était aussi vibrante de beauté à présent qu'à son centième anniversaire –, mais Matrone Baenre semblait flétrie, usée. Les rides autour de sa bouche évoquaient une toile d'araignée, et elle parvenait à peine à garder ouvertes ses lourdes paupières. *Elle devrait être morte,* remarqua à part elle Malice, *mais elle vit toujours !*

Matrone Baenre, qui paraissait avoir scandaleusement dépassé le temps qui lui était alloué, attendait néanmoins un enfant, dont le terme ne devait pas être plus lointain que quelques dizaines.

En cela également cette Mère Matrone allait à l'encontre des normes chez les drows. Elle avait engendré vingt fois, deux fois plus que toutes les autres à Menzoberranzan, et quinze de ses enfants avaient été du sexe féminin, toutes des hautes prêtresses ! Dix des enfants de Baenre étaient plus vieux que Malice...

— Combien de soldats avez-vous sous vos ordres en ce moment ? demanda Matrone Baenre en se penchant vers Malice pour bien marquer son intérêt.

— Trois cents.

— Oh ! dit d'un ton pensif la vieille drow ridée en portant un doigt à ses lèvres. Je m'étais laissé dire trois cent cinquante.

Malice ne put s'empêcher de faire la grimace. Baenre se moquait d'elle : elle faisait référence aux soldats de la Maison DeVir que la Maison Do'Urden avait acquis lors de son raid.

— Trois cents, répéta-t-elle.

— Bien sûr, conclut Baenre en reprenant sa position d'origine.

— … Et il faut en compter un millier pour la Maison Baenre ? demanda la Matrone Do'Urden uniquement pour donner la réplique.

— Depuis bien des années, en effet.

Malice se demanda de nouveau comment ce vieil être décrépit pouvait encore respirer. Plus d'une de ses filles, sûrement, devait aspirer à la position de Mère Matrone ! Pourquoi n'avaient-elles pas monté une conspiration pour en finir avec Matrone Baenre ? Ou pourquoi aucune d'entre elles (certaines parvenaient à la fin de leur existence) n'était-elle partie fonder sa propre Maison, comme le voulait la coutume pour les filles nobles une fois passé leur cinquième siècle ? Tant qu'elles restaient sous la férule de la Matrone, leurs enfants n'avaient même pas le rang de nobles, on les considérait comme des drows du commun.

— Avez-vous entendu parler du sort de la Maison DeVir ? demanda carrément Matrone Baenre, aussi lasse que son interlocutrice de tourner autour du pot.

— De quelle Maison ? répliqua finement Malice.

Il n'existait plus à ce moment d'entité dénommée Maison DeVir : aux yeux des drows, la Maison n'existait pas ; elle n'avait jamais existé.

Matrone Baenre gloussa.

— Bien sûr, approuva-t-elle. Vous êtes Mère Matrone de la Neuvième Maison désormais. Un grand honneur !

— Pas aussi grand que d'être Mère Matrone de la Huitième Maison, répondit Malice en hochant la tête.

— Certes. Mais vous n'avez plus qu'un rang à gagner pour accéder au Conseil régnant.

— Cela serait certainement un immense honneur, répondit Malice.

Elle se rendait compte que Baenre ne l'avait pas fait venir uniquement pour se moquer d'elle, mais pour la féliciter également, et qu'elle cherchait à mesurer son ambition. Malice s'illumina à cette idée. Baenre jouissait d'une grande faveur auprès de la Reine Araignée ; si l'ascension de la Maison Do'Urden lui agréait, il devait en être de même pour Lolth.

— Pas si considérable que vous pensez, annonça Baenre. Nous formons un groupe de vieilles fouineuses qui se réunissent de temps en temps pour trouver de nouveaux moyens de nous mêler de ce qui ne nous regarde pas.

— La cité reconnaît votre autorité.

— Elle n'a guère le choix ! déclara Baenre en riant. Mais les affaires drows sont mieux gérées par les Mères Matrones des différentes Maisons. Lolth n'apprécierait pas un Conseil régnant qui se mêlerait d'exercer une autorité rappelant même de loin un pouvoir absolu ! Ne croyez-vous pas que la Maison Baenre aurait depuis longtemps conquis l'ensemble de Menzoberranzan si tel était le bon vouloir de la Reine Araignée ? (Malice se redressa orgueilleusement sur son siège, indignée de ces paroles arrogantes.)

» Pas de nos jours, bien sûr, s'expliqua Matrone Baenre. La cité a trop grandi pour qu'on puisse envisager à présent une telle conquête. Mais il y a bien longtemps, avant même votre naissance, cela n'aurait pas du tout été au-dessus des forces de la Maison Baenre. Tel n'est pas notre dessein. Lolth aime la diversité. Cela lui convient que les Maisons s'équilibrent les unes les autres, prêtes à combattre côte à côte l'ennemi si besoin est. (Elle se tut un instant et un sourire apparut sur ses lèvres ridées.) Et prêtes à abattre tous ceux qui perdent sa faveur.

Encore une référence directe à la Maison DeVir, remarqua Malice, et cette fois explicitement liée au plaisir de la Reine Araignée. La visiteuse ne se sentait plus irritée ; elle adopta une posture plus détendue et apprécia pleinement le reste de sa discussion de plus de deux heures avec Matrone Baenre.

Toutefois, de nouveau perchée sur le disque qui traversait en flottant le domaine Baenre, puis passait devant les plus grandes et plus puissantes Maisons de Menzoberranzan, Malice ne souriait plus. Face à un tel étalage de pouvoir, elle ne pouvait ignorer que le but de Matrone Baenre en la convoquant avait été double : la féliciter en privé et à mots couverts pour son coup parfaitement exécuté et lui rappeler sans équivoque de ne pas se montrer trop ambitieuse.

5

Sevrage

Pendant cinq longues années, Vierna consacra presque tout son temps à s'occuper du petit Drizzt. Chez les drows, on n'élevait pas tant les plus jeunes qu'on les endoctrinait. L'enfant devait apprendre les bases du langage et de la maîtrise de son corps, comme tous les petits des espèces intelligentes, mais un elfe noir devait également intégrer de gré ou de force les préceptes qui permettaient à cette société chaotique de fonctionner.

Vierna, pendant des heures interminables, martelait à Drizzt, enfant mâle, qu'il était inférieur de par son sexe à toutes les femmes. Comme presque toute cette partie de la vie de l'enfant se passait dans la chapelle familiale, il ne rencontrait pas d'autres mâles, sauf pendant les cérémonies religieuses. Et même à ces moments où toute la famille se réunissait, Drizzt restait silencieux à côté de Vierna, le regard dûment rivé au sol.

Quand il fut assez grand pour pouvoir exécuter des ordres, la charge de travail de Vierna en diminua d'autant. Mais elle passait toujours beaucoup de temps à donner des leçons à son petit frère, notamment à lui apprendre les expressions, les gestes et les mouvements de tout le corps qui constituaient le code gestuel drow. Souvent aussi elle attribuait simplement à Drizzt la tâche sans fin consistant à nettoyer la chapelle en dôme. La pièce représentait en volume à peine un cinquième du grand hall de la Maison Baenre, mais elle pouvait contenir tous les drows de la Maison Do'Urden et cent autres y auraient tenu à l'aise.

La responsabilité du sevrage n'était pas si désagréable à présent, se disait Vierna, mais elle n'en aurait pas moins préféré pouvoir se consacrer davantage à ses études. Si Matrone Malice avait désigné Maya pour s'occuper de cet enfant, Vierna aurait peut-être déjà acquis le rang de haute prêtresse. Il lui restait encore cinq ans à passer avec Drizzt ; peut-être même Maya deviendrait-elle haute prêtresse avant elle !

Vierna écarta cette possibilité. Elle ne pouvait guère se permettre de se mettre martel en tête pour ce genre de chose ! Plus que quelques petites années avant que son rôle de responsable du sevrage s'achève. Aux alentours de son dixième anniversaire, Drizzt prendrait la place de Prince Page de la famille et servirait tous les membres. Si Matrone Malice trouvait que son travail avait donné des résultats satisfaisants, Vierna aurait certainement sa récompense.

— Va au sommet du mur, ordonna-t-elle à Drizzt. Occupe-toi de cette statue.

Elle désigna la sculpture représentant un nu de femme drow située à environ une demi-douzaine de mètres du sol. Le jeune Drizzt y porta un regard perplexe : il était impossible de grimper jusqu'à la sculpture et de la nettoyer en se tenant à la paroi. Mais l'enfant connaissait le dur prix à payer pour la désobéissance, et même pour l'hésitation, aussi tendit-il la main vers le haut, à la recherche de sa première prise.

— Pas comme ça ! le gronda Vierna.

— Comment, alors ? osa demander Drizzt, car il n'avait aucune idée de ce que voulait dire sa sœur.

— Force-toi à t'élever jusqu'à la gargouille, expliqua Vierna.

Le petit visage de Drizzt eut une grimace d'incompréhension.

— Tu es un noble de la Maison Do'Urden ! lui cria-t-elle. Ou du moins obtiendras-tu un jour ce titre. Tu as dans ta bourse-collier l'emblème de la Maison, un élément porteur d'une puissante magie.

Vierna n'était pas certaine, en fait, que Drizzt soit prêt à accomplir cette tâche ; la lévitation constituait une importante manifestation des pouvoirs magiques innés des drows, plus délicate à maîtriser qu'entourer un objet de lueurs féeriques ou invoquer une sphère de ténèbres. L'emblème Do'Urden amplifiait ces pouvoirs drows, qui se manifestaient en général à mesure de la croissance de l'individu. Là où la plupart des nobles ne pouvaient rassembler qu'une fois par jour environ l'énergie magique nécessaire à la lévitation, ceux de la Maison Do'Urden, grâce à cet outil que constituait leur emblème, pouvaient s'y livrer à volonté.

Vierna, en principe, n'aurait jamais tenté cela sur un enfant mâle de moins de dix ans, mais Drizzt avait fait montre d'un si grand potentiel ces deux dernières années qu'elle ne voyait pas de mal à lui faire d'ores et déjà tenter cette action.

— Va au pied de la statue, lui précisa-t-elle, et exerce ta volonté pour t'élever.

Drizzt leva le regard sur cette représentation de femme, puis plaça ses pieds juste en contrebas du visage anguleux, délicatement sculpté. Il porta la main à son col et essaya d'entrer en résonance avec l'emblème. Il avait déjà eu la sensation que cet objet magique devait posséder une forme de pouvoir, mais il ne s'agissait que d'une impression brute, l'intuition d'un enfant. Maintenant qu'il avait un but précis à atteindre et la confirmation de ses idées confuses, il sentait sans conteste l'énergie magique vibrer.

Il inspira profondément plusieurs fois pour se concentrer. Il bloqua sa vision des autres éléments de la pièce : il ne voulait plus voir que la statue, sa destination. Il se sentit devenir de plus en plus léger, ses talons se soulevèrent et il se retrouva debout sur un orteil sans peser dessus ! Drizzt, stupéfait, regarda Vierna par-dessus son épaule avec un grand sourire… puis s'écroula en tas par terre.

— Pauvre crétin de mâle ! le gronda Vierna. Essaie encore, mille fois s'il le faut ! (Elle posa la main sur le fouet-serpent à sa taille.) Si tu échoues…

Drizzt détourna le regard en se maudissant. Il s'était abandonné à l'exultation du moment et avait fait échouer le sort. Mais il savait maintenant qu'il en était capable et ne craignait pas de se faire battre. Il se concentra de nouveau sur la sculpture, laissa l'énergie magique se rassembler dans son corps.

Vierna elle aussi savait que Drizzt réussirait. Il avait l'esprit vif, une intelligence aiguë telle qu'elle en avait rarement rencontré, y compris chez les autres femmes de la Maison Do'Urden. Et il était obstiné : Drizzt ne laisserait pas la magie lui résister. Elle savait que, si nécessaire, il resterait planté sous la statue jusqu'à tomber d'inanition.

Elle l'observa passer par toute une série de petits succès et d'échecs ; à un moment il tomba d'une hauteur de près de trois mètres. Vierna se crispa, craignant qu'il se soit blessé sérieusement. Mais il ne cria même pas et, blessé ou non, se remit en position et entreprit de nouveau de se concentrer.

— Il est bien jeune pour ça, commenta une voix derrière elle.

Elle se retourna sur son siège et vit Briza debout juste derrière elle, l'air comme toujours mécontente.

— Peut-être, répondit-elle, mais je ne le saurai pas tant que je ne l'aurai pas fait essayer.

— Surtout, fouette-le s'il échoue, suggéra Briza en dégainant son cruel instrument à six pointes de sa ceinture. (Elle accorda à son fouet un regard enamouré, comme à un animal de compagnie, et laissa une des têtes de serpents se tortiller tout près de son cou et de son visage.) De quoi l'inspirer !

— Range-le, rétorqua Vierna. C'est à moi d'élever Drizzt, et je n'ai pas besoin de ton aide !

— Surveille-toi quand tu parles à une haute prêtresse, l'avertit Briza, et toutes les têtes de serpents, en réponse à ses pensées mauvaises, se tournèrent d'un air menaçant en direction de Vierna.

— Tout comme Matrone Malice te surveillera si tu te mêles de mes devoirs, répondit cette dernière du tac au tac.

Briza, au nom de Matrone Malice, remit son fouet à la ceinture.

— Tes devoirs ! dit-elle en un écho railleur. Tu es trop souple pour cette corvée. Il importe de discipliner les enfants mâles, de leur apprendre leur place !

Mais les menaces de Vierna n'étaient pas à prendre à la légère. La sœur aînée tourna les talons et sortit.

Vierna laissa Briza avoir le dernier mot. Elle reporta son attention sur Drizzt, qui essayait toujours de s'élever jusqu'à la statue.

— Ça suffit ! ordonna-t-elle, car elle voyait que le petit drow se fatiguait : à présent il arrivait tout juste à faire décoller ses pieds du sol.

— Je peux le faire ! lui répliqua sèchement Drizzt.

Vierna appréciait la détermination dont il faisait preuve, mais pas le ton de sa réponse. Peut-être Briza n'avait-elle pas complètement tort. Elle délogea d'un coup le fouet-serpent de sa ceinture. De quoi l'inspirer, oui ; cela pourrait le mener loin !

Le lendemain, assise dans la chapelle, elle regardait Drizzt en plein travail de nettoyage du nu en hauteur. Dès le premier essai, l'enfant s'était élevé de six mètres par lévitation.

Mais Vierna ne pouvait s'empêcher d'être déçue que Drizzt n'ait pas cherché à croiser son regard et à lui sourire après cette belle réussite. Elle le voyait, planant dans l'air, ses mains si rapides avec leurs brosses qu'elles en paraissaient floues, et elle voyait surtout les cicatrices sur le dos nu de son frère, le résultat de leur « entretien de motivation ». Les lignes laissées par le fouet apparaissaient clairement dans le spectre infrarouge là où les couches isolantes de la peau avaient été arrachées.

Vierna comprenait bien les avantages qu'il y avait à battre un enfant, surtout un mâle. Peu de mâles osaient menacer une femme, sauf sur l'ordre d'une autre femme.

— Mais que perdons-nous ? se demanda-t-elle à haute voix. Quelqu'un comme Drizzt, que ne pourrait-il devenir ?

En s'entendant prononcer tout haut ces paroles, Vierna chassa rapidement de son esprit la pensée blasphématoire. Elle avait pour ambition de devenir haute prêtresse de la Reine Araignée, Lolth l'Impitoyable. De telles idées ne s'accordaient pas avec les préceptes de ce rang ! Elle jeta un regard furieux à son petit frère, transférant sur un autre son sentiment de culpabilité, et sortit de nouveau son instrument punitif.

Il lui faudrait encore fouetter Drizzt ce jour-là, à cause des pensées sacrilèges qu'il lui avait inspirées.

Et cela se poursuivit encore cinq ans : Drizzt apprit les bases de la vie en société drow tout en nettoyant sans trêve la chapelle de la Maison Do'Urden. À part la suprématie du sexe féminin (leçon toujours ponctuée des coups du fouet-serpent), les leçons les plus fréquentes concernaient les elfes de la surface, ceux du peuple des fées. Les domaines maléfiques trouvent souvent une cohésion grâce à la haine qu'ils cultivent envers des ennemis désignés et, dans l'histoire du monde, aucun peuple n'a autant excellé dans cette fabrication que les drows. Depuis le premier jour où ils commençaient à comprendre le langage, on apprenait aux elfes noirs que tout ce qui n'allait pas dans leurs vies pouvait être imputé aux elfes de la surface.

Chaque fois que les crochets du fouet de Vierna labouraient le dos de Drizzt, il hurlait une malédiction mortelle contre le peuple des fées. La haine conditionnée depuis l'enfance ne constitue pas une émotion rationnelle.

Deuxième partie

Le maître d'armes

Heures et jours vides.

Je me rends compte qu'il me reste peu de souvenirs de cette première période de ma vie, ces seize années consacrées à un labeur de servitude. Les minutes se transformaient en heures, les heures en jours, et ainsi de suite, jusqu'à ce que l'ensemble m'apparaisse comme un long moment stérile. Plusieurs fois je réussis à sortir en cachette sur le balcon de la Maison Do'Urden et à contempler les lumières magiques de Menzoberranzan. À chacune de ces expéditions secrètes, je me laissais hypnotiser par la chaleur visible de Narbondel, le pilier-horloge, qui croissait puis décroissait. En repensant à cela, à ces longues heures passées l'œil rivé sur la lueur d'un feu de sorcier qui accomplissait lentement son chemin vertical le long d'un pilier, je suis frappé par le vide de ces premiers jours.

Je me rappelle très bien comme j'étais excité, délicieusement excité, chaque fois que je sortais de la demeure et me mettais à mon poste d'observation. Quelque chose de si simple, de si stimulant pourtant comparé au reste de mon existence !

Chaque fois que j'entends claquer un fouet, un autre souvenir – plutôt une sensation en fait – m'envoie un frisson dans l'échine. Le choc soudain suivi de l'engourdissement que produisent ces armes à têtes de serpents ne s'oublie pas ; elles mordent sous la peau et envoient dans tout le corps des ondes d'énergie magique, qui font se contracter et s'étirer les muscles au-delà de leurs limites.

Et pourtant j'ai eu plus de chance que beaucoup d'autres. Ma sœur Vierna était tout près de la haute prêtrise quand on lui a confié la tâche de m'élever, à une période de sa vie où elle possédait beaucoup plus de dynamisme qu'une telle mission en exigeait. Alors peut-être s'est-il passé plus de choses que ce dont je me souviens aujourd'hui au cours de ces dix premières années passées sous sa garde. Vierna n'a jamais fait preuve de la méchanceté forcenée de notre mère – ou de celle, surtout, de notre aînée Briza. Peut-être ai-je aussi passé de bons moments dans la solitude de la chapelle familiale ; il n'est pas impossible que ma grande sœur se soit autorisée à manifester un peu de gentillesse à l'égard de son tout petit frère.

Ou peut-être pas. Même si je considère Vierna comme la plus douce des trois filles Do'Urden, ses paroles dégouttaient du venin de Lolth tout autant que celles de n'importe quelle prêtresse de Menzoberranzan. Il paraît improbable qu'elle ait mis en péril ses ambitions de haute prêtrise pour le bien d'un enfant, un mâle qui plus est.

Y a-t-il eu des instants de joie au cours de ces années, enfouis ensuite sous les assauts incessants de la perversité qui prévaut à Menzoberranzan ? Cette première période de ma vie a-t-elle été au contraire encore plus pénible que les années qui ont suivi, si pénibles que mon esprit préfère en enfouir les souvenirs ? Je ne puis trancher. Malgré tous mes efforts, je ne me rappelle rien.

Je vois mieux les six années qui ont suivi, mais le souvenir le plus vif des jours que j'ai passés comme serviteur à la cour de Matrone Malice, à part ces voyages clandestins hors de la demeure, reste l'image de mes propres pieds.

Un Prince Page ne doit jamais lever les yeux.

Drizzt Do'Urden

6

« Deux-mains »

Drizzt obéit sur-le-champ à l'appel de sa mère et vint près d'elle, sans attendre le fouet que Briza aimait employer pour le faire avancer plus vite. Combien de fois n'avait-il pas senti la morsure de cette arme terrifiante ! Pourtant il n'avait aucun projet de vengeance à l'encontre de sa méchante grande sœur. Avec le conditionnement constant qu'il avait reçu, il craignait bien trop les conséquences d'un geste violent contre elle (ou n'importe quelle femme) pour pouvoir seulement l'envisager.

— Sais-tu en quoi ce jour est particulier ? lui demanda Malice quand il fut arrivé près de son grand trône dans l'antichambre sombre de la chapelle.

— Non, Mère Matrone, répondit Drizzt, les yeux dûment baissés sur ses orteils.

Un soupir résigné monta dans sa gorge au spectacle éternel de ses propres pieds. *N'y a-t-il rien d'autre dans la vie que de la pierre nue et dix orteils frétillants ?* se dit-il.

Il en sortit un de sa botte basse et entreprit de gribouiller avec sur le sol de pierre : la chaleur corporelle laissait des traces perceptibles à l'infravision, et Drizzt était assez vif et assez habile pour réaliser des figures simples avant que les premières marques refroidissent.

— Seize ans, lui déclara Matrone Malice. Cela fait seize ans que tu respires l'air de Menzoberranzan. Une période importante de ta vie s'achève.

Drizzt n'eut aucune réaction ; il ne voyait pas l'intérêt ni même le sens de ces paroles. Sa vie consistait en une routine éternelle et immuable. Un jour, seize ans, quelle différence ? Si sa mère trouvait « important » ce qu'il avait vécu de ses tous premiers souvenirs à ce jour, il frémissait à l'idée de ce que lui réservaient les décennies à venir.

Il avait presque terminé son dessin d'une drow aux épaules rondes (Briza) qui se faisait mordre à la fesse par une énorme vipère.

— Regarde-moi, lui ordonna Matrone Malice.

Drizzt se sentit perdu. Autrefois, il avait eu une tendance naturelle à regarder en face la personne avec qui il parlait, mais Briza n'avait pas tardé à chasser cet instinct à coups de fouet. Le sort d'un Prince Page était la servitude, et les seuls regards qu'on l'estimait digne de croiser étaient ceux des créatures qui grouillaient sur le sol de pierre, à l'exception bien sûr des araignées : il avait pour instruction de détourner la tête chaque fois qu'un de ces êtres à huit pattes rampait dans son champ de vision. Les araignées valaient tellement plus qu'un Prince Page.

— Regarde-moi ! répéta Malice, avec cette fois dans le ton une pointe de son impatience si prompte à se manifester.

Drizzt avait déjà été témoin de ses explosions d'une rage si incroyablement cruelle qu'elle balayait tout et tous sur son passage. Même Briza, si orgueilleuse et si mauvaise, allait vite se cacher devant la colère de la Mère Matrone.

Le jeune drow força son regard à s'élever peu à peu ; il parcourut les robes noires de sa mère en se servant pour évaluer son angle de vision du motif en forme d'araignée bien connu qui en occupait le dos et les côtés. À tout instant il s'attendait sincèrement à un coup sur la tête ou un cinglement dans le dos : Briza se tenait derrière lui, comme toujours, le fouet-serpent tout près de sa main.

Et puis il la vit, la puissante Matrone Malice Do'Urden, les yeux rouges sensibles à la température et le visage frais, non envahi de la chaleur de la colère. Drizzt était toujours tendu, il s'attendait encore à être puni de son audace.

— Ta période de Prince Page prend fin, expliqua Malice. Tu es désormais le Second Fils de la Maison Do'Urden et as droit à tous les… (Sans s'en rendre compte, Drizzt laissa son regard se reporter sur le sol.)

» Regarde-moi ! hurla sa mère prise d'une fureur subite.

Terrifié, Drizzt releva d'un coup les yeux sur le visage maintenant rouge, embrasé, de la Matrone. À la limite de son champ de vision, il aperçut la chaleur mobile de la main de Malice qui venait sur lui ; il n'était pas idiot au point de vouloir esquiver le coup.

Puis il se retrouva par terre, tout le côté du visage douloureux.

Mais, même au cours de sa chute, il avait eu l'intelligence et la volonté nécessaires pour garder son regard rivé à celui de Matrone Malice.

— Tu n'es plus un serviteur ! rugit-elle. Continuer à agir comme tel apporterait la honte sur notre famille ! Relève-toi ! (Puis elle agrippa brutalement Drizzt par le cou.)

» Si tu déshonores la Maison Do'Urden, lui promit-elle, son visage collé à celui de Drizzt, le regard rivé sur lui, j'enfoncerai des aiguilles dans tes yeux violets.

Drizzt ne les cligna même pas, ces yeux. Au cours des six ans passés, depuis que Vierna avait cessé de s'occuper de lui et qu'il servait de domestique à toute la famille, il avait eu le temps de connaître suffisamment Matrone Malice pour saisir les connotations les plus subtiles de ses menaces. Elle était sa mère (pour ce que cela pouvait valoir), mais il ne doutait pas un instant qu'elle se réjouirait de lui crever les yeux.

⚔ ⚔ ⚔ ⚔ ⚔

— Celui-ci est différent, déclara Vierna, et pas seulement par la couleur de ses iris.

— En quoi, alors ? demanda Zaknafein en essayant de manifester uniquement un intérêt professionnel.

Il avait toujours mieux aimé Vierna que les autres, mais elle venait d'être ordonnée haute prêtresse et faisait depuis montre d'une ambition trop évidente pour son propre bien.

Vierna ralentit le pas ; la porte de l'antichambre de la chapelle était en vue.

— Difficile à dire, reconnut-elle. Drizzt est plus intelligent que tous les enfants mâles que j'aie jamais vus. Il savait entrer en lévitation à cinq ans. Et pourtant, une fois devenu Prince Page, il a fallu des dizaines de coups de fouet pour lui apprendre à garder les yeux baissés, comme si quelque chose d'aussi simple était anormalement contre nature.

Zaknafein s'arrêta un instant et laissa Vierna continuer à avancer devant lui.

— Anormalement ? chuchota-t-il en réfléchissant aux implications des remarques qu'il venait d'entendre.

Pour un drow, peut-être, mais exactement ce que Zaknafein aurait attendu – espéré ! – d'un enfant issu de sa semence.

Il entra à la suite de Vierna dans l'antichambre obscure. Malice, comme toujours, se tenait sur son trône à la tête de l'idole en forme d'araignée, mais tous les autres sièges avaient été poussés contre le mur. Il s'agissait donc d'une réunion officielle, comprit Zak ; seule la Mère Matrone jouirait du privilège d'être assise.

— Matrone Malice, annonça Vierna de sa voix la plus respectueuse, j'amène Zaknafein en votre présence, comme vous l'avez demandé.

Zak se mit à côté de Vierna ; Malice et lui échangèrent des hochements de tête en guise de salutations, mais l'attention du maître d'armes se portait plutôt sur le membre le plus jeune de la Maison Do'Urden, torse nu à côté de la Mère Matrone.

Malice leva la main pour ramener le silence, puis fit signe à Briza de continuer ; la fille aînée tenait un *piwafwi* de la Maison.

Une expression de jubilation illumina le visage enfantin de Drizzt quand Briza plaça sur ses épaules, avec les incantations appropriées, le manteau magique noir décoré de traits violets et rouges.

— Salutations, Zaknafein Do'Urden, déclara Drizzt d'une voix cordiale, ce qui lui attira des regards éberlués de toute l'assemblée. (Matrone Malice ne lui avait pas donné la permission de parler ; il ne l'avait même pas sollicitée !)

» Je suis Drizzt, Second Fils de la Maison Do'Urden, et non plus Prince Page. Je peux vous regarder à présent, je veux dire vos yeux et plus seulement vos bottes. C'est Mère qui me l'a dit !

Le sourire de Drizzt disparut quand il vit la fureur brûlante qui se peignait sur le visage de Matrone Malice.

Vierna semblait changée en pierre, bouche bée, ses yeux écarquillés exprimant l'incrédulité.

Zak lui aussi était abasourdi, mais d'une autre manière. Il posa la main sur sa bouche pour garder les lèvres bien serrées, les empêcher de s'étirer en un sourire qui aurait inévitablement dégénéré en fou rire. Zak ne se rappelait pas avoir jamais vu le visage de la Mère Matrone aussi étincelant !

Briza se tenait comme de coutume derrière Malice, tripotant son fouet. L'éclat de son jeune frère la remplissait de perplexité, elle n'avait aucune idée, par les Neuf Enfers, de ce qu'elle devait faire !

Et cela, c'était une première. Zak savait bien que l'aînée de Malice n'hésitait que rarement quand il s'agissait de punir.

Toujours à côté de la Matrone, mais ayant prudemment fait un pas de côté, Drizzt était maintenant silencieux et parfaitement immobile ; il se mordait la lèvre. Toutefois, Zak pouvait toujours déceler un sourire dans le regard du jeune drow. La spontanéité de Drizzt, son manque de respect envers le rang, n'étaient pas uniquement le fruit de paroles étourdiment lâchées dans l'innocence de l'inexpérience !

Le maître d'armes fit un grand pas en avant pour détourner de Drizzt l'attention de la Mère Matrone.

— Second Fils ? demanda-t-il, l'air impressionné. (Il voulait à la fois ménager la fierté évidente de Drizzt et désarmer la fureur de Malice.) Il est temps alors de te mettre à l'entraînement.

Malice laissa passer sa colère, ce qui lui arrivait rarement.

— Tu ne lui apprendras que les bases, Zaknafein. Si on veut que Drizzt remplace Nalfein, sa place est à l'Académie, à Sorcere. Donc le plus gros de sa préparation sera confié à Rizzen et à son savoir, certes limité, des arts de la magie.

— Êtes-vous absolument certaine qu'on doive le destiner à la magie, Matrone ?

— Il a l'air intelligent, répondit Malice. (Elle jeta un regard coléreux à Drizzt.) Enfin, parfois. Vierna m'a dit qu'il était doué pour maîtriser ses pouvoirs innés. Notre Maison a besoin d'un nouveau sorcier.

Malice poussa un grognement inconscient, parce qu'elle venait de se rappeler la fierté qu'avait manifestée Matrone

Baenre à propos de son fils, l'Archimage de la cité. Cette rencontre de Malice avec la Première Mère Matrone de Menzoberranzan datait de seize ans, mais elle n'en avait pour sa part oublié aucun détail, même le plus insignifiant.

— Sorcere paraît l'orientation logique, ajouta-t-elle.

Zak sortit une pièce de sa bourse-collier, la fit tournoyer en l'air et la saisit vivement.

— Pouvons-nous vérifier ? demanda-t-il.

— Si tu veux, accepta Malice, peu étonnée de voir son maître d'armes chercher à lui donner tort.

Il n'avait guère d'estime en effet pour la sorcellerie et préférait la poignée d'une arme blanche à la lueur cristalline d'un éclair magique.

Zak se planta devant Drizzt et lui tendit la pièce.

— Fais-la tournoyer.

Drizzt haussa les épaules ; il se demandait à quoi rimait cette vague conversation entre sa mère et le maître d'armes. Jusqu'à présent il n'avait jamais entendu parler d'une profession future à laquelle on le destinerait, ni de cet endroit appelé Sorcere. C'est donc avec un signe d'approbation indifférente qu'il posa la pièce sur son index replié et la projeta avec son pouce avant de l'attraper sans y penser. Il la rendit à Zak avec un regard perplexe, comme pour lui demander en quoi cette action élémentaire pouvait présenter de l'importance.

Mais, au lieu de reprendre la pièce, le maître d'armes en sortit une autre de sa bourse-collier.

— Essaie avec les deux mains, dit-il à Drizzt en la lui tendant.

Drizzt eut un autre haussement d'épaules et, d'un même mouvement fluide, fit tournoyer les deux pièces et les rattrapa.

Zak jeta un coup d'œil à Matrone Malice. Tous les drows savaient faire cela, mais l'aisance du mouvement chez

Drizzt était un vrai plaisir à voir. En regardant toujours la Matrone du coin d'un œil malicieux, le maître d'armes sortit deux autres pièces.

— Mets-en deux sur chaque main et envoie les quatre en l'air ensemble, ordonna-t-il.

Quatre pièces s'élevèrent en tournoyant et quatre furent saisies ensemble. Drizzt n'avait bougé que les bras pour mener à bien la tâche.

— Deux-mains ! déclara Zak à Malice. Celui-ci est un combattant. Sa place est à Melee-Magthere.

— J'ai déjà vu des sorciers faire la même chose, rétorqua Malice, qui n'appréciait guère l'expression de satisfaction qu'affichait son turbulent maître d'armes.

Zak, à un moment, avait été le consort officiel de Malice, et, depuis cette époque lointaine, elle ne se privait pas de le prendre pour amant ; ses dons et son habileté ne se limitaient pas au maniement des armes ! Mais, en même temps que les plaisirs sensuels qu'il lui apportait, et dont le souvenir avait empêché la Mère Matrone de le mettre à mort en une bonne dizaine d'occasions, il lui créait bien des soucis. Il était le meilleur maître d'armes de Menzoberranzan, et Malice ne pouvait pas non plus considérer ce fait comme négligeable, mais le dédain, voire le mépris de ce mâle à l'égard de la Reine Araignée avait souvent attiré des ennuis à la Maison Do'Urden.

Zak tendit deux nouvelles pièces à Drizzt, que ce jeu commençait à amuser. Il les lança. Six s'élevèrent et six furent attrapées, chacune par la main qui l'avait projetée.

— Deux-mains, annonça Zak avec davantage d'emphase.

Matrone Malice lui fit signe de continuer ; elle ne pouvait nier l'élégance de la démonstration de son plus jeune fils.

— Peux-tu le refaire ? demanda Zak à Drizzt.

Le jeune drow eut vite replacé les six pièces sur ses index, prêtes à tournoyer ; il avait utilisé ses deux mains indépendamment l'une de l'autre. Zak lui fit signe d'attendre et sortit encore quatre pièces qu'il plaça sur les autres, formant ainsi deux piles de cinq pièces chacune. Il resta un moment immobile pour observer l'expression de concentration de Drizzt, et aussi pour garder ses mains sur les pièces et leur communiquer suffisamment de sa chaleur ; elles devraient être assez brillantes pour qu'on puisse les repérer sans peine une fois en l'air.

— Attrape-les toutes, Second Fils, déclara-t-il d'un ton très sérieux. Attrape-les toutes sous peine de te retrouver à Sorcere, l'école de sorcellerie. Ce n'est pas là ta place !

Drizzt n'avait qu'une idée des plus vagues de ce dont Zak parlait, mais l'intensité du maître d'armes lui indiquait que ce devait être important. Il prit une grande inspiration pour se stabiliser, puis fit tournoyer les pièces. Il put très vite les distinguer individuellement. Les deux premières atterriraient sans problème où il fallait, mais Drizzt vit que les trajectoires des autres se dispersaient et qu'elles lui donneraient du fil à retordre.

Alors il entra en action, pivota en un cercle complet, les mains floues dans leur mouvement rapide. Puis il se redressa d'un coup et se tint droit devant Zak. Il gardait les poings serrés le long de son corps et affichait une expression morose.

Les deux adultes échangèrent un regard ; ni l'un ni l'autre n'était très sûr de ce qu'il s'était passé.

Drizzt montra ses poings et les ouvrit lentement, et un sourire assuré se dessina peu à peu sur son visage.

Cinq pièces dans chaque main.

Zak émit un sifflement imperceptible. Il lui avait fallu à lui, le maître d'armes de la Maison, une dizaine d'essais avant de réussir cette manœuvre avec dix pièces. Il revint auprès de Matrone Malice.

— Deux-mains, dit-il pour la troisième fois. C'est bien un combattant, et moi je n'ai plus de pièces.

— Jusqu'à combien pourrait-il aller ? demanda Malice dans un souffle, impressionnée malgré elle.

— Combien pourrait-on en empiler ? répliqua Zaknafein avec un sourire triomphant.

Matrone Malice gloussa sans retenue et secoua la tête. Elle avait pensé que Drizzt remplacerait Nalfein dans sa tâche de sorcier de la Maison, mais son maître d'armes obstiné, comme d'habitude, l'avait fait fléchir.

— Très bien, Zaknafein, conclut-elle, admettant sa défaite, le Second Fils sera un guerrier.

Zak hocha la tête et revint près de Drizzt.

— Et peut-être un jour prochain deviendra-t-il le maître d'armes de la Maison Do'Urden, ajouta alors Malice d'un ton sarcastique. (Cette raillerie fit s'arrêter Zak tout net ; il jeta par-dessus son épaule un regard à la Mère Matrone.)

» Avec celui-ci, poursuivit-elle méchamment, reprenant l'avantage avec son habituel manque de vergogne, peut-on s'attendre à moins ?

Rizzen, le consort actuel de la Maison, se sentait mal à l'aise. Comme tout le monde, même les esclaves de la Maison Do'Urden, il savait que Drizzt n'était pas son fils.

— Trois pièces ? demanda Drizzt en entrant avec Zak dans la grande salle d'entraînement située le plus au sud du domaine Do'Urden.

Des boules multicolores de lumière magique avaient été disposées le long des murs de pierre de cette pièce à haut plafond et la baignaient d'une lueur de faible intensité, idéale.

La salle ne comptait que trois portes : une à l'est menant à une autre salle qui donnait sur le balcon extérieur, une sur le mur sud juste en face qui débouchait sur l'extrémité sud de la demeure, celle enfin par laquelle ils venaient d'entrer et qui donnait sur le hall principal. À la vue des nombreuses serrures que Zak s'occupait maintenant de verrouiller derrière eux, Drizzt comprit qu'ils n'allaient pas repasser souvent par là.

—Non, une, rectifia le maître d'armes.

—Mais il y a deux autres portes, fit remarquer Drizzt en parcourant de nouveau la pièce du regard. Et sans serrure !

—Ah, c'est le bon sens qui leur tient lieu de verrou. (Drizzt commençait à voir où son mentor voulait en venir.) Cette porte, poursuivit Zak en désignant le sud, mène à mes quartiers privés. Tu n'as certainement pas envie que je te trouve un jour là-bas. L'autre donne sur la pièce tactique qu'on n'utilise qu'en temps de guerre. Quand tu satisferas mes attentes, si cela se produit un jour, il n'est pas impossible que je t'invite à m'y rejoindre. Ce jour hypothétique se situe à des années dans l'avenir, aussi je te propose de considérer désormais cette seule et grandiose salle (il fit un large mouvement du bras englobant l'espace autour d'eux) comme ta demeure.

Drizzt examina la pièce ; il ne semblait pas transporté d'enthousiasme. Il s'était permis d'espérer que ce genre de traitement aurait pris fin pour lui en même temps que sa période de Prince Page. Mais cet environnement le ramenait encore plus en arrière, aux dix ans qu'il avait passés cloîtré dans la chapelle familiale en compagnie de Vierna ! Cette salle n'était même pas aussi vaste que la chapelle, et paraissait bien trop étriquée au goût de ce jeune drow plein d'allant. Il reprit donc la parole en grommelant.

— Où vais-je dormir ?

— Dans ta demeure, répondit Zak comme si cela allait de soi.

— Où prendrai-je mes repas ?

— Dans ta demeure.

Les yeux de Drizzt se réduisirent à de simples fentes, une chaleur croissante envahit son visage.

— Et où vais-je..., commença-t-il, têtu, déterminé à prendre en défaut la logique du maître d'armes.

— Dans ta demeure, répliqua Zak du même ton posé et bien pesé sans laisser à Drizzt le temps de finir sa provocation.

Le jeune drow se campa sur ses pieds et croisa les bras.

— Ça va être dégoûtant, grogna-t-il.

— J'espère bien que non, grogna Zak sur le même ton.

— Mais dans quel but tout ça ? Vous m'éloignez de ma mère...

— Tu dois dire « Matrone Malice », l'avertit Zak. Toujours et uniquement ainsi.

— De ma mère..., reprit Drizzt.

Le maître d'armes ne se contenta pas de paroles cette fois et l'interrompit d'un coup de poing bien assené qui assomma Drizzt pour vingt minutes.

— Première leçon, lui annonça Zak à son réveil. (Il s'appuyait nonchalamment sur un mur un ou deux mètres plus loin.) C'est pour ton bien. Tu diras toujours « Matrone Malice » pour parler d'elle.

Drizzt roula sur le côté et tenta de se redresser sur un coude, mais se rendit compte que sa tête tournait dès qu'il voulait la soulever du sol recouvert d'un tapis noir. Zak le saisit et le remit sur pieds.

— Ce n'est pas aussi facile que d'attraper des pièces, fit remarquer le maître d'armes.

— Quoi donc ?

— De parer un coup.

— Quel coup ?

— Contente-toi d'approuver, espèce de gamin têtu.

— Second Fils ! rectifia l'élève en grommelant de nouveau, les bras toujours croisés dans une posture de défi.

Zak crispa le poing qu'il laissait pendre au côté ; Drizzt n'eut pas de mal à comprendre ce geste assez peu subtil.

— Tu as encore besoin d'une petite sieste ? demanda calmement le maître d'armes.

— Les Seconds Fils sont parfois des gamins, concéda raisonnablement Drizzt.

Zak secoua la tête, éberlué. Tout cela promettait d'être intéressant.

— Tu trouveras peut-être le temps passé ici agréable, dit-il en conduisant Drizzt devant une grande tenture épaisse, richement décorée de couleurs sombres, mais seulement si tu parviens à contrôler à peu près ta langue indisciplinée.

Il tira sèchement sur une corde et fit tomber l'étoffe, révélant le plus beau râtelier d'armes que le jeune drow ait jamais vu – beaucoup d'autres plus âgés auraient été tout autant impressionnés. Des armes de jet, des épées, des haches, des massues, toutes les sortes d'armes que Drizzt aurait pu imaginer, et aussi une bonne quantité qu'il n'aurait jamais imaginée, étaient disposées là en un ordre élaboré.

— Examine-les, lui ordonna Zak. Prends tout ton temps, ne boude pas ton plaisir. Vois laquelle épouse le mieux ta main et obéit le plus facilement à ta volonté. Quand nous en aurons fini, tu les connaîtras aussi bien que des amies très chères.

Drizzt, les yeux écarquillés, passait et repassait devant le râtelier ; ce lieu et les promesses de cette nouvelle expérience lui apparaissaient maintenant sous un jour tout nouveau.

Au cours des seize années de sa jeune vie, son plus grand ennemi avait été l'ennui. Il semblait bien qu'à présent il disposerait d'armes pour le combattre.

Zak se dirigea vers ses quartiers privés ; il pensait qu'il valait mieux laisser seul son élève pendant ces premiers moments embarrassants où il allait manipuler des objets tout nouveaux pour lui.

Il s'arrêta toutefois sur le seuil et se retourna vers le jeune Do'Urden. Drizzt faisait accomplir lentement un arc dans l'air à une lourde hallebarde dont le manche était deux fois plus grand que lui. Malgré tous ses efforts pour en garder le contrôle, l'inertie de l'instrument jeta son corps svelte à terre.

Zak ne put s'empêcher de glousser, mais ce rire lui rappela aussitôt la sombre réalité de son devoir. Il allait entraîner Drizzt au combat, comme il avait fait pour un millier de jeunes elfes noirs avant lui ; il le préparerait aux épreuves de l'Académie et de la vie dangereuse qu'on menait à Menzoberranzan. Il allait faire de Drizzt un tueur !

Pourtant, comme ce lourd manteau que je vais placer sur ses épaules semble contraire à sa nature ! se dit le maître d'armes.

Le sourire venait si facilement à cet adolescent ! Drizzt passant un autre être vivant au fil de l'épée… Zaknafein se sentait plein de révolte à cette idée. Mais telle était la voie des drows, une voie que Zak, au cours de ses quatre siècles d'existence, n'avait pu faire autrement que de suivre. Arrachant son regard au spectacle de Drizzt en train de se divertir, il alla dans sa chambre et ferma la porte.

— Sont-ils tous ainsi ? demanda-t-il à la pièce d'un dépouillement monacal. Les enfants drows possèdent-ils tous cette innocence, ces sourires simples et purs qui ne peuvent survivre à la laideur de notre monde ?

Zak se dirigea vers le petit bureau situé contre un mur dans l'intention de retirer le voile sombre placé sur le globe de céramique constamment luisant qui servait à illuminer la pièce. Mais il changea d'avis en se rendant compte que la dernière image qu'il avait eue d'un Drizzt ravi de manipuler ses premières armes le hantait toujours ; il alla plutôt vers le grand lit face à la porte et exprima ses pensées à voix haute.

— Ou bien es-tu unique, Drizzt Do'Urden ? (Il se laissa tomber sur son lit moelleux.) Et, si tu es si différent, où s'en trouve la cause ? Ton sang, le mien, qui court dans tes veines ? Les années de sevrage que tu as connues ?

Zak se cacha les yeux de son bras replié et réfléchit à ces questions. Drizzt s'écartait en effet de la norme, conclut-il enfin, mais il ne savait pas s'il devait en remercier Vierna ou lui-même.

Au bout d'un moment, le sommeil l'envahit. Mais il lui apporta peu de réconfort. Un rêve familier vint le hanter, un souvenir vivace qui ne s'effacerait jamais.

Zaknafein entendit de nouveau les hurlements des enfants de la Maison DeVir quand les soldats de la Maison Do'Urden, ces soldats dont il avait assuré l'entraînement, leur portèrent de cruels coups d'épée.

— Celui-ci est différent ! s'exclama Zak en bondissant de son lit. (Il essuya la sueur glacée sur son visage.) Différent…

Il avait besoin de le croire.

7

Sombres secrets

— Vous voulez vraiment tenter cela ? demanda Masoj, la voix pleine de condescendance et d'incrédulité. (Alton tourna son regard hideux vers l'étudiant.)

» Dirigez votre colère sur quelqu'un d'autre, Sans-Visage, ajouta-t-il en détournant le regard de la face mutilée de son mentor. Je ne suis pas responsable de votre frustration. Ma question est justifiée !

— Cela fait plus d'une décade que tu étudies les arts de la magie, et pourtant tu crains d'explorer l'autre monde auprès d'un maître de Sorcere ?

— Je n'aurais pas peur auprès d'un véritable maître, osa murmurer Masoj.

Alton préféra ignorer ce commentaire, comme il l'avait fait avec tant d'autres du jeune Hun'ett au cours des seize dernières années. Masoj constituait l'unique lien d'Alton avec le monde extérieur, et il avait une puissante famille, tandis que lui n'avait que Masoj !

Ils entrèrent dans la pièce la plus haute des quatre qui composaient les quartiers de Sans-Visage. Une unique chandelle y brûlait, son éclat atténué par une abondance de tapisseries foncées et le noir uniforme des tapis et de la pierre des murs. Alton s'installa sur son tabouret derrière la petite table circulaire et plaça un gros livre lourd sous ses yeux.

— Ce sort conviendrait plutôt à une prêtresse ! protesta Masoj en s'asseyant face au maître défiguré. Les sorciers ont la tutelle des plans inférieurs, mais seul le clergé prend contact avec les morts.

Alton regarda autour de lui d'un air intrigué, puis considéra l'étudiant avec sévérité ; la lumière dansante de la chandelle accentuait le caractère grotesque de ses traits.

— Je ne vois aucune prêtresse à proximité, expliqua sardoniquement Sans-Visage. Préfères-tu que j'invoque l'un des habitants des Neuf Enfers ?

Masoj recula sur son siège et secoua ostensiblement la tête, impuissant. Alton n'avait pas tort. Un an auparavant, il avait voulu demander de l'aide à un démon de glace pour obtenir des réponses à ses questions. La créature, incontrôlable, avait gelé la pièce jusqu'à ce que tout y apparaisse noir dans le spectre infrarouge, et détruit la valeur d'un trésor de Mère Matrone en matériel alchimique. Sans l'intervention de Masoj, qui avait invoqué son fauve magique pour détourner l'attention du démon, ils ne s'en seraient jamais sortis vivants.

— Bon, très bien, dit l'étudiant peu convaincu en croisant les bras sur la table devant lui. Invoquez votre esprit et trouvez vos réponses !

Le frisson involontaire que trahit une brève ondulation de ses robes n'échappa pas à Alton. Il adressa un regard irrité à Masoj, puis retourna à ses préparatifs.

Tandis que le maître s'apprêtait à jeter un sort, la main de Masoj se porta machinalement à sa poche et toucha la figurine d'onyx du fauve en chasse qu'il avait acquise le jour où Alton avait pris l'identité de Sans-Visage. Cette petite statue portait l'enchantement d'un dweomer puissant qui permettait à son possesseur d'invoquer une magnifique panthère. Masoj l'avait rarement utilisée, car il n'était pas certain de bien connaître les limites du dweomer ni ses dangers potentiels.

Seulement en cas de besoin, se rappela-t-il *in petto* en tripotant la figurine. Mais l'apprenti se demandait pourquoi il ressentait si souvent ce « besoin » quand il se trouvait avec Alton.

En dépit de son assurance apparente, le maître, en son for intérieur, partageait cette fois les craintes de son complice. Les esprits des morts n'étaient pas aussi destructeurs que les habitants des plans d'existence inférieurs, mais ils pouvaient se révéler tout aussi cruels et capables d'infliger des tourments raffinés.

Mais il avait besoin de cette réponse ! Cela faisait plus de quinze ans qu'il s'efforçait d'obtenir l'information par des moyens conventionnels, en sollicitant auprès de maîtres et d'étudiants (par des voies détournées, bien sûr) des détails concernant la chute de la Maison DeVir. Beaucoup avaient entendu des rumeurs sur cette nuit mémorable ; certains même pouvaient décrire en détail les méthodes de combat utilisées par la Maison victorieuse.

Pourtant personne ne voulait nommer la coupable. À Menzoberranzan, on ne proférait jamais rien qui ressemble à une accusation, même s'il s'agissait d'une rumeur amplement répandue, sans qu'il y ait suffisamment de preuves indiscutables pour forcer le Conseil à une action concertée contre l'accusé. Si une Maison lançait un raid et se faisait prendre la main dans le sac, la fureur de tout Menzoberranzan tomberait sur elle jusqu'à ce que le nom de la famille coupable soit totalement anéanti. Mais, dans le cas d'un assaut victorieux comme avait été celui sur la

Maison DeVir, l'accusateur risquait fort de se retrouver du mauvais côté d'un fouet-serpent.

C'était l'exposition à la honte publique plus qu'aucun précepte d'honneur qui faisait tourner les rouages de la justice dans la cité drow.

Alton cherchait donc désormais d'autres moyens d'obtenir ses réponses. Il avait d'abord essayé les plans inférieurs avec son démon de glace, ce qui avait donné des résultats désastreux. Mais maintenant il détenait un objet qui signifiait peut-être la fin de sa frustration : un grimoire rédigé par un sorcier de la surface ! Selon la hiérarchie drow, seules les prêtresses de Lolth pouvaient entrer en contact avec le Royaume des Morts, mais, dans d'autres sociétés, les sorciers pouvaient également se frotter à ce domaine spirituel. Alton avait déniché ce livre dans la bibliothèque de Sorcere et pensait en avoir traduit suffisamment de passages pour entrer en contact avec un esprit.

Il se frotta les mains, ouvrit en hésitant le volume à la page qu'il avait marquée et parcourut du regard une dernière fois les incantations.

— Es-tu prêt ? demanda-t-il à Masoj.

— Non.

Alton ignora cette nouvelle raillerie de l'étudiant et mit ses mains à plat sur la table. Il sombra peu à peu dans une profonde transe de méditation.

— *Fey innad…* (Il s'arrêta et s'éclaircit la voix ; il avait commis une erreur et Masoj, qui n'avait pourtant pas examiné de très près l'incantation, l'avait remarquée.)

» *Fey innunad de-min…*, reprit-il avant de s'arrêter encore.

— Lolth nous vienne en aide ! grommela Masoj.

Alton ouvrit subitement de grands yeux et fusilla l'étudiant du regard.

— C'est une traduction ! gronda-t-il à son tour. Depuis le langage étrange d'un sorcier humain !

— Du charabia !

— J'ai devant moi le livre des sorts personnel d'un sorcier habitant le monde de la surface, déclara Alton d'un ton égal. Un archimage, s'il faut en croire le gribouillage du voleur orque qui l'a dérobé et vendu à nos agents.

Il se calma et secoua sa tête chauve, essayant de revenir à son état de transe.

— Un de ces stupides orques a donc réussi à dérober le livre des sorts d'un archimage, chuchota Masoj de manière purement rhétorique, laissant l'absurdité de la proposition se manifester d'elle-même.

— Le livre d'un sorcier mort ! rugit Alton. Il est authentique !

— Et qui l'a traduit ? objecta calmement l'étudiant.

Sans-Visage refusa de poursuivre la discussion. Ignorant l'expression hautaine sur le visage de Masoj, il reprit.

— *Fey innunad de-min de-sul de-ket.*

Masoj cessa d'écouter et essaya de se répéter un cours antérieur ; il craignait que ses gloussements hilares dérangent Alton. Il ne croyait pas un instant que la tentative de son aîné aboutirait, mais il ne tenait pas à interrompre encore ses balbutiements imbéciles : il devrait supporter une nouvelle fois depuis le début cette ridicule incantation !

Mais, quand peu de temps après il entendit le chuchotement excité d'Alton, il revint tout de suite à ce qu'il se passait dans la pièce.

— Matrone Ginafae ? avait dit Sans-Visage.

Et, oui, une boule insolite de fumée verdâtre était apparue au-dessus de la flamme de la chandelle ; elle prenait à présent une forme de plus en plus clairement définie.

— Matrone Ginafae ! répéta un Alton suffoqué à la fin de son invocation.

Devant lui se tenait sans aucun doute la représentation du visage de sa mère défunte.

L'esprit parcourut la pièce du regard, perplexe.

— Qui es-tu ? demanda-t-il enfin.

— Alton. Alton DeVir, votre fils !

— Fils ? répéta l'esprit.

— Votre enfant.

— Je ne me rappelle pas avoir eu d'enfant aussi laid.

— C'est un déguisement, répondit très vite Alton en jetant un regard à Masoj, craignant de le voir ricaner.

Mais, si l'étudiant ne s'était pas privé jusque-là de railler le maître et de douter de lui, il ne lui manifestait désormais qu'un respect sincère.

Alton sourit et reprit le dialogue.

— Ce n'est qu'un déguisement, afin de pouvoir parcourir la cité et me venger de nos ennemis.

— Quelle cité ?

— Mais Menzoberranzan, bien sûr ! (L'esprit ne semblait toujours pas comprendre.) Vous êtes bien Ginafae ? insista Alton. Matrone Ginafae DeVir ?

Les traits du visage de fumée se convulsèrent tandis que l'esprit réfléchissait à la question.

— Oui… Je crois.

— Mère Matrone de la Maison DeVir, Quatrième Maison de Menzoberranzan, l'aida Alton, de plus en plus excité. Haute prêtresse de Lolth !

La mention de la Reine Araignée sembla éveiller un écho chez l'esprit.

— Oh non ! s'étrangla-t-il. (Ginafae se souvenait à présent.) Tu n'aurais pas dû faire ça, mon fils hideux !

— Ce n'est qu'un déguisement !

— Je dois te quitter ! reprit l'esprit en lançant des regards nerveux autour de lui. Laisse-moi partir !

— Mais j'ai besoin que vous me renseigniez, Matrone Ginafae…

— Ne me donne pas ce titre ! hurla l'esprit. Tu ne comprends pas ! J'ai perdu la faveur de Lolth…

— Les ennuis commencent, remarqua Masoj d'un ton blasé, guère surpris.

— Je ne veux qu'une réponse ! insista Alton, refusant de laisser échapper cette occasion d'apprendre l'identité de ses ennemis.

— Vite !

— Dites-moi quelle Maison a détruit la Maison DeVir.

— La Maison ? (L'esprit réfléchit.) Oui, je me rappelle cette nuit de malheur. C'était la Maison…

La boule de fumée s'enfla et perdit sa forme, distordant les traits de Ginafae et transformant les mots suivants en un gargouillement incompréhensible.

Alton se leva d'un bond.

— Non ! s'exclama-t-il. Vous devez me dire ! Qui sont mes ennemis ?

— Me compterais-tu dans leur nombre ? demanda l'image d'une voix très différente, sur un ton où se percevait le pouvoir à l'état pur et qui fit refluer tout le sang du visage d'Alton.

L'image se tordit et se transforma, devint quelque chose de très laid, plus encore qu'Alton. Quelque chose de bien plus hideux que tout ce qui existait sur le plan matériel.

Alton ne faisait évidemment pas partie du clergé et n'avait jamais étudié la religion drow au-delà des bases qu'on enseignait aux mâles. Mais il connaissait le nom de la créature qui flottait devant lui, semblable à un bâtonnet suintant et visqueux de cire fondue : c'était un yochlol, un serviteur de Lolth.

— Tu oses perturber les tourments de Ginafae ? demanda dans un grondement méprisant le yochlol.

— Bon sang ! chuchota Masoj en se laissant lentement glisser sous la nappe noire de la table.

Même lui qui n'avait guère confiance en Alton n'aurait jamais cru que son mentor défiguré pouvait leur attirer des ennuis aussi sérieux.

— Mais…, balbutia Alton.

— Ne t'introduis plus jamais sur ce plan d'existence, pauvre sorcier incapable ! rugit le yochlol.

— Je ne cherchais pas à accéder aux Abysses, protesta piteusement le mage. Je voulais seulement parler à…

— À Ginafae ! gronda encore la créature. Une prêtresse déchue de Lolth. Où croyais-tu trouver son esprit, imbécile de mâle ? En train de s'ébattre dans l'Olympe, avec les faux dieux des elfes de la surface ?

— Je ne pensais pas que…

— Parce que tu penses ? grommela le yochlol. (*Oh non, jamais !* pensa Masoj en prenant bien soin de rester caché.)

» Ne t'introduis plus jamais ici, avertit le serviteur une dernière fois. La Reine Araignée n'a ni pitié ni patience pour les mâles trop curieux !

Le visage suintant de la créature se gonfla au-delà des limites de la boule de fumée. Alton entendit des bruits évoquant les gargouillements d'une gorge encombrée, et il recula en trébuchant sur son tabouret jusqu'à se retrouver dos au mur, les bras levés devant son visage en un geste de protection.

La bouche du yochlol s'ouvrit démesurément et cracha une grêle de petits objets qui ricochèrent sur Alton et sur le mur derrière lui. *Des pierres ?* se demanda le sorcier défiguré, perplexe. Mais l'un de ces objets répondit à sa question informulée : il s'agrippa à une des multiples couches de ses robes et entreprit de grimper jusqu'à son cou sans défense. Des araignées.

Une vague de ces bêtes à huit pattes déferla sous la petite table. Masoj roula de l'autre côté en un effort désespéré pour leur échapper. Il se releva tant bien que mal et se retourna pour voir Alton en train de se donner de grandes claques et de taper des pieds comme un fou tout en essayant de s'éloigner de l'endroit où se concentrait le plus grand nombre de ces créatures rampantes.

— Ne les tuez pas ! hurla Masoj. Tuer des araignées est interdit par…

— Qu'elles aillent aux Neuf Enfers, les prêtresses et leurs lois ! beugla Alton en retour.

Masoj haussa les épaules en un acquiescement désespéré, passa la main sous les plis de ses propres robes et en sortit l'arbalète de poing qu'il avait utilisée pour tuer Sans-Visage des années auparavant. Il regarda tour à tour l'arme puissante et les minuscules araignées qui grouillaient dans toute la pièce.

— Trop gros calibre ? demanda-t-il.

N'obtenant aucune réponse, il haussa derechef les épaules et tira.

La lourde pointe écorcha profondément l'épaule d'Alton. Le sorcier y jeta un regard stupéfait, puis adressa une grimace hideuse à Masoj.

— Vous en aviez une sur l'épaule, expliqua l'étudiant.

Le sorcier ne parut pas moins contrarié.

— Seriez-vous ingrat ? ricana Masoj d'un ton méprisant. Alton, pauvre imbécile, toutes les araignées se trouvent de votre côté, vous avez remarqué ? (Il se détourna pour quitter la pièce, et jeta par-dessus son épaule :) Bonne chasse !

Il tendit la main vers le loquet de la porte, mais, au moment où il refermait ses longs doigts autour de la poignée, le panneau arbora l'image de Matrone Ginafae. Elle eut un grand sourire (bien trop grand !) d'où sortit une langue beaucoup trop longue et incroyablement humide qui lui lécha le visage.

— Alton ! s'écria-t-il en se jetant en tournoyant contre un mur, hors de portée de cet appendice visqueux.

Il remarqua que le sorcier était en plein milieu d'une incantation ; il tâchait de conserver sa concentration alors qu'une horde d'araignées poursuivait son ascension avide sur ses amples robes.

— Vous êtes déjà mort, commenta-t-il sans émotion en secouant la tête.

Alton luttait pour exécuter le rituel qu'exigeait le sort, surmonter son dégoût de ces créatures rampantes, et finalement il se contraignit à achever l'invocation. Au cours de toutes ses années d'études, il ne se serait jamais cru capable d'accomplir une telle action ; il aurait ri si on avait évoqué devant lui une telle hypothèse. Mais, à cet instant, cela paraissait bien préférable aux malédictions rampantes crachées par le yochlol.

Il jeta une boule de feu à ses propres pieds.

Nu, chauve, Masoj passa la porte en titubant et sortit de cet enfer. Le maître défiguré le suivait, en flammes ; il plongea par terre et y roula en se dépouillant de ses robes déchiquetées en pleine combustion.

En regardant Alton éteindre le reste des flammes sous ses mains, un souvenir bien agréable passa par la tête de Masoj ; il prononça la phrase plaintive qui tournait dans sa tête à cet instant précis :

— J'aurais dû le tuer quand je le tenais dans la toile !

Un peu plus tard, lorsque Masoj fut retourné à sa chambre et à ses études, Alton passa les bracelets métalliques ornementaux qui marquaient son rang de maître de l'Académie et sortit de Sorcere. Il se dirigea vers le grand escalier qui descendait de Tier Breche et s'assit à son sommet pour considérer la vue sur Menzoberranzan.

Malgré cette vision impressionnante, la cité n'était guère en mesure de lui faire oublier ce nouvel échec. Cela faisait seize ans qu'il avait renoncé à tous ses autres rêves, toutes ses ambitions. Il recherchait désespérément la Maison coupable du forfait contre la sienne. Et cela faisait seize ans qu'il échouait.

Il se demanda combien de temps encore il pourrait conserver son imposture et son moral. Masoj, son seul ami – si l'on pouvait dire – avait accompli plus de la moitié de ses études à Sorcere. Que ferait Alton quand l'étudiant aurait eu son diplôme et retournerait dans la Maison Hun'ett ?

— Peut-être poursuivrai-je mon labeur pendant les siècles à venir, se dit-il à voix haute, tout cela pour finir assassiné par un étudiant désespéré, comme moi – Masoj, plutôt – j'ai tué Sans-Visage. Peut-être cet étudiant se défigurera-t-il à son tour pour prendre ma place ?

Alton ne put s'empêcher de laisser un gloussement ironique passer sa bouche dépourvue de lèvres à l'idée d'un « Sans-Visage » perpétuel à Sorcere. Au bout de combien de temps la Maîtresse Matrone de l'Académie trouverait-elle cela bizarre ? Mille ans, dix mille ? Ou bien peut-être Sans-Visage survivrait-il à la cité même de Menzoberranzan ? Une vie de maître n'était pas si désagréable, supposait Alton. De nombreux drows sacrifieraient beaucoup pour obtenir un tel honneur.

Il enfouit sa tête dans le creux de son bras et chassa ces idées ridicules. Il n'était pas un véritable maître, et ce titre usurpé ne lui apportait aucune satisfaction. Masoj aurait peut-être dû le tuer cette nuit-là, seize ans auparavant, quand il le tenait dans la toile du maître Sans-Visage.

Son désespoir ne fit que croître lorsqu'il réfléchit vraiment aux échelles de temps qu'il devait considérer : il venait de passer les soixante-dix ans et, pour un drow, il était encore très jeune. Un dixième seulement de sa vie se trouvait derrière lui, et cette idée n'avait rien pour réconforter Alton DeVir cette nuit-là.

— Combien de temps me reste-t-il à survivre ? se demanda-t-il tout haut. Combien de temps avant que la folie que constitue mon existence finisse par me consumer ? (Il regarda de nouveau la cité devant lui.) Il aurait mieux valu que Sans-Visage me tue, chuchota-t-il, car désormais je suis Alton d'une Maison Sans Rang Appréciable.

Masoj l'avait affublé de ce surnom au lendemain de la chute de la Maison DeVir, mais à ce moment, avec sa vie suspendue à une pointe d'arbalète, Alton n'avait pas saisi toutes les implications de ce titre. Menzoberranzan n'était rien d'autre qu'un rassemblement de Maisons particulières. Un drow du commun sans appuis pouvait s'attacher à l'une d'entre elles et la considérer comme sienne, mais un noble dans la même situation risquait de n'être accepté nulle part. Il lui restait Sorcere, rien d'autre… jusqu'à ce qu'on découvre enfin sa véritable identité. À quel châtiment devrait-il faire face alors, pour le meurtre d'un maître ? Car, même si Masoj avait commis ce crime, il pouvait compter sur sa Maison pour le défendre, tandis qu'Alton n'était qu'un noble isolé.

Il s'accouda et observa la lumière-chaleur de Narbondel qui croissait. Tandis que les minutes devenaient des heures, le désespoir d'Alton et son auto-apitoiement passèrent par les phases habituelles. Il reporta son attention sur les Maisons drows une par une, non plus sur leur conglomérat qui formait une cité, et se demanda quels sombres secrets chacune d'elles détenait. Une entre autres, se rappela-t-il, abritait celui qu'il tenait absolument à percer : l'une d'elles avait anéanti la Maison DeVir.

Il ne pensait plus à l'échec de la nuit précédente avec Matrone Ginafae et le yochlol, il avait oublié ses souhaits lamentables de mort prématurée. Seize ans n'étaient pas une si longue période, décida-t-il. Il restait encore peut-être sept siècles de vie dans ce corps vigoureux. Alton était prêt, s'il le fallait, à consacrer chaque minute de ces longues années à rechercher la Maison coupable.

— Vengeance ! grommela-t-il.

Il avait besoin du son de ce mot qui l'alimentait, où il puisait sa seule raison de continuer à respirer.

8

Proches

Zak attaqua par une série de bottes basses. Drizzt tenta de riposter rapidement pour reprendre l'initiative, mais l'assaut incessant le suivait pas à pas, et il se retrouvait acculé à la défensive, les gardes de ses armes en avant et les lames en arrière.

Puis le maître d'armes s'accroupit et passa sous la défense de Drizzt.

Lequel fit tournoyer ses cimeterres dans un croisé impeccablement maîtrisé ; mais il dut se raidir pour éviter l'attaque tout aussi habile de Zak. Il savait qu'il avait été piégé, et l'attaque suivante ne le surprit pas : le maître d'armes reporta son poids sur sa jambe arrière et plongea en avant, les deux épées pointées sur les reins de Drizzt.

Le jeune drow jura silencieusement et fit plonger ses cimeterres croisés vers le bas afin d'utiliser ses lames en « V » pour coincer les épées de Zak. Une impulsion soudaine fit hésiter Drizzt au moment où il bloquait les armes de son mentor, et il sauta de côté, ce qui lui attira une claque douloureuse à l'intérieur d'une cuisse. Écœuré, il jeta ses cimeterres au sol.

Zak bondit en arrière à son tour. Il gardait ses épées aux côtés, une expression de réelle perplexité sur le visage.

— Tu n'aurais pas dû rater cette manœuvre, lui annonça-t-il carrément.

— La parade ne convient pas, répondit Drizzt.

Dans l'attente d'une explication plus complète, Zak posa la pointe d'une de ses épées par terre et s'appuya sur l'arme. Au cours des années passées, il lui était arrivé de blesser ou même de tuer des élèves pour une insolence aussi flagrante.

— Le croisé bas fait échouer l'attaque, mais qu'y gagne-t-on ? poursuivit Drizzt. Quand la manœuvre est achevée, les pointes de mes armes restent trop basses pour pouvoir entreprendre un mouvement vraiment efficace, et vous pouvez reculer pour vous libérer.

— Mais tu as fait échouer mon attaque.

— Uniquement pour faire face à une autre ! objecta Drizzt. Au mieux, après ce croisé bas, je me retrouve à égalité.

— Oui..., l'encouragea Zak qui ne voyait pas en quoi cette possibilité posait problème.

— Rappelez-vous vos propres leçons ! s'exclama Drizzt. Vous me prêchez toujours que chaque mouvement doit apporter un avantage, mais je n'en vois aucun avec le croisé bas.

— Tu ne récites que la partie de la leçon qui t'arrange ! lui reprocha Zak qui sentait la colère monter en lui. Cite toute la phrase, ou pas du tout : « Chaque mouvement doit apporter un avantage ou supprimer un désavantage. » Le croisé bas met en échec la double estocade basse, et il est clair que ton adversaire a déjà gagné un avantage rien qu'en utilisant une manœuvre si audacieuse ! Revenir à égalité est bien préférable en l'occurrence.

— La parade ne convient pas, s'entêta Drizzt.

— Ramasse tes armes, gronda Zak en avançant sur lui, menaçant.

Drizzt hésita ; le maître d'armes chargea, les épées en avant.

Son jeune adversaire s'accroupit à son tour, se saisit très vite des cimeterres, et se redressa pour faire face à l'attaque tout en se demandant s'il s'agissait d'une nouvelle leçon ou d'un combat réel !

Zak le poussait rageusement, cinglant sans cesse l'air tout autour de Drizzt. L'apprenti se défendait avec ardeur ; il remarqua l'amorce d'une situation malheureusement familière quand les attaques se firent de plus en plus basses, forçant de nouveau les gardes des armes de Drizzt vers le haut.

Il comprit que Zak avait l'intention de convaincre par l'action et non par les paroles. Mais, en voyant la fureur qu'arborait le visage de son adversaire, il se demanda jusqu'où comptait aller le maître d'armes pour prouver qu'il avait raison. Si une ouverture se présentait, le frapperait-il encore à la cuisse, ou au cœur cette fois ? Zak attaqua sous les défenses de Drizzt, qui se raidit et se redressa.

— Double estocade basse ! grogna le maître d'armes, et il fit plonger ses épées en avant.

Drizzt était prêt. Il exécuta le croisé bas avec un sourire dédaigneux à l'adresse de ce piège de métal quand ses cimeterres bloquèrent l'avance des épées. Il maintint ensuite une seule de ses lames en place, car il pensait ainsi pouvoir suffisamment contenir les deux lames de Zak. Drizzt fit tournoyer son arme à présent disponible dans une contre-attaque habile.

À l'instant où Drizzt changea sa main, Zak comprit l'intention ; il avait prévu que son élève risquait de tenter cette manœuvre. Il baissa jusqu'au sol la pointe d'une de ses épées, la plus proche de la garde de la seule arme de Drizzt engagée dans la parade, et Drizzt, qui essayait de conserver la même force de résistance et le même équilibre tout le long de la lame du cimeterre bloquant, fut déséquilibré. Il eut le réflexe de se rattraper avant d'avoir vraiment trébuché, mais ses phalanges heurtèrent la pierre du sol et s'y écorchèrent. Il croyait encore qu'il avait piégé Zak, et qu'il parviendrait à mener à bien sa brillante contre-attaque. Il fit un pas rapide en avant pour rattraper complètement son équilibre.

Le maître d'armes plongea carrément au sol, sous l'arc du cimeterre en plein mouvement de Drizzt, effectua une volte qui lui permit de porter un coup de son talon botté à l'arrière du genou sans défense de son adversaire ; l'élève se retrouva sur le dos sans avoir rien vu venir.

Zak s'arrêta soudain en plein élan et se releva d'un coup. Avant d'avoir pu comprendre en quoi consistait cette étourdissante contre-contre-attaque, Drizzt vit le maître d'armes dressé devant lui de toute sa hauteur, la pointe de son épée douloureusement et ostensiblement pressée sur sa gorge, dont elle tirait déjà une minuscule goutte de sang.

— Autre chose à dire ? grommela Zak.

— La parade ne convient pas, répondit Drizzt.

Le rire de Zak fit trembler son ventre. Il jeta son épée au sol, tendit la main et remit sur pieds ce jeune élève obstiné. Il se calma rapidement et chercha le regard lavande de Drizzt, qu'il tenait à bout de bras. Zak était émerveillé par l'aisance du jeune drow, par la manière dont il tenait ses cimeterres qui constituaient presque une extension naturelle de ses membres. Son entraînement n'avait commencé que depuis quelques mois, mais il maîtrisait déjà l'usage de tout l'équipement de la vaste armurerie de la Maison Do'Urden.

Ah, ces cimeterres ! C'étaient les armes de prédilection de Drizzt, avec leurs lames incurvées qui mettaient en valeur la fluidité étourdissante de son style de combat flamboyant. Avec ces cimeterres à la main, ce combattant tout juste sorti de l'enfance pouvait déjà en remontrer à la moitié des membres de l'Académie, et un frisson parcourait l'échine de Zak quand il imaginait ce que pourrait devenir l'élève après quelques années d'entraînement.

Mais ce n'étaient pas les capacités et le potentiel physiques de Drizzt Do'Urden qui faisaient parfois s'interrompre et réfléchir Zaknafein : il constatait tous les jours à quel point le tempérament du jeune drow était effectivement très éloigné de la norme de son peuple. Il possédait un fond d'innocence et se révélait dépourvu de toute méchanceté. Zak ne pouvait s'empêcher d'éprouver une grande fierté en le regardant. Sous tous les aspects, son élève obéissait aux mêmes principes que Zak, des principes moraux très inhabituels à Menzoberranzan.

Drizzt lui aussi avait remarqué que Zak et lui avaient cela en commun, mais il ne se rendait pas encore compte du caractère unique qu'avait leur manière de voir les choses dans l'univers pervers des drows. Il comprenait bien qu'« oncle Zak » était différent de tous les autres elfes noirs qu'il connaissait, c'est-à-dire uniquement sa famille et quelques dizaines de soldats de la maisonnée. Certes, Zak n'avait rien en commun avec Briza, la sœur aînée de Drizzt, avec sa dévotion forcenée, proche de l'aveuglement, pour la religion mystérieuse de Lolth. Et rien en commun non plus avec Matrone Malice, la mère de Drizzt, qui ne semblait jamais avoir d'autre raison de s'adresser à son fils que pour le charger de corvées domestiques.

Zak pouvait sourire dans des situations qui n'apportaient de souffrance à personne. Il s'agissait du premier drow apparemment satisfait de son rang que Drizzt ait jamais rencontré. Le premier qu'il ait jamais entendu rire.

— Bien essayé, admit Zak à propos de la contre-attaque contrée de Drizzt.

— Dans un vrai combat, je serais mort, répondit ce dernier.

— Oui, mais c'est bien à cela que sert l'entraînement. Ton plan était excellent, le moment choisi pour l'exécuter impeccable. Mais la situation ne convenait pas. Cela dit, il s'agissait tout de même d'une belle tentative.

— Vous vous y attendiez, déclara l'élève.

Zak sourit et acquiesça.

— Peut-être parce que j'ai déjà assisté à la même tentative chez un autre apprenti.

— Contre vous ? demanda Drizzt qui se sentait un peu moins unique si un autre avait eu la même analyse.

— Pas vraiment, répondit le maître d'armes avec un clin d'œil. J'ai vu la contre-attaque échouer du même angle que toi, avec le même résultat.

Le visage de Drizzt s'éclaira de nouveau.

— Nous avons la même tournure d'esprit, commenta-t-il.

— En effet, mais j'ai quatre siècles d'expérience derrière moi pour me conforter, tandis que tu n'as même pas vécu deux douzaines d'années. Fais-moi confiance, ardent élève : le croisé bas est la bonne parade.

— Peut-être, concéda Drizzt.

Zak dissimula un sourire.

— Quand tu auras trouvé mieux, nous verrons. Mais en attendant, crois-moi sur parole. J'ai entraîné plus de soldats que je saurais en compter, toute l'armée de la Maison Do'Urden et dix fois ce nombre quand j'étais un maître à Melee-Magthere. J'ai entraîné Rizzen, toutes tes sœurs, tes deux frères.

— Deux frères ?

—Je… (Zak s'interrompit et lança un regard bizarre à son élève.) Je vois, déclara-t-il au bout d'un moment. Personne ne s'est donné la peine de te l'apprendre.

Le maître d'armes se demanda si c'était à lui de dire la vérité à Drizzt. Il pensait que Matrone Malice devait s'en moquer ; si elle n'avait pas informé son fils, c'était sans doute parce que, pour elle, cette histoire ne méritait pas d'être racontée. Il décida d'expliquer la situation.

—Oui, deux. À ta naissance, tu avais deux frères : Dinin, que tu connais, et un autre plus âgé, Nalfein, un sorcier très puissant. Nalfein a été tué au combat la nuit même où tu as respiré pour la première fois.

—Un combat contre des nains ? Des gnomes pervers ? s'écria Drizzt d'une voix aiguë, les yeux écarquillés comme un enfant qui veut entendre des histoires effrayantes avant de s'endormir. Est-ce qu'il défendait la cité contre des conquérants tyranniques ? Des monstres en maraude ?

Zak eut du mal à comprendre à quoi correspondaient ces croyances innocentes de Drizzt, ses conceptions faussées.

—Enfouissez les jeunes sous vos mensonges ! murmura-t-il. (Mais à Drizzt, il répondit simplement :) Non.

—Alors contre un ennemi encore plus répugnant ? insista le jeune drow. Les vicieux elfes de la surface ?

—Il est mort de la main d'un drow ! cracha Zak, furieux, éteignant d'un coup la lueur passionnée qui luisait dans les yeux de Drizzt.

L'élève se tassa un peu et réfléchit aux paroles de son mentor, qui souffrait terriblement de voir la perplexité distordre son jeune visage.

—Une guerre avec une autre cité ? demanda sombrement Drizzt. Je n'en ai pas entendu parler…

Zak laissa mourir la conversation. Il se détourna et se dirigea en silence vers ses quartiers privés. Que Malice ou l'un de ses laquais s'emploie à démolir la logique innocente du jeune drow ! Derrière lui, Drizzt se retint de poser les questions qui lui venaient à l'esprit ; il avait compris que cette discussion et la leçon avaient pris fin. Et aussi que quelque chose d'important venait d'être évoqué.

Le maître d'armes et Drizzt combattaient pendant de longues heures qui se transformaient en jours, en dizaines, en mois. Le temps ne comptait pas : ils luttaient jusqu'à ce que l'épuisement les submerge, et retournaient s'entraîner dès qu'ils avaient récupéré un minimum de forces.

Trois ans plus tard déjà, à l'âge de dix-neuf ans, Drizzt était capable de tenir tête pendant des heures d'affilée à Zak, et il prenait même l'initiative dans bon nombre de leurs confrontations.

Zak appréciait ces moments. C'était la première fois depuis bien des années qu'il rencontrait un élève ayant le potentiel pour l'égaler un jour. Et c'était la toute première fois, dans son souvenir, que des rires accompagnaient souvent le choc des armes d'adamantium dans la salle d'entraînement.

Il voyait Drizzt croître grand et droit, vif, attentif, intelligent. Les maîtres de l'Académie auraient du mal à lui trouver un adversaire à sa mesure, cela dès la première année !

Cette idée le remplit de joie le temps qu'il lui fallut pour se rappeler les règles admises à l'Académie, les préceptes en usage chez les drows, et ce qu'ils allaient faire de cet élève formidable. Ils allaient vider ses yeux lavande de leur beau sourire.

Un jour d'ailleurs, un rappel rude de ce monde drow qui existait hors de la salle d'entraînement s'imposa à eux en la personne de Matrone Malice.

— Fais preuve envers elle du respect qui convient, l'avertit Zak quand Maya annonça l'entrée de la Mère Matrone. (Pour sa part, il fit prudemment quelques pas à la rencontre de la dirigeante de la Maison Do'Urden.)

» Mes salutations, Matrone, déclara-t-il en s'inclinant profondément. Que me vaut l'honneur de votre présence ?

Matrone Malice lui rit au nez, car elle n'était pas dupe de cet étalage obséquieux.

— Mon fils et toi passez tout votre temps ici, dit-elle. Je suis venu constater quel bénéfice en retire ce garçon.

— Un excellent combattant ! l'assura Zak.

— Il vaudrait mieux, marmonna Malice. Il partira à l'Académie dans un an au plus.

Le maître d'armes plissa les paupières en remarquant l'incrédulité dans le ton de son interlocutrice.

— L'Académie n'aura jamais vu meilleur escrimeur ! gronda-t-il.

La Matrone se détourna et s'approcha de Drizzt.

— Je ne doute pas de ton habileté avec une arme, lui déclara-t-elle avec tout de même un regard sournois à l'adresse de Zak. Tu en as les qualités dans le sang. Mais d'autres encore sont nécessaires à un combattant drow, des qualités de cœur, l'attitude d'un guerrier !

Drizzt ne savait quoi répondre. Il n'avait vu sa mère que deux ou trois fois au cours des trois dernières années, et ils n'avaient pas échangé un mot.

Zak se rendit compte de la perplexité de son élève et craignit qu'il se trahisse – c'était précisément ce que Matrone Malice attendait. Cela lui fournirait un prétexte pour arracher Drizzt au tutorat du maître d'armes (ce qui, au passage, déshonorerait ce dernier) et le confier à Dinin ou à un autre tueur de sang-froid. Zak était sans doute le meilleur instructeur possible pour la technique mais, à présent que Drizzt maîtrisait l'usage des armes, Malice voulait qu'on l'endurcisse émotionnellement.

Le maître d'armes refusait de prendre ce risque : il appréciait trop ces moments passés avec le jeune drow. Il dégaina ses épées de leurs fourreaux incrustés de pierreries et chargea, passant devant Matrone Malice.

— Montre-lui, mon jeune guerrier ! s'exclama-t-il.

Les yeux de Drizzt devinrent des puits de feu à l'approche de son instructeur déchaîné. Ses cimeterres apparurent dans ses mains comme s'il les avait instantanément invoqués.

Et cela s'avéra nécessaire ! Zak se précipita sur lui en faisant montre d'une furie dont le jeune drow n'avait jamais été témoin, même quand il lui avait démontré l'intérêt du croisé bas en parade de la double estocade basse. Les étincelles jaillirent au moment où les épées croisèrent les cimeterres et Drizzt fut obligé de reculer ; ses deux bras le faisaient déjà souffrir à cause de la force brutale des coups.

— Mais que… ? essaya-t-il de demander.

— Montre-lui ! grogna Zak en l'attaquant sans trêve.

Drizzt évita de justesse un coup qui l'aurait sans aucun doute tué. Mais, éberlué de cette violence, il se cantonnait à la défensive.

Zak esquiva d'une gifle métallique un des cimeterres de Drizzt, puis l'autre, et se servit alors d'une arme inattendue : il leva le pied droit devant lui et assena un coup de talon brutal sur le nez du jeune drow.

Drizzt entendit son cartilage craquer et sentit la chaleur de son sang qui coulait à flots sur son visage. Il se jeta par terre et s'éloigna en roulant pour tenter de garder ses distances avec cet adversaire enragé, le temps de reprendre ses esprits.

Après s'être remis à genoux, il vit Zak déjà tout proche, qui s'approchait encore.

— Montre-lui ! grondait furieusement son instructeur à chacun de ses pas décidés.

Les flammes violettes de la lueur féerique qui nimbaient le corps de Drizzt en faisaient une cible facile. Il réagit de la seule manière possible : il jeta une sphère de ténèbres sur Zak et lui. Prévoyant le prochain mouvement du maître d'armes, il se jeta à plat ventre et sortit de cette sphère, la tête baissée – une idée judicieuse !

Car, dès qu'il avait perçu l'obscurité, Zak avait lévité jusqu'à une hauteur de trois mètres environ et s'était jeté droit sur Drizzt, ses lames balayant l'air à hauteur de la tête du jeune drow.

Une fois sorti de la sphère de ténèbres, Drizzt jeta un regard derrière lui, qui ne lui révéla que le bas des jambes du maître d'armes revenu à terre. Il n'avait pas besoin d'en voir davantage pour imaginer les attaques furieuses que son instructeur devait assener à l'aveuglette. Zak l'aurait taillé en pièces s'il n'était pas sorti de la sphère en se baissant.

La surprise fit place à la colère. Quand le maître d'armes sortit à son tour de la sphère de ténèbres et se rua sur lui, Drizzt laissa sa fureur le ramener au combat. Il pivota en une pirouette juste avant que Zak le rejoigne et fit effectuer à son cimeterre directeur une gracieuse trajectoire incurvée tandis que l'autre suivait en une attaque trompeusement droite, juste au-dessus de cette courbe.

Zak esquiva l'estocade et para l'autre lame d'un coup de taille.

Mais Drizzt n'en avait pas fini ; il assena une série de frappes d'estoc brèves et vicieuses qui forcèrent le maître d'armes à reculer sur plus d'une dizaine de pas, jusqu'à la sphère de ténèbres. Ils devaient maintenant tous deux se fier à leur ouïe extraordinaire et à leurs instincts affûtés. Zak parvint enfin à garder ses positions, mais Drizzt mit sur-le-champ ses pieds en action ; il les portait en avant chaque fois que sa posture lui en offrait la possibilité. Il parvint même à traverser les défenses de son adversaire et à chasser l'air de ses poumons d'un coup bien ajusté.

Ils ressortirent de la sphère, et maintenant la silhouette de Zak elle aussi s'auréolait d'une lueur féerique. La haine inscrite sur le visage de son jeune élève rendait le maître d'armes malade, mais il voyait bien qu'en l'occurrence ni lui ni Drizzt n'avaient le choix : ce combat devait être laid, il se devait d'être réel. Peu à peu, Zak s'installa dans un rythme régulier, se cantonnant à la défensive, et laissa Drizzt s'épuiser dans sa rage explosive.

Drizzt attaquait encore et toujours, sans trêve, sans fatigue apparente. Zak joua avec lui en lui montrant de fausses ouvertures auxquelles Drizzt répondait toujours sans faille par une estocade, un coup de taille, un coup de pied.

Matrone Malice observait le spectacle en silence. Elle ne pouvait nier que Zak eût fourni à son fils un entraînement de premier ordre : Drizzt était plus que prêt pour le combat – physiquement du moins.

Mais le maître d'armes savait que, pour la Mère Matrone, la simple habileté aux armes ne suffisait pas forcément. Il devait empêcher une conversation prolongée entre ces deux-là : Malice n'approuverait certainement pas la mentalité de son fils.

Il voyait que Drizzt commençait à se fatiguer (mais la lassitude qu'il constatait dans les mouvements de l'élève était en partie feinte).

On y va, se dit-il, et il fit soudain semblant de se tordre la cheville ; son bras droit s'écarta tandis qu'il cherchait à reprendre l'équilibre, ce qui ouvrit une énorme brèche dans ses défenses, brèche que Drizzt ne pouvait manquer d'exploiter.

La botte attendue vint en un éclair, et le bras droit de Zak imprima un rapide coup de taille qui fit voler le cimeterre de la main de Drizzt.

— Ha ! s'exclama ce dernier.

Il avait anticipé le mouvement et exécuta la ruse qu'il avait prévue : le cimeterre restant trancha l'air au-dessus de l'épaule gauche de Zak, profitant de la brèche que lui avait ménagée la parade.

Mais, au moment où Drizzt portait ce second coup, le maître d'armes était déjà tombé à genoux : la lame de son élève porta donc trop haut, sans dommage, tandis que Zak, relevé d'un bond, assenait un coup direct de la garde de son épée et frappait Drizzt en plein visage. Le jeune drow sonné fit un grand pas en arrière et demeura parfaitement immobile un long moment. Le cimeterre qu'il avait gardé en main tomba par terre, et ses yeux vitreux n'eurent pas un clignement.

— Une feinte dans une feinte dans une feinte, expliqua posément Zak.

Drizzt s'effondra, inconscient.

Zak se dirigea vers Matrone Malice, qui lui accorda un hochement de tête approbateur.

— Il est prêt pour l'Académie, affirma-t-elle.

Le maître d'armes parut catastrophé mais se tut.

— Vierna s'y trouve déjà, poursuivit Malice, au poste de maîtresse à Arach-Tinilith, l'école de la prêtrise de Lolth. Il s'agit d'un grand honneur.

Toujours plus d'honneurs pour la Maison Do'Urden ! se dit Zak ; il se garda d'exprimer cette pensée à haute voix.

— Dinin s'y rendra bientôt, ajouta la Matrone.

Le maître d'armes en fut surpris : deux enfants qui allaient servir en même temps à l'Académie ?

— Cela a dû vous coûter pas mal d'efforts pour parvenir à ce résultat, osa-t-il faire remarquer.

Matrone Malice sourit.

— Des faveurs dues, d'autres sollicitées…

— Dans quel but ? demanda Zak. Pour protéger Drizzt ?

Malice éclata de rire.

— D'après ce que je viens de voir, c'est plutôt Drizzt qui va protéger les deux autres ! (Zak se mordit la lèvre à ces mots. Dinin valait toujours deux fois Drizzt comme combattant et dix fois comme tueur sans merci. Malice devait avoir d'autres raisons.)

» Dans les deux décades qui s'annoncent, expliqua enfin la Mère Matrone, trois des huit premières Maisons seront représentées à l'Académie par quatre de leurs enfants, pas moins ! Le propre fils de Matrone Baenre débutera dans la même promotion que Drizzt.

— Vous avez donc des ambitions, conclut Zak. Jusqu'où la Maison Do'Urden ne montera-t-elle pas sous la direction de Matrone Malice !

— Ton humour te coûtera ta langue un jour. Nous serions bien bêtes de laisser passer une telle occasion d'en apprendre davantage sur les Maisons rivales !

— Les huit premières Maisons… Prenez garde, Matrone Malice : n'oubliez pas de surveiller aussi les Maisons moindres ! Un jour une Maison DeVir a commis l'erreur de les ignorer.

— Aucune attaque ne viendra d'en dessous ! affirma Malice d'un ton hautain. Nous sommes la Neuvième Maison mais pouvons nous vanter de posséder plus de puissance que beaucoup d'autres. Personne ne nous frappera dans le dos, parce qu'il existe des cibles plus faciles situées plus haut.

— Tout cela nous sert au mieux.

— N'est-ce pas là le but ? demanda Malice, avec son large sourire vicieux habituel.

Zak n'avait pas besoin de répondre : la Matrone connaissait très bien son sentiment, à savoir que, justement, là n'était pas le but.

—Ne parle pas tant si tu veux que ta mâchoire guérisse vite, dit plus tard Zak à Drizzt quand ils furent de nouveau seuls.

Drizzt lui lança un regard indigné.

Le maître d'armes secoua la tête.

—Nous sommes très proches, de vrais amis, déclara-t-il.

—C'est ce que je croyais, marmonna Drizzt.

—Alors réfléchis ! Crois-tu que Matrone Malice approuverait un lien si fort entre son maître d'armes et son plus jeune fils qui a tant de valeur ? Tu es un drow, Drizzt Do'Urden, de noble naissance. Tu ne peux pas avoir d'amis ! (Drizzt se raidit d'un coup comme s'il avait reçu une gifle.)

» Pas ouvertement en tout cas, concéda Zak en posant une main réconfortante sur l'épaule de son jeune élève. Des amis, cela signifie la vulnérabilité, une vulnérabilité inexcusable que Matrone Malice n'accepterait jamais… (Le maître d'armes se rendit compte qu'il était en train de bouleverser son élève.) Enfin, conclut-il d'un ton calme, nous deux savons au moins ce que nous sommes.

Malgré tout, pour Drizzt, cela ne semblait pas suffire.

9

Familles

— Viens vite, ordonna Zak à Drizzt un soir après l'entraînement.

Le ton d'urgence du maître d'armes indiquait assez au jeune drow qu'un événement d'importance avait lieu, d'ailleurs Zak n'attendit pas son élève, qui dut le suivre en toute hâte et le rattrapa sur le balcon de la Maison Do'Urden ; Maya et Briza s'y trouvaient déjà.

— Qu'y a-t-il ? demanda Drizzt.

Zak le fit venir près de lui et lui désigna un endroit de l'autre côté de l'immense caverne, dans les faubourgs nord-est de la cité. Des éclairs fusaient et s'éteignaient subitement, un pilier de feu s'éleva puis disparut.

— Un raid, annonça Briza sans émotion. Entre Maisons mineures ; cela ne nous concerne pas.

Zak se rendit compte que Drizzt ne comprenait pas.

— Une Maison en a attaqué une autre, expliqua-t-il. Peut-être par vengeance, mais plus probablement pour essayer d'obtenir un rang plus élevé dans la cité.

— La bataille dure depuis longtemps, fit remarquer Briza, et pourtant il y a toujours des éclairs.

Le maître d'armes poursuivit ses explications au bénéfice du Second Fils toujours perplexe.

—Les assaillants auraient dû dissimuler le combat derrière des sphères de ténèbres. Le fait qu'ils n'y soient pas parvenus suggère que la Maison attaquée n'a pas été prise par surprise.

—Les choses ne se passent sûrement pas bien pour les agresseurs, confirma Maya.

Drizzt avait du mal à en croire ses oreilles. Ce qui l'abasourdissait plus encore que l'événement en soi était la manière dont sa famille le commentait : ils restaient si calmes, comme devant une banalité de la vie quotidienne !

—Les assaillants ne doivent pas laisser de survivants derrière eux, précisa Zak, sinon ils devront essuyer la fureur du Conseil régnant.

—Mais nous-mêmes sommes témoins, objecta Drizzt.

—Non. Des spectateurs seulement : cette bataille ne nous concerne en rien. Seuls les nobles de la Maison assaillie sont en droit d'accuser leurs agresseurs.

—Si toutefois ils survivent, remarqua Briza, qui de toute évidence appréciait le spectacle de ce drame.

Drizzt, lui, ne savait trop quoi penser de ces révélations. Quels qu'aient été ses sentiments en tout cas, il se rendit vite compte qu'il ne pouvait détourner le regard du spectacle toujours renouvelé d'une bataille drow. Tout le domaine Do'Urden était réveillé à présent ; les soldats et les esclaves couraient partout pour trouver le meilleur point de vue possible et s'échangeaient en criant des descriptions de l'action, des rumeurs quant à l'identité des assaillants.

La société drow faisait étalage de ses divertissements macabres ! Le plus jeune membre de la Maison Do'Urden ressentait au plus profond de son cœur la perversité du spectacle mais ne pouvait nier l'excitation qu'il lui apportait. Ni l'expression de plaisir non dissimulé qui marquait les visages des trois elfes noirs debout sur le balcon avec lui.

Alton procéda à une dernière inspection de ses quartiers privés, afin de s'assurer que tout objet ou volume qui pouvait paraître le moins du monde sacrilège avait bien été dissimulé. Il attendait la visite d'une Mère Matrone, un honneur rare pour un maître de l'Académie sans relation avec Arach-Tinilith, l'école de la prêtrise de Lolth. Alton était plutôt inquiet : pourquoi SiNafay Hun'ett, Matrone de la Cinquième Maison de la cité et mère de Masoj, son complice d'imposture, souhaitait-elle le voir ?

Un coup à la porte de pierre de ses appartements apprit à Alton que son hôtesse venait d'arriver. Il réarrangea ses robes et parcourut encore une fois la pièce du regard. La porte s'ouvrit toute seule et Matrone SiNafay pénétra soudain. Elle passa de l'obscurité absolue du couloir à l'illumination des chandelles sans marquer la moindre hésitation.

SiNafay était plus petite qu'Alton l'avait imaginé, menue même pour une drow. Elle devait mesurer moins d'un mètre cinquante et peser à peine plus de trente kilos ! Mais il s'agissait d'une Mère Matrone. Alton ne devait pas oublier qu'elle pouvait l'étendre raide mort avec un seul sort.

Il détourna dûment le regard et tenta de se convaincre que cette visite n'avait rien d'inhabituel. Mais son malaise s'accrut quand Masoj entra en trottinant dans la pièce et, un sourire fat sur le visage, vint se placer près de sa mère.

— Salutations de la Maison Hun'ett, Gelroos, déclara Matrone SiNafay. Cela fait au moins vingt-cinq ans que nous ne nous étions pas parlé.

— Gelroos ? marmonna Alton à part lui. (Il s'éclaircit la voix pour dissimuler son étonnement.) Mes salutations à vous, Matrone SiNafay, réussit-il à balbutier. Cela faisait donc si longtemps ?

— Tu devrais revenir à la maison, poursuivit la Matrone. Tes quartiers t'attendent.

Ses quartiers ?! Alton se sentait de plus en plus mal.

L'embarras de son interlocuteur n'échappa pas à SiNafay. Son visage s'assombrit, figé dans un rictus mauvais.

Alton craignit que son secret soit révélé. Si Sans-Visage avait été membre de la famille Hun'ett, quel espoir avait-il d'en tromper la Mère Matrone ? Il tenta de trouver une échappatoire, ou au moins un moyen de tuer ce traître de Masoj avant que SiNafay l'abatte.

Quand il reporta le regard sur la Matrone, elle avait déjà entrepris de lui jeter silencieusement un sort. Lorsqu'elle l'eut lancé, elle écarquilla les yeux : ses soupçons se confirmaient.

— Qui es-tu ? demanda-t-elle d'un ton plus curieux qu'inquiet. (Il n'y avait pas d'issue, ni moyen de se venger de Masoj qui restait prudemment tout près de sa puissante mère.)

» Qui es-tu ! répéta SiNafay en prenant à sa ceinture un instrument redouté : un fouet-serpent à trois têtes capable d'injecter le venin le plus douloureux et invalidant que connaissaient les drows.

Il était obligé de répondre. Alton savait que, désormais sur ses gardes, SiNafay pourrait par des opérations magiques toutes simples dévoiler à coup sûr ses mensonges.

— Alton, balbutia-t-il. Je suis Alton DeVir.

— DeVir ? (Matrone SiNafay avait quand même l'air intriguée.) De la Maison DeVir qui s'est éteinte il y a quelques années de cela ?

— J'en suis le dernier survivant, reconnut Alton.

— Donc tu as tué Gelroos, Gelroos Hun'ett, pour prendre sa place de maître à Sorcere, déduisit la Matrone d'une voix grondante.

Un sort funeste semblait peser sur le dernier DeVir.

— Je n'ai pas… Je ne connaissais pas son nom… Il allait me tuer ! bégaya-t-il.

— C'est moi qui ai tué Gelroos, intervint une voix à côté.

SiNafay et Alton se tournèrent vers Masoj, qui exhibait une fois de plus son arbalète préférée.

— Avec ceci, précisa le jeune Hun'ett. La nuit de la chute de la Maison DeVir. Le combat de Gelroos avec cet individu (il désigna Alton) m'en a donné l'occasion.

— Gelroos était ton frère, rappela Matrone SiNafay à Masoj.

— Maudits soient ses restes ! cracha le fils Hun'ett. Je l'ai servi aussi bien que j'aurais fait pour une Mère Matrone pendant quatre misérables années ! Il m'aurait tenu à l'écart de Sorcere et m'aurait forcé à entrer à Melee-Magthere.

Le regard de SiNafay passa de Masoj à Alton, puis revint à son fils.

— Et tu as laissé vivre celui-là, reprit-elle, le sourire revenu sur ses lèvres. En une seule opération, tu t'es débarrassé de ton ennemi et as contracté une alliance avec un nouveau maître.

— Comme on me l'a enseigné, répliqua Masoj, en serrant les dents, sans savoir s'il devait s'attendre à être châtié ou complimenté.

— Tu n'étais qu'un enfant à l'époque ! remarqua SiNafay qui venait de prendre conscience du temps écoulé depuis.

Masoj accepta la louange en silence.

Alton observait la scène avec anxiété.

—Qu'allez-vous faire de moi ? s'écria-t-il. Dois-je renoncer à la vie ?

SiNafay lui jeta un regard mauvais.

—Ta vie en tant qu'Alton DeVir a pris fin, me semble-t-il, la nuit de la chute de ta Maison. Tu restes donc Sans-Visage, Gelroos Hun'ett. Tu pourras être mes yeux à l'Académie, protéger mon fils et surveiller mes ennemis.

Alton en avait le souffle coupé. D'un seul coup il se retrouvait allié à l'une des Maisons les plus puissantes de Menzoberranzan ! Un flot de perspectives et d'interrogations inonda son esprit. Une question en particulier le hantait depuis près de deux décennies.

Sa Mère Matrone d'adoption remarqua son agitation.

—Dis ce que tu as à dire, lui ordonna-t-elle.

—Vous êtes haute prêtresse de Lolth, énonça brutalement Alton (car cette idée lui faisait perdre toute notion de prudence), et donc en mesure d'exaucer mon vœu le plus cher.

—Tu oses me demander une faveur ! s'exclama SiNafay, abasourdie. (Mais en voyant le tourment que semblait éprouver Alton, elle se sentit curieuse de savoir ce qui pouvait posséder une telle importance pour l'ancien DeVir.) Très bien, je t'écoute.

—Quelle Maison a détruit ma famille ? Je vous en supplie, Matrone SiNafay, demandez-le à l'au-delà s'il le faut.

SiNafay réfléchit. Apparemment cet Alton avait soif de vengeance. Cela pouvait-il constituer une raison supplémentaire de l'accueillir dans sa Maison ?

—Je le sais déjà, répondit-elle enfin. Plus tard peut-être, quand tu auras fait tes preuves, pourrai-je te révéler...

—Non !

Alton se tut soudain en se rendant compte qu'il venait d'interrompre une Mère Matrone et que ce crime pouvait lui valoir la mort.

SiNafay contint sa colère.

— Cette question doit être très importante à tes yeux pour que tu agisses aussi stupidement !

— Je vous en prie, insista Alton. Il faut que je sache. Tuez-moi si vous voulez, mais dites-moi d'abord de qui il s'agissait.

Ce courage plaisait à SiNafay ; en outre une telle obsession lui serait sans aucun doute utile.

— La Maison Do'Urden, déclara-t-elle.

— Do'Urden ?

Il avait du mal à croire qu'une Maison d'un rang aussi peu élevé ait pu autrefois défaire la Maison DeVir.

— Je t'interdis d'agir contre elle, le prévint Matrone SiNafay. Je te pardonne ton insolence – pour cette fois. Tu es un fils de la Maison Hun'ett à présent ; n'oublie jamais ta place !

Elle n'en dit pas davantage, c'était inutile : quelqu'un d'assez astucieux pour maintenir une telle imposture pendant près de vingt ans ne commettrait certainement pas la folie de désobéir à la Mère Matrone de sa Maison.

— Viens, Masoj, ordonna SiNafay à son fils. Laissons-le seul, qu'il réfléchisse à loisir à sa nouvelle identité.

— Je dois vous avertir, Matrone SiNafay, déclara avec audace Masoj à sa mère en la raccompagnant hors de Sorcere, Alton DeVir est un incapable. Il pourrait nuire à la Maison Hun'ett.

— Il a survécu à la chute de sa propre Maison, répondit SiNafay, et a joué son rôle de Sans-Visage pendant dix-neuf ans. Pour un incapable, je trouve qu'il ne manque pas de ressources !

Masoj passa inconsciemment le doigt à l'endroit où son sourcil brûlé n'avait jamais repoussé.

— J'ai eu à subir toutes ces années les errements d'Alton DeVir. Il a souvent de la chance, je le reconnais, et sait comment se sortir de situations difficiles, mais où il s'est en général retrouvé par sa faute !

— Ne crains rien, dit SiNafay en riant, il augmentera la valeur de notre Maison.

— Qu'avons-nous à y gagner ?

— C'est un maître de l'Académie. Il me servira d'yeux là où j'en ai besoin. (Elle s'arrêta et obligea Masoj à lui faire face pour qu'il comprenne bien l'implication de chacune de ses paroles.) Une accusation d'Alton DeVir contre la Maison Do'Urden pourrait être à notre avantage : en tant que noble, il peut réclamer justice.

— Vous pensez utiliser Alton DeVir et obtenir que les grandes Maisons s'assemblent pour punir la Maison Do'Urden ?

— Elles ne voudraient sûrement pas entreprendre une action au sujet d'un incident qui s'est produit il y a près de vingt ans. La Maison Do'Urden a exécuté presque à la perfection la Maison DeVir – un coup proprement porté ! Si nous déposions une accusation ouverte contre les Do'Urden maintenant, nous ne ferions qu'attirer sur nous la fureur des grandes Maisons.

— Mais alors, à quoi nous sert Alton DeVir ? demanda Masoj. Son identité ne nous apporte rien !

— Tu n'es qu'un mâle. Les subtilités politiques au plus haut niveau t'échappent. Si nous savons chuchoter au creux des bonnes oreilles l'accusation portée par Alton DeVir, le Conseil régnant pourrait regarder ailleurs le jour où une Maison isolée voudrait reprendre à son compte la vengeance du jeune DeVir…

— Mais pour quoi faire ? insista Masoj, qui ne voyait toujours pas l'intérêt de tout cela. Vous voudriez risquer les pertes inhérentes à ce genre de combat simplement pour éliminer une Maison de moindre importance ?

— La Maison DeVir aussi pensait que les Do'Urden étaient de peu d'importance, rappela SiNafay. Dans notre société, nous devons autant nous préoccuper des Maisons derrière nous que de celles devant nous. En fait, en ce moment toutes les grandes Maisons feraient bien de surveiller avec attention les actions de Daermon N'a'Shezbaernon, la Neuvième Maison connue sous le nom de Do'Urden. Elle comporte à la fois un maître et une maîtresse qui servent à l'Académie, trois femmes au rang de haute prêtresse, une quatrième qui le sera bientôt.

— Quatre hautes prêtresses pour une seule Maison..., réfléchit Masoj.

Seules trois des huit Maisons du Conseil régnant pouvaient se flatter d'en avoir davantage. D'ordinaire, lorsque plusieurs sœurs aspiraient à cette distinction, cela faisait naître des rivalités qui finissaient toujours par éclaircir les rangs des familles.

— En outre, les troupes de la Maison Do'Urden comportent plus de trois cent cinquante têtes, poursuivit SiNafay, toutes entraînées par le meilleur maître d'armes, peut-être, de toute la cité.

— Bien sûr, Zaknafein Do'Urden !

— Tu as entendu parler de lui ?

— On entend souvent son nom à l'Académie, même ici à Sorcere.

— Parfait, déclara SiNafay, l'air satisfait. Tu vas comprendre tout de suite l'importance de la mission que je te confie.

Une lueur gourmande apparut dans les yeux de Masoj.

— Un autre Do'Urden va bientôt débuter ici, expliqua SiNafay. Pas un maître, un élève. D'après les rares personnes qui ont pu voir ce garçon, ce Drizzt, à l'entraînement, il promet d'être un combattant aussi accompli que Zaknafein. Nous ne devons pas le permettre.

— Voulez-vous que je le tue ? demanda avidement Masoj.

— Non. Pas encore. Je veux que tu te renseignes sur lui, que tu parviennes à percer à jour les intentions cachées derrière la moindre de ses actions. Si le moment vient de le frapper, il faut que tu sois prêt.

Masoj appréciait cette mission sournoise, mais autre chose le tracassait encore, et sérieusement.

— Nous ne devons pas oublier Alton, l'avertit-il. Il est plein d'impatience et d'audace. Quelles seraient les conséquences pour la Maison Hun'ett s'il portait un coup prématuré à la Maison Do'Urden ? N'y aurait-il pas risque de nous voir montrés du doigt comme agresseurs dans une guerre ouverte ?

— Ne t'inquiète pas, mon fils, répondit Matrone SiNafay. Si Alton DeVir se met à nous nuire sous son identité de Gelroos Hun'ett, il nous suffira de le dénoncer comme un imposteur assassin, qui a trompé notre famille. Il ne sera plus qu'un fugitif sans Maison pour l'appuyer, cerné de toutes parts de bourreaux prêts à l'exécuter.

Cette précision apaisa Masoj. Toutefois, Matrone SiNafay, qui connaissait à fond tous les rouages de la société drow, savait qu'elle prenait un risque calculé en acceptant Alton DeVir dans sa propre Maison. Son plan lui semblait solide, et le gain qu'elle en espérait, l'élimination à terme de cette Maison Do'Urden qui montait un peu trop en puissance, vraiment tentant.

Mais, en contrepartie, les dangers n'en étaient pas moins réels. Même si on acceptait fort bien qu'une

Maison en détruise une autre pourvu que le forfait reste caché, il ne fallait pas prendre à la légère les conséquences d'un échec. Rien que la nuit précédente, une Maison mineure avait voulu frapper une rivale et, si la rumeur disait vrai, avait échoué. Lors du prochain cycle de Narbondel, le Conseil régnant devrait sans doute exercer un semblant de justice et faire un exemple de ces assaillants malchanceux. Au cours de sa longue vie, Matrone SiNafay avait déjà assisté plusieurs fois à ces parodies de procès.

On n'avait jamais accordé la vie sauve à aucun des membres des Maisons coupables – elle s'interdisait même de s'en rappeler les noms.

Zak réveilla Drizzt tôt le lendemain.

— Viens, dit-il. Nous allons sortir du domaine ce matin.

Toute idée de sommeil déserta immédiatement le jeune drow.

— Sortir du domaine ?

Drizzt, au cours des dix-neuf ans de son existence, n'avait jamais franchi la barrière d'adamantium qui marquait les limites de la propriété Do'Urden. Il n'avait aperçu le monde extérieur, Menzoberranzan, que depuis le balcon de la demeure.

Il prit rapidement ses bottes souples et son *piwafwi*.

— Il n'y aura pas de leçon aujourd'hui ?

— On verra, répondit simplement Zak.

Il pensait à part lui qu'en fait Drizzt allait peut-être recevoir ce jour une des révélations les plus marquantes de sa vie. Une Maison avait lancé un raid et échoué ; le Conseil régnant avait convoqué tous les nobles de la cité afin qu'ils assistent à l'exécution de sa justice.

Briza apparut dans le couloir, à l'extérieur de la salle d'entraînement.

— Dépêchez-vous ! leur reprocha-t-elle. Matrone Malice ne veut pas que notre Maison soit parmi les dernières à se joindre à l'assemblée !

C'est la Mère Matrone elle-même qui prit la tête de la procession par le portail du domaine Do'Urden, juchée sur un disque bleu luisant – les Matrones ne se déplaçaient généralement pas à pied en ville. Briza marchait à côté de sa mère, Maya et Rizzen au second rang, Drizzt et Zak enfin, en queue du cortège. Vierna et Dinin, occupant tous deux des positions de maître à l'Académie, répondraient à la convocation du Conseil au sein d'autres groupes.

Toute la cité était en ébullition ce matin-là, bourdonnant de la rumeur de ce raid inachevé. Drizzt traversait tout ce tumulte les yeux écarquillés. Il pouvait voir de près, émerveillé, les décorations extérieures des demeures drows. Des esclaves de toutes sortes de races inférieures – des gobelins, des orques, des géants même – se bousculaient pour éviter de se retrouver sur le chemin d'une Mère Matrone installée sur son siège magique. Des drows du commun interrompaient leurs conversations et gardaient un silence respectueux au passage de la famille noble.

En se dirigeant vers le quartier nord-ouest, là où se trouvait la Maison coupable, les Do'Urden débouchèrent dans une venelle bloquée par un groupe querelleur de duergars, des nains gris. On voyait une douzaine de chariots retournés ou encastrés ; apparemment deux groupes de duergars étaient entrés en même temps dans cette voie étroite et aucun n'avait voulu céder le passage.

Briza dégaina son fouet-serpent et chassa quelques-uns de ces nains, dégageant ainsi le chemin pour que Malice puisse parvenir sur son disque flottant jusqu'aux chefs des deux caravanes.

Les nains se tournèrent vers Malice d'un air furieux, qui s'adoucit quand ils prirent conscience de son rang.

— On demande bien pardon, madame, bégaya l'un d'eux. Un malheureux accident, rien d'autre.

Malice considéra le contenu de la carriole la plus proche : des caisses de pinces de crabes géants et autres gourmandises.

— Vous gênez mon passage, fit-elle calmement remarquer.

— On est venus en ville pour le commerce, expliqua l'autre duergar.

Il jeta un regard venimeux au premier nain gris, et Malice comprit que ces deux-là étaient concurrents ; ils venaient sans doute proposer les mêmes marchandises à la même Maison.

— Je veux bien vous pardonner votre insolence…, commença-t-elle d'un ton aimable, le regard toujours rivé aux caisses de nourriture.

Les deux duergars s'attendaient plus ou moins à la suite. Tout comme Zak.

— Nous allons bien manger ce soir, chuchota-t-il à Drizzt avec un clin d'œil malicieux. Matrone Malice ne laisserait jamais échapper une telle occasion !

— … si vous faites en sorte de livrer la moitié de ces caisses ce soir à la porte de la Maison Do'Urden, termina Malice. (Les duergars se retinrent de protester ; ç'aurait été stupide. Comme ils détestaient avoir affaire aux elfes noirs !)

» Vous toucherez un dédommagement approprié, poursuivit Malice. La Maison Do'Urden a les moyens ! Avec vos deux caravanes, il vous restera largement de quoi satisfaire la Maison que vous alliez visiter.

Aucun des duergars ne pouvait s'opposer à cette logique apparemment très raisonnable, mais ils savaient bien qu'ayant offensé une Mère Matrone ils se retrouvaient dans une mauvaise situation commerciale ! Le paiement qu'ils recevraient pour leur précieuse marchandise ne serait sûrement pas « approprié ». Mais, pour les nains gris, tout cela faisait partie des risques qu'on encourait à faire des affaires à Menzoberranzan. Ils s'inclinèrent donc poliment et firent dégager le chemin pour la famille drow.

⚔ ⚔ ⚔ ⚔ ⚔

Les membres de la Maison Teken'Duis, les attaquants malheureux de la nuit précédente, s'étaient barricadés à l'intérieur de leur propriété constituée de deux stalagmites, sachant bien à quoi s'attendre. Devant leurs portes, tous les nobles de Menzoberranzan s'étaient rassemblés : plus d'un millier de drows. Matrone Baenre et les sept autres Mères Matrones du Conseil régnant se trouvaient à leur tête. De pire augure encore pour la Maison coupable, tous les membres des trois écoles de l'Académie, étudiants et professeurs, encerclaient le domaine Teken'Duis.

Matrone Malice était en tête de son groupe, juste derrière les Matrones des Maisons dirigeantes. Les autres nobles laissèrent passer sans protester la Mère de la Neuvième Maison, à seulement un rang du Conseil régnant.

— La Maison Teken'Duis s'est attiré la colère de la Reine Araignée ! clama Matrone Baenre d'une voix magiquement amplifiée.

— Seulement parce qu'ils ont échoué, murmura Zak à Drizzt.

Briza jeta un regard furieux aux deux mâles.

Matrone Baenre fit signe à trois jeunes drows, deux filles et un garçon, de s'approcher d'elle.

— Voici les derniers survivants de la Maison Freth, précisa-t-elle. Pouvez-vous nous dire, orphelins de la Maison Freth, qui a attaqué votre demeure ?

— La Maison Teken'Duis ! s'exclamèrent-ils en chœur.

— Ils récitent, commenta Zak.

Briza se tourna de nouveau vers lui.

— Silence ! chuchota-t-elle sévèrement.

Zak donna à Drizzt une tape sur l'arrière du crâne.

— Oui ! approuva-t-il. Tais-toi donc !

Drizzt voulut protester, mais Briza leur tournait déjà le dos, et il était impossible de discuter avec Zak qui se contentait d'afficher un grand sourire.

— Telle est donc la volonté du Conseil régnant, achevait alors Matrone Baenre : que la Maison Teken'Duis subisse les conséquences de ses actes !

— Qu'en sera-t-il des orphelins de la Maison Freth ? s'écria une voix dans la foule.

Matrone Baenre passa la main dans les cheveux de la fille la plus âgée, une prêtresse qui venait de terminer ses études à l'Académie.

— Ils sont nés nobles, nobles ils demeurent, déclara-t-elle. La Maison Baenre les prend sous sa protection ; ils porteront désormais ce nom.

Des chuchotements contrariés se firent entendre dans l'assemblée. Trois jeunes nobles, dont deux filles, c'était là un butin non négligeable ! Chaque Maison de la cité aurait souhaité les accueillir.

— Les Baenre ! murmura Briza à Malice. Comme si la Première Maison manquait de prêtresses…

— On dirait que seize hautes prêtresses, cela ne suffit pas à leur bonheur, répondit Malice.

— Sans compter que la Maison Baenre va sûrement récupérer tous les soldats survivants de la Maison Freth, ajouta Briza.

Malice n'en était pas aussi certaine. Prendre sous sa coupe tous les nobles survivants était déjà audacieux de la part de la Maison Baenre. Lolth n'aimerait sûrement pas voir une seule famille s'arroger trop de pouvoir. Dans de telles situations où une Maison se retrouvait presque anéantie, les troupes survivantes étaient en général partagées par le biais de mises aux enchères ; Malice devrait voir si on en annonçait par la suite. Les soldats coûtaient cher, mais elle apprécierait l'occasion d'augmenter ainsi ses forces, surtout si on pouvait trouver des jeteurs de sorts parmi eux.

Matrone Baenre s'adressait à présent à la Maison en jugement.

— Maison Teken'Duis ! déclara-t-elle. Vous avez violé nos lois, et notre justice vous a confondus. Combattez si vous le souhaitez, mais sachez que vous avez appelé le malheur sur vos propres têtes !

D'un geste de la main, Matrone Baenre mit en action les drows de l'Académie, exécuteurs des basses œuvres.

Huit grands bûchers avaient été disposés tout autour du domaine Teken'Duis, sous la responsabilité de maîtresses d'Arach-Tinilith et des étudiantes les plus avancées en prêtrise. Les flammes naquirent en rugissant et jaillirent dans l'air quand les hautes prêtresses ouvrirent les portes menant aux plans inférieurs. Drizzt ne quittait pas la scène des yeux, hypnotisé, et espérait aussi apercevoir Dinin ou Vierna.

Des habitants de ces plans abyssaux, énormes monstres pourvus de multitudes de membres, couverts de mucus et crachant le feu, sortirent des brasiers. Même les hautes prêtresses prenaient soin de ne pas se trouver trop près de cette horde grotesque. Pourtant les créatures semblaient accepter docilement leur sujétion ; au signal de Matrone Baenre, elles se dirigèrent avec empressement vers le domaine Teken'Duis. Des glyphes et des sorts de garde explosèrent partout sur les portes mal défendues de la demeure, mais ils ne pouvaient guère gêner des êtres convoqués par une force supérieure.

C'est alors que les sorciers de Sorcere et leurs élèves passèrent à l'action, frappant les étages les plus élevés de la Maison Teken'Duis à coups redoublés d'éclairs magiques, de boules d'acide ou de feu.

Les étudiants et les maîtres de Melee-Magthere, l'école des guerriers, se ruèrent à l'assaut, armés de lourdes arbalètes, et tirèrent en direction des fenêtres par où les membres de la famille condamnée allaient peut-être tenter de s'échapper.

La horde de monstres passa les portes. Les éclairs luisaient et le tonnerre retentissait.

Zak regarda Drizzt, et son sourire fit place à un froncement de sourcils : l'adolescent, pris dans l'excitation du moment, un moment vraiment stimulant, arborait une expression d'admiration.

Les premiers cris des condamnés se firent entendre, des hurlements si terribles et tellement emplis de souffrance que Drizzt en oublia sur-le-champ tout le plaisir macabre qu'il avait pu éprouver jusque-là. Il agrippa l'épaule de Zak et tourna le maître d'armes vers lui, en quête d'une explication.

L'un des fils de la Maison Teken'Duis, fuyant devant un monstre énorme à dix bras, parvint au balcon d'une haute fenêtre. Une douzaine de carreaux d'arbalètes le frappèrent en même temps, et, sans laisser à son corps le temps de tomber, trois éclairs magiques successifs le projetèrent au-dessus du balcon, où il s'écrasa ensuite violemment.

Calciné, mutilé, le cadavre du drow restait en équilibre instable sur la rampe ; le monstre abominable qui l'avait poursuivi sortit par la fenêtre une énorme main griffue et le ramena à l'intérieur pour le dévorer.

— La justice drow, déclara froidement Zak.

Il n'apporta aucun réconfort à Drizzt ; il voulait que la brutalité de cet instant demeure gravée à tout jamais dans l'esprit de son jeune élève.

L'assaut se poursuivit pendant une bonne heure. Quand tout fut fini, quand les habitants des plans inférieurs eurent été renvoyés par les portes cachées dans les bûchers et que les étudiants et instructeurs de l'Académie se furent mis en route vers Tier Breche, la Maison Teken'Duis n'était plus qu'un tas incandescent de pierre fondue.

Drizzt avait assisté à tout cela, horrifié, mais trop effrayé des conséquences pour fuir. Sur le chemin du retour, il ne prit pas garde aux décorations raffinées de Menzoberranzan.

10

SOUILLURE SANGLANTE

— Zaknafein est bien hors du domaine ? demanda Malice.

— Je l'ai envoyé avec Rizzen à l'Académie porter un message à Vierna, confirma Briza. Il ne sera pas de retour avant des heures, pas avant que la lueur de Narbondel entame sa descente.

— C'est bien. Vous savez toutes deux ce que vous avez à faire ?

Briza et Maya hochèrent la tête.

— C'est la première fois que j'entends parler de ce genre d'illusion, fit remarquer Maya. Pourquoi est-ce nécessaire ?

— On l'avait prévue pour un autre membre de la famille, répondit Briza avec un regard vers Matrone Malice pour confirmation. Cela fait près de quatre siècles.

— C'est vrai, renchérit Malice. On devait le faire à Zaknafein, mais la mort soudaine de ma mère, la Matrone Vartha, a fait avorter le plan.

— C'est l'époque où vous êtes devenue Mère Matrone, supposa Maya.

— Oui, et pourtant j'avais moins de cent ans et suivais encore mes études à Arach-Tinilith ! Ce fut une époque difficile dans l'histoire de la Maison Do'Urden.

— Mais nous avons survécu, affirma Briza. Avec la mort de Matrone Vartha, Nalfein et moi sommes devenus nobles de la Maison Do'Urden.

— Finalement Zaknafein n'a jamais eu à subir ce test, résuma Maya.

— Il y avait trop d'autres priorités à traiter, confirma Malice.

— Mais il sera pour Drizzt…

— Le châtiment de la Maison Teken'Duis m'a convaincue de sa nécessité, précisa Malice.

— Oui, approuva Briza. As-tu remarqué l'expression de Drizzt tout au long de l'opération ?

— Et comment, répondit Maya. Il était indigné.

— Ce qui ne convient guère à un guerrier drow, déclara Malice. Nous devons agir. Drizzt partira bientôt pour l'Académie : il faut avant cela que ses mains aient trempé dans du sang drow et qu'il ait perdu son innocence !

— Cela me paraît bien du tracas pour un simple mâle, grommela Briza. Si Drizzt n'approuve pas notre voie, pourquoi ne pas le sacrifier tout de suite à Lolth ?

— Je n'aurai pas d'autres enfants ! s'écria furieusement Malice. Chaque membre de la famille compte pour élever notre rang dans la cité.

En son for intérieur, Malice avait un autre intérêt à vouloir convertir Drizzt à la perversité drow : elle détestait Zaknafein autant qu'elle le désirait et savait que voir Drizzt changé en un guerrier drow, un véritable combattant sans cœur, blesserait profondément le maître d'armes.

— Très bien, allons-y ! dit-elle. (Elle frappa dans ses mains et un grand coffre entra, porté par huit pattes d'araignées magiquement animées. Un esclave gobelin nerveux se tenait juste derrière.)

» Approche, Byuchyuch, lui ordonna-t-elle d'un ton rassurant.

Désireux de plaire, l'esclave bondit devant le trône de Malice et se tint parfaitement immobile tandis que la Mère Matrone récitait sur lui l'incantation d'un sort long et compliqué.

Briza et Maya observaient avec admiration les résultats de l'habileté de leur mère : les traits du petit gobelin s'enflèrent et se distordirent, sa peau s'assombrit. En quelques minutes l'être avait pris l'apparence d'un drow. Byuchyuch regarda ses membres d'un air ravi ; il ne comprenait pas que cette transformation annonçait en fait sa fin.

— Tu es un combattant drow désormais, lui affirma Maya. Mon champion. Tu n'auras qu'à tuer un misérable guerrier pour prendre ta place comme membre libre de la Maison Do'Urden !

Après dix ans passés sous le statut de serviteur d'elfes noirs pervers, cela paraissait inespéré aux yeux de la misérable créature !

Malice se leva et sortit de l'antichambre.

— Suivez-moi.

Ses deux filles, le gobelin et le coffre articulé s'alignèrent derrière elle.

Ils trouvèrent Drizzt dans la salle d'entraînement, en train d'affûter le tranchant de ses cimeterres. Il bondit et se mit silencieusement au garde-à-vous à la vue de ces visiteurs inattendus.

— Salutations, mon fils, lui déclara Malice du ton le plus maternel qu'il lui eût jamais connu. Nous voulons te faire passer un examen aujourd'hui, une tâche toute simple que tu dois accomplir avant d'entrer à Melee-Magthere.

Maya vint au-devant de son frère.

— Je suis la plus jeune avant toi. C'est donc à moi qu'incombe le droit de te défier ; j'invoque ce droit. (Drizzt se sentait perplexe. Il n'avait jamais entendu parler d'une telle chose. Maya fit approcher le coffre et en souleva révérencieusement le couvercle.)

» Tu as déjà tes armes et ton *piwafwi*. Il est temps pour toi maintenant de revêtir la tenue complète d'un noble de la Maison Do'Urden.

Elle sortit du coffre une paire de hautes bottes noires qu'elle tendit à Drizzt. Il ne se fit pas prier pour déchausser ses bottes ordinaires et enfiler la nouvelle paire. Elles étaient prodigieusement douces, et dotées d'une magie qui les fit s'ajuster à la perfection à ses pieds. Drizzt savait que leur magie lui permettrait de se déplacer silencieusement lorsqu'il les porterait. Avant qu'il ait fini de les admirer, Maya lui montra le cadeau suivant, un objet encore plus splendide.

Drizzt laissa tomber son *piwafwi* et se saisit de la cotte de mailles argentée. On ne pouvait trouver dans tous les Royaumes Oubliés armure aussi souple et finement ouvragée qu'une cotte drow. Elle ne pesait guère plus qu'une chemise épaisse et se pliait aussi aisément qu'une étoffe soyeuse, pourtant elle pouvait dévier la pointe d'une arme avec autant d'efficacité qu'une plaque pectorale forgée par les nains.

— Tu combats avec deux armes, poursuivit Maya, et tu n'as donc pas l'usage d'un bouclier. Mais tu pourras ranger tes cimeterres là-dedans, cela convient mieux à un noble drow.

Elle tendit à Drizzt une ceinture de cuir noir dont la boucle était constituée d'une énorme émeraude et où pendaient deux fourreaux richement décorés d'orfèvrerie.

— Tiens-toi prêt, dit alors Malice à Drizzt. Tu dois mériter ces présents.

Drizzt entreprit de revêtir sa tenue et la Matrone se tint près du gobelin camouflé, qui se sentait de plus en plus nerveux car il commençait à se rendre compte que le combat risquait de ne pas être la formalité annoncée !

— Tout cela sera tien quand tu l'auras tué, promit Malice au pauvre misérable.

Le sourire revint au gobelin, dix fois plus éclatant ; il n'avait pas la moindre idée de l'inanité de ses chances face à Drizzt.

Lorsque ce dernier eut de nouveau disposé son *piwafwi* sur ses épaules, Maya lui présenta le faux soldat drow.

— Voici Byuchyuch, annonça-t-elle, mon champion. Tu dois le défaire au combat pour mériter tes présents... et la place qui te revient au sein de la famille.

Sûr de ses capacités, et n'imaginant pas que le combat pouvait consister en autre chose qu'une simple joute d'entraînement, Drizzt ne vit aucune objection à ce qu'on lui ordonnait.

— Allons-y, alors ! déclara-t-il en dégainant ses cimeterres de leurs fourreaux luxueux.

Malice fit à Byuchyuch un hochement de tête d'encouragement. Le gobelin s'empara de l'épée et du bouclier que lui tendait Maya et se rua sur Drizzt.

Le jeune noble prit son temps au début : il tenait à jauger son adversaire avant de passer à l'offensive. Mais il lui fallut peu de temps pour se rendre compte que Byuchyuch tenait piteusement son épée et son bouclier. Drizzt, qui croyait avoir en face de lui un autre drow, avait peine à imaginer une telle incapacité aux armes de la part de son adversaire. Il se demanda si Byuchyuch cherchait à le piéger et resta donc sur ses gardes.

Toutefois, après voir passé encore un moment à observer les grands coups d'épée maladroits portés au hasard par Byuchyuch, il se sentit obligé de prendre l'initiative. Il frappa du plat de la lame sur le bouclier de son adversaire. L'être déguisé répondit par un coup maladroit de bûcheron, et Drizzt fit voler l'épée de sa main grâce à son autre cimeterre ; une simple torsion du poignet lui suffit alors pour immobiliser la pointe de son arme au creux de la gorge de Byuchyuch.

— Trop facile ! marmonna-t-il.

Mais c'était à ce moment-là que débutait le véritable test.

Sur un signe de sa mère, Briza jeta un sort de paralysie sur le gobelin et l'immobilisa dans sa position sans défense. La victime restait parfaitement consciente de sa situation ; elle voulait s'écarter, mais le sort l'en empêchait.

— Achève de porter le coup, ordonna Malice à Drizzt.

Le jeune drow regarda son cimeterre, puis la Matrone. Il n'en croyait pas ses oreilles.

— Tu dois tuer le champion de Maya ! gronda Briza.

— Je ne peux…, commença Drizzt.

— Tue-le ! rugit Malice, avec cette fois dans sa voix le poids d'une magie coercitive.

— Frappe ! ordonna de même Briza.

Drizzt sentit que leurs paroles contraignaient ses mains à agir. Profondément horrifié à l'idée d'assassiner un adversaire sans défense, il se concentra de toutes ses forces pour résister à ces ordres. Il parvint pendant quelques secondes à retenir sa main, mais se rendit compte qu'il lui était impossible de dévier l'arme qu'il tenait.

— Tue-le ! hurlait Malice.

— À mort ! glapissait Briza.

Cela dura encore plusieurs secondes. La sueur perlait au front de Drizzt. Puis la volonté du jeune drow fut brisée d'un coup. Son cimeterre glissa facilement entre les côtes de Byuchyuch et trouva le cœur de l'infortunée créature. Briza choisit ce moment pour libérer le gobelin de son sort de paralysie, afin que Drizzt voie les progrès de l'agonie sur le visage du faux drow et entende les gargouillements émis par le mourant tandis qu'il s'effondrait doucement.

Drizzt, le souffle coupé, avait l'œil rivé sur son arme souillée de sang.

C'était à Maya d'agir. Elle porta un coup de son gourdin sur l'épaule de Drizzt et le projeta à terre.

— Tu as tué mon champion ! gronda-t-elle. Maintenant tu dois me combattre !

Drizzt se remit sur pieds d'une roulade en s'éloignant de la femme en furie. Il n'avait pas l'intention de se battre, mais Malice, qui avait anticipé son refus, ne lui laissa pas le temps d'abandonner ses armes.

— Si tu ne te bats pas, Maya te tuera ! s'exclama-t-elle.

— On ne procède pas ainsi ! protesta Drizzt.

Mais ses mots se perdirent dans le tintement de l'adamantium. Il avait dû parer de son cimeterre un coup appuyé.

L'action avait débuté à présent, qu'il le veuille ou non. Maya était une combattante aguerrie – toutes les femmes passaient de nombreuses heures à l'entraînement guerrier – et plus forte physiquement que lui. Mais Drizzt, lui, était le fils de Zak et son élève favori ; ayant admis qu'il ne pouvait éviter cette épreuve, il affronta le gourdin de Maya et son bouclier en employant toutes ses ressources, toutes les ruses qu'on lui avait apprises.

Les cimeterres semblaient onduler, tourbillonnant dans une danse qui émerveillait Briza et Maya. Malice, elle, s'en rendait à peine compte, concentrée qu'elle était sur l'incantation d'un nouveau sort puissant. Certaine que Drizzt serait tout à fait en mesure de battre sa sœur, elle en avait tenu compte dans son plan.

Le jeune drow se cantonnait à la défensive, dans l'espoir obstiné que sa mère allait revenir à un semblant de raison et faire cesser cette folie. Sinon, il comptait tenir tête à Maya, la faire trébucher, mettre fin au combat en l'acculant dans une position de défaite. Il lui restait à espérer que Briza et Malice ne le forceraient pas alors à la tuer comme elles avaient fait pour Byuchyuch.

Et finalement Maya fit un faux pas. Elle écarta de son bouclier un cimeterre dont la trajectoire incurvée allait droit sur elle, mais surévalua la force nécessaire : son bras partit vers l'extérieur. L'autre lame de Drizzt se porta en avant, en direction de la poitrine de Maya, pour la forcer à battre en retraite.

Le sort de Malice prit possession de l'arme à ce moment précis.

La lame d'adamantium tachée de sang parut prendre vie, et Drizzt se retrouva avec en main la queue d'un serpent, une vipère qui se retournait contre lui !

L'animal ensorcelé cracha son venin dans les yeux de Drizzt et l'aveugla, puis le jeune drow sentit la souffrance causée par le fouet-serpent de Briza. Les six têtes de cette arme abominable le mordirent dans le dos, déchirant sa nouvelle cotte de mailles et le plongeant dans un océan de douleur atroce. Il s'écroula, recroquevillé, sans défense contre le fouet de Briza qui frappait à coups redoublés.

— N'attaque jamais une femme drow ! hurlait-elle en le frappant.

Il finit par perdre conscience.

Une heure plus tard, Drizzt ouvrit les yeux. Il était dans son lit et Matrone Malice se tenait devant lui. La haute prêtresse avait soigné ses blessures, dont la morsure restait cependant vivace et lui rappelait sa leçon.

Pas aussi vivace toutefois dans l'esprit du jeune noble que le sang qui souillait encore la lame de son cimeterre.

— Tu auras une nouvelle cotte, lui annonça Malice. Tu es un guerrier drow à présent, tu la mérites.

Elle se détourna et sortit de la pièce, laissant Drizzt à sa douleur et à son innocence perdue.

— Ne l'envoyez pas là-bas, déclara Zak du ton le plus insistant qu'il osa utiliser.

Il avait le regard levé sur Matrone Malice, reine hautaine sur son grand trône de pierre recouvert de velours noir. Comme toujours, Briza et Maya se tenaient, soumises, à leur place près d'elle.

— C'est un combattant drow, répondit Malice d'une voix encore calme. Il doit aller à l'Académie, c'est là notre voie.

Zak jeta autour de lui un regard égaré. Il haïssait cet endroit, l'antichambre de la chapelle, avec ces statues de la Reine Araignée qui le lorgnaient depuis tous les coins, et Malice assise qui le toisait depuis son trône de pouvoir !

Le maître d'armes se contraignit à chasser ces images de son esprit et à rassembler son courage : il devait se rappeler que cette fois il avait une vraie raison de persister.

— Ne l'y envoyez pas ! gronda-t-il. Ils le détruiront. (Les mains de Matrone Malice se crispèrent sur les accoudoirs de pierre de son haut siège.)

» Drizzt vaut déjà mieux que la moitié de tous ceux de l'Académie, poursuivit Zak en hâte, sans laisser à la colère de Malice le temps d'éclater. Laissez-le-moi deux ans seulement, et je ferai de lui le meilleur combattant de Menzoberranzan !

Malice se carra dans son siège, plus détendue. Après avoir vu combattre son fils, elle ne pouvait nier la réalité des propos de Zak.

— Il ira, répondit-elle calmement. Il n'y a pas que l'habileté aux armes pour forger un guerrier drow. Drizzt a d'autres leçons à apprendre.

— Des leçons de traîtrise ? cracha Zak, trop furieux pour mesurer ses paroles.

Drizzt lui avait raconté ce que Malice lui avait fait ce jour-là, avec la complicité de ses sœurs perverses, et Zak connaissait suffisamment la société drow pour avoir compris leurs motivations. Elles avaient presque brisé le jeune garçon avec leur « leçon », lui avaient peut-être même arraché à jamais les idéaux auxquels il tenait tant. Il serait beaucoup plus difficile à Drizzt de tenir à sa morale et à ses principes maintenant qu'on l'avait fait trébucher de son piédestal immaculé.

— Surveille tes paroles, Zaknafein, avertit Matrone Malice.

— C'est avec la passion que je combats ! dit le maître d'armes d'un ton tranchant. Et c'est pour cela que je gagne. Votre fils lui aussi se bat avec passion. Ne permettez pas au laminoir conformiste de l'Académie de lui ôter cela !

— Laissez-nous, ordonna Malice à ses filles.

Maya s'inclina et sortit tout de suite. Briza s'attarda davantage, prenant le temps de s'arrêter pour jeter un regard soupçonneux à Zak, qui ne répondit pas à la provocation, mais se permit un fantasme où son épée élargissait le sourire méprisant de cette femme !

— Zaknafein, commença Malice en se penchant vers son maître d'armes. Pendant toutes ces années j'ai toléré tes croyances blasphématoires à cause de ton habileté aux armes. Tu as bien formé mes soldats, et le plaisir que tu prends à tuer des drows, notamment les prêtresses de la Reine Araignée, a été un atout pour l'ascension de la Maison Do'Urden. Je ne suis pas – je n'ai jamais été – ingrate.

» Mais je dois t'avertir pour la dernière fois : Drizzt est mon fils et le fait que tu l'aies engendré n'y change rien ! Il ira à l'Académie et y apprendra ce qui lui est nécessaire pour tenir son rang de Prince de la Maison Do'Urden. Si tu veux te mettre en travers de ce qui doit s'accomplir, Zaknafein, je cesserai de détourner le regard de tes actions criminelles et donnerai ton cœur à Lolth !

Zak salua en frappant le sol de ses talons et en hochant sèchement la tête, puis il pivota et quitta la pièce, désespérant de trouver une issue à cette situation désolante.

Une fois dans le couloir principal de la demeure, il crut encore entendre les hurlements d'agonie des enfants de la Maison DeVir, des enfants qui n'avaient jamais eu à subir les perversités de l'Académie drow. Peut-être avaient-ils eu de la chance de mourir si jeunes.

11

Sinistre choix

Zak dégaina une de ses épées de son fourreau et admira le travail admirablement détaillé de l'arme. Cette épée, comme la plupart des armes drows, avait été forgée par les nains gris puis vendue à Menzoberranzan. Rien n'égalait le raffinement et l'habileté des forgerons duergars, mais c'était le travail effectué sur l'arme après son acquisition par les elfes noirs qui la rendait unique. Aucune race, que ce fût à la surface ou en Outreterre, ne pouvait rivaliser avec les drows dans l'art d'enchanter les armes. Imprégnée des émanations étranges d'Outreterre où résidait un pouvoir magique sans pareil dans tout le monde sombre, « bénite » par les prêtresses maléfiques de Lolth, la lame dans la main de Zak était des mieux apprêtées pour la tuerie.

D'autres peuples, notamment les nains et les elfes de la surface, ressentaient une grande fierté pour leur habileté à forger des armes. Les manteaux de cheminée arboraient de belles épées, de puissantes massues, et il se trouvait toujours non loin un barde tout disposé à régaler la compagnie de la légende correspondante : *Jadis…*

Mais les armes drows ne devenaient jamais des objets de décoration, elles appartenaient au présent et non au passé. Leur but ne changeait pas tant qu'elles gardaient le tranchant nécessaire pour le combat : tuer.

Zak leva la lame jusqu'à ses yeux. Dans ses mains, l'épée était devenue, plus qu'un simple instrument de combat, une extension de lui-même, de sa fureur, sa réponse à une existence qu'il ne parvenait pas à accepter.

Et peut-être serait-elle aussi sa réponse à un autre problème qui paraissait insoluble.

Il entra dans la salle d'entraînement, où Drizzt travaillait dur à pratiquer des figures d'attaque sur un mannequin. Il considéra un moment le jeune drow à l'exercice en se demandant si son apprenti retrouverait un jour un intérêt pour la danse des armes. Les cimeterres semblaient couler comme une eau dans les mains de Drizzt ! Les lames s'entrecroisaient avec une précision surnaturelle, chacune semblait anticiper les mouvements de l'autre ; elles tournoyaient, se complétant à la perfection.

Cet élève allait peut-être devenir un combattant inégalé, un maître plus accompli que Zaknafein lui-même.

— Peux-tu survivre ? chuchota le maître d'armes à part lui. Possèdes-tu le cœur d'un guerrier drow ?

Il espérait que la réponse à cette dernière question serait un « *Non !* » retentissant ; mais les deux termes de l'alternative consacreraient à coup sûr la perte de Drizzt : il était condamné.

Zak reporta son regard sur la lame qu'il tenait et sut ce qu'il devait faire. Il dégaina sa jumelle et se dirigea d'un pas décidé vers son élève, qui l'aperçut et se tourna vers lui, déjà prêt.

— Un dernier combat avant mon départ pour l'Académie ? demanda-t-il en riant.

Zak prit le temps d'observer le sourire de Drizzt. S'agissait-il d'une façade ? Ou bien le jeune drow s'était-il déjà pardonné la mort du champion de Maya ? Aucune importance, se rappela le maître d'armes. Même si Drizzt avait récupéré des tortures infligées par sa mère, l'Académie aurait raison de lui. Le maître d'armes avança sans un mot, dans un tourbillon de coups de taille et de bottes qui mit tout de suite Drizzt sur la défensive. L'élève entra aisément dans le mouvement sans se rendre compte que cette dernière rencontre avec son mentor représentait bien plus que leur exercice coutumier.

— Je me souviendrai de tout ce que vous m'avez appris, promit-il en esquivant un coup auquel il répondit par une contre-attaque audacieuse. Je graverai mon nom sur les murs de Melee-Magthere ; vous serez fier de moi !

La mine renfrognée de Zak surprit Drizzt, et le jeune drow se sentit encore plus perplexe lorsque l'attaque suivante du maître d'armes visa son cœur. Il bondit sur le côté et écarta la lame d'un mouvement désespéré, évitant de peu de se faire embrocher.

— Tu es bien sûr de toi ! gronda Zak en avançant obstinément sur Drizzt.

Le jeune drow se ressaisit tandis que les lames se heurtaient dans un vacarme furieux.

— Je suis un combattant, affirma-t-il. Un guerrier drow !

— Un danseur, oui ! répliqua Zak d'un ton railleur. (Il assena son épée sur le cimeterre de Drizzt avec une telle force que la lame vibra sur toute la longueur.)

» Un imposteur ! Tu prétends à un titre auquel tu ne comprends rien !

Drizzt passa alors à l'offensive. Le feu brûlait dans ses yeux lavande et une force nouvelle guidait ses cimeterres.

Mais Zak, infatigable, déviait toutes les attaques et poursuivait en même temps sa leçon.

— Que sais-tu des émotions du meurtre ? cracha-t-il. T'es-tu déjà remis de cet acte que tu as commis ? (Drizzt ne répondit que par un grognement de colère et une offensive d'une violence renouvelée.)

» Ah, le plaisir de plonger sa lame dans le sein d'une haute prêtresse ! le provoqua Zak. Voir la lueur chaude de la vie quitter son corps tandis que ses lèvres balbutient des malédictions silencieuses !

» Et as-tu déjà entendu les hurlements d'enfants à l'agonie ? (Drizzt tenta de ralentir le rythme, mais Zak ne le permettait pas. Le maître d'armes repartit à l'attaque, et chacun de ses coups visait à tuer.)

» Des hurlements assourdissants, poursuivit-il. Leurs échos se prolongent pendant des siècles dans ton esprit ; ils te pourchassent toute ta vie ! (Le maître d'armes fit une pause pour permettre à Drizzt de s'imprégner de chacune de ses paroles.) Tu ne les as jamais entendus, n'est-ce pas, petit danseur ? (Il ouvrit grand les bras en une invitation à frapper.) Alors viens t'enorgueillir de tuer pour la deuxième fois ! ajouta-t-il en se tapotant l'estomac. Dans le ventre, là où la douleur est la pire, pour que mes hurlements retentissent à jamais dans ton esprit. Prouve-moi que tu es bien le guerrier drow que tu prétends ! (Les pointes des cimeterres de Drizzt s'abaissèrent lentement vers le sol. Son apprenti avait perdu le sourire. Zak, en revanche, lui rit au nez.)

» Ah, tu hésites ! Voilà pourtant ta chance de te faire un nom : en un seul coup tu peux entrer à l'Académie précédé d'une grande réputation ! Les autres étudiants, les maîtres même, tous chuchoteront ton nom à ton passage. « Drizzt Do'Urden, diront-ils. Celui qui a vaincu le maître d'armes le plus réputé de Menzoberranzan ! » N'est-ce pas là ton vœu ?

— Soyez maudit ! cracha Drizzt en réponse, sans faire aucun mouvement pour attaquer.

— Un guerrier drow? reprit cruellement Zak. Tu te prévalais un peu vite d'un titre auquel tu ne comprends rien!

Drizzt réagit alors, dans une explosion de fureur qu'il n'avait jamais éprouvée jusque-là. Il ne cherchait pas à tuer son maître mais à le vaincre, à lui faire ravaler ses sarcasmes par une démonstration de son habileté au combat qui interdirait toute possibilité de moquerie.

Le jeune drow était éblouissant. Chacun de ses mouvements était immédiatement suivi de trois autres ; il attaquait Zak à tous les niveaux, de tous les côtés. Le maître d'armes se retrouva à reporter plus souvent son poids sur les talons, en position de défense, que sur l'avant du pied, car il était trop occupé à parer les assauts infatigables de Drizzt pour envisager une offensive. Il laissa l'initiative à son élève pendant plusieurs minutes, car il redoutait la fin de ce combat, cette issue douloureuse qu'il tenait pour inévitable.

Et puis Zak se rendit compte qu'il ne supporterait pas de retarder cette issue plus longtemps. Il porta une estocade avec nonchalance, et Drizzt se rua dans la brèche, désarmant d'un coup le maître d'armes et faisant voler la lame de ses mains.

Au moment où le jeune drow voyait la victoire à sa portée, Zak glissa sa main libre dans une poche dissimulée et il en sortit une petite boule de céramique enchantée – l'une de celles qui l'avait déjà aidé plusieurs fois dans la bataille.

— Pas cette fois, Zaknafein ! s'exclama Drizzt en maîtrisant sa fougue, car il se rappelait les nombreuses occasions au cours desquelles Zak avait habilement renversé la situation à son profit après avoir feint de se trouver en difficulté.

Le maître d'armes gardait la boule en main. Il n'arrivait pas à se décider à faire ce qu'il devait faire.

Drizzt lui fit subir une suite d'assauts, puis une autre. Avec une arme en moins, Zak était sans aucun doute en position difficile. Certain de son avantage, le jeune drow porta un dernier coup d'estoc bas.

Zak manquait de concentration à cet instant, toutefois il parvint à parer grâce à l'épée qu'il lui restait. L'autre cimeterre de Drizzt s'abattit alors sur la lame de Zak et en enfonça la pointe dans le sol. Du même mouvement, rapide comme l'éclair, Drizzt libéra sa première lame de celle de Zak et la remonta d'un mouvement incurvé, arrêtant la pointe du cimeterre à deux centimètres à peine de la gorge du maître d'armes.

— Je te tiens ! s'écria le jeune drow.

La réaction de Zak ne tarda pas : une explosion lumineuse au-delà de tout ce que Drizzt avait jamais imaginé.

Le maître d'armes avait prudemment fermé les yeux, mais Drizzt, surpris, fut aveuglé par l'éclair. Une douleur atroce lui transperça le crâne et il tituba en arrière, essayant de s'éloigner de la lumière et de son mentor.

Zak gardait les paupières bien serrées ; il n'avait plus besoin de la vision et se laissait guider par son ouïe aiguisée. Drizzt, tout chancelant et gémissant, n'était pas bien difficile à repérer. D'un seul mouvement, Zak fit glisser son fouet hors de sa ceinture et, en un seul geste, il emprisonna les chevilles du jeune drow, l'envoyant ainsi au tapis.

Le maître d'armes s'approcha ensuite avec détermination, redoutant chaque pas, mais sûr que ce qu'il s'apprêtait à faire était juste.

Drizzt voyait qu'il était pris au piège, mais ne comprenait pas la raison de cette ruse. La lumière l'avait abasourdi, mais il était bien plus surpris que Zak veuille poursuivre le duel ! Drizzt se raidit sans pouvoir se libérer, et essaya de réfléchir à une tactique qui lui permettrait de surmonter sa cécité passagère. Il devait revenir dans le flot du combat, écouter les déplacements de son adversaire, anticiper ses mouvements et ses coups.

Il brandit ses cimeterres juste à temps pour parer un puissant coup de taille qui lui aurait ouvert le crâne.

Zak ne s'attendait pas à la parade. Il recula un peu puis revint attaquer sous un angle différent. Son coup fut de nouveau contré.

Davatange intrigué désormais que désireux de tuer son élève, le maître d'armes se lança dans une série d'estocades, des attaques si rapides qu'elles auraient franchi la garde de bien des adversaires capables de voir !

Même aveuglé, Drizzt combattait et déviait chacun des coups de Zak.

— Traîtrise ! hurla-t-il tandis que des explosions lumineuses résiduelles résonnaient encore douloureusement dans sa tête.

Il bloqua une nouvelle attaque et tenta de se relever, car il savait bien qu'il ne pourrait pas indéfiniment tenir à distance le maître d'armes s'il restait à terre.

Mais la douleur causée par la lumière éblouissante était encore trop intense. Drizzt, au bord de l'inconscience, s'écroula sur la pierre, laissant tomber un de ses cimeterres. Il roula sur lui-même pour s'éloigner, car il sentait que Zak approchait.

Son second cimeterre lui fut arraché.

— Traîtrise, gronda-t-il de nouveau. Détestez-vous perdre à ce point ?

— N'as-tu donc pas compris ? s'exclama Zak. Perdre c'est mourir ! Tu peux gagner un millier de combats, mais n'en perdras jamais qu'un !

Le maître d'armes pointa son épée sur la gorge de Drizzt. Il suffirait d'un coup net. Il savait qu'il devait le faire, par charité, avant que les maîtres de l'Académie prennent le jeune drow en charge.

Zak projeta son épée à travers la pièce. Il tendit vers Drizzt ses mains nues, l'agrippa par sa tunique et le remit d'un coup sur ses pieds.

Ils se tenaient face à face, sans très bien se voir à cause de cette lumière éblouissante, et aucun ne savait comment briser le silence tendu. Après un moment interminable durant lequel ils retinrent leur souffle, le dweomer porté par le galet enchanté se dissipa et la pièce redevint vivable. On pouvait littéralement dire que les deux elfes noirs se voyaient désormais sous un nouveau jour.

— C'est une astuce des prêtresses de Lolth, expliqua Zak. Elles ont toujours un sort lumineux sous la main. (Il força un sourire, essayant d'apaiser la colère de Drizzt.) Mais je ne crains pas de dire que j'ai plus d'une fois retourné cette arme contre des prêtresses, de hautes prêtresses même.

— Traîtrise ! cracha Drizzt une troisième fois.

— Telle est notre voie, répondit Zak. Tu apprendras.

— La vôtre ! gronda Drizzt. Vous souriez en parlant d'assassiner des prêtresses de la Reine Araignée. Aimez-vous donc tuer ? Massacrer des drows ?

Zak n'avait pas de réponse à cette question accusatrice. Les paroles de Drizzt le blessaient profondément parce qu'elles avaient un accent de vérité, et parce que Zak en était venu à considérer le plaisir qu'il éprouvait à tuer des prêtresses de Lolth comme un exutoire lâche aux frustrations que lui apportait sa vie.

— Vous alliez me tuer ! déclara brutalement Drizzt.

— Je ne l'ai pas fait. Et maintenant tu peux vivre pour aller à l'Académie, pour te faire poignarder dans le dos parce que tu es aveugle aux réalités de notre monde, parce que tu refuses d'admettre ce qu'est notre peuple. Ou peut-être deviendras-tu l'un d'entre eux, grommela Zak. Quoi qu'il en soit, le Drizzt Do'Urden que j'ai connu va sans aucun doute mourir.

Drizzt sentit son visage se convulser ; il ne trouvait pas les mots pour conjurer l'avenir que lui promettait le maître d'armes. Il se sentit blêmir tandis que son cœur battait la chamade. Il s'éloigna, en jetant un dernier regard assassin à Zak.

— Va donc, Drizzt Do'Urden ! cria le maître d'armes au jeune drow qui s'en allait. Va à l'Académie, vautre-toi dans la gloire de tes prouesses. Mais rappelle-toi ce qu'impliquent tes capacités. Tu devras toujours payer ! (Il battit en retraite dans la sécurité de sa propre chambre. La porte se ferma derrière lui avec un son qui lui sembla tellement définitif qu'il fit volte-face et appuya sa tête contre la paroi.) Va donc, Drizzt Do'Urden, chuchota-t-il cette fois d'un ton misérable. Va à l'Académie et apprends qui tu es vraiment.

Dinin vint chercher son frère tôt le lendemain matin. Drizzt quitta la salle d'entraînement en traînant les pieds ; il regardait de temps en temps derrière lui pour voir si Zak allait venir l'attaquer encore… ou lui dire au revoir.

Mais il savait au fond de lui qu'il ne le verrait pas.

Drizzt avait cru qu'il était son ami. Il avait pensé qu'il y avait entre eux un lien plus fort que celui qui unit un maître à son élève ! D'innombrables questions sans réponse tourbillonnaient dans l'esprit du jeune drow, et celui qui lui avait servi d'enseignant ces cinq dernières années ne pouvait pas y répondre.

— La chaleur de Narbondel monte, lui fit remarquer Dinin quand ils débouchèrent sur le balcon. Il ne faudrait pas arriver en retard pour ton premier jour à l'Académie.

Drizzt regarda les infinies formes et couleurs qui constituaient Menzoberranzan.

— Quel est cet endroit ? chuchota-t-il en se rendant compte à quel point il connaissait peu sa patrie en dehors des limites de sa demeure.

Les paroles de Zak – sa fureur – pesaient sur Drizzt tandis qu'il restait planté là ; elles lui rappelaient son ignorance et lui annonçaient un bien sombre avenir.

— Le monde ! répondit Dinin à la question toute rhétorique de Drizzt. Ne t'en fais pas, Second Fils, ajouta-t-il en riant et en montant sur la balustrade. Tu apprendras à l'Académie tout ce qu'il y a à savoir sur Menzoberranzan. Tu sauras qui tu es et ce qu'est ton peuple.

Ces paroles perturbèrent Drizzt. Il repensa à sa dernière confrontation avec le drow en qui il avait eu le plus confiance : peut-être ce savoir était-il justement ce qu'il redoutait.

Le jeune Do'Urden haussa les épaules d'un air résigné et suivit Dinin dans sa descente magique depuis le balcon. Le premier pas vers cet avenir lugubre.

Quelqu'un observait intensément Drizzt et Dinin quand ils se mirent en route.

Alton DeVir était assis, discrètement adossé à un thallophyte géant ; cela faisait dix jours qu'il venait là quotidiennement surveiller le domaine Do'Urden.

Daermon N'a'Shezbaernon, Neuvième Maison de Menzoberranzan ! La Maison qui avait assassiné la Matrone d'Alton, ses sœurs et ses frères, tout ce qui constituait la Maison DeVir… lui excepté.

Il se rappela l'époque où Matrone Ginafae avait réuni les membres de la maisonnée pour qu'ils expriment leurs aspirations. Alton n'était qu'un étudiant lors de la chute de la Maison DeVir, et percevait mieux les choses à présent, avec le recul apporté par vingt ans d'expérience.

Ginafae avait été la plus jeune des Matrones des familles dirigeantes et rien ne lui semblait alors impossible. Mais elle avait apporté son aide à une patrouille gnome, avait utilisé les pouvoirs conférés par Lolth pour empêcher des elfes noirs de tendre une embuscade aux petits êtres dans les cavernes autour de Menzoberranzan – cela parce qu'elle désirait la mort de l'un des drows de cette troupe assaillante, le fils sorcier de la Troisième Maison, que la Maison DeVir avait désignée comme sa prochaine cible.

La Reine Araignée n'avait pas apprécié la ruse de Ginafae, car les gnomes des profondeurs étaient les pires ennemis des elfes noirs dans toute l'Outreterre. Une fois la faveur de Lolth retirée à Ginafae, la Maison DeVir était condamnée.

Alton avait passé ces vingt ans à essayer d'apprendre qui étaient ses ennemis, quelle famille drow avait profité de l'erreur de sa mère et avait abattu sa Maison. Vingt longues années auxquelles sa Matrone d'adoption, SiNafay Hun'ett, avait mis fin d'un coup.

Et maintenant Alton, le regard rivé sur la Maison coupable, ne se sentait sûr que d'une chose : vingt ans n'avaient en rien apaisé sa fureur.

Troisième partie

L'Académie

L'Académie!

Elle propage les mensonges qui assurent la cohésion de la société drow, les martèle jusqu'à ce qu'ils passent pour vrais en dépit de toutes les preuves du contraire. Ce qu'on raconte aux jeunes drows sur la vérité et la justice entre en contradiction si flagrante avec la vie quotidienne à Menzoberranzan qu'on comprend mal comment ils peuvent y croire!

Pourtant tel est bien le cas.

Même maintenant, après toutes ces décennies, le souvenir de cet endroit m'inspire de la crainte. Non pas à cause des souffrances physiques que j'y ai endurées ou de la menace permanente d'une mort violente, car j'ai connu bien d'autres lieux qui présentaient ce genre de dangers. L'Académie de Menzoberranzan m'effraie quand je pense à ceux qui y ont survécu, à ses diplômés qui vivent désormais – se vautrent! – dans la perception déformée de ce qui constitue leur monde.

Ils croient que tout est permis pourvu qu'on ne se fasse pas prendre, que satisfaire ses envies représente la première priorité de l'existence, que le pouvoir ne s'offre qu'à l'individu assez fort et assez rusé pour l'arracher à ceux qui ne le méritent plus. Il n'y a pas de place pour la compassion à Menzoberranzan, alors que c'est elle et non la crainte qui permet à la plupart des peuples de vivre en harmonie. Et l'harmonie, le fait de travailler ensemble à un but commun, permet la grandeur.

Les drows sont submergés par la crainte et la méfiance, ils assassinent l'amitié à la pointe d'une épée bénite par Lolth. La haine et l'ambition nourries par ces doctrines immorales font le malheur de ceux de mon peuple, elles marquent leur faiblesse, qu'ils prennent pour de la force. Finalement, ils mènent une existence paralysée par une paranoïa qu'ils qualifient de vigilance extrême !

Je me demande encore comment j'ai survécu à l'Académie ; comment j'ai pu percer à jour suffisamment tôt toutes ces duperies pour les comparer aux idéaux que je chéris et qui s'en sont trouvés renforcés.

Ce doit être grâce à Zaknafein, mon mentor. Les longues années d'expérience de Zak, qui l'ont rendu si amer et qui l'ont tant usé, m'ont fait entendre les cris de protestation contre la traîtrise meurtrière, les cris de rage contre les dirigeantes de la société drow, les hautes prêtresses de la Reine Araignée, et, enfin, ces cris qui résonnent dans mon esprit et le hanteront à jamais : les hurlements d'enfants à l'agonie.

Drizzt Do'Urden

12

L'ennemi : « eux »

Revêtu d'une tenue digne d'un jeune noble, avec en outre une dague glissée dans l'une de ses bottes (sur un conseil de Dinin), Drizzt gravit le grand escalier de pierre qui menait à Tier Breche, l'Académie des drows. Il en atteignit le sommet et passa entre les piliers gigantesques, sous le regard impassible de deux gardes, des étudiants de dernière année à Melee-Magthere.

Deux dizaines d'autres drows flânaient sur le parvis, mais Drizzt les remarqua à peine, car trois bâtiments dominaient le paysage devant lui ainsi que ses pensées.

À sa gauche se dressait la tour stalagmite de Sorcere, l'école de sorcellerie. C'est là qu'il passerait les six premiers mois de sa dixième et dernière année d'études.

Devant lui, l'édifice le plus impressionnant de l'Académie le surplombait de toute sa hauteur : Arach-Tinilith, l'école de la prêtrise de Lolth, où les architectes avaient donné à la pierre la forme d'une araignée géante. Selon les critères drows, il s'agissait là de la structure la plus prestigieuse, réservée en conséquence aux femmes. Les étudiants mâles n'étaient accueillis à Arach-Tinilith que durant leurs six derniers mois d'études.

Sorcere et Arach-Tinilith dominaient gracieusement le paysage, mais, en cet instant de découverte, le bâtiment le plus important pour Drizzt s'appuyait au mur d'enceinte à sa droite : il s'agissait de la pyramide de Melee-Magthere, l'école des guerriers. Ce lieu serait le foyer de Drizzt durant les neuf prochaines années. Et, se rendit-il compte, ses camarades seraient précisément ces autres jeunes drows autour de lui, des combattants qui s'apprêtaient eux aussi à commencer leurs études. Cette promotion comptait vingt-cinq élèves, un nombre important pour l'école des guerriers.

Plus insolite encore, plusieurs de ces étudiants étaient nobles. Drizzt se demanda comment il se comporterait face à eux en duel et si ses séances d'entraînement avec Zaknafein soutiendraient la comparaison avec les combats que sans nul doute ses pairs avaient menés contre les maîtres d'armes de leurs familles respectives.

Ces pensées le ramenèrent inévitablement à sa dernière confrontation avec son mentor. Il chassa très vite de son esprit ce duel déplaisant et surtout les questions dérangeantes que les propos de Zak avaient soulevées. Ce n'était pas le moment de nourrir de tels doutes ! Melee-Magthere se dressait, imposant, devant lui : la plus grande épreuve et la plus dure leçon de sa jeune vie.

— Mes salutations, entendit Drizzt derrière lui.

Il se retourna pour faire face à un camarade de première année qui portait gauchement à sa ceinture une épée et une dague courte et semblait encore plus nerveux que lui – réconfortante vision !

— Kelnozz de la Maison Kenafin, Quinzième Maison, se présenta le jeune drow.

— Drizzt Do'Urden de Daermon N'a'Shezbaernon, Maison Do'Urden, Neuvième Maison de Menzoberranzan, répondit automatiquement Drizzt, selon les paroles exactes que lui avait enseignées Matrone Malice.

—Un noble! comprit Kelnozz en remarquant que son interlocuteur portait le nom de la Maison dont il était membre. (Il fit une profonde révérence.) Votre présence m'honore.

Ceci n'était pas pour déplaire à Drizzt: avec le traitement qu'il recevait d'ordinaire chez lui, il n'avait pas l'habitude de se considérer comme un noble! Mais tous les sentiments agréables qu'avaient pu lui inspirer les salutations respectueuses de Kelnozz furent dissipés quelques instants plus tard, à l'arrivée des maîtres.

Il remarqua son frère parmi eux mais fit semblant de ne pas le voir, selon les propres instructions de Dinin. Il ne devait pas s'attendre non plus à un traitement de faveur. Sous les claquements de fouet et les cris des maîtres, Drizzt se précipita dans le bâtiment avec les autres novices. On leur fit parcourir quelques couloirs jusqu'à une pièce ovale.

—Asseyez-vous ou restez debout, comme vous voulez! grommela l'un des maîtres. (Voyant deux étudiants qui chuchotaient un peu à l'écart, le professeur sortit son fouet et jeta à terre d'un seul coup l'un des coupables. Drizzt fut impressionné par la vitesse à laquelle le silence se fit.) Je m'appelle Hatch'net, poursuivit l'enseignant d'une voix retentissante, le maître du Savoir. Cette pièce sera votre salle de cours pendant les cinquante prochains cycles de Narbondel. (Il porta son regard sur les ceintures ornementées que portaient tous les élèves.) Vous n'introduirez aucune arme ici! (Hatch'net se mit à arpenter la pièce en s'assurant que tous les regards le suivaient attentivement.) Vous êtes des drows, déclara-t-il d'un ton brusque. Comprenez-vous seulement ce que cela signifie? Savez-vous d'où vous venez, connaissez-vous l'histoire de notre peuple? Menzoberranzan n'a pas toujours été notre demeure, ni d'ailleurs aucune caverne d'Outreterre. Autrefois nous marchions à la surface du monde ! (Le maître pivota soudain et se retrouva juste en face de Drizzt.) Que sais-tu de la surface ? gronda-t-il tout près de son visage. (Drizzt eut un mouvement de recul et secoua la tête.) C'est un endroit affreux ! reprit Hatch'net en s'adressant de nouveau à l'ensemble du groupe. Chaque jour, tandis que la lueur de Narbondel entreprend son ascension, une immense boule de feu croît dans le ciel au-dessus et apporte avec elle pendant des heures une lumière plus éblouissante que les pires sorts de torture des prêtresses de Lolth ! (Il ouvrit grand les bras, les yeux levés, et une grimace atroce tordit ses traits. Tout autour de lui, les étudiants hoquetèrent de terreur.) Même la nuit, lorsque la boule de feu a disparu par-delà la limite du monde, continua-t-il comme s'il racontait une histoire d'épouvante, nul ne peut échapper aux innombrables abominations de la surface. Des points de lumière, et parfois même une boule moins éblouissante de feu argenté, persistent à souiller la noirceur bénie des cieux ! Autrefois, à une époque depuis longtemps révolue, antérieure même à nos plus grandes familles, notre peuple marchait à la surface du monde, répéta-t-il d'un ton différent, proche de la lamentation. En ces temps antiques, nous cheminions à côté des elfes au teint pâle, ceux du peuple des fées !

— C'est impossible ! s'écria un étudiant sur la droite.

Hatch'net regarda l'insolent bien en face, se demandant s'il serait plus intéressant de le frapper pour son interruption malencontreuse ou d'autoriser une participation des élèves.

— Mais si ! s'exclama-t-il, ayant choisi la seconde solution. Nous les considérions comme nos amis, comme des frères même ! Nous ne pouvions imaginer, dans notre innocence, qu'ils incarnaient le mensonge et la perversité. Nous ne pouvions pas savoir qu'ils allaient subitement se retourner contre nous et nous chasser, massacrer nos enfants et nos anciens ! Sans aucune pitié, ces elfes pervers nous ont poursuivis sur toute la surface du monde. Nous ne cessions de leur proposer la paix, et ils répondaient à nos offres par l'épée ou la flèche impitoyables ! (Le maître s'interrompit et laissa un grand sourire rusé s'épanouir sur son visage.) C'est alors que nous avons trouvé notre déesse !

— Louée soit Lolth ! s'écria une voix.

Hatch'net décida de nouveau de ne pas punir cette interruption, car il savait bien que chaque commentaire avait pour effet de captiver davantage son public, de l'emprisonner plus étroitement dans sa toile rhétorique.

— Certes, confirma-t-il. Louons tous, en toutes choses, la Reine Araignée. C'est elle qui prit sous sa protection notre peuple démuni et nous aida à combattre nos ennemis, elle qui guida nos toutes premières Matrones jusqu'au paradis d'Outreterre. C'est elle enfin, rugit le maître, le poing dressé vers le ciel, qui nous donne désormais la force et la magie nécessaires pour prendre notre revanche sur nos ennemis ! Nous sommes les drows ! hurla Hatch'net. *Vous* êtes les drows, vous ne vous laisserez plus jamais écraser, vous conquerrez tout ce qui pourra vous faire envie, vous vous emparerez des territoires que vous voudrez !

— La surface ? questionna quelqu'un.

— La surface ! répéta Hatch'net dans un rire moqueur. Qui voudrait retourner dans cet endroit ignoble ? Le peuple maudit des fées peut l'avoir. Qu'il brûle sous les feux du ciel écrasant ! Nous possédons l'Outreterre, là où nous pouvons sentir le cœur vibrant du monde trembler sous nos pieds et où même les parois de pierre étincellent de sa puissance !

Drizzt gardait le silence, s'imprégnant du discours bien rodé de cet orateur talentueux. Comme tous les nouveaux étudiants, il se laissait prendre au piège des variations hypnotiques d'intonation, des cris de ralliement. Cela faisait plus de deux siècles qu'Hatch'net était maître du Savoir à l'Académie ; il avait plus de prestige à Menzoberranzan que presque tous les mâles drows, et bien autant que beaucoup de femmes. Les Matrones des familles dirigeantes ne sous-estimaient pas la valeur de sa langue exercée.

Et cela continua ainsi tous les jours, ce flot incessant de rhétorique haineuse dirigée contre un ennemi qu'aucun des jeunes drows n'avait jamais vu. Les elfes de la surface ne constituaient pas l'unique cible des diatribes d'Hatch'net. Nains, gnomes, humains, halfelins, tous les peuples de surface, même les peuples souterrains tels que les duergars avec qui les drows faisaient commerce et auprès de qui ils avaient combattu : personne ne trouvait grâce dans les discours furieux du maître.

Drizzt comprit pourquoi aucune arme ne devait être introduite dans la pièce ovale. Chaque jour, à la fin de la leçon, il se retrouvait les poings furieusement serrés dans une tentative vaine et inconsciente d'agripper la garde de ses cimeterres. Les fréquentes rixes entre étudiants indiquaient assez que les autres ressentaient les mêmes émotions. Mais les drows parvenaient à contenir leur rage grâce à la présentation que leur faisait le maître des horreurs que renfermait le monde extérieur. À cela venait s'ajouter le sentiment réconfortant d'un héritage commun – un héritage qui leur laissait assez d'ennemis pour qu'ils n'aient pas besoin de se battre entre eux.

Ces longues heures épuisantes passées dans la salle ovale laissaient peu de temps aux élèves pour faire connaissance. Ils vivaient tous dans les mêmes quartiers, mais les nombreuses corvées dont ils devaient s'acquitter en plus des heures de cours – se tenir au service des étudiants plus anciens et des maîtres, préparer les repas et nettoyer le bâtiment – leur permettaient à peine de se reposer. À la fin de la première dizaine, ils étaient au bord de l'épuisement, un état qui, constata Drizzt, les rendait d'autant plus sensibles au discours de propagande de maître Hatch'net.

Il subissait stoïquement cette existence et la trouvait même bien préférable à ce qu'il avait connu durant les six années où, en tant que Prince Page, il avait servi sa mère et ses sœurs. Mais, au cours de ces premiers jours passés à Melee-Magthere, Drizzt se rendit compte que les séances d'entraînement lui manquaient beaucoup.

Tard un soir, assis au bord de sa paillasse, un cimeterre sous ses yeux brillants, il se rappelait ces longs moments passés en duel ludique avec Zaknafein.

— Nous retournons en cours dans deux heures, lui rappela Kelnozz depuis le châlit voisin. Repose-toi un peu.

— Je sens que mes mains perdent de leur habileté, répondit à voix basse Drizzt. Les lames me paraissent plus lourdes, mal équilibrées.

— La mêlée générale aura lieu dans moins de dix cycles de Narbondel, annonça Kelnozz. Tu auras ton content d'entraînement à cette occasion ! Ne crains rien, tout ce que tu auras pu perdre au cours de ces journées avec le maître du Savoir te reviendra vite, et, dans les neuf ans à venir, cette belle arme que tu possèdes quittera rarement ta paume !

Drizzt rengaina le cimeterre dans son fourreau et s'allongea. Comme très souvent jusqu'à maintenant – et il en venait à craindre que cela continue longtemps – il n'avait d'autre choix que de subir son existence.

— Cette partie de vos études touche à sa fin, annonça maître Hatch'net le matin du cinquantième jour.

Un autre maître, Dinin, entra alors dans la pièce. Il marchait devant un coffre de fer en lévitation. Celui-ci était rempli de répliques en bois d'armes drows, maigrement rembourrées de tissu afin d'amortir les impacts.

— Choisissez le bâton d'entraînement le plus proche de votre arme de prédilection, expliqua Hatch'net tandis que Dinin avançait plus avant dans la pièce.

Quand vint le tour de Drizzt, celui-ci remarqua tout de suite ce qu'il voulait : deux bâtons légèrement incurvés longs d'environ un mètre. Il les saisit et exécuta un mouvement élémentaire ; par leur poids et l'équilibre de leur masse, ils étaient proches des cimeterres qui lui étaient devenus si familiers.

— Pour la gloire de Daermon N'a'Shezbaernon, lui chuchota Dinin avant de s'éloigner.

Drizzt fit tourbillonner les armes factices ; il était temps à présent d'évaluer les leçons de Zak !

— Chacun doit trouver son rang, était en train de dire Hatch'net quand Drizzt s'intéressa enfin à autre chose qu'à ses nouvelles armes. C'est le but de la mêlée générale. Rappelez-vous, il n'y aura qu'un vainqueur !

Les deux maîtres guidèrent les étudiants hors de la salle ovale, puis du bâtiment de Melee-Magthere, leur firent prendre le tunnel à l'arrière de Tier Breche, celui qui passait entre les deux statues gardiennes en forme d'araignée. Aucun des étudiants n'avait jamais quitté Menzoberranzan auparavant.

— Quelles sont les règles ? demanda Drizzt à Kelnozz à côté de lui.

— Si un maître te déclare vaincu, tu es vaincu.

— Mais les règles de combat ?

Kelnozz lui jeta un coup d'œil incrédule.

— Vaincre, déclara-t-il enfin comme si aucune autre réponse n'était envisageable.

Un peu plus tard, ils débouchèrent dans une grande caverne, l'arène de la mêlée générale. Des stalactites aiguës les surplombaient, tombant de la voûte, et de nombreuses stalagmites faisaient du terrain un labyrinthe tortueux plein d'angles morts et de creux où s'embusquer.

— Choisissez votre stratégie et positionnez-vous, leur conseilla maître Hatch'net. La mêlée générale débutera à « cent » !

Les vingt-cinq étudiants se mirent en mouvement, certains prenant le temps d'examiner les possibilités qu'offraient les lieux, d'autres se ruant dans l'obscurité du labyrinthe.

Drizzt décida de se trouver un étroit couloir où il serait certain de combattre un seul adversaire à la fois ; il avait tout juste entamé ses recherches quand quelqu'un le saisit par l'épaule.

— On fait équipe ? proposa Kelnozz. (Drizzt ne répondit pas ; il n'était pas sûr de la valeur au combat de son compagnon, et ne savait pas si on acceptait les équipes dans ce genre de rencontre.) Les autres le font, insista Kelnozz. Ils se regroupent parfois par trois ! Ensemble, nous aurons de meilleures chances.

— Le maître a dit qu'il n'y aurait qu'un seul vainqueur, lui rappela Drizzt.

— J'aime autant que ce soit toi, si je ne peux pas l'être, répliqua Kelnozz avec un clin d'œil rusé. Battons tous les autres, il sera temps ensuite de décider entre nous deux !

L'idée semblait raisonnable ; le compte d'Hatch'net approchait de « soixante-quinze », et Drizzt n'avait guère le temps de réfléchir davantage. Il scella l'accord en tapant sur l'épaule de Kelnozz et guida son nouvel allié au cœur du labyrinthe.

On avait mis en place des passerelles en hauteur tout autour de la grande salle ; d'autres en surplombaient le centre et offraient aux maîtres arbitres une vue complète de l'action au sol. Ils étaient une douzaine installés là-haut, impatients de voir leurs jeunes élèves commencer à combattre et d'évaluer leur talent.

— Cent ! s'écria Hatch'net depuis son perchoir.

Kelnozz se mit en mouvement mais Drizzt l'arrêta, s'assura qu'il restait dans le couloir étroit limité par deux grandes stalagmites.

— Laissons-les venir à nous, signa-t-il dans le code gestuel silencieux des drows. (Il s'accroupit, prêt au combat.) Laissons-les s'épuiser entre eux. Notre patience sera récompensée !

Kelnozz se détendit ; il avait sûrement fait un bon choix avec Drizzt !

Ils n'eurent pas longtemps à attendre cependant : peu de temps après, un étudiant bien bâti, agressif, qui portait un long bâton en forme de lance, les débusqua. Il fonça droit sur Drizzt, le manche d'abord pointé en avant, puis il fit soudain pivoter son arme pour porter un coup brutal destiné à éliminer rapidement l'adversaire ; un mouvement efficace, parfaitement exécuté.

Cependant, pour Drizzt, il s'agissait d'une tactique d'assaut des plus élémentaires – presque trop simple, et il ne comprenait pas comment un combattant entraîné pouvait en attaquer un autre d'une manière aussi peu élaborée. Il eut toutefois le temps de s'assurer que ce coup brut était bien la méthode d'attaque choisie et non une feinte, et le dévia avec la parade appropriée. Il fit tournoyer ses propres « bâtons-cimeterres » devant lui en un moulinet rapide, frappant à coups redoublés la lance pointée sur lui et faisant dévier la pointe, rendue inoffensive, sur une ligne trop haute.

L'adversaire aveuglé par sa furie guerrière, surpris par cette parade efficace, leva sa garde et fut déséquilibré. Moins d'une seconde plus tard, avant qu'il puisse envisager de revenir dans l'action, les bâtons de Drizzt frappaient sa poitrine l'un après l'autre, portés par une contre-attaque imparable.

Une douce lumière bleue illumina le visage abasourdi de l'étudiant. Drizzt et lui levèrent le regard vers sa source, un maître qui, la baguette à la main, les observait depuis une passerelle.

— Tu es vaincu, annonça le maître à l'adversaire de Drizzt. Tombe sur place !

L'étudiant jeta un regard mauvais à Drizzt et se laissa tomber, soumis.

— Suis-moi, dit Drizzt à Kelnozz après un coup d'œil à la lumière révélatrice que le maître avait pointée sur eux. Tous ceux qui se trouvent dans le coin savent maintenant où nous sommes. Nous devons trouver une nouvelle position aisée à défendre.

Kelnozz resta en arrière pour considérer les gracieux bonds de bête fauve de son camarade. Il avait vraiment fait un excellent choix avec Drizzt, mais cette confrontation rapide lui avait déjà appris que, s'il se retrouvait dernier en lice avec cet habile escrimeur – et cela n'avait rien d'impossible – il n'aurait aucune chance de remporter la victoire.

Ils se précipitèrent ensemble et, au détour d'une stalagmite, tombèrent sur deux nouveaux adversaires. Kelnozz en pourchassa un qui s'enfuit, affolé, et Drizzt fit face à l'autre qui portait des bâtons en forme d'épée et de dague courte.

Le visage de Drizzt s'illumina d'un sourire de plus en plus sûr de lui quand il vit son adversaire entamer l'offensive par des manœuvres similaires à celle qu'avait employée précédemment le porteur de lance dont il avait eu si vite raison.

En quelques torsions et mouvements habiles de ses cimeterres, accompagnés de coups portés sur le côté intérieur des armes de l'opposant, Drizzt fit s'écarter tout grand les bras de l'autre étudiant. Il put alors l'attaquer de face et lui frapper là encore la poitrine de ses deux bâtons.

La lumière bleue attendue apparut.

— Tu es vaincu, déclara le maître. Tombe sur place !

Furieux, le vaincu obstiné voulut porter un coup vicieux à Drizzt qui le bloqua d'une de ses armes et heurta de l'autre le poignet de son adversaire, lui faisant lâcher l'épée factice.

L'assaillant serra son articulation douloureuse, mais c'était là le moindre de ses soucis ! Un éclair aveuglant jaillit de la baguette du maître arbitre, le heurta en pleine poitrine et le projeta brutalement en arrière jusqu'à une stalagmite contre laquelle il termina violemment son vol plané. Il s'effondra, grognant de douleur ; une ligne de chaleur éclatante sortit de l'endroit où la peau avait cédé, en contraste avec le gris frais de la pierre.

— Tu es vaincu ! répéta le maître.

Drizzt s'apprêta à venir en aide au drow abattu, mais le maître le lui interdit d'un cri sans réplique :

— Non !

Kelnozz était revenu auprès de Drizzt.

— Il s'est enfui, commença-t-il, puis il éclata de rire en voyant l'étudiant à terre. Si un maître te déclare vaincu, tu es vaincu, répéta-t-il sous le regard ahuri de Drizzt.

» Allons ! reprit-il. La bataille bat son plein à présent. Amusons-nous un peu !

Drizzt trouva son compagnon bien fier de lui pour quelqu'un qui n'avait pas encore fait ses preuves. Il haussa simplement les épaules et suivit.

La confrontation suivante leur donna plus de fil à retordre. En suivant de front un chemin qui passait à la périphérie, puis au milieu de formations rocheuses, ils se retrouvèrent face à un groupe de trois étudiants dont le style plus élaboré de combat trahit vite leur appartenance à des Maisons dirigeantes.

Drizzt se précipita sur les deux situés à sa gauche, qui portaient chacun un bâton en forme d'épée, tandis que Kelnozz faisait face au troisième. Drizzt n'avait pas eu beaucoup d'occasions de se battre contre plusieurs adversaires à la fois, mais Zak lui avait enseigné très sérieusement les tactiques de base à appliquer dans de tels combats. Il se cantonna à la défensive et trouva un rythme confortable qui lui permit de tenir ses adversaires à distance, de les laisser se fatiguer jusqu'à ce qu'ils commettent des erreurs fatales.

Mais il s'agissait d'ennemis rusés, habitués à combattre côte à côte. Leurs attaques se complétaient fort bien et ils approchaient Drizzt depuis des angles très différents.

Deux-mains, tel était le surnom que Zak avait autrefois donné à Drizzt ; à présent il méritait bien ce sobriquet ! Ses cimeterres bougeaient indépendamment l'un de l'autre et pourtant en harmonie parfaite, bloquant chaque attaque.

Les maîtres Hatch'net et Dinin, installés sur une passerelle proche, ne perdaient pas une miette du spectacle. Hatch'net était on ne peut plus impressionné et Dinin gonflé de fierté familiale.

Drizzt remarqua que ses adversaires s'impatientaient de plus en plus et comprit qu'il aurait bientôt l'occasion de frapper à son tour. C'est alors que ses deux assaillants se ruèrent sur lui avec des mouvements similaires, leurs bâtons à quelques centimètres l'un de l'autre.

Le jeune Do'Urden pivota sur le côté et projeta son cimeterre gauche dans un uppercut éblouissant qui lui permit de dévier les deux attaques à la fois. Puis il stoppa net son mouvement pour se placer de nouveau face à ses adversaires, un genou à terre ; il porta alors deux coups d'estoc bas de son bras droit libre, passant sous les défenses des deux étudiants que son bâton frappa l'un après l'autre en plein dans l'entrejambe.

Les deux autres lâchèrent leurs armes en même temps, agrippèrent leurs parties blessées et tombèrent à genoux. Drizzt se redressa d'un bond devant eux, cherchant les mots pour s'excuser.

Tandis que les deux maîtres illuminaient les visages des deux vaincus, Hatch'net se tourna vers Dinin et hocha la tête en signe d'approbation.

— À moi ! s'écria Kelnozz depuis l'autre côté d'un mur de stalagmites.

Drizzt plongea par une brèche dans le mur, se redressa très vite après une roulade et mit à terre un quatrième adversaire dissimulé en embuscade, d'un simple coup porté vers l'arrière dans la poitrine de l'assaillant. Il s'arrêta un moment pour considérer sa dernière victime : il n'avait même pas eu conscience de la présence de cet ennemi, pourtant il l'avait visé à la perfection !

Hatch'net émit un petit sifflement d'appréciation en illuminant le visage du dernier vaincu.

— Il est vraiment bon ! dit-il dans un souffle.

Drizzt aperçut Kelnozz un peu plus loin. Le jeune drow était presque contraint de s'allonger sous les assauts habiles de son ennemi. Il bondit entre les deux combattants et para un coup qui aurait sans aucun doute éliminé son allié.

Ce nouvel adversaire, qui portait deux épées factices, s'avéra le plus redoutable que Drizzt ait jusqu'alors rencontré. Il le força plus d'une fois à rester sur la défensive par ses manœuvres audacieuses.

— Berg'inyon de la Maison Baenre, chuchota Hatch'net à Dinin.

Dinin comprit l'importance de l'enjeu et espéra que son jeune frère se montrerait à la hauteur.

Berg'inyon se montrait digne de sa prestigieuse Maison : ses mouvements étaient habiles, bien calculés ; Drizzt et lui dansèrent l'un autour de l'autre pendant plusieurs minutes sans qu'on puisse déterminer à qui allait l'avantage. Berg'inyon, audacieux, attaqua alors Drizzt par la manœuvre que celui-ci connaissait peut-être le mieux : la double estocade basse.

Drizzt répondit par un croisé bas parfait, la parade dont Zaknafein lui avait fait une démonstration experte. Mais, toujours insatisfait de ce mouvement, Drizzt suivit alors son impulsion et, projetant son pied avec force entre ses bâtons croisés, frappa son adversaire au visage. Le fils de la Maison Baenre, stupéfait, fut projeté dos au mur.

— Je savais bien que la parade ne convenait pas ! s'écria Drizzt en imaginant déjà avec délectation le jour où il contrerait cette attaque de Zak lors de leur prochaine séance d'entraînement.

— Vraiment bon, oui, répéta Hatch'net d'un ton surpris à son compagnon ravi.

À moitié assommé, Berg'inyon ne parvenait pas à se remettre de la position désavantageuse où Drizzt l'avait mis. Il invoqua une sphère de ténèbres autour de lui, mais Drizzt n'hésita pas à y pénétrer, tout à fait préparé à combattre dans le noir complet.

Il fit subir au fils de la Maison Baenre une série d'attaques rapides, et pointa finalement l'un de ses bâtons-cimeterres contre la gorge exposée de Berg'inyon.

— Je suis vaincu, admit le jeune Baenre en sentant le bâton sur sa peau.

À ces mots, maître Hatch'net dissipa les ténèbres magiques. Berg'inyon déposa ses deux armes sur le sol et s'y laissa lui-même glisser ; la lumière bleue illumina son visage.

Drizzt ne put empêcher un grand sourire de s'élargir sur le sien. *Qui ne pourrai-je vaincre ici ?* se demanda-t-il.

C'est alors qu'il eut l'impression de sentir exploser l'arrière de son crâne et tomba à genoux ; il eut tout juste le temps de regarder derrière lui et de voir s'éloigner Kelnozz.

— Quel imbécile ! gloussa Hatch'net en projetant la lumière de la défaite sur Drizzt et en jetant un coup d'œil à Dinin. Un imbécile très fort.

Dinin croisa les bras, l'afflux de chaleur provoqué par l'embarras et la colère firent briller son visage.

Drizzt sentit la pierre fraîche bien réelle sous sa joue, sensation concrète ; mais en cet instant ses pensées étaient tournées vers le passé, vers cette déclaration sarcastique et cruellement appropriée de Zak : « Telle est notre voie. »

13

Le prix de la victoire

— Tu m'as trahi ! reprocha Drizzt à Kelnozz cette nuit-là, dans les baraquements.

Le calme régnait autour d'eux dans la pièce obscure : les autres étudiants gisaient épuisés par les combats de la journée et les corvées sans fin qu'ils avaient dû effectuer au service des élèves plus âgés.

Kelnozz s'attendait à cette conversation. Il avait vite perçu la naïveté de son camarade, depuis le moment où il lui avait demandé en quoi consistaient les règles du combat. Un guerrier drow expérimenté, surtout un noble, aurait dû savoir à quoi s'en tenir et comprendre que seule la quête de la victoire devait gouverner son existence. Et Kelnozz savait aussi que cet imbécile de Do'Urden ne chercherait pas à tirer vengeance du tort qu'il lui avait causé. La rancune, alimentée par la colère, lui était étrangère

— Pourquoi ? insista Drizzt quand ce vulgaire membre de la Maison Kenafin ne daigna même pas lui répondre.

Il avait élevé la voix, et Kelnozz jeta un regard affolé autour de lui ; ils étaient censés dormir, et si un maître les surprenait…

— Qu'est-ce qui t'étonne ? signa-t-il en code silencieux. (La chaleur de ses doigts les rendait très nets à l'infravision.) J'ai fait ce que j'avais à faire, mais j'admets que j'aurais été mieux inspiré d'attendre un peu plus longtemps. Si tu en avais vaincu encore quelques-uns, peut-être aurais-je obtenu un meilleur rang que celui de troisième.

— Si nous avions agi ensemble, comme convenu, tu aurais peut-être gagné, ou tu te serais au pire retrouvé deuxième, répondit Drizzt par le même code. Sa colère se lisait dans la brusquerie de ses mouvements.

— Deuxième, très certainement. J'ai vu tout de suite que je n'étais pas un adversaire à ta hauteur. Tu es le meilleur escrimeur que j'aie jamais vu.

— Mes résultats n'en font guère état ! grommela Drizzt.

— Huitième, ce n'est pas si mal, chuchota Kelnozz en réponse. Berg'inyon se retrouve dixième seulement, un membre de la Première Maison de Menzoberranzan ! Tu devrais te réjouir de ne pas avoir atteint un rang qui risquerait d'éveiller la jalousie des autres. (Un bruit de pas à l'extérieur fit revenir Kelnozz au langage des signes :) Avec ce rang plus élevé, tout ce que je gagne c'est d'avoir davantage d'yeux posés sur moi qui cherchent le meilleur endroit dans mon dos pour y planter une dague.

Drizzt ne réagit pas aux insinuations de Kelnozz. Il refusait de croire que l'Académie pouvait abriter pareille traîtrise.

— Berg'inyon était le meilleur combattant que j'ai vu dans la mêlée générale, signa-t-il en silence. Il t'aurait vaincu si je n'étais pas intervenu !

Kelnozz écarta l'idée d'un simple sourire.

— Pour ce que j'en ai à faire, Berg'inyon peut bien servir de marmiton dans une Maison mineure, chuchota-t-il à voix encore plus basse, car le châlit du fils Baenre ne se trouvait qu'à quelques mètres. Il est dixième, et moi, Kelnozz de Kenafin, troisième !

— Moi, huitième seulement, lui rappela Drizzt d'une voix porteuse d'un venin inhabituel, provenant plus de l'indignation que de la jalousie, pourtant je pourrais te vaincre avec n'importe quelle arme !

Kelnozz haussa les épaules. Dans le spectre infrarouge, cela donnait un curieux mouvement flou.

— Cela n'a pas été le cas, signa-t-il. Je t'ai vaincu en combat.

— En combat ? hoqueta Drizzt. Mais tu m'as pris par traîtrise !

— Qui est resté debout ? lui rappela impitoyablement Kelnozz. Qui a reçu la lumière de défaite de la baguette du maître ?

— L'honneur exige qu'il y ait des règles au combat, gronda Drizzt.

— Il y a une règle, oui, lui rétorqua sèchement Kelnozz. Ne pas se faire prendre ! Je t'ai vaincu en combat, Drizzt Do'Urden, et maintenant j'ai un rang plus élevé que toi. C'est tout ce qui compte !

Échauffés par la discussion, ils avaient parlé trop fort. La porte d'entrée fut ouverte à la volée et un maître apparut sur le seuil. Sa silhouette se découpait nettement contre la lumière bleue en provenance du couloir. Les deux étudiants roulèrent immédiatement sur le côté, fermèrent les yeux – et leurs bouches.

Le caractère irrévocable des dernières paroles de Kelnozz amena Drizzt à de sages conclusions : il se rendit compte que son amitié avec Kelnozz avait pris fin – à supposer qu'elle ait jamais existé.

— L'as-tu vu ? demanda Alton en tapotant nerveusement la petite table qui se trouvait dans la plus haute pièce de ses quartiers privés.

Il avait fait réparer l'endroit par de jeunes étudiants de Sorcere, mais la boule de feu qu'il y avait lancée avait laissé des marques de brûlures sur les murs.

— Oui, répondit Masoj, et j'ai entendu parler de son habileté aux armes.

— Huitième de sa classe après la mêlée générale ! Beau résultat.

— Tout le monde dit qu'il a le potentiel pour être le premier. Il devrait obtenir ce titre tôt ou tard. Il nous faudra rester sur nos gardes avec lui.

— Il ne vivra pas assez longtemps pour jouir de ce titre ! affirma Alton. La Maison Do'Urden compte beaucoup sur ce jeune drow aux yeux violets et c'est donc sur lui que je me vengerai en premier. Sa mort fera souffrir cette traîtresse de Matrone Malice !

Masoj vit qu'un problème se présentait ; il décida d'y remédier une bonne fois pour toutes.

— Vous ne lui ferez aucun mal, déclara-t-il avec autorité. Vous ne l'approcherez même pas.

Le ton d'Alton ne changea pas.

— J'attends depuis qu'il est entré à l'Académie..., commença-t-il.

— Vous pouvez bien attendre encore quelques décades ! Je vous rappelle que vous avez accepté la protection de Matrone SiNafay et de la Maison Hun'ett. Vous leur devez donc obéissance. Matrone SiNafay, notre Mère Matrone à tous deux, m'a chargé de m'occuper de Drizzt Do'Urden, et je suivrai sa volonté. (Alton se carra dans son siège, de l'autre côté de la table, et posa ce qu'il restait de son menton dévoré par l'acide dans sa paume fine, tout en méditant les paroles de son complice secret.) Matrone SiNafay a des plans. Vous obtiendrez vengeance en temps voulu. Mais je dois vous prévenir, Alton *DeVir*, gronda Masoj, que si vous entrez en guerre tout seul contre la Maison Do'Urden ou même si vous l'alertez par un acte de violence que n'aurait pas approuvé notre Mère Matrone, vous devrez subir les foudres de la Maison Hun'ett ! Matrone SiNafay vous dénoncerait comme imposteur assassin et ferait subir à votre misérable corps tous les châtiments que le Conseil régnant pourrait imaginer.

Alton était impuissant face à ces menaces. Il n'avait plus d'autre famille que ces Hun'ett qui l'avaient adopté. S'il se mettait SiNafay à dos, il n'aurait aucun allié.

— Quel plan SiNafay… Matrone SiNafay… a-t-elle pour la Maison Do'Urden ? demanda-t-il plus calmement. Parle-moi de ma vengeance, que je puisse endurer la torture de ces années d'attente !

Masoj savait qu'il devait faire preuve de tact. Sa mère ne lui avait pas interdit de dévoiler à Alton les actions qu'elle avait prévues, mais, raisonnait-il, si elle avait voulu informer ce DeVir si peu maître de lui, elle lui aurait sans aucun doute parlé directement.

— Disons simplement que le pouvoir de la Maison Do'Urden a crû, continue à croître, au point qu'elle représente une véritable menace pour les Maisons dirigeantes, déclara-t-il d'un ton ravi. (Il adorait ces moments d'intrigue où l'on pose ses pions avant d'entrer en guerre.) Il n'y a qu'à voir cette attaque sur la Maison DeVir, parfaitement exécutée, sans trace. Beaucoup de nobles à Menzoberranzan dormiraient mieux si…

Il n'en dit pas plus ; c'était peut-être déjà trop.

En voyant une lueur chaude poindre dans les yeux d'Alton, Masoj sut que cet appât suffirait pour l'instant à acheter sa patience.

L'Académie apporta beaucoup de déceptions au jeune Drizzt, notamment lors de la première année, où tant de sinistres réalités de la société drow, des réalités auxquelles Zaknafein avait tout juste fait allusion, s'obstinaient à demeurer en lisière de sa conscience. Il considérait avec circonspection les discours de haine et de défiance dont les abreuvaient les maîtres. Il les comparait avec le point de vue et la conception du monde si différents de ceux son ancien mentor. La vérité semblait si fuyante, si difficile à établir ! En procédant à cet examen minutieux, Drizzt se trouva encore et toujours confronté à une constatation irréfutable : de toute sa jeune vie, les seules traîtrises qu'il avait pu observer – si souvent ! – avaient été commises par des elfes noirs.

L'entraînement physique suivi à l'Académie, avec toutes ces heures consacrées sans relâche aux techniques du duel et de l'embuscade, lui plaisait davantage. Quand il tenait ses armes, prolongements naturels de son corps, il se sentait enfin libéré de ces questions troublantes de vérité réelle ou seulement perçue comme telle.

Et il se révélait excellent au combat ! Drizzt était déjà entré à l'Académie avec un niveau d'entraînement et de maîtrise supérieur à celui de ses condisciples ; l'écart ne fit que se creuser à mesure que les mois épuisants s'écoulaient. Il prit le pli de voir au-delà des manœuvres d'attaque et de défense enseignées par les maîtres et de créer les siennes, des innovations qui se révélaient presque toujours égales aux techniques généralement enseignées, quand elles ne les surpassaient pas.

Au début, Dinin écoutait avec une fierté toujours grandissante les autres maîtres vanter la valeur guerrière de son jeune frère. Mais les compliments devinrent si enthousiastes que le fils aîné de Matrone Malice en éprouva assez vite une inquiétude grandissante ; Dinin était Premier Fils de la Maison Do'Urden parce qu'il avait volé ce titre à Nalfein en l'assassinant. Drizzt possédait le potentiel de devenir le meilleur escrimeur de tout Menzoberranzan. Allait-il se contenter du titre de Second Fils ?

Les camarades de Drizzt, de leur côté, ne pouvaient rester aveugles à la danse de combat si brillante de ce jeune Do'Urden. (Une danse souvent trop proche d'eux pour leur confort.) La jalousie les dévorait, ils se demandaient s'ils seraient jamais en mesure d'affronter ses cimeterres tournoyants. Mais le pragmatisme demeurait une caractéristique fondamentale des drows, et ces jeunes étudiants avaient passé l'essentiel de leur vie à observer leurs aînés, qui cherchaient toujours à tirer le meilleur parti d'une situation donnée. Chacun reconnaissait l'intérêt de s'allier avec un combattant tel que Drizzt Do'Urden, qui se retrouva donc inondé de propositions lors de la mêlée générale de l'année suivante.

La demande la plus surprenante vint de Kelnozz Kenafin lui-même, lui qui l'avait défait par surprise la première fois.

— Ferons-nous de nouveau équipe, jusqu'au sommet cette fois ? demanda le jeune guerrier hautain qui marchait à côté de Drizzt dans le couloir menant à l'arène du combat.

Il semblait parfaitement à l'aise, comme s'ils étaient les meilleurs amis du monde. Ses avant-bras restaient nonchalamment posés sur les gardes des armes à sa ceinture et il affichait un large sourire.

Drizzt n'eut même pas la force de répondre. Il se détourna et s'éloigna, regardant ostensiblement par-dessus son épaule comme quelqu'un qui veut éviter la traîtrise.

— Qu'est-ce qui t'étonne tant ? insista Kelnozz en pressant le pas pour rester à sa hauteur.

Drizzt lui fit subitement face.

— Crois-tu que je vais m'allier avec celui qui m'a déjà trahi ? gronda-t-il. Je n'ai pas oublié ta perfidie !

— Justement, raisonna Kelnozz. Tu te méfieras davantage cette année ; je serais bien idiot de tenter la même ruse avec toi !

— Et comment pourrais-tu me vaincre autrement ? En combat loyal, je gagnerais à coup sûr !

Ces paroles ne constituaient pas une vantardise. Il s'agissait d'un simple constat dont les deux guerriers étaient parfaitement conscients.

— La place de second est déjà un grand honneur, remarqua Kelnozz.

Drizzt le foudroya du regard. Il savait que son interlocuteur ne se satisferait que de la victoire complète.

— Si nous nous retrouvons dans la mêlée, déclara-t-il d'un ton froidement définitif, ce sera en tant qu'adversaires.

Il se détourna de nouveau, et cette fois Kelnozz ne chercha pas à le suivre.

Le hasard rendit justice à Drizzt ce jour-là, car son premier adversaire malheureux ne fut autre que son allié de l'année précédente. Il le trouva dans le couloir précis qui avait été leur point de départ la première fois et le mit à terre dès sa première manœuvre d'attaque. Il eut du mal à retenir son coup : il aurait volontiers frappé de toutes ses forces les côtes de Kelnozz !

Ensuite il retourna dans l'obscurité, manœuvrant prudemment jusqu'à ce que les rangs des survivants commencent à s'éclaircir. La réputation de Drizzt le contraignait à être encore plus méfiant, car ses camarades avaient tout intérêt à éliminer au plus vite un adversaire aussi redoutable. Sans allié, il devait soigneusement étudier chaque situation de combat avant de s'y engager, pour s'assurer qu'il n'y avait pas d'adversaire en embuscade à côté.

Drizzt se sentait dans son élément, bien à sa place, et le défi n'était pas trop ardu pour lui ! Après deux heures il ne resta plus que cinq étudiants en lice ; puis deux autres heures passées à jouer au chat et à la souris réduisirent ce nombre à deux : Drizzt et Berg'inyon Baenre.

Drizzt se planta bien en vue au milieu de l'espace dégagé.

— Viens donc, jeune Baenre ! s'exclama-t-il. Achevons cette lutte au grand jour, dans l'honneur !

Depuis la passerelle, Dinin n'en croyait pas ses yeux.

— Il a renoncé à son avantage, remarqua maître Hatch'net à côté du Premier Fils de la Maison Do'Urden. Il est meilleur combattant, il maintenait Berg'inyon dans la peur, incertain de ses mouvements, et voilà qu'il choisit de dévoiler sa position au grand jour !

— Un imbécile, encore aujourd'hui, marmonna Dinin.

Hatch'net aperçut Berg'inyon qui se glissait près d'une stalagmite à quelques mètres derrière Drizzt.

— L'issue du combat est proche, déclara-t-il.

— As-tu peur ? criait Drizzt haranguant l'obscurité autour de lui. Si tu mérites vraiment la première place, comme tu n'hésites pas à t'en vanter, alors viens m'affronter face à face. Prouve-le, Berg'inyon Baenre, ou bien garde-toi de revendiquer quoi que ce soit à l'avenir !

Drizzt sentit un mouvement derrière lui, qu'il avait anticipé, et il roula vivement sur le côté.

— Le combat n'est pas un jeu d'escrime ! s'écria le fils de la Maison Baenre en se jetant sur le jeune Do'Urden, les yeux brillants à l'idée de l'avantage qu'il croyait détenir.

Mais c'est à ce moment qu'il trébucha sur le fil que Drizzt avait tendu près du sol et tomba face contre terre.

Son adversaire fut sur lui en un éclair, la pointe du bâton-cimeterre posée sur sa gorge.

— C'est ce que je me suis laissé dire, commenta Drizzt, l'air sombre.

— C'est donc un Do'Urden qui remporte le titre, observa Hatch'net en illuminant d'une lueur bleue le visage du fils vaincu de la Maison Baenre. (Il ôta immédiatement le grand sourire apparu sur le visage de Dinin par ce rappel à la prudence :) Les Premiers Fils ont intérêt à se méfier de Seconds Fils aussi doués.

Drizzt ne retira que peu de fierté de sa victoire en deuxième année, mais apprécia beaucoup de s'améliorer sans cesse au combat. Il s'entraînait dès que ses corvées lui laissaient un moment. Ces tâches se réduisaient d'ailleurs avec les années, car c'était aux plus jeunes qu'on demandait le plus, et Drizzt eut ainsi toujours davantage de temps à consacrer à son entraînement personnel. Il se réjouissait de la danse de ses lames, de l'harmonie de ses mouvements. Ses cimeterres étaient ses seuls amis, les seuls en qui il osait avoir confiance.

Il remporta de nouveau le titre de la mêlée générale la troisième année, et l'année d'après, en dépit de multiples conspirations contre lui. Il était évident aux yeux des maîtres que personne dans la classe de Drizzt ne serait jamais capable de le vaincre, aussi l'année suivante le firent-ils participer à la mêlée générale des étudiants de trois ans ses aînés… qu'il remporta également.

L'Académie était peut-être l'endroit le mieux structuré de Menzoberranzan : même si la valeur au combat de Drizzt remettait en question cette structure, il n'était pas question qu'il suive un cursus différent des autres. Comme tous les guerriers, il passerait dix ans à l'Académie. Ce n'était pas si long si on comparait cette durée aux trente ans d'études que devait suivre un élève sorcier à Sorcere ou aux cinquante ans qu'une prêtresse aspirante passait à Arach-Tinilith. Les combattants débutaient leurs études jeunes, à vingt ans, tandis que les mages ne pouvaient les entamer avant l'âge de vingt-cinq ans et que les prêtresses devaient attendre d'en avoir quarante.

Les quatre premières années à Melee-Magthere étaient consacrées au combat singulier et à la maîtrise des armes. Dans ces domaines, les maîtres n'avaient pas grand-chose à apprendre à Drizzt, tant l'enseignement de Zak avait été profitable.

Mais ensuite les cours devinrent plus complexes. Les jeunes guerriers drows passaient deux ans à acquérir les tactiques de combat en groupe coordonné, et les trois années suivantes incorporaient ces tactiques dans des techniques de stratégie guerrière plus globales où intervenaient, en tant qu'alliés ou adversaires, des sorciers et des prêtresses.

La dernière année à l'Académie parachevait l'éducation des guerriers : les six premiers mois se passaient à Sorcere, où on apprenait les bases de la magie, et pendant les six derniers, juste avant l'obtention du diplôme, les élèves étaient placés sous le tutorat des prêtresses d'Arach-Tinilith.

Et pendant tout ce temps il y avait toujours la rhétorique, les préceptes indéfiniment répétés si chers à la Reine Araignée, les mensonges haineux qui maintenaient la société drow dans son chaos maîtrisé.

Drizzt en vint à considérer l'Académie comme un défi personnel, une salle de cours personnelle dont ses cimeterres, qu'il faisait tournoyer autour de lui, marquaient les limites. À l'intérieur des murs d'adamantium constitués par le mouvement de ses lames, Drizzt pouvait ignorer les innombrables injustices autour de lui, il parvenait à se prémunir contre les paroles qui menaçaient d'empoisonner son cœur. Dans l'Académie régnaient en maîtresses l'ambition et la tromperie. Là naissait la soif inextinguible de pouvoir qui marquait à jamais la vie de tous les drows !

Il se promit d'y survivre l'esprit intact.

Mais, à mesure que les années passaient, les combats se rapprochaient de la brutale réalité et il se retrouvait de plus en plus souvent impliqué dans des situations critiques dont il lui était très difficile de se tenir à l'écart.

14

Respect dû

Ils avançaient dans les tunnels tortueux aussi silencieusement qu'une brise, constamment sur leurs gardes. Chacun de leurs pas furtifs était suivi d'une pause vigilante. Les étudiants de neuvième année (la dernière année passée à Melee-Magthere) opéraient aussi souvent à l'extérieur de Menzoberranzan qu'en ses murs. Désormais ils n'avaient plus de bâtons à leurs ceintures, mais des armes d'adamantium, savamment forgées, cruellement affûtées.

Parfois, les tunnels se refermaient sur eux, à peine assez larges pour le passage d'un seul drow. D'autres fois, les étudiants débouchaient sur des cavernes si vastes que les murs et le plafond demeuraient hors de vue. Ils étaient des guerriers drows, entraînés à tous les types de terrain et à toutes les tactiques des différents ennemis qu'ils pourraient rencontrer.

Maître Hatch'net qualifiait ces exercices de « patrouille d'entraînement » ; il avait averti ses étudiants qu'ils pourraient rencontrer au cours de ces sessions des monstres bien réels et très agressifs.

Drizzt, toujours le meilleur de sa classe, menait le groupe en éclaireur ; maître Hatch'net et dix autres étudiants marchaient derrière lui. Des vingt-cinq que comportait la promotion à l'origine, il ne restait que vingt-deux élèves : l'un avait été renvoyé (puis exécuté) pour avoir vainement tenté d'assassiner un étudiant qui avait un meilleur rang que lui, un autre était mort à l'exercice, un troisième enfin avait connu une mort naturelle dans son châlit, car une dague dans le cœur met tout naturellement fin à la vie.

À peu de distance, Berg'inyon Baenre, le deuxième élève de la classe, tenait lieu d'éclaireur pour un exercice de même nature, suivi de maître Dinin et de l'autre moitié de la promotion.

Jour après jour, Drizzt et les autres s'étaient efforcés de garder leurs sens parfaitement en alerte. Au cours de trois mois de ces patrouilles d'entraînement, le groupe n'avait rencontré qu'un seul monstre, un pêcheur d'Outreterre, une créature vicieuse assez similaire à un crabe. Même cette confrontation s'était révélée décevante et n'avait apporté qu'une brève excitation et aucune expérience pratique, car le pêcheur s'était échappé en passant par de hautes plates-formes sans laisser à la patrouille drow une chance de lui porter le moindre coup.

Ce jour-là, Drizzt avait l'impression que les choses seraient différentes. Peut-être cela provenait-il d'une tension particulière dans le ton de maître Hatch'net ou d'un picotement qui parcourait le roc de la caverne, une vibration subtile indiquant à Drizzt, à un niveau inconscient, la présence d'autres créatures dans le labyrinthe formé par les tunnels. Quoi qu'il en soit, le jeune drow possédait assez d'expérience pour tenir compte de son instinct, et il ne fut en conséquence pas surpris lorsqu'il vit palpiter une éphémère, mais révélatrice, source de chaleur à la périphérie de sa vision, dans une galerie de traverse. Il signa d'un geste au reste de la patrouille de faire halte, puis monta rapidement sur une étroite plate-forme au-dessus du couloir en question.

Lorsque l'intrus déboucha dans le tunnel où se trouvait la patrouille, il se retrouva à terre, le cou entre deux lames de cimeterre croisées. Drizzt relâcha sa prise dès qu'il eut reconnu en sa victime un autre étudiant.

— Que fais-tu ici ? demanda sévèrement maître Hatch'net à l'infortuné. Tu sais bien que seules les patrouilles ont le droit de s'aventurer dans les tunnels hors de Menzoberranzan !

— Je vous demande pardon, maître, répondit l'étudiant d'un ton soumis. Je viens donner l'alerte !

Tous s'approchèrent du nouveau venu, mais Hatch'net les fit reculer d'un regard foudroyant et ordonna à Drizzt de leur faire adopter une formation défensive.

— Une enfant a disparu, poursuivit le messager, une Princesse de la Maison Baenre ! Et on a aperçu des monstres dans le tunnel !

— Quelle sorte de monstres ? demanda Hatch'net. (Un claquement retentissant, semblable au bruit de deux silex qu'on heurterait l'un contre l'autre, répondit à sa question.) Des porte-crocs !

Hatch'net fit signe à Drizzt de le rejoindre. Le jeune guerrier n'avait jamais vu ces créatures, mais il en savait suffisamment sur elles pour comprendre pourquoi maître Hatch'net préférait maintenant se limiter au langage des signes des drows : les porte-crocs utilisaient pour chasser le sens de l'ouïe le plus affûté de toute l'Outreterre. Drizzt relaya très vite aux autres les signaux d'instructions de maître Hatch'net, et tous se tinrent rigoureusement silencieux dans l'attente d'autres ordres. C'était à ce genre de situation que devait les préparer l'entraînement qu'ils avaient suivi ces neuf dernières années ; seules leurs paumes moites contredisaient l'apparence de calme attentif des jeunes drows.

— Les sphères de ténèbres ne déferont pas des porte-crocs, signa Hatch'net à sa troupe. Ni ces objets.

Il montra l'arbalète de poing qu'il tenait, avec son carreau à la pointe empoisonnée, une arme couramment utilisée chez les elfes noirs dès le début d'un engagement. Hatch'net la rangea et dégaina sa fine épée.

— Il vous faut trouver un défaut dans la cuirasse osseuse de ces créatures, rappela-t-il par gestes aux autres, et introduire votre lame dans leur chair.

Il tapa légèrement Drizzt sur l'épaule et ils se mirent en route côte à côte, suivis par les étudiants, en file.

Le claquement se faisait entendre clairement mais, en résonnant contre les murs de pierre des tunnels, il produisait des échos qui troublaient la patrouille. Hatch'net laissa Drizzt choisir le chemin et fut impressionné par la rapidité avec laquelle l'étudiant démêla l'énigme apportée par les sons enchevêtrés. Il progressait d'un pas décidé alors que beaucoup d'autres dans la petite troupe jetaient des regards anxieux autour d'eux, incertains de la distance ou de la provenance du danger.

C'est alors qu'un son se détacha du vacarme confus des claquements produits par les monstres et résonna sans fin entre les murs, figeant tout le monde sur place : le hurlement d'un enfant.

— La Princesse de la Maison Baenre ! signa Hatch'net à Drizzt.

Le maître entreprit d'ordonner par gestes à sa troupe de se mettre en formation de combat, mais Drizzt n'attendit pas les ordres ; à ce cri, un frisson de répulsion lui avait parcouru l'échine et, quand il retentit de nouveau, un feu furieux s'embrasa dans ses yeux lavande.

Il se mit à courir le long du tunnel, laissant le froid métal de son cimeterre lui ouvrir la voie.

Hatch'net organisa la patrouille en formation de poursuite rapide. Il détestait l'idée de risquer de perdre un étudiant aussi doué que Drizzt, mais les bénéfices possibles de son acte téméraire ne lui échappaient pas : si les autres voyaient le premier de leur classe mourir aussi stupidement, ils n'oublieraient pas de sitôt la leçon !

Drizzt prit un virage serré et se rua dans un couloir rectiligne dont les parois très rapprochées étaient à moitié écroulées. Il n'y avait plus d'écho désormais, seulement le claquement affamé des monstres impatients et les cris étouffés de l'enfant.

Ses oreilles exercées entendaient les faibles sons qu'émettait la patrouille derrière lui, et il savait que, s'il pouvait les percevoir, les porte-crocs le pouvaient sûrement aussi. Mais l'urgence de sa mission le faisait avancer, enflammant sa passion. Il suivit une plate-forme qui montait à trois mètres au-dessus du sol, dans l'espoir qu'elle se poursuivrait sur toute la longueur du couloir. Quand enfin il déboucha d'un dernier virage dans la salle où se tenaient les monstres, il put à peine distinguer leur forme dissimulée sous la fraîcheur de leur exosquelette : ces carapaces avaient presque la température de la pierre.

Drizzt réussit à repérer cinq de ces énormes créatures ; deux, appuyées contre la paroi, se tenaient au bout du couloir, en sentinelle, trois autres étaient plus loin, près d'un cul-de-sac renfoncé, et jouaient avec un petit objet hurlant.

Il se contraignit au calme et poursuivit son chemin le long de la plate-forme, utilisant toutes les tactiques de déplacement silencieux qu'il connaissait pour passer les sentinelles. C'est alors qu'il aperçut la petite Princesse, effondrée, qui frémissait faiblement au pied de l'un de ces monstrueux bipèdes. Elle sanglotait, elle était donc vivante. Drizzt ne tenait pas à combattre de front ces horreurs s'il pouvait l'éviter, il espérait pouvoir se faufiler et s'enfuir avec l'enfant.

Mais la patrouille déboucha à ce moment du dernier virage du couloir, et il fut contraint d'agir.

— Des sentinelles ! hurla-t-il pour avertir les autres, ce qui sauva probablement la vie des quatre drows en tête du groupe.

Il reporta très vite son attention sur l'enfant blessée que l'un des porte-crocs s'apprêtait à écraser sous son pied.

La bête faisait bien deux fois la taille de Drizzt et devait peser cinq fois plus que lui. La cuirasse solide de son exosquelette constituait une armure parfaite, à laquelle s'ajoutaient des mains griffues gigantesques et un grand bec puissant. Trois de ces monstres se tenaient entre Drizzt et l'enfant en détresse.

Mais ces détails ne comptaient pas en ce moment terrible, crucial. Les craintes de Drizzt pour la petite victime chassaient celles qu'il aurait pu éprouver devant le danger qu'il courait, lui, un guerrier drow, un combattant entraîné et prêt à l'action, tandis que la Princesse était démunie, sans défense.

Deux des porte-crocs se ruèrent vers la plate-forme. Drizzt n'en demandait pas davantage : il se dressa subitement, bondit par-dessus les deux monstres, déjà en pleine posture de combat, et retomba sur le flanc du troisième. La créature perdit tout intérêt pour l'enfant lorsque les cimeterres de Drizzt se mirent à frapper son bec à coups redoublés et à éprouver son armure faciale, en quête désespérée d'une faille.

Le porte-crocs recula, submergé par la rage de son adversaire et incapable de réagir au rythme effréné des mouvements aveuglants et douloureux de ses lames.

Drizzt savait qu'il avait pris l'avantage sur la créature mais ne doutait pas non plus d'avoir bientôt les deux autres sur le dos. Il poursuivit son action sans faiblir. Il dévala le flanc du monstre et roula plus loin pour bloquer sa retraite, jusqu'entre ses pattes aussi épaisses que des stalagmites. Il parvint à le faire basculer sur le ventre et bondit sur son dos en le harcelant de ses armes.

Le porte-crocs tenta désespérément de riposter, mais sa carapace l'encombrait trop pour qu'il puisse se dégager.

Drizzt savait pertinemment que sa propre situation était encore plus critique. Certes, le combat faisait rage dans le couloir, mais Hatch'net et les autres ne parviendraient sûrement pas à passer le barrage des sentinelles assez vite pour empêcher les deux autres porte-crocs de se ruer inévitablement sur lui. La prudence imposait à Drizzt d'abandonner sa position et de se mettre sur la défensive.

Pourtant les cris atroces de l'enfant firent renoncer Drizzt à toute idée de prudence. La fureur étincelait avec tant d'ardeur dans ses yeux que même un animal aussi stupide que le porte-crocs comprit, en jetant un regard furtif vers son adversaire, que sa vie touchait à sa fin. Drizzt joignit les pointes de ses deux cimeterres de sorte que les lames forment un « V » et les enfonça de toutes ses forces à l'arrière du crâne de la créature. Apercevant une minuscule fissure dans la carapace de la bête, il croisa les gardes de ses armes, en écarta les deux pointes et créa ainsi une ouverture nette dans la cuirasse de l'animal. Il rassembla ensuite brutalement les poignées et plongea ses lames au plus profond, traversant la chair molle jusqu'au cerveau de l'abomination.

C'est alors qu'une grosse griffe traça une ligne sanglante en travers de ses épaules, déchirant son *piwafwi* au passage. Il plongea en avant et se réceptionna d'une roulade qui amena son dos blessé au contact du mur du fond. Un seul porte-crocs se dirigea vers lui, l'autre ramassa l'enfant.

— Non ! hurla Drizzt, refusant l'évidence.

Il se jeta en avant mais reçut un coup monumental du monstre qui l'attaquait. Impuissant, il vit alors l'autre mettre fin aux cris de la petite drow.

La fureur monta d'un cran dans les yeux de Drizzt. Le porte-crocs le plus proche se rua sur lui avec l'intention de l'écraser contre la paroi de pierre. Drizzt s'en rendit compte, mais n'essaya pas de s'écarter ; il assura au contraire sa prise sur ses cimeterres et les fit pointer horizontalement au-dessus de ses épaules, la garde appuyée contre le mur.

Avec les quatre cents kilos d'inertie que représentait ce monstre, même son armure osseuse ne pouvait l'empêcher d'être transpercé par les lames d'adamantium. Il projeta Drizzt contre la paroi, mais s'empala dans le même mouvement au niveau du ventre.

La créature bondit en arrière, essayant de se dégager, mais elle ne pouvait échapper à la rage de Drizzt Do'Urden. Le jeune drow remua sauvagement les lames plongées dans le corps du monstre, puis, aiguillonné par sa colère, il s'écarta du mur et fit basculer en arrière l'énorme bête.

Deux des ennemis de Drizzt étaient morts, et l'une des sentinelles abattue, mais le guerrier ne ressentait aucun soulagement. Le troisième porte-crocs le toisait de toute sa hauteur tandis que Drizzt s'efforçait de libérer ses lames du corps de la créature qu'il venait de tuer. Il n'avait aucun moyen de lui échapper.

C'est alors que la deuxième patrouille arriva ; Dinin et Berg'inyon se ruèrent dans le cul-de-sac au fond en suivant la plate-forme que Drizzt avait prise. Le porte-crocs se détourna de Drizzt lorsque les deux combattants aguerris se jetèrent sur lui.

Drizzt ne tint pas compte de la douleur qu'il ressentait dans le dos et dans ses côtes probablement fêlées.

Il respirait par grands à-coups pénibles, mais il ne s'en souciait pas davantage. Il réussit à dégager l'une de ses lames et chargea le monstre par-derrière. Pris entre trois drows expérimentés, le porte-crocs fut abattu en quelques secondes.

Le couloir enfin libre, le reste des étudiants se précipita vers le cul-de-sac. Un seul était tombé au cours du combat contre les sentinelles monstrueuses.

— Une Princesse de la Maison Barrison Del'Armgo, annonça l'un des membres de la patrouille de Dinin en regardant le corps de l'enfant.

— On nous avait dit de la Maison Baenre, dit un autre, du groupe d'Hatch'net.

La divergence n'échappa pas à Drizzt.

Berg'inyon se précipita pour voir si la victime était vraiment sa jeune sœur.

— Pas de ma Maison ! annonça-t-il d'un ton manifestement soulagé après une inspection rapide. (Il eut même un rire quand un examen plus poussé révéla davantage de détails :) Pas même une Princesse ! ajouta-t-il.

Drizzt observait tout cela, intrigué, remarquant avant tout l'insensibilité de ses compagnons.

Un autre étudiant confirma les propos de Berg'inyon.

— C'est un mâle ! lâcha-t-il. Mais de quelle Maison ?

Maître Hatch'net s'approcha du petit cadavre et tendit la main pour attraper sa bourse-collier. Il en vida le contenu et trouva l'emblème d'une Maison mineure.

— Un enfant abandonné, dit-il en riant à ses étudiants. (Il jeta la bourse vide par terre et empocha les objets qu'elle avait contenus.) Aucune importance !

— Beau combat, s'empressa d'ajouter Dinin, avec une seule perte. Vous pouvez retourner à Menzoberranzan fiers du travail que vous avez accompli aujourd'hui.

Drizzt entrechoqua ses lames l'une contre l'autre en un signe retentissant de protestation.

Maître Hatch'net l'ignora.

— Mettez-vous en position, demi-tour, ordonna-t-il aux autres. Vous vous êtes tous bien battus aujourd'hui. (Mais il jeta alors un regard assassin à Drizzt, tuant dans l'œuf toute action que l'étudiant mécontent aurait pu entreprendre.) Sauf toi ! s'exclama-t-il à l'adresse du jeune Do'Urden. Certes, tu as abattu deux de ces bêtes et as aidé à en tuer une troisième, mais, ajouta-t-il d'un ton sévère, tu nous as tous mis en danger avec ta sotte témérité !

— J'ai averti, pour les sentinelles, balbutia Drizzt.

— On se fiche de ton avertissement ! cria le maître. Tu as foncé sans attendre les ordres ! Tu as ignoré le protocole admis pour engager le combat et nous as menés ici aveuglément ! Regarde donc le corps de ton camarade ! poursuivit Hatch'net en désignant le cadavre de l'étudiant à la sortie du couloir. Son sang souille tes mains !

— Mais je voulais sauver l'enfant ! se défendit Drizzt.

— Comme nous tous !

Drizzt n'en était pas si sûr. Que faisait un enfant de cet âge tout seul dans ces couloirs ? Et cela tombait un peu trop bien qu'un groupe de porte-crocs, qu'on croisait rarement dans la région, se soit trouvé dans les environs, procurant ainsi un excellent exercice à cette « patrouille d'entraînement » ! *Vraiment trop bien*, se dit Drizzt, surtout si l'on considérait que les couloirs tout autour de la cité, bien plus éloignés que celui-ci, fourmillaient de véritables patrouilles constituées de guerriers expérimentés, de mages, et même de prêtresses.

— Vous saviez ce que nous allions trouver après ce virage, déclara Drizzt d'un ton neutre en jetant un regard soupçonneux au maître.

Le plat d'une lame frappa la blessure dans son dos et il eut un sursaut de douleur qui faillit lui faire perdre l'équilibre. Il se retourna et vit Dinin qui le regardait, l'air furieux.

— Évite de laisser des paroles aussi stupides t'échapper, l'avertit son frère dans un murmure âpre, sinon je te couperai moi-même la langue !

— Cet enfant était un appât, insista Drizzt lorsqu'il se retrouva seul avec Dinin, dans les quartiers de son frère. (Pour toute réponse Dinin lui assena un coup de poing en plein visage.) On l'a sacrifié pour nous permettre de nous entraîner ! gronda obstinément Drizzt. (Dinin leva une deuxième fois la main, mais Drizzt bloqua le coup.) Tu sais que je dis vrai, affirma-t-il. Tu le sais depuis le début.

— Reste donc à ta place, Second Fils, répondit Dinin d'un ton ouvertement menaçant, à l'Académie comme dans ta famille !

Il voulut s'écarter de son frère.

— Aux Neuf Enfers, l'Académie ! lui cracha Drizzt en plein visage. Et si la famille n'est pas différente… (Drizzt s'interrompit ; Dinin avait dégainé son épée et sa dague courte. Le plus jeune Do'Urden bondit en arrière, ses deux cimeterres déjà prêts à trancher.) Je ne tiens pas à me battre contre toi, mon frère, précisa-t-il. Mais sache bien que, si tu m'attaques, je me défendrai. Et un seul d'entre nous sortira d'ici vivant.

Dinin prit le temps de la réflexion. S'il attaquait et vainquait Drizzt, son statut au sein de la famille ne serait plus menacé. Personne, et certainement pas Matrone Malice, ne contesterait son droit à châtier l'impertinence d'un jeune frère. Mais Dinin avait vu ce que valait Drizzt au combat. Abattre à lui seul deux porte-crocs !

Même Zaknafein aurait eu du mal à accomplir pareil fait d'armes. D'un autre côté, le Premier Fils se rendait bien compte que s'il n'allait pas au bout de ses menaces, s'il laissait Drizzt lui faire perdre la face, il pourrait donner à ce dernier une assurance malvenue dans de futurs conflits, voire appeler sur sa tête la trahison qu'il craignait depuis toujours de sa part.

— Que se passe-t-il ici ? intervint une voix depuis le seuil.

Les deux frères se retournèrent et virent leur sœur Vierna, maîtresse d'Arach-Tinilith.

— Rengainez vos armes ! les morigéna-t-elle sèchement. La Maison Do'Urden ne peut pas se permettre ce genre de luttes intestines en ce moment ! (Dinin était libéré de son dilemme ; il obéit volontiers, et Drizzt fit de même.) Vous avez de la chance, reprit Vierna, car je ne parlerai pas à Matrone Malice de votre stupidité. Je peux vous assurer qu'elle l'aurait considérée sans indulgence !

— Qu'est-ce qui vous amène à Melee-Magthere sans vous faire annoncer ? demanda le Premier Fils, intrigué par l'attitude de sa sœur.

Lui aussi était maître de l'Académie, après tout, et avait droit à un minimum de respect, même s'il n'était qu'un mâle.

Vierna jeta un rapide coup d'œil dans le couloir, puis entra et ferma la porte derrière elle.

— Je suis venue avertir mes frères, expliqua-t-elle d'un ton calme. Il y a des rumeurs de vengeance contre notre Maison.

— De quelle famille ? voulut savoir Dinin. (Drizzt resta simplement planté là, perplexe et silencieux, et laissa les deux autres débattre.) À quel propos ?

— À cause de l'élimination de la Maison DeVir, je suppose, répondit Vierna. Je ne sais pas grand-chose ; les rumeurs restent très vagues. Mais je voulais vous avertir tous les deux, pour que vous soyez particulièrement sur vos gardes au cours des mois à venir.

— La Maison DeVir est tombée depuis bien des années, remarqua Dinin. Quel châtiment pourrions-nous encourir ?

Vierna haussa les épaules.

— Ce ne sont que des rumeurs, répéta-t-elle, mais qui méritent notre attention !

— Aurions-nous été faussement accusés ? intervint enfin Drizzt. Sûrement notre famille pourrait confondre le calomniateur !

Vierna et Dinin échangèrent un sourire.

— Une calomnie ? dit Vierna en riant.

Drizzt parut encore plus perplexe.

— La nuit même de ta naissance, expliqua Dinin, l'existence de la Maison DeVir a pris fin. Une attaque irréprochable, merci bien.

— Quoi, la Maison Do'Urden ? hoqueta Drizzt, refusant d'accepter cette nouvelle stupéfiante pour lui.

Il avait naturellement entendu parler de tels raids, mais avait espéré que sa propre famille ne s'abaissait pas à ces actes criminels.

— L'une des éliminations les mieux exécutées de toute l'histoire, se rengorgea Vierna. Aucun survivant pour servir de témoin.

— Vous… notre famille… en a massacré une autre ?

— Surveille tes propos, Second Fils, l'avertit Dinin. L'action a été impeccablement exécutée. Pour Menzoberranzan, donc, c'est comme si cela ne s'était jamais produit.

— Mais l'existence de la Maison DeVir a pris fin, insista Drizzt.

— Jusqu'au dernier de ses enfants ! s'exclama Dinin en riant.

Un millier d'idées sinistres assaillaient Drizzt dans ce moment terrible, un millier de questions pressantes exigeaient une réponse. L'une, notamment, s'imposait à lui, lui gonflait la gorge comme une louche de bile.

— Où se trouvait Zaknafein cette nuit-là ? demanda-t-il enfin.

— Dans la chapelle de la Maison DeVir, bien sûr, lui apprit Vierna. Zaknafein sait tenir son rôle à merveille dans ces cas-là !

Drizzt se sentait chanceler ; il avait du mal à croire ce qu'il entendait. Il savait que Zak avait déjà tué des drows, des prêtresses de Lolth, mais il était parti du principe que le maître d'armes n'avait jamais agi ainsi que par nécessité, pour sauver sa vie.

— Tu devrais manifester davantage de respect à ton frère, reprocha Vierna à Drizzt. Oser dégainer tes armes devant celui à qui tu dois la vie !

— Ah, vous savez ? gloussa Dinin en jetant un regard bizarre à Vierna.

— Toi et moi étions liés ce soir-là, lui rappela Vierna. Bien sûr que je sais.

— Mais de quoi parlez-vous ? demanda Drizzt.

Il craignait déjà d'entendre la réponse.

— Tu aurais été le troisième enfant mâle de la famille, expliqua Vierna. Le troisième fils vivant.

— Oui, j'ai entendu parler de mon frère Nal…

La gorge de Drizzt se serra en prononçant le nom de son frère ; il commençait à comprendre. Jusqu'à maintenant, on lui avait simplement dit que Nalfein avait été tué par un autre drow.

— Tu apprendras au cours de tes études à Arach-Tinilith qu'on sacrifie généralement le troisième fils vivant à Lolth, poursuivit Vierna. C'était là le sort qui t'attendait. Mais, la nuit de ta naissance, celle où la Maison Do'Urden a mis à bas la Maison DeVir, Dinin s'est élevé à la position de Premier Fils. (Vierna jeta un regard malicieux à Dinin, qui se tenait les bras fièrement croisés sur la poitrine.) Je peux en parler, maintenant, lui dit-elle en souriant. (Dinin hocha la tête.) Cela s'est produit il y a trop longtemps pour que tu risques d'être châtié.

—Enfin, de quoi parlez-vous ? voulut savoir Drizzt. (Il sentait la panique l'envahir.) Qu'a fait Dinin ?

—Il a plongé son épée dans le dos de Nalfein, lui annonça calmement Vierna. (Drizzt se sentait au bord de la nausée. Un sacrifice, un meurtre ? L'élimination de toute une famille, jusqu'aux enfants ? Que racontaient son frère et sa sœur ?) Alors fais preuve de respect envers ton frère, exigea Vierna, tu lui dois la vie ! (Puis, s'adressant aux deux mâles :) Je vous avertis, dit-elle d'un ton caressant démenti par un regard venimeux qui bouleversa Drizzt et fit basculer Dinin de son piédestal d'arrogance, la Maison Do'Urden pourrait bien être sur le point d'entrer en guerre. Si l'un d'entre vous s'amuse à frapper l'autre, il attirera sur son âme misérable la fureur de toutes ses sœurs et de Matrone Malice – quatre hautes prêtresses !

Certaine d'avoir menacé ses frères avec suffisamment de conviction, Vierna se détourna et sortit.

—Je m'en vais, chuchota Drizzt qui ne voulait plus pour l'instant que trouver un coin sombre pour s'y morfondre.

—Tu partiras quand je te le dirai ! gronda Dinin. Reste à ta place, Drizzt Do'Urden, à l'Académie comme dans ta famille.

—Comme toi tu es resté à ta place vis-à-vis de Nalfein ?

—La bataille contre la Maison DeVir était déjà gagnée, répondit Dinin sans relever l'insolence de son frère. Je n'ai fait courir aucun danger à notre Maison. (Une autre vague de dégoût parcourut Drizzt. Il avait l'impression que le sol s'ouvrait pour l'engloutir, et il espérait presque que tel serait le cas.) Nous vivons dans un monde dur, ajouta Dinin.

— Parce que nous le rendons ainsi ! répliqua Drizzt.

Il aurait voulu aller plus loin, remettre en cause la Reine Araignée et cette religion immorale qui accordait sa bénédiction à des actes aussi ignobles et destructeurs. Mais il eut la sagesse de tenir sa langue. Il comprenait à présent que Dinin l'aurait volontiers vu mort, et aussi qu'il saisirait toute occasion que Drizzt aurait la sottise de lui offrir pour diriger contre lui la haine des femmes de la famille.

— Il te faudra bien apprendre à accepter la réalité du monde où tu vis, reprit Dinin d'un ton toujours égal. Tu dois savoir reconnaître tes ennemis et les vaincre.

— Par tous les moyens disponibles, conclut Drizzt.

— Voilà ce qui s'appelle parler en guerrier ! répondit Dinin en éclatant d'un rire méchant.

— Nos ennemis seraient-ils des drows ?

— Nous, guerriers drows, faisons ce qu'il faut pour survivre ! déclara Dinin d'un ton inflexible.

— Comme tu as fait la nuit de ma naissance, remarqua Drizzt, sans plus aucune trace d'indignation dans sa voix résignée. Tu as su par ton habileté échapper au châtiment.

La réponse de Dinin ne surprit pas Drizzt, mais le blessa pourtant profondément :

— Cela n'est jamais arrivé.

15

Côté obscur

— Je m'appelle Drizzt…

— Je sais qui tu es, répondit l'élève sorcier, le tuteur officiel de Drizzt à Sorcere. Ta réputation te précède. Presque tout le monde à l'Académie a entendu parler de toi et de ta valeur au combat. (Drizzt s'inclina très bas, un peu gêné.)

» Ce talent ne te servira guère ici. Je serai ton tuteur dans les arts de la sorcellerie, le côté obscur de la magie, comme nous l'appelons. Ceci mettra à l'épreuve ton esprit et ton cœur, et tes pauvres armes de métal n'auront aucun rôle à jouer. C'est la magie qui constitue le véritable pouvoir de notre peuple !

Drizzt écouta ces paroles humiliantes sans réagir. Il savait pourtant que les qualités de cœur et d'esprit mises en avant par le jeune mage étaient aussi celles d'un combattant digne de ce nom. La force physique comptait peu dans son style d'escrime, bien moins que la volonté, les manœuvres habiles, tout ce qu'apparemment le mage croyait l'apanage des sorciers, et qui permettait à Drizzt de remporter ses duels.

— Je te montrerai bien des merveilles dans les mois qui viennent, reprit le sorcier, des artefacts incroyables, des sorts porteurs d'un pouvoir que tu n'as jamais imaginé !

— Puis-je vous demander votre nom ? demanda Drizzt en s'efforçant d'avoir l'air impressionné par ce flot incessant de vantardises.

Zaknafein lui avait déjà appris beaucoup en matière de sorcellerie, notamment sur les faiblesses inhérentes à cet art. Comme la magie se révélait utile dans beaucoup de situations en dehors du combat, les mages bénéficiaient d'une haute estime dans la société drow, juste après les prêtresses de Lolth. C'était l'un d'eux, après tout, qui allumait tous les jours l'horloge thermique de Narbondel, et d'autres sorciers illuminaient les lueurs féeriques sur les sculptures qui décoraient les demeures.

Pourtant le maître d'armes de la Maison Do'Urden n'avait que peu de respect pour eux. Ils pouvaient tuer rapidement et à distance, avait-il averti Drizzt, mais si on réussissait à les approcher ils ne pouvaient guère se défendre contre une épée !

— Je suis Masoj, répondit le tuteur. Masoj Hun'ett de la Maison Hun'ett, dans ma trentième et dernière année d'études. Je serai bientôt sorcier de Menzoberranzan, avec tous les privilèges accordés à ce rang.

— Salutations, Masoj Hun'ett, répondit Drizzt. Je suis également dans ma dernière année d'études à l'Académie, car un combattant n'y passe que dix ans.

— Eh oui, c'est une voie inférieure, se hâta de commenter Masoj. Les sorciers doivent étudier trente ans avant qu'on puisse les considérer comme suffisamment expérimentés pour envisager d'exercer.

Drizzt accepta gracieusement cette nouvelle insulte. Il voulait en finir avec cette étape de ses études, puis toute cette dernière année, être enfin débarrassé de l'Académie !

En fait il trouva ces six mois passés sous la férule de Masoj les plus agréables de ses études. Non pas qu'il en soit venu à apprécier son tuteur : l'aspirant sorcier n'avait de cesse de lui rappeler l'infériorité intrinsèque des guerriers. Drizzt sentait une rivalité permanente entre Masoj et lui, un peu comme si le mage prenait la mesure de sa valeur en vue d'un futur conflit. Le jeune Do'Urden préféra ne pas prêter attention à tout cela, comme il avait toujours fait, et essaya de tirer le meilleur parti de ce qu'on lui enseignait.

Il se rendit compte qu'il était parfaitement capable de pratiquer la magie. Chaque drow, y compris les guerriers, possédait jusqu'à un certain point des talents magiques et des capacités innées. Ils étaient capables dès l'enfance d'invoquer une sphère de ténèbres ou d'entourer la silhouette de leur adversaire d'une couronne de flammes colorées inoffensives. Drizzt maîtrisa ces talents sans aucun problème et il ne lui fallut que quelques dizaines pour réussir plusieurs tours et quelques sorts faciles.

Les talents magiques innés des elfes noirs s'accompagnaient d'une capacité de résistance aux attaques magiques, et c'était là que Zaknafein avait pointé la pire faiblesse de l'art des sorciers : même quand un mage jetait un sort puissant et parfaitement exécuté, il pouvait échouer complètement si la cible de ses efforts était un autre drow ! En revanche, la fiabilité d'un coup d'épée bien assené ne manquait jamais d'impressionner Zak, et Drizzt, après avoir observé lui-même les limitations de la magie au cours des premières dizaines passées auprès de Masoj, n'en apprécia que davantage d'avoir suivi un entraînement de guerrier.

Mais cela ne l'empêchait pas de prendre plaisir aux diverses démonstrations de son tuteur, plus particulièrement aux objets enchantés qu'on trouvait à Sorcere. Il tint dans ses mains des baguettes et bâtons magiques incroyablement puissants et effectua quelques passes d'arme avec une épée si saturée d'enchantements que ses mains fourmillaient rien qu'en la tenant.

Masoj, de son côté, observait Drizzt avec attention. Il étudiait de près le jeune guerrier, à la recherche d'une faiblesse qu'il pourrait exploiter si jamais les Maisons Hun'ett et Do'Urden entraient comme prévu en guerre. Il eut plusieurs fois l'occasion d'éliminer Drizzt, et se dit qu'il s'agirait là d'une action raisonnable. Mais les instructions que lui avait données Matrone SiNafay ne laissaient aucune place à l'interprétation.

C'est la mère de Masoj qui avait intrigué pour qu'il soit nommé tuteur de Drizzt. Il ne s'agissait pas d'une situation inhabituelle : l'éducation des guerriers pendant leur séjour de six mois à Sorcere se faisait toujours sous forme de tutorat assuré par des étudiants de haut niveau en magie, selon le ratio d'un tuteur pour un élève. En apprenant à Masoj l'identité de son étudiant, SiNafay lui avait immédiatement confirmé que ces séances avec le jeune Do'Urden ne constitueraient pour lui qu'une mission de reconnaissance, rien de plus. Il ne devait rien faire qui puisse alerter la Maison Do'Urden et lui faire soupçonner un conflit possible avec la Maison Hun'ett. Masoj n'était sûrement pas assez stupide pour désobéir !

Mais il y avait un autre sorcier tapi dans l'ombre, si désespéré, lui, que même les avertissements donnés par une Mère Matrone ne pouvaient le freiner bien longtemps.

—Mon étudiant, Masoj, m'a dit que tu faisais de grands progrès, déclara Alton DeVir à Drizzt.

— Je vous remercie, maître Sans-Visage, répondit Drizzt d'un ton un peu hésitant, très intimidé qu'un maître de Sorcere l'ait convoqué à un entretien privé.

— Que penses-tu de la magie, jeune guerrier ? demanda Alton. Le talent de Masoj t'impressionne-t-il ?

Drizzt ne savait trop quoi répondre. À vrai dire, la profession de mage ne lui semblait pas si extraordinaire, mais il ne tenait pas à offenser un maître dans ce domaine.

— Je me rends compte que cet art dépasse mes capacités, remarqua-t-il avec tact. Pour d'autres cette voie paraît très prometteuse, mais il me semble que mes talents restent étroitement liés à la pratique des armes.

— Pourraient-elles vaincre des pouvoirs magiques ? insista Alton d'un ton agressif.

Il contint son mépris car il ne voulait pas dévoiler trop vite ses intentions.

Drizzt haussa les épaules.

— Chacun a sa place au cours du combat, expliqua-t-il. Comment prévoir quel art se révélera le plus puissant ? Comme pour tout combat, cela dépend surtout des individus en lice.

— D'accord, mais qu'en est-il pour toi ? Tu es premier de ta promotion, d'après ce qu'on m'a dit, tous les ans ! Les maîtres de Melee-Magthere n'ont de cesse de chanter tes louanges. (Drizzt se retrouva de nouveau tout gêné et rougissant. Mais il trouvait tout de même curieux qu'un maître de Sorcere, en plus de Masoj, en sache apparemment autant sur lui.) Pourrais-tu tenir tête à de vrais pouvoirs magiques ? Ceux d'un maître de Sorcere, par exemple ?

— Je ne..., commença Drizzt, mais Alton, trop absorbé par sa fureur, ne l'entendit même pas.

— On va voir ! s'écria Sans-Visage.

Il sortit de ses robes une fine baguette magique et lâcha soudain un éclair droit sur Drizzt.

Le jeune guerrier avait plongé avant même que la baguette ait libéré son attaque. L'éclair démolit la porte de la plus haute pièce des quartiers d'Alton et rebondit dans la pièce en dessous, brisant plusieurs objets et calcinant les murs.

Drizzt se releva après une roulade qui l'avait mené sur le côté de la pièce ; il avait déjà en main ses cimeterres prêts à frapper. Il restait incertain quant aux intentions du maître.

— Combien de coups pourras-tu éviter ? railla Alton en dessinant de petits cercles menaçants avec sa baguette. Que feras-tu contre les autres sorts dont je dispose, ceux qui attaquent l'esprit et non le corps ?

Drizzt essayait de déterminer le but réel de cette leçon et le rôle qu'il était censé y jouer. Devait-il attaquer ?

— Ces armes ne sont pas des armes d'entraînement, l'avertit-il en plaçant ses cimeterres bien en vue.

Un autre éclair surgit, qui força Drizzt à revenir où il se tenait auparavant.

— Tu te crois donc à l'exercice, pauvre imbécile de Do'Urden ? grogna Alton. Sais-tu seulement qui je suis ?

Le moment de sa vengeance était venu – aux Neuf Enfers les ordres de Matrone SiNafay !

Au moment même où Alton s'apprêtait ainsi à révéler la vérité, une forme sombre le heurta et le projeta à terre. Le maître essaya en vain de s'échapper en rampant : il était cloué au sol, sans recours, par une énorme panthère noire.

Drizzt abaissa les pointes de ses cimeterres. Il ne comprenait rien à ce qu'il se passait.

— Assez, Guenhwyvar ! cria une voix.

Drizzt vit Masoj pénétrer dans la pièce.

La panthère obéit et bondit du dos d'Alton pour rejoindre son maître. Elle prit le temps de s'arrêter un instant pour examiner Drizzt, qui restait toujours sur ses gardes.

Le jeune drow était si émerveillé par le fauve, par les muscles élégants qui jouaient sous sa peau en mouvements soyeux, presque liquides, par l'intelligence que révélaient ses grands yeux ronds, qu'il ne prêtait plus grande attention au maître qui l'avait attaqué. Pourtant, Alton, indemne, s'était remis sur pied, l'air très contrarié.

— C'est mon familier, précisa Masoj.

Drizzt, stupéfait, observa le mage renvoyer l'animal à son plan d'existence ; la forme corporelle du fauve s'évanouit à l'intérieur de la statuette magique d'onyx qu'il tenait.

— Comment avez-vous obtenu un tel compagnon ? demanda le jeune guerrier.

— Tu vois qu'il ne faut pas sous-estimer les possibilités offertes par la magie, répondit Masoj en faisant disparaître la figurine dans une poche profonde.

Le grand sourire qu'il arborait se mua en expression revêche quand il posa le regard sur Alton.

Drizzt lui aussi reporta son attention sur Sans-Visage. Il lui semblait extraordinaire qu'un étudiant ait eu l'audace de s'attaquer à un maître. Cette situation devenait de plus en plus bizarre.

Alton se rendait compte qu'il était allé trop loin, et qu'il lui faudrait chèrement payer pour sa stupidité s'il ne trouvait pas une explication plausible à tout cela.

— As-tu appris ta leçon, aujourd'hui ? demanda Masoj à Drizzt. (Alton comprit que la question s'adressait également à lui.)

Drizzt secoua la tête.

— Je ne suis pas sûr d'en avoir compris le but, répondit-il honnêtement.

— Tu vois que la magie a aussi ses faiblesses, expliqua Masoj, qui essayait de dissimuler à Drizzt les vraies raisons de la confrontation. Tu as été témoin de la position difficile où se met un mage qui doit se concentrer pour jeter un sort ; lorsqu'il devient obsédé par cette opération. (Masoj regarda carrément Alton.) Le sorcier qui accorde toute son attention à sa proie se retrouve en situation de totale vulnérabilité !

Drizzt se rendait bien compte que Masoj lui mentait, mais il n'arrivait pas à distinguer les vrais motifs qui se cachaient derrière ce mensonge. Pourquoi un maître de Sorcere l'attaquerait-il ? Et pourquoi Masoj, lui-même un simple étudiant, prendrait-il un tel risque pour le défendre ?

— Ne dérangeons pas plus longtemps le maître, conclut le tuteur de Drizzt dans l'espoir de distraire la curiosité de son élève. Suis-moi dans notre salle d'exercice, tu vas faire plus ample connaissance avec Guenhwyvar, mon familier magique.

Drizzt gardait l'œil sur Alton ; il se demandait comment allait réagir ce maître imprévisible.

— Mais oui, allez-y, dit calmement ce dernier, sachant que le prétexte trouvé par Masoj constituait sa seule chance d'échapper à la fureur de Matrone SiNafay. Je suis sûr que la leçon sera bien retenue, ajouta-t-il en croisant le regard du jeune Hun'ett.

Drizzt revint à son tuteur, puis scruta une dernière fois le maître. Il n'insista pas ; il avait envie d'en savoir davantage sur Guenhwyvar.

Une fois Masoj et Drizzt seuls dans les quartiers privés du tuteur, l'étudiant plus âgé sortit la statuette d'onyx façonnée à l'image d'une panthère et rappela Guenhwyvar près de lui. Le mage respira plus aisément lorsqu'il eut mis Drizzt en présence du fauve, car le jeune guerrier ne fit plus aucune allusion à l'incident qu'il venait de vivre avec Alton.

Drizzt n'avait jamais vu d'objet magique aussi meveilleux. Il ressentait chez Guenhwyvar une force et une dignité qui allaient au-delà de la servitude magique de l'animal. De fait, les muscles sinueux du fauve et la grâce de ses mouvements représentaient l'acmé des qualités prédatrices si chères au cœur des drows ! Drizzt avait l'impression qu'il pourrait améliorer ses propres techniques de combat rien qu'en observant les postures de Guenhwyvar.

Masoj les autorisa à s'entraîner et à jouer ensemble pendant des heures, heureux que l'animal puisse l'aider à réparer les dégâts qu'avait pu commettre cet imbécile d'Alton.

Le guerrier ne pensait déjà plus du tout à sa confrontation avec maître Sans-Visage !

—Matrone SiNafay aurait du mal à comprendre ! fit remarquer Masoj à Alton quand ils se retrouvèrent seuls plus tard dans la journée.

—Évidemment tu vas le lui dire, déclara ce dernier d'un ton indifférent.

Il était tellement déçu par l'échec de sa tentative de tuer Drizzt que cela lui était presque égal.

Mais Masoj secoua la tête.

—Elle n'a pas besoin de l'apprendre.

Un sourire méfiant se dessina sur le visage défiguré d'Alton.

—Que veux-tu, alors ? demanda-t-il, faussement soumis. Tu as presque terminé tes études ; en quoi un maître peut-il encore t'être utile ?

—En rien. Je ne veux rien de vous.

—Mais pourquoi, alors ? voulut savoir Alton. Je ne tiens pas à semer des dettes derrière moi. Il faut que cet incident soit réglé une fois pour toutes !

— Il l'est, répondit simplement Masoj. (Alton ne semblait pas convaincu.) Qu'est-ce que je gagnerais à rapporter vos folies à Matrone SiNafay ? reprit-il. Elle vous tuerait sans doute et nous n'aurions plus aucune raison d'entrer en guerre contre la Maison Do'Urden. Vous êtes précisément l'élément prétexte d'une attaque que pour ma part je désire. Je ne vais donc pas risquer de la mettre en péril pour le peu de plaisir que j'éprouverais à vous voir torturé et exécuté !

— Oui, c'était une folie, reconnut amèrement Alton. Je n'avais même pas l'intention de tuer ce Drizzt quand je l'ai convoqué, seulement de l'observer et de mieux le connaître pour apprécier davantage encore le moment où je pourrais enfin l'éliminer ! Mais en le voyant devant moi, en voyant un de ces maudits Do'Urden debout sans défense devant moi… !

— Je sais bien, répondit Masoj avec sincérité. J'éprouve les mêmes sentiments en sa présence.

— Pourtant tu n'as pas de rancune envers la Maison Do'Urden.

— Cela ne vient pas de sa Maison, mais de l'individu lui-même. Il y a presque dix ans que je l'observe, que j'étudie ses postures et ses attitudes…

— Tu n'apprécies donc pas ce que tu vois ? demanda Alton, une note d'espoir dans la voix.

— Il n'est pas des nôtres, confirma Masoj, l'air morose. J'aurai bientôt passé six mois en sa compagnie et j'ai le sentiment de le connaître de moins en moins. Il ne fait montre d'aucune ambition, et pourtant cela fait neuf ans d'affilée qu'il remporte le titre dans la mêlée générale. On n'a jamais vu ça ! Il a de réels dons pour la magie. Il aurait pu devenir un sorcier extrêmement puissant s'il avait suivi cette voie. (Masoj crispa les poings à la recherche des mots qui exprimeraient le mieux les émotions que lui inspirait

Drizzt.) Tout lui est trop facile ! gronda-t-il. Il n'y a jamais aucun sacrifice derrière ses actions, aucun prix à payer pour les gains prodigieux qu'il récolte dans la voie qu'il a choisie.

— Oui, il est doué, mais il s'entraîne très dur ; tout le monde le dit.

— Ce n'est pas le problème, répondit Masoj dans un grognement agacé.

En fait, c'était quelque chose de moins tangible dans le tempérament de Drizzt Do'Urden qui irritait véritablement le jeune Hun'ett. Il ne pouvait pas l'identifier parce qu'il n'en avait jamais été témoin jusqu'ici chez un elfe noir, et qu'il s'agissait d'une caractéristique totalement étrangère à sa propre mentalité : ce qui tracassait Masoj, ainsi que beaucoup d'autres étudiants et maîtres de l'Académie, c'était le fait que Drizzt excellait dans toutes les techniques de combat que les drows tenaient en si haute estime, mais sans avoir dû pour autant renoncer à sa passion naturelle. Drizzt n'avait pas payé le prix que les autres enfants drows avaient eu à régler bien avant d'être entré à l'Académie.

— Peu importe, déclara finalement Masoj après quelques minutes de vaine réflexion. J'en saurai plus sur ce jeune Do'Urden quand le moment sera venu.

— Je croyais que tu allais cesser d'être son tuteur ; il entre maintenant à Arach-Tinilith pour les six derniers mois de ses études. Tu ne le verras plus du tout.

— Mais après ces six mois, nous aurons notre diplôme en même temps ; nous servirons en même temps dans les patrouilles de reconnaissance.

— Avec beaucoup d'autres drows ! lui rappela Alton. Il y a des dizaines de groupes qui arpentent en même temps les cavernes des environs. Tu n'es pas certain de voir Drizzt au cours de toutes ces années de service.

— Je me suis déjà arrangé pour que nous nous retrouvions dans le même groupe, répondit Masoj.

Il sortit de sa poche la figurine d'onyx à l'image de Guenhwyvar.

— Le jeune Do'Urden et toi allez tous deux vous en réjouir ! commenta Alton avec un sourire d'appréciation.

— Il semble en effet que Drizzt se soit pris d'affection pour mon familier, gloussa Masoj.

— Un peu trop peut-être. Prends garde à ne pas te retrouver avec un cimeterre dans le dos !

Masoj éclata de rire.

— Ou peut-être notre ami Do'Urden devrait-il prendre garde aux griffes de panthère !

16

Sacrilège

— Le dernier jour ! soupira Drizzt avec soulagement en revêtant sa tenue de cérémonie.

Si le premier semestre de sa dernière année d'études, passé à apprendre les subtilités de la magie à Sorcere, lui avait paru le plus agréable, le dernier, à l'école de prêtrise de Lolth, lui avait le plus fortement déplu. Tous les jours, Drizzt et ses camarades avaient dû subir d'interminables éloges à la Reine Araignée, des histoires et prophéties destinées à mettre en avant son pouvoir et les récompenses qu'elle accordait à ses loyaux serviteurs.

Drizzt pensait pour sa part que le mot d'*esclaves* aurait mieux convenu : à aucun moment de son séjour dans cette grandiose école dédiée à la divinité drow, il n'avait entendu de paroles évoquant, ou même simplement suggérant, l'amour ou l'affection. Son peuple était en adoration devant Lolth ; les femmes de Menzoberranzan lui consacraient toute une vie de dévotion aveugle. Mais il s'agissait d'une vocation essentiellement guidée par l'égoïsme : une prêtresse de la Reine Araignée aspirait à l'élévation au rang de haute prêtresse uniquement pour le pouvoir que conférait ce titre.

Tout cela paraissait malsain aux yeux de Drizzt.

Il avait supporté les six mois passés à Arach-Tinilith avec son stoïcisme habituel, les yeux baissés, la bouche close. Maintenant, enfin, le dernier jour était arrivé, la Cérémonie des Diplômes, un moment des plus solennels dans la vie des drows, celui où, lui avait promis Vierna, il comprendrait enfin tout ce qui faisait la gloire de Lolth.

Drizzt, le pas un peu hésitant, quitta le refuge de sa toute petite chambre nue. Il redoutait cette cérémonie : allait-elle constituer son épreuve personnelle ? Jusqu'à présent, il avait eu le plus grand mal à donner un sens à ce qu'il pouvait observer de la société drow et, malgré la conviction de sa sœur, il se demandait si les événements de ce jour allaient lui donner à voir le monde de la même manière que ses compatriotes. Les craintes de Drizzt se renforçaient les unes les autres, le cernaient dans une spirale d'effroi.

Peut-être sa plus grande frayeur était-elle en fait que ce jour réalise les promesses de Vierna !

Drizzt se couvrit les yeux de la main en pénétrant dans la salle circulaire réservée aux cérémonies à Arach-Tinilith : un feu brûlait au centre, dans un grand brasero en forme d'araignée, comme apparemment tous les objets qui s'y trouvaient. Les maîtresses supérieures de toute l'Académie, la Maîtresse Matrone et les douze hautes prêtresses qui enseignaient à Arach-Tinilith (et dont faisait partie la sœur de Drizzt) formaient un cercle autour du feu, assises en tailleur. Drizzt et ses condisciples de la promotion de guerriers s'installèrent debout derrière elles, le long du mur.

— *Ma ku !* ordonna la Maîtresse Matrone, et on n'entendit plus rien à l'exception des flammes dans le brasero.

La porte de la salle s'ouvrit, et une jeune prêtresse entra. Elle était la meilleure élève diplômée d'Arach-Tinilith cette année, avait-on appris à Drizzt, l'étudiante la plus accomplie de l'école de la prêtrise de Lolth. On lui avait en conséquence accordé la place d'honneur dans la cérémonie. Elle se débarrassa d'un seul mouvement dédaigneux de ses robes et s'avança nue jusque devant les flammes, tournant le dos à la Maîtresse Matrone.

Drizzt, gêné et un peu troublé, se mordit les lèvres. Il n'avait jamais vu de femme nue aussi bien éclairée, et il avait dans l'idée que la sueur perlant sur son propre front n'était pas due qu'à la chaleur des flammes. Un regard furtif jeté alentour lui apprit que ses camarades éprouvaient sans doute les mêmes émotions.

— *Bae-go si'n'ee calamay*, chuchota la Maîtresse Matrone, et une fumée rougeoyante se déversa du brasero, teintant la salle d'une lueur embrumée chargée d'un arôme riche à la douceur écœurante.

Drizzt, en inhalant l'air parfumé, sentit la tête lui tourner et se demanda s'il n'allait pas se mettre à flotter dans la pièce.

Tout à coup, le feu rugit ; sa lueur accrue obligea Drizzt à plisser les paupières et même à détourner le regard. Les prêtresses entamèrent un chant rituel dont le jeune drow ne reconnut pas les paroles. Il y prit à peine garde pour tout dire, car il s'efforçait de conserver sa lucidité au sein de cette brume qui provoquait une ivresse irrésistible.

— *Glabrezu*, gémit la Maîtresse Matrone, et Drizzt reconnut au ton qu'il s'agissait d'une invocation ; la prêtresse appelait un habitant d'un plan d'existence inférieur.

Le jeune drow reporta son attention sur ce qu'il se passait autour de lui et vit que la haute prêtresse tenait en main un fouet-serpent à une tête.

— D'où sort-elle ça ? marmonna-t-il.

Il se rendit tout de suite compte qu'il venait de parler à voix haute et espéra n'avoir pas perturbé la cérémonie.

Un autre coup d'œil le rassura : beaucoup de ses condisciples grommelaient à voix basse, certains semblaient à peine tenir debout.

— Appelle-le ! ordonna la Maîtresse Matrone à l'étudiante nue devant elle.

La jeune prêtresse ouvrit grand les bras, d'un mouvement un peu emprunté, et murmura :

— *Glabrezu*…

Les flammes dansaient au bord du brasero. La fumée caressait le visage de Drizzt, et il ne pouvait s'empêcher de l'inhaler. Il sentait ses jambes s'engourdir, mais paradoxalement il avait l'impression que chacun de ses sens s'affûtait, devenait plus vivant que jamais.

— *Glabrezu*, répéta l'étudiante plus fort, et Drizzt entendit les flammes gronder en réponse.

La lumière devenait éblouissante, mais cela lui était désormais égal. Il laissa son regard errer dans la salle, incapable de le fixer quelque part ou de mettre en rapport les visions étranges et mouvantes devant ses yeux avec les sons du rituel.

Il entendait les hautes prêtresses qui, dans de grands spasmes, encourageaient l'étudiante à poursuivre l'invocation. Il y avait aussi les claquements du fouet-serpent (pour accompagner les encouragements ?) et les cris : « *Glabrezu !* » que poussait la jeune prêtresse, des cris qui venaient du plus profond de son corps, puissants ; ils bouleversaient Drizzt et les autres mâles présents dans la pièce d'une manière qu'ils n'auraient pas cru possible !

Les flammes réagissaient à l'appel : elles rugissaient, de plus en plus hautes, et se mirent ensuite à prendre forme. Le spectacle captivait à présent l'attention de tous dans la pièce – totalement ! La tête géante d'un chien à cornes de bouc était apparue au milieu du brasier, le regard rivé sur le corps bien fait de cette jeune étudiante drow qui avait osé prononcer son nom.

Quelque part ici-bas le fouet-serpent fit de nouveau entendre son claquement, et l'étudiante répéta son appel d'une voix enjôleuse et suppliante.

L'habitant gigantesque des plans inférieurs fit un pas et sortit du feu. La nature démoniaque évidente de cet être laissait Drizzt pantois. Glabrezu mesurait trois mètres mais en paraissait beaucoup plus, avec ses bras musculeux terminés par d'énormes pinces et une autre paire plus petite de membres supérieurs (pourvus, eux, de mains) qui sortaient de sa poitrine.

L'instinct de Drizzt lui disait de se porter au secours de l'étudiante drow et d'attaquer le monstre, mais, quand il regarda autour de lui, il se rendit compte que la Maîtresse Matrone et les autres enseignantes étaient revenues à leurs incantations rituelles, avec cette fois une excitation perceptible dans la moindre de leurs inflexions.

Drizzt continuait à humer cette brume insinuante ; l'arôme enivrant, étourdissant, de cette fumée d'encens rouge rendait malaisée sa prise sur le réel. Il tremblait, titubait, au bord de l'abandon ; sa fureur croissante combattait les séductions émollientes de la fumée. Ses mains se portèrent instinctivement sur les gardes des cimeterres à sa ceinture.

C'est alors qu'une main lui frôla la jambe.

Baissant le regard, il vit une maîtresse qui s'allongeait par terre et lui faisait signe de se joindre à elle – et ce genre de scène se répétait à l'envi dans toute la pièce !

La fumée s'épaississait, embrouillait Drizzt, la maîtresse l'invitait sans équivoque de ses ongles qui égratignaient légèrement sa peau.

Drizzt passa la main dans sa chevelure drue, s'efforçant de surmonter son trouble. Il n'aimait pas cette sensation de perte de contrôle, cet engourdissement mental qui émoussait ses réflexes, sa capacité de concentration.

Il aimait encore moins le spectacle qui se déroulait sous ses yeux : sa pure perversité offensait son âme ! Il s'arracha aux griffes pleines d'espoir de la maîtresse qui l'avait sollicité et tituba dans la salle, trébuchant sur de nombreux corps enlacés, trop affairés pour faire attention à lui. Il se dirigea vers la sortie aussi vite que ses jambes flageolantes le lui permettaient et se rua hors de la pièce en prenant soin de bien fermer la porte derrière lui.

Seuls les hurlements de l'étudiante qui avait invoqué Glabrezu le suivirent. Ni la pierre ni les barrages mentaux n'étaient en mesure de les bloquer !

Drizzt s'appuya de tout son poids sur la fraîche paroi rocheuse, la main crispée sur son ventre. Il n'avait pas même pris le temps de penser à ce qu'il encourait en agissant ainsi, sa seule préoccupation avait été de quitter cette salle maléfique.

Tout à coup Vierna fut devant lui, ses robes négligemment dégrafées sur le devant. Drizzt, maintenant que ses idées devenaient plus claires, commença à s'interroger sur les conséquences de ses actes. Pourtant l'expression de sa sœur, remarqua-t-il, encore un peu plus perplexe, n'était pas celle du mépris.

— Tu préfères un peu d'intimité, affirma-t-elle, une main posée comme par hasard sur l'épaule de Drizzt. (Elle ne fit aucun geste pour rajuster sa tenue débraillée.) Je comprends cela !

Drizzt saisit la main de Vierna et la repoussa.

— Quelle folie est-ce là encore ? répliqua-t-il d'un ton peu amène.

Le visage de Vierna arbora une affreuse grimace. Elle venait de comprendre les vraies raisons qu'avait eues son frère de quitter la cérémonie.

— Tu as refusé les attentions d'une haute prêtresse ! gronda-t-elle. Elle serait en droit de te tuer pour ton insolence.

— Je ne la connais même pas ! répliqua Drizzt. Attend-on de moi que...

— On attend de toi que tu fasses ce qu'on t'ordonne !

— Elle n'est rien pour moi, balbutia Drizzt.

Il n'arrivait pas à empêcher ses mains de trembler.

— Tu crois peut-être que c'était différent entre Zaknafein et Matrone Malice ? (Vierna savait que l'évocation du héros de Drizzt ne pouvait que le toucher. Voyant qu'elle avait en effet atteint son frère, elle prit une expression plus amène et lui saisit le bras.) Allons, reviens, lui demanda-t-elle d'une voix enjôleuse. Il n'est pas trop tard.

Le regard glacial de son frère interrompit ses simagrées aussi sûrement que l'aurait fait la pointe d'un cimeterre.

— La Reine Araignée est la divinité de notre peuple, lui rappela-t-elle sévèrement. Je suis de celles qui expriment sa volonté !

— Je ne vois pas là de quoi se vanter, répondit Drizzt.

Il essayait de contenir sa colère pour éviter de penser à la vague de peur qui menaçait de submerger ses principes moraux.

Vierna le gifla brutalement.

— Retourne à la cérémonie ! exigea-t-elle.

— Va donc embrasser une de tes chères araignées ! Et puissent ses crochets t'arracher ta maudite langue de la bouche !

À présent c'étaient les mains de Vierna qui tremblaient irrésistiblement.

— Surveille tes paroles quand tu parles à une haute prêtresse, avertit-elle.

— Maudite soit ta Reine Araignée ! cracha Drizzt. Mais je suis certain qu'elle a trouvé son enfer depuis des éons déjà !

— Elle nous donne le pouvoir !

— Elle nous arrache tout ce qui peut nous donner plus de valeur que le sol que nous foulons !

— SACRILÈGE ! hurla Vierna, pleine d'une fureur méprisante, et le mot roula sur sa langue comme le fouet-serpent sifflant de la Maîtresse Matrone.

Un cri ultime, rempli d'angoisse, se fit entendre dans la salle de cérémonie.

— Quelle union perverse, marmonna Drizzt en détournant le regard.

— Il y a beaucoup à y gagner, répondit Vierna, rapidement redevenue maîtresse d'elle-même.

Drizzt lui jeta un regard accusateur.

— As-tu connu ce genre d'expérience ?

— Je suis une haute prêtresse, rétorqua simplement Vierna.

Les ténèbres environnèrent Drizzt : son indignation était telle qu'il faillit s'évanouir.

— Et ça t'a plu ? cracha-t-il d'un ton venimeux.

— Cela m'a donné du pouvoir, gronda Vierna en réponse. Tu ne peux pas comprendre la valeur de cet acte.

— Qu'est-ce que cela t'a coûté ?

Une nouvelle gifle faillit jeter Drizzt à terre.

— Suis-moi ! ordonna sa sœur en agrippant le devant de sa robe. Je veux t'amener quelque part.

Ils sortirent d'Arach-Tinilith et débouchèrent sur le parvis de l'Académie. Drizzt hésita quand ils atteignirent les piliers qui marquaient la limite de Tier Breche.

— Je ne peux pas les franchir, rappela-t-il, je n'ai pas encore mon diplôme de Melee-Magthere.

— Simple formalité, répondit Vierna sans ralentir un instant le pas. En tant que maîtresse d'Arach-Tinilith, j'ai le pouvoir de te l'accorder.

Drizzt n'était pas sûr qu'elle ait raison, mais, s'il craignait de violer les règles de l'Académie, il ne tenait pas à s'attirer davantage la colère d'une maîtresse d'Arach-Tinilith.

Il la suivit donc en bas du monumental escalier de pierre, par les rues tortueuses de la cité proprement dite.

— On rentre chez nous ? osa-t-il demander un peu plus tard.

— Pas tout de suite.

Drizzt n'insista pas.

Ils parvinrent à l'extrémité ouest de l'immense caverne, un peu plus loin sur le mur où s'appuyait le domaine Do'Urden, et se retrouvèrent devant trois tunnels bas devant chacun desquels une statue luisante de scorpion géant montait la garde. Vierna s'arrêta un instant pour se repérer, puis passa par la plus petite ouverture.

Les minutes finirent par former une heure, et ils marchaient toujours. Le passage s'élargit et ils débouchèrent bientôt dans des catacombes tortueuses parcourues d'un labyrinthe de couloirs. Drizzt perdit vite tout sens de l'orientation, mais Vierna avançait d'un pas décidé, suivant un chemin qu'elle connaissait bien.

Ils arrivèrent enfin devant une entrée basse et voûtée au-delà de laquelle un gouffre s'ouvrait subitement. Ils se tenaient sur une étroite corniche qui donnait sur un immense abysse. Drizzt jeta un regard intrigué à sa sœur, mais se retint de lui poser une question en la voyant profondément concentrée ; elle prononça quelques mots brefs, puis lui donna une tape sur le front.

— Viens, lui ordonna-t-elle, et ils lévitèrent en douceur jusqu'au sol tout en bas.

Une fine brume qui montait d'une source chaude invisible ou peut-être d'une mare de goudron enveloppait la pierre. Drizzt avait un sentiment d'insécurité en ce lieu, de danger maléfique. Une perversité lugubre flottait dans l'air, aussi réelle que la vapeur moite.

— Ne crains rien, signa Vierna en silence, j'ai jeté un sort de camouflage sur nous. Ils ne peuvent pas nous voir.

— Ils ? demanda Drizzt tout aussi silencieusement.

Mais à ce moment même il entendit un bruit de piétinement sur la gauche. Il suivit le regard de Vierna jusqu'à un rocher plus loin, jusqu'à l'être misérable perché au sommet.

Drizzt crut d'abord qu'il s'agissait d'un drow, et c'en était un en effet de la tête à la taille, à l'aspect blême et gonflé. Mais le reste de son corps était celui d'une araignée, avec huit pattes d'arachnide pour le soutenir ! La créature brandissait une arbalète, mais paraissait perplexe, comme si elle n'arrivait pas à discerner quels intrus avaient pénétré dans son antre.

Vierna apprécia l'expression de dégoût qui envahit le visage de Drizzt à la vue du monstre.

— Regarde-le bien, petit frère, poursuivit-elle. Considère le sort de ceux qui ont provoqué la colère de la Reine Araignée.

— Qu'est-ce que c'est ? répondit Drizzt en gestes fébriles.

— Un drider, lui chuchota Vierna à l'oreille. (Puis elle revint au code silencieux des drows et ajouta :) Lolth n'est pas une divinité clémente.

Drizzt, fasciné, observait le drider qui, dans sa recherche des nouveaux venus, changeait de position sur son rocher. On ne pouvait pas savoir s'il s'agissait d'un homme ou d'une femme, car sa poitrine était distendue. Mais cela n'avait pas d'importance de toute manière, comprit Drizzt : cet être n'avait pas été formé par la nature et ne pouvait se reproduire. Il s'agissait d'un corps torturé, rien de plus, qui se haïssait sans doute plus encore qu'il détestait tout ce qui l'entourait.

— Moi, j'ai de la clémence, signa Vierna.

Mais elle savait que son frère ne l'avait pas vue, obnubilé qu'il était par le spectacle du drider. Elle s'appuya contre la paroi rocheuse.

Drizzt pivota soudain dans sa direction, car il venait de comprendre les intentions de sa sœur.

Elle disparut dans la pierre.

— Adieu, petit frère, lui dit-elle en conclusion. Ce sort est plus doux que ce que tu mérites !

— Non ! gronda Drizzt, et il se mit à griffer le mur dénudé jusqu'à ce qu'une flèche se plante dans sa jambe.

Les lames de ses cimeterres soudain dégainés brillèrent quand il pivota pour faire face au danger. Le drider entreprit de viser pour porter son second coup.

Drizzt voulait plonger de côté et s'abriter derrière un rocher ; mais sa jambe blessée s'engourdit d'un seul coup et se transforma en un poids de chair inutile.

Du poison.

Il parvint à dévier le second carreau grâce à la lame de son cimeterre, puis il se mit à genoux pour examiner sa blessure. Il sentait la froideur du poison se frayer un chemin le long de sa jambe, mais il brisa rapidement le bout qui sortait de sa chair et reporta son attention sur son adversaire ; il aurait plus tard (il lui fallait l'espérer) le loisir de se préoccuper de la plaie. Mais pour l'instant sa première priorité était de sortir de ce gouffre !

Il se détourna pour fuir, pour chercher un refuge d'où il pourrait regagner le sommet en lévitant, mais se trouva subitement face à face avec un deuxième drider !

Une hache siffla tout près de son épaule, le manquant de peu. Il bloqua le coup de retour et porta une estocade de son second cimeterre ; le drider la para à l'aide d'une deuxième hache !

Drizzt se sentait calme désormais, confiant dans sa capacité à vaincre cet ennemi, même avec une jambe insensible – mais c'est alors qu'un carreau le frappa dans le dos !

Il fut projeté en avant par la force de l'impact, mais réussit malgré tout à parer une nouvelle attaque du drider face à lui. Puis il tomba à genoux avant de s'écrouler face contre terre.

Le drider aux haches, croyant Drizzt mort, s'en approcha. Le jeune drow roula alors sur le côté jusqu'à se retrouver pile en dessous de l'abdomen bulbeux de la créature. Il y plongea son cimeterre de toutes ses forces, puis se mit en boule sous l'avalanche de liquide puant qui s'en déversait.

Le drider blessé voulut s'écarter mais tomba sur le côté, ses entrailles traînant sur le sol rocheux. Cependant Drizzt avait perdu tout espoir : ses bras aussi s'engourdissaient à présent et, quand l'autre créature s'approcherait de lui, il ne serait pas en état de la combattre. Il lutta pour rester conscient, en quête d'une issue, décidé à se battre jusqu'à la fin cruelle. Ses paupières s'alourdirent…

Il sentit alors une main qui saisissait ses robes ; on le remit brutalement sur pieds et on le projeta contre la paroi.

Il ouvrit les yeux sur le visage de sa sœur.

— Il est vivant, l'entendit-il dire. Mais il nous faut le ramener rapidement et le soigner. (Une autre silhouette passa devant les yeux de Drizzt.) Je croyais que cela valait mieux, reprit Vierna d'un ton d'excuse.

— Nous ne pouvons nous permettre de le perdre, fut la réponse dépourvue d'émotion.

Drizzt se rappela cette voix, venue de son passé. Il combattit son étourdissement et se contraignit à ouvrir les yeux.

— Malice, murmura-t-il. Mère !

Le coup furieux qu'elle lui porta l'aida à s'éclaircir les idées.

— Matrone Malice ! gronda-t-elle, son visage enragé à un centimètre à peine du sien. N'oublie jamais ! (La froideur de sa mère glaça Drizzt autant que celle du poison ; son soulagement de la voir s'évanouit aussi vite qu'il l'avait envahi.)

» Tu dois rester à ta place ! rugit Malice, répétant encore une fois le précepte qui avait hanté toute la jeune vie de Drizzt. Écoute-moi bien, ordonna-t-elle, et son fils lui obéit de toutes ses forces. Vierna t'a amené ici pour que tu sois tué. Elle a fait preuve de clémence ! (Malice jeta un regard déçu à sa fille.) Mais je comprends mieux qu'elle les desseins de la Reine Araignée, poursuivit-elle, postillonnant sur Drizzt à chacun de ses mots. Si jamais tu devais de nouveau insulter Lolth, notre déesse, je te ferais moi-même revenir ici ; mais pas pour te tuer, cela serait trop facile ! (Elle tourna brutalement la tête de Drizzt sur le côté pour qu'il puisse contempler les restes abominables du drider qu'il avait tué.)

» Si jamais tu reviens ici, ce sera en tant que drider.

Quatrième partie

Guenhwyvar

Quels yeux devant moi voient
La souffrance dans les tréfonds de mon âme ?
Quels yeux devant moi voient
Les pas tortueux des miens,
Menés par des jouets effrénés :
Flèche, carreau, pointe de l'épée ?

Les tiens… oh oui, les tiens,
Toi, à la course droite et aux muscles vifs,
Aux doux coussinets, aux griffes en leur fourreau,
Aux armes que seule la nécessité emploie,
Des armes pures du sang versé en vain
Ou de la traîtrise meurtrière !

Tu me fais face, mon beau miroir,
Mon reflet dans une eau calme et claire.
Puissé-je garder cette image :
Sur ton visage toujours voir le mien.
Puissé-je garder un cœur
Non souillé dans ma poitrine.

Conserve toujours l'honneur sublime de ton esprit,
Guenhwyvar, puissante Guenhwyvar,
Reste toujours près de moi,
Ma très chère amie.

Drizzt Do'Urden

17

Retour au foyer

Drizzt obtint finalement son diplôme au moment voulu, et fut premier de sa classe. Peut-être Matrone Malice avait-elle chuchoté au creux des bonnes oreilles afin que son fils ne soit pas châtié pour son comportement, mais il pensait que, plus probablement, personne à la Cérémonie des Diplômes n'avait remarqué son départ.

Il passa la porte décorée du domaine Do'Urden, s'attirant les regards des soldats drows attachés à la Maison, et s'avança jusque sous le balcon.

— Ainsi me voilà de retour chez moi, marmonna-t-il, si cela veut dire quelque chose.

Après ce qu'il s'était produit dans l'antre du drider, Drizzt ne savait pas s'il pourrait jamais considérer de nouveau la Maison Do'Urden comme son foyer. En tout cas, Matrone Malice l'attendait et il n'osait pas tarder.

— C'est bien que tu sois revenu, lui déclara Briza en le voyant enjamber la rampe du balcon.

Drizzt, le pas hésitant, franchit l'entrée de la demeure à côté de sa sœur aînée, tâchant d'observer avec la plus grande acuité son environnement. Le domaine Do'Urden lui semblait pour l'instant aussi étrange que l'Académie lui avait paru pendant sa première journée d'étudiant. Dix ans, ce n'était pas si long comparativement aux siècles de vie que pouvait connaître un elfe noir, mais, aux yeux de Drizzt, ce n'étaient pas seulement dix ans d'absence qui le séparaient désormais de cet endroit.

Maya se joignit à eux dans le grand couloir qui menait à l'antichambre de la chapelle.

— Salutations, Prince Drizzt, annonça-t-elle sans que Drizzt puisse déterminer d'emblée si oui ou non elle manifestait de l'ironie. Nous avons entendu parler des honneurs que tu as obtenus à Melee-Magthere ! Tes talents font la fierté de la Maison Do'Urden. (Malgré ses paroles élogieuses, Maya ne put s'empêcher de conclure son discours par un gloussement moqueur.) Je me réjouis vraiment que tu n'aies pas fini en pâtée pour drider !

L'expression mauvaise de Drizzt effaça le sourire de sa sœur.

Maya et Briza échangèrent un regard inquiet. Elles savaient quel châtiment Vierna avait voulu faire subir à leur frère, et quel sévère avertissement Matrone Malice lui avait délivré. Elles portèrent toutes deux une main prudente à leur fouet-serpent, dans l'incertitude du degré de témérité insolente qu'avait atteint leur plus jeune parent.

Mais ce n'étaient ni Matrone Malice ni ses sœurs qui amenaient Drizzt à mesurer chacun de ses pas ! Il savait quelle était sa position vis-à-vis de sa mère et ce qu'il devait faire pour éviter de s'attirer ses foudres. Un autre membre de la famille le rendait perplexe et furieux tout à la fois : de toute la maisonnée, Zaknafein seul prétendait être ce qu'il n'était pas. En se dirigeant vers la chapelle, Drizzt jetait des regards anxieux dans chaque couloir, se demandant quand Zak daignerait faire son apparition.

— Dans combien de temps dois-tu partir en patrouille ? demanda Maya, l'arrachant à ses réflexions.

— Deux jours, répondit-il machinalement, son regard errant toujours d'ombre en ombre.

Il atteignit la porte de l'antichambre sans avoir aperçu aucun signe du maître d'armes. Peut-être se trouvait-il à l'intérieur, en compagnie de Matrone Malice.

— On nous a parlé de ton comportement scandaleux ! dit Briza d'un ton sec, soudain très froid, la main posée sur la poignée de la porte qui menait à l'antichambre.

Cet éclat ne surprit pas Drizzt : il s'attendait désormais à ce genre de revirements brutaux de la part des hautes prêtresses de la Reine Araignée.

— Pourquoi ne pouvais-tu te contenter de jouir des plaisirs de la cérémonie ? remarqua Maya. Nous avons eu de la chance que les maîtresses et la Maîtresse Matrone de l'Académie aient elles-mêmes été trop concentrées sur leur propre désir pour remarquer ton départ. Tu aurais pu jeter le discrédit sur toute notre Maison !

— Et attirer la disgrâce de Lolth sur Matrone Malice, ajouta vivement Briza.

Ce qui serait le meilleur service à lui rendre, se dit Drizzt. Il s'empressa d'oublier cette pensée, car il n'avait pas oublié l'étonnante facilité qu'avait Briza de mettre les esprits à nu.

— Reste à espérer qu'il ne l'a pas fait ! ajouta sombrement Maya à l'adresse de sa sœur. Les rumeurs de guerre se font plus insistantes !

— Je sais où est ma place, les rassura Drizzt. (Il s'inclina bien bas.) Pardonnez-moi, mes sœurs, et soyez bien certaines que la véritable nature du monde drow se révèle de plus en plus à mes yeux. Je ne me permettrai plus jamais de décevoir ainsi la Maison Do'Urden.

Les deux sœurs de Drizzt étaient si ravies de cette profession de foi que l'ambiguïté des paroles de leur frère leur échappa. Drizzt, qui ne voulait pas forcer sa chance, passa rapidement devant elles et entra dans la pièce, remarquant au passage avec soulagement que Zaknafein ne s'y trouvait pas.

— Louons tous la Reine Araignée ! glapit Briza dans son sillage.

Drizzt s'arrêta et fit face à sa sœur aînée. Il s'inclina de nouveau bien bas.

— Comme il se doit, marmonna-t-il.

Zak s'était insinué derrière le petit groupe pour étudier le moindre mouvement de Drizzt, essayant d'évaluer ce qu'une décennie passée à l'Académie avait coûté au jeune guerrier.

Il n'y avait plus trace du sourire qui auparavant éclairait toujours le visage du jeune drow. Et Zak supposait que l'innocence qui faisait de lui un être unique à Menzoberranzan avait elle aussi complètement disparu.

Il se laissa lourdement aller contre le mur d'un couloir secondaire. Il n'avait entendu que des fragments de la conversation tenue à la porte de l'antichambre, et surtout l'écho convaincu de Drizzt aux louanges de Lolth prononcées par Briza !

— Qu'ai-je fait ? s'interrogea le maître d'armes. (Il jeta un regard furtif sur la porte située dans le couloir principal, après le virage où débouchait le passage secondaire, mais elle s'était déjà refermée.) Quand je vois ce drow – ce guerrier drow ! – qu'est devenu mon très cher Drizzt, je rougis vraiment de ma lâcheté ! Qu'a-t-il perdu que j'aurais peut-être pu sauver ? (Il dégaina son épée parfaite de son fourreau ; ses doigts ultrasensibles coururent sur son tranchant affilé.) Tu serais une lame plus fine encore si tu avais goûté le sang de Drizzt Do'Urden, si tu avais retiré à ce monde – le nôtre ! – une nouvelle âme à damner, si tu avais évité à cet esprit libre les tortures éternelles de notre existence ! (Il abaissa la pointe de son épée vers le sol.) Mais je ne suis qu'un lâche. J'ai échoué dans le seul acte qui aurait pu donner un sens à ma misérable vie ! Le Second Fils de la Maison Do'Urden est bien vivant, semble-t-il, mais Drizzt Do'Urden, Deux-Mains que j'aimais tant, a péri depuis bien longtemps. (Zak jeta un dernier regard à l'emplacement où se tenait Drizzt un instant auparavant, une grimace affreuse déformant soudain ses traits.) L'imposteur, lui, vit. Un guerrier drow !

Son arme tomba bruyamment sur le sol et il enfouit son visage dans ses mains, l'unique refuge que Zaknafein Do'Urden ait jamais connu.

Drizzt passa le reste de la journée à se reposer ; pour l'essentiel il ne quitta pas sa chambre car il préférait éviter les contacts avec sa famille. Malice lui avait fait signe sans un mot de se retirer, et Drizzt ne tenait pas à la revoir. Il n'avait guère plus à dire à Briza ou Maya, car il craignait que tôt ou tard elles percent à jour les pensées blasphématoires cachées derrière ses réponses ambiguës. Mais surtout il préférait ne pas rencontrer Zaknafein, le mentor dont il avait cru un moment qu'il représentait son salut face aux réalités qui le cernaient, l'unique lueur d'espoir dans la noirceur qui constituait Menzoberranzan.

Drizzt pensait désormais que tout cela n'avait été qu'un autre mensonge.

Au cours de son deuxième jour chez lui, au moment où l'horloge magique de Narbondel avait tout juste repris son cycle lumineux, la porte de sa petite chambre s'ouvrit et Briza entra.

— Matrone Malice convoque une audience, annonça-t-elle de son ton toujours morose.

Mille idées diverses se ruèrent dans l'esprit de Drizzt tandis qu'il enfilait ses bottes et suivait sa sœur aînée par les couloirs menant à la chapelle de la demeure. Malice et les autres avaient-elles découvert ses véritables sentiments vis-à-vis de leur déesse perverse ? À quel châtiment devait-il s'attendre cette fois ? Drizzt regarda sans les voir les bas-reliefs en forme d'araignée qui ornaient l'entrée en voûte de la chapelle.

— Tu devrais te sentir plus à l'aise ici, lui reprocha Briza en remarquant son embarras, c'est là que ta famille a connu ses plus grandes gloires !

Drizzt baissa les yeux sans répondre, et prit bien garde de ne pas former en esprit les nombreuses répliques cinglantes que son cœur abritait.

Sa perplexité augmenta lorsqu'il pénétra dans la chapelle, car à côté de Matrone Malice, outre Rizzen, Maya et Zaknafein, il y avait Dinin et Vierna, ce à quoi il ne s'attendait pas.

— Nous sommes tous là, annonça Briza en prenant place à côté de sa mère.

— À genoux ! ordonna Matrone Malice, et la famille lui obéit d'un seul mouvement.

La Mère Matrone arpenta lentement la salle et passa devant tous les membres de sa famille, dont chacun tour à tour prit bien garde de baisser les yeux au passage de l'imposante maîtresse des lieux, que ce soit en signe de respect ou d'élémentaire bon sens. Elle s'arrêta devant Drizzt.

— La présence de Dinin et de Vierna te surprend, remarqua-t-elle. (Drizzt leva le regard sur elle.) Tu ne comprends toujours pas les subtilités de nos stratégies de survie ?

— Je croyais que mon frère et ma sœur allaient poursuivre leur tâche à l'Académie, expliqua Drizzt.

— Ce ne serait pas à notre avantage, répondit Malice.

— Cela n'apporte-t-il pas un pouvoir accru à une Maison que d'avoir des maîtres et des maîtresses dans les différentes écoles de l'Académie ? osa demander le plus jeune fils.

— Si, mais le pouvoir s'en trouve aussi dispersé. As-tu entendu ces rumeurs de guerre ?

— Des possibilités de troubles à venir, déclara Drizzt, les yeux rivés sur Vierna, mais rien de vraiment tangible.

— Des possibilités ! s'emporta Malice, irritée que son fils ne comprenne pas l'importance de telles rumeurs. C'est plus que ce que la plupart des Maisons ont entendu avant leur chute ! (Elle se détourna de Drizzt et s'adressa à l'ensemble du groupe.) Les rumeurs sont fondées, annonça-t-elle.

— Qui ? voulut savoir Briza. Quelle Maison conspire contre nous ?

— Personne d'un rang inférieur au nôtre, intervint Dinin, bien que la question ne lui ait pas été adressée et qu'il ne soit pas censé s'exprimer sans permission.

— Comment sais-tu cela ? interrogea Malice sans relever l'entorse faite au protocole.

Elle ne sous-estimait pas son fils et savait que sa contribution à la discussion pouvait se révéler importante.

— Nous sommes la Neuvième Maison de la cité, raisonna Dinin, mais nous comptons dans nos rangs quatre hautes prêtresses, dont deux anciennes maîtresses d'Arach-Tinilith. (Il regarda Zak.) Ainsi que deux anciens maîtres de Melee-Magthere. En outre, Drizzt a reçu les plus hautes distinctions de l'école de guerriers. Nous avons près de quatre cents soldats, tous bien entraînés et aguerris. Peu de Maisons peuvent se vanter de mieux !

— Où veux-tu en venir ? demanda sèchement Briza.

Dinin se mit à rire.

— Nous sommes la Neuvième Maison, mais peu d'un rang plus élevé seraient en mesure de nous vaincre…

— Et aucune d'un rang inférieur, acheva Malice pour lui. Tu fais preuve de bon sens, Premier Fils. J'en suis arrivée à la même conclusion.

— L'une des grandes Maisons a donc peur de la Maison Do'Urden, déduisit Vierna. Elle veut nous éliminer pour conforter son propre rang.

— C'est ce que je pense, confirma Malice. Cela n'arrive pas si souvent, puisque ces guerres sont en général déclenchées à l'initiative d'une Maison de rang inférieur qui cherche à s'élever dans la hiérarchie de la cité.

— Il nous faut faire preuve d'autant plus de prudence, déclara Briza.

Drizzt écoutait attentivement ce qui se disait, essayant de donner un sens à tout cela. Son regard ne quittait pas Zaknafein, agenouillé, l'air impassible, un peu plus loin. Qu'en pensait ce maître d'armes insensible ? se demandait-il. Se réjouissait-il à l'idée d'une telle guerre, où il pourrait encore tuer des elfes noirs ?

Zak ne révélait rien de ses sentiments véritables. Il n'avait même pas l'air de suivre la conversation de près.

— Ça ne peut tout de même pas être la Maison Baenre ! supposa Briza d'un ton effrayé, en espérant que personne ne la démentirait. Nous n'avons certainement rien fait qui puisse représenter une menace à leurs yeux.

— Espérons que tu as raison, répondit sinistrement Malice, avec encore à l'esprit le souvenir précis de la visite qu'elle avait autrefois rendue à la Première Maison. Je pense plutôt à une Maison plus faible située au-dessus de nous, et dont la position ne serait pas très solide. Je n'ai pas encore pu obtenir d'information précise sur l'identité de notre ennemi, aussi devons-nous nous préparer au pire. C'est pourquoi j'ai rappelé Vierna et Dinin à nos côtés.

— Si nous apprenons qui sont nos ennemis…, commença Drizzt sur une impulsion.

Tous les regards se tournèrent vers lui. Que le Premier Fils prenne l'initiative de la parole, c'était déjà osé, mais pour un Second Fils tout juste sorti de l'Académie, l'acte confinait au blasphème !

Mais Matrone Malice, qui voulait entendre tous les points de vue, laissa de nouveau passer l'offense.

— Poursuis ta pensée, l'encouragea-t-elle.

— Si nous découvrons quelle Maison complote contre nous, demanda-t-il d'un ton raisonnable, ne pourrions-nous l'accuser publiquement ?

— Pour quoi faire ? grogna peu aimablement Briza. Conspirer sans agir ne constitue pas un crime !

— Mais alors ne pourrions-nous pas en appeler à la raison ? insista Drizzt en dépit de leurs expressions incrédules. (Seul Zak restait impassible.) Si nous sommes les plus forts, amenons-les à se soumettre sans combattre. Que la Maison Do'Urden obtienne le rang qui lui est dû, ainsi la menace de cette Maison cessera de peser sur nous !

Malice agrippa la cape de Drizzt et le souleva brutalement.

— Je te pardonne tes pensées stupides, grogna-t-elle, pour cette fois seulement !

Elle le laissa retomber, et les reproches muets de sa famille accablèrent Drizzt.

Mais, une fois de plus, l'expression de Zak n'était pas en accord avec celle que partageaient tous les autres dans la pièce. En fait il s'était mis une main devant la bouche pour dissimuler son amusement. Peut-être, osait-il espérer, restait-il un peu du Drizzt Do'Urden qu'il avait connu ; peut-être l'Académie n'avait-elle pas totalement gâché le tempérament du jeune guerrier !

Malice se tourna vivement vers le reste de sa famille ; une rage bouillonnante luisait dans ses yeux, ainsi que la soif du sang.

— Ce n'est pas le moment d'avoir peur, mais au contraire, s'écria-t-elle, un doigt menu pointé devant son visage, de rêver plus loin ! Nous sommes la Maison Do'Urden, Daermon N'a'Shezbaernon, dont le pouvoir dépasse ce que peuvent en connaître nos grandes Maisons. Dans la guerre qui s'annonce, nous représentons l'inconnue. L'avantage est pour nous !

» La Neuvième Maison ? ajouta-t-elle dans un rire. Dans peu de temps il n'y aura plus que sept Maisons devant nous !

— Et pour la patrouille ? intervint sèchement Briza. Allons-nous laisser le Second Fils y risquer sa vie, sans protection ?

— C'est la patrouille qui va commencer à nous donner l'avantage, expliqua la Matrone rusée. Drizzt ira, et dans son groupe il y aura un représentant d'au moins quatre des Maisons situées avant nous.

— L'un d'eux pourrait l'abattre, objecta Briza.

— Non. Nos ennemis, dans cette guerre qui s'annonce, ne se révéleraient pas aussi clairement – c'est trop tôt. L'assassin désigné devrait vaincre deux Do'Urden en un même combat !

— Deux ? s'interrogea Vierna.

— Lolth a encore fait montre de sa faveur à notre égard, précisa Malice. C'est Dinin qui mènera la patrouille de Drizzt.

Les yeux du Premier Fils s'illuminèrent à cette nouvelle.

— Drizzt et moi pourrions alors être les assassins dans la confrontation, ronronna-t-il, ravi.

La Mère Matrone cessa subitement de sourire.

— Tu ne tueras personne sans ma permission ! l'avertit-elle d'un ton glacial qui ne laissa aucun doute à Dinin sur le châtiment qui l'attendrait en cas de désobéissance. Contrairement à ce que tu t'es permis dans le passé…

Drizzt comprit bien l'allusion ainsi faite à Nalfein, son frère assassiné. Ainsi sa mère savait, et elle n'avait rien fait pour punir le crime de son fils ! Il porta la main à son visage pour cacher l'expression d'horreur qui n'aurait pu que lui attirer des ennuis si on l'avait remarquée.

— Tu seras là pour en apprendre le plus possible, continuait Matrone Malice à l'adresse de Dinin, et pour protéger ton frère, tout comme Drizzt te protégera. Ne détruis pas notre avantage pour le simple gain d'un seul meurtre ! (Un sourire pervers se dessina de nouveau sur son visage, où la chaleur de l'excitation se traduisait, dans le spectre infrarouge, par un teint blême de squelette.) Mais si tu sais qui est notre ennemi…

— Et si une bonne occasion se présente…, continua Briza avec un sourire tout aussi cruel à l'adresse de sa mère, dont elle avait deviné la pensée.

Malice adressa un regard approbateur à sa fille aînée. Briza lui succéderait dignement à la tête de la Maison !

Le sourire de Dinin, quant à lui, s'élargit et prit une nuance voluptueuse. Rien ne plaisait autant au Premier Fils de la Maison Do'Urden que la perspective d'un assassinat.

— Allez, mes enfants, conclut Malice. Rappelez-vous que des yeux hostiles nous surveillent, observent nos moindres mouvements et attendent le moment de nous abattre !

Zak, comme toujours, fut le premier sorti de la chapelle, avec cette fois une légèreté nouvelle dans la démarche. Ce n'était pas la perspective d'une autre guerre qui animait ainsi son pas, même si l'idée de tuer d'autres prêtresses de la Reine Araignée n'était pas pour lui déplaire ! Mais la démonstration qu'avait faite Drizzt de sa naïveté, ses conceptions obstinément décalées de la politique chez les drows, tout cela entretenait l'espoir chez le maître d'armes.

Drizzt le regarda s'éloigner et crut que les mouvements vifs de Zak n'exprimaient rien d'autre que son désir de tuer. Le jeune drow ne savait pas s'il devait suivre le maître d'armes et s'expliquer avec lui tout de suite, ou renoncer à son ancien mentor aussi complètement qu'il l'avait fait pour la plus grande partie du monde cruel qui l'entourait. Mais la décision fut prise pour lui quand Matrone Malice lui ordonna de rester un peu plus longtemps dans la chapelle.

— Je te dis ceci, lui annonça-t-elle en privé. Tu as entendu quelle mission je te confiais. Je ne tolérerai aucun échec ! (Drizzt se courba devant le pouvoir contenu dans la voix dure de sa mère.) Protège ton frère, ou attends-toi à te retrouver devant le jugement de Lolth ! (Drizzt avait bien compris à quoi Matrone Malice faisait allusion, mais elle ne se refusa pas le plaisir d'expliciter sa menace.)

» Tu n'aimerais pas mener une vie de drider !

Un éclair magique parcourut le lac souterrain et en fendit les calmes eaux noires, brûlant les têtes des trolls aquatiques qui approchaient. Des rumeurs de combat s'élevaient dans la caverne.

Drizzt avait coincé l'un de ces monstres appelés scrags sur une petite péninsule, bloquant ainsi la retraite de la créature vers l'eau. En principe, un drow isolé face à un troll aquatique n'avait pas l'avantage, mais, ainsi que les membres de sa patrouille avaient pu s'en rendre compte au cours des dizaines passées, Drizzt n'était pas n'importe quel drow.

Le scrag s'avançait sans se rendre compte du péril qui le guettait. Un seul mouvement de Drizzt, si rapide qu'il fut impossible de le distinguer à l'œil nu, suffit à trancher les bras avides du monstre. Le jeune guerrier s'approcha rapidement pour achever sa victime, car il ne connaissait que trop bien les pouvoirs de régénération instantanée de ces trolls !

Un autre scrag sortit alors de l'eau derrière lui.

Drizzt s'y attendait, mais il ne laissa voir en rien qu'il avait perçu la présence du deuxième monstre. Il resta en apparence concentré sur ce qu'il se passait devant lui, tailladant profondément le torse du scrag mutilé, mais certainement pas sans défense.

Au moment où la créature derrière lui s'apprêtait à planter ses griffes dans son dos, Drizzt tomba à genoux en criant :

— Vas-y !

La panthère accroupie, bien cachée dans les ombres au bas de la péninsule, n'hésita pas un instant. Un immense bond suffit à Guenhwyvar pour se mettre en position, et un autre la projeta de tout son poids sur le scrag qui n'avait rien vu venir. Elle le déchiqueta sans lui laisser le temps de réagir.

Drizzt, pour sa part, acheva le troll déjà blessé et se retourna pour admirer le travail du fauve. Il tendit la main, et le gros chat y fourra son museau. *Comme deux combattants peuvent arriver à bien se connaître !* pensa Drizzt.

Un autre éclair magique fusa, assez près cette fois pour l'aveugler.

— Guenhwyvar ! cria Masoj, qui avait lâché la boule de feu. À moi !

La panthère réussit à se frotter furtivement contre la jambe de Drizzt en répondant à l'appel de son maître. Une fois sa vision revenue, le jeune drow se dirigea dans une autre direction, car il préférait ne pas assister aux reproches que Masoj semblait systématiquement adresser à son familier quand le fauve et Drizzt avaient travaillé ensemble.

Masoj lorgna le dos du guerrier qui s'éloignait ; l'envie ne lui manquait pas d'envoyer un autre éclair entre ses omoplates ! Mais le sorcier de la Maison Hun'ett ne perdait pas de vue le spectre vengeur de Dinin Do'Urden un peu plus loin, qui surveillait toujours son frère de près.

— Tu dois savoir à qui va ton allégeance ! gronda Masoj à l'adresse de Guenhwyvar.

La panthère quittait trop souvent son maître pour rejoindre Drizzt au combat. Le mage savait que le fauve faisait mieux équipe avec un combattant, mais il n'ignorait pas non plus la vulnérabilité du sorcier plongé dans l'élaboration d'un sort : il voulait Guenhwyvar près de lui pour le protéger de ses ennemis, ainsi que de ses « amis » – et là il jeta un autre regard à Dinin.

Masoj jeta à ses pieds la statuette représentant le fauve.

— Va-t'en ! ordonna-t-il.

Plus loin, Drizzt affronta un autre scrag, qu'il abattit tout aussi rapidement. Masoj secoua la tête au spectacle de cette démonstration éblouissante d'escrime. Drizzt s'améliorait de jour en jour.

— Il ne faudra pas tarder à ordonner sa mise à mort, Matrone SiNafay, chuchota le sorcier.

Il se demandait combien de temps encore il serait capable de s'en charger, et même s'il pourrait gagner le combat aujourd'hui.

Drizzt s'abrita les yeux et alluma une torche afin de brûler le cadavre d'un troll. Seul le feu pouvait garantir que les trolls n'allaient pas se régénérer, ou même ressusciter.

Les autres combats avaient pris fin eux aussi, remarqua-t-il, et il vit que les flammes des torches prenaient vie partout sur les berges du lac. Il se demanda si ses douze compagnons drows avaient tous survécu, et aussi si cela l'intéressait vraiment. D'autres ne demandaient qu'à prendre la place des morts !

Il savait que le seul compagnon à qui il accordait une vraie valeur, Guenhwyvar, était de retour bien à l'abri sur le plan astral.

— Formez la garde ! cria Dinin.

L'écho de son ordre retentit tandis que les esclaves gobelins et orques s'approchaient à la recherche des trésors laissés par les trolls ou pour récupérer tout ce qu'ils pourraient.

Quand le feu eut terminé de consumer le monstre qu'il avait embrasé, Drizzt trempa sa torche dans l'eau noire et laissa le temps à ses yeux de s'habituer à l'obscurité.

— Un nouveau jour, dit-il d'une voix douce, un autre ennemi vaincu.

Il aimait l'excitation apportée par la patrouille, le plaisir du danger sans cesse renouvelé ; et il savait que ses armes servaient à abattre des monstres abominables !

Mais même ici Drizzt ne pouvait échapper au sentiment de léthargie qui menaçait d'envahir toute son existence, à la résignation qui marquait maintenant ses moindres mouvements. Car, même si les combats qu'il livrait ces temps-ci avaient pour adversaires les horreurs d'Outreterre, des monstres qu'il tuait par nécessité, Drizzt n'avait pas oublié cette dernière réunion dans la chapelle de la Maison Do'Urden.

Il savait que ses cimeterres devraient bientôt frapper la chair d'autres drows !

⚔⚔⚔⚔⚔

Depuis le balcon, Zaknafein regardait au-delà de Menzoberranzan, au loin, comme il le faisait si souvent lorsque le groupe de Drizzt patrouillait hors de la cité. Il était déchiré entre l'envie de s'échapper de la demeure pour aller combattre aux côtés de Drizzt et l'espoir que la patrouille reviendrait avec la nouvelle que le jeune drow avait péri.

Ce dilemme que représente le Second Fils Do'Urden sera-t-il jamais résolu ? se demanda-t-il une fois de plus. Il savait qu'il ne pouvait pas sortir du domaine : Matrone Malice le surveillait de près. Elle sentait son inquiétude à l'égard de Drizzt et cela, sans aucun doute, l'irritait. Zak et elle étaient souvent amants, mais aucun sentiment n'accompagnait leurs relations.

Zak repensa aux disputes qu'ils avaient eues à propos de Vierna, une autre enfant dont, des siècles auparavant, ils s'étaient tous deux préoccupés. Le destin de Vierna, une fille, avait été scellé dès sa naissance ; Zak n'avait rien pu faire pour empêcher son engloutissement dans la religion totalitaire de la Reine Araignée.

Malice craignait-elle qu'il ait plus de chance avec un enfant mâle, qu'il parvienne à l'influencer ? Oui, apparemment, mais Zak n'était pas sûr que les craintes de la Matrone soient justifiées. Lui-même se sentait incapable d'évaluer l'emprise qu'il pouvait avoir sur Drizzt.

Et maintenant, il regardait la cité dans l'attente silencieuse du retour de la patrouille – l'attente, comme toujours, du retour de Drizzt sain et sauf, avec le secret espoir que les griffes et les crocs d'un monstre à l'affût mettraient fin à son angoisse !

18

La pièce du fond

— Mes salutations, Sans-Visage, déclara la haute prêtresse en passant devant Alton pour entrer dans ses quartiers privés à Sorcere.

— Les miennes à vous, maîtresse Vierna, répondit Alton, s'efforçant de ne pas laisser la crainte transparaître dans sa voix. (Une visite de Vierna Do'Urden en ce moment ne pouvait constituer une simple coïncidence.) Que peut me valoir l'honneur de recevoir ici une enseignante d'Arach-Tinilith ?

— Je ne suis plus une maîtresse, rectifia Vierna, j'ai regagné ma demeure. (Alton réfléchit à la nouvelle ; il savait que Dinin Do'Urden avait lui aussi démissionné de son poste à l'Académie.)

» Matrone Malice rassemble sa famille autour d'elle, précisa-t-elle. Il y a des menaces de guerre. Sans doute sont-elles parvenues jusqu'à vous ?

— De simples rumeurs, balbutia Alton, qui commençait à comprendre où Vierna voulait en venir.

La Maison Do'Urden, dans le passé, avait fait participer Sans-Visage à ses complots : elle l'avait chargé d'assassiner Alton ! Et maintenant, avec ces rumeurs d'attaque imminente qui couraient dans tout Menzoberranzan, Matrone Malice ranimait son réseau d'espions et de meurtriers mercenaires...

— Que savez-vous ? demanda sèchement Vierna.

— Pas grand-chose, répondit immédiatement Alton, qui ne voulait pas irriter cette femme puissante. Je n'ai rien entendu de suffisamment précis pour alerter votre Maison ; en fait, je ne savais même pas qu'il était question de la Maison Do'Urden avant que vous me l'appreniez.

Alton ne pouvait qu'espérer que Vierna n'était pas entrée munie d'un sort de dévoilement lui permettant de repérer les mensonges.

Mais elle se détendit, apparemment satisfaite de ces explications.

— Prêtez davantage attention aux ragots, Sans-Visage, conseilla-t-elle. Mon frère et moi avons quitté l'Académie, vous serez donc ici les yeux et les oreilles de la Maison Do'Urden.

— Mais..., commença Alton, effaré.

Vierna l'interrompit d'un geste.

— Nous sommes conscients de notre incapacité passée à honorer l'accord entre vous et nous, déclara-t-elle. (Elle s'inclina profondément, une marque de respect rarement dispensée par une haute prêtresse à l'égard d'un mâle.) Matrone Malice vous transmet ses excuses les plus sincères pour l'échec de l'onguent que nous vous avons envoyé après l'assassinat d'Alton DeVir ; il n'a pu vous rendre votre visage.

Alton faillit s'étrangler ! Il comprenait à présent ce colis anonyme qu'il avait reçu une trentaine d'années auparavant, ce flacon plein d'un baume guérisseur. La silhouette enveloppée d'une cape qui avait fait la livraison venait de la Maison Do'Urden, elle était venue payer Sans-Visage pour l'assassinat d'Alton ! Évidemment ce dernier n'avait jamais utilisé l'onguent ; avec la chance qui le caractérisait, la crème aurait fait effet et il aurait retrouvé son visage de noble de la Maison DeVir !

— Cette fois votre récompense aura à coup sûr un effet, poursuivit Vierna (son interlocuteur fasciné par l'ironie de la situation l'entendit à peine). La Maison Do'Urden possède un bâton magique mais aucun sorcier qui en soit digne. Il appartenait à mon frère Nalfein, qui est mort lors de notre nuit victorieuse contre la Maison DeVir. (Alton eut envie de la frapper. Mais il n'était pas idiot à ce point.) Si vous parvenez à savoir quelle Maison conspire contre la Maison Do'Urden, promit Vierna, ce bâton est à vous ! Reconnaissez que c'est bien payé pour le peu qu'on vous demande.

— Je vais voir ce que je peux apprendre, répondit Alton qui ne savait comment réagir face à cette offre stupéfiante.

— Matrone Malice n'en attend pas davantage.

Et Vierna quitta le mage, persuadée que la Maison Do'Urden venait de s'assurer un précieux allié au sein de l'Académie.

— Dinin et Vierna Do'Urden ont tous les deux démissionné de leur poste à l'Académie ! annonça un Alton tout excité à sa menue Mère Matrone quand elle vint le voir plus tard dans la soirée.

— Je le savais déjà, répliqua SiNafay Hun'ett.

Elle jeta un regard de mépris à la pièce abîmée et désordonnée, puis s'assit à la petite table qui en occupait le centre.

— Ce n'est pas tout, se hâta d'ajouter Alton, qui ne voulait pas que SiNafay s'irrite d'avoir été dérangée pour si peu. J'ai reçu une visite aujourd'hui, celle de la maîtresse Vierna Do'Urden !

— Aurait-elle des soupçons ? grommela Matrone SiNafay.

— Pas du tout ! C'est exactement le contraire : la Maison Do'Urden veut m'employer à son service comme espion, comme elle a autrefois fait appel à Sans-Visage pour m'assassiner !

SiNafay resta un moment abasourdie par cette nouvelle, puis partit d'un grand rire irrépressible.

— Ah, nos vies regorgent d'ironie ! rugit-elle entre deux hoquets.

— J'avais entendu dire que Dinin et Vierna avaient surtout pris un poste à l'Académie pour pouvoir superviser l'éducation de leur jeune frère.

— Bonne couverture ! Ainsi Vierna et Dinin auront servi d'espions à cette ambitieuse de Matrone Malice… Bien joué de sa part.

— Mais à présent ils soupçonnent des problèmes, affirma Alton en s'asseyant face à la Mère Matrone.

— En effet. Masoj se trouve dans le même groupe de patrouille que Drizzt, mais la Maison Do'Urden est également parvenue à y intégrer Dinin.

— Alors Masoj est en danger ! en déduisit Alton.

— Non. Les Do'Urden ne savent pas que la menace provient de la Maison Hun'ett, sinon Vierna n'aurait pas fait appel à toi : Matrone Malice connaît ton identité. (Alton eut l'air terrifié.)

» Pas ta véritable identité ! le rassura SiNafay en riant sans retenue. Pour elle, Sans-Visage est Gelroos Hun'ett, et elle n'aurait sûrement pas fait parvenir un message à un membre de la Maison Hun'ett si elle nous soupçonnait.

— Alors nous avons une occasion en or de semer la confusion dans la Maison Do'Urden ! s'exclama Alton. Si je dirige leurs soupçons sur une autre Maison, peut-être même les Baenre, notre position s'en trouvera renforcée. (Les perspectives offertes le firent glousser de plaisir.) Malice m'offrira en récompense un bâton magique des plus puissants, une arme que je pourrai retourner contre elle le moment venu !

— Matrone Malice ! lui rappela sèchement SiNafay. (Même si Malice et elle devaient bientôt s'affronter en ennemies mortelles, SiNafay n'allait pas laisser un mâle manquer à ce point de respect envers une Mère Matrone.) Te crois-tu vraiment capable de convaincre la Maison Do'Urden d'un pareil mensonge ?

— Quand maîtresse Vierna reviendra me voir…

— Ce n'est pas à une simple prêtresse que tu irais délivrer une information d'une telle valeur, idiot de DeVir ! Tu devrais affronter Matrone Malice en personne, et elle constitue un ennemi redoutable. Si elle perce à jour ta duplicité, as-tu seulement une idée de ce qu'elle fera de ta carcasse ?

Alton déglutit avec difficulté.

— Je suis prêt à prendre le risque, dit-il pourtant en croisant les bras sur la table, l'air résolu.

— Et que deviendra la Maison Hun'ett si ta première imposture est révélée ? Quel avantage lui restera-t-il si Matrone Malice perce à jour la véritable identité de Sans-Visage ?

— Je comprends, admit Alton, profondément contrarié mais incapable de réfuter la logique de SiNafay. Qu'allons-nous faire, alors ? Que dois-je faire ?

La Mère Matrone réfléchissait déjà à sa tactique.

— Tu vas démissionner de ton poste, annonça-t-elle après un moment. Venir dans ma demeure, sous ma protection.

— Mais agir ainsi risque aussi d'éveiller les soupçons de Matrone Malice à l'égard de la Maison Hun'ett !

— C'est vrai, reconnut SiNafay, mais c'est le choix le plus prudent. J'irai voir Matrone Malice en jouant la colère et lui dirai de ne pas impliquer ma Maison dans ses problèmes. Si elle souhaite employer l'un des membres de ma famille comme informateur, elle doit d'abord m'en demander l'autorisation, et je ne l'accorderai pas cette fois ! Tel sera mon discours. (SiNafay sourit à la pensée des possibilités qu'offrait une telle entrevue.) En me voyant ainsi en colère, effrayée, elle en conclura sans aucun doute que c'est une Maison d'un plus haut rang qui projette d'attaquer la Maison Do'Urden, voire qu'il y a conspiration entre plusieurs ! (Elle se régalait visiblement à l'idée des bénéfices supplémentaires à prévoir.) Matrone Malice aura beaucoup à penser après cela, de quoi se faire bien du souci !

Alton n'avait pas pris garde aux dernières remarques de SiNafay. Ses paroles précédentes à propos d'une autorisation qu'elle n'accorderait pas *cette fois* l'amenaient à des réflexions désagréables.

— L'a-t-elle fait ? osa-t-il demander d'une voix à peine audible.

— Que veux-tu dire ? répondit SiNafay, qui n'avait pas suivi le cheminement de sa pensée.

— Matrone Malice était-elle venue vous voir ? insista Alton, qui voulait savoir en dépit de sa crainte de la Mère Matrone. Il y a trente ans, Matrone SiNafay avait-elle donné sa permission à Gelroos Hun'ett d'entrer au service de la Maison Do'Urden, de devenir un assassin pour assurer la complète élimination de la Maison DeVir ?

Un grand sourire apparut sur le visage de SiNafay, mais s'effaça en un clin d'œil quand elle fit voler la table à travers la pièce, agrippa Alton par ses robes et l'attira à quelques centimètres de son visage rageur.

— Prends garde de ne pas confondre tes sentiments avec les nécessités politiques ! gronda la Matrone si petite et physiquement si forte, d'un ton lourd de menace. Et ne me pose plus jamais ce genre de question !

Sans le quitter des yeux, elle repoussa Alton, qui tomba.

Il savait depuis le début qu'il n'était rien d'autre qu'un pion dans l'intrigue qui se jouait entre la Maison Hun'ett et la Maison Do'Urden, un prétexte nécessaire permettant à Matrone SiNafay d'accomplir ses plans de traîtrise. Mais, de temps en temps, sa haine l'amenait à oublier le rôle des plus vils qu'il jouait dans ce conflit. En considérant le pouvoir dont SiNaFay venait de faire preuve, il se rendit compte qu'une fois de plus il n'avait pas su rester à sa place.

Au fond de la plantation de thallophytes, dans le mur sud de la caverne qui abritait Menzoberranzan, se trouvait une petite ouverture constamment sous surveillance. Derrière la porte cerclée de fer qui la protégeait se trouvait une pièce unique, dédiée aux réunions des huit Mères Matrones des Maisons dirigeantes.

La fumée d'une centaine de chandelles à l'odeur entêtante imprégnait l'air ; les Mères Matrones appréciaient cette atmosphère particulière. Au bout de près d'un demi-siècle passé à étudier des documents à la lueur des chandelles à Sorcere, la lumière ne gênait pas Alton, mais il ne se sentait pas du tout à l'aise dans cet endroit, assis tout au bout d'une table en forme d'araignée sur une petite chaise sans fioritures réservée aux invités du Conseil. Entre les huit pattes velues de la table on voyait les trônes des Mères Matrones dirigeantes, recouverts de pierres précieuses, éblouissants à la lueur des chandelles.

Les Matrones entrèrent en file, pleines de pompe et de vice, avec des regards méprisants pour le mâle. SiNafay, assise à côté d'Alton, posa la main sur son genou et le gratifia d'un clin d'œil rassurant. Elle n'aurait pas eu l'audace de demander une réunion du Conseil régnant si elle ne se sentait pas sûre de l'intérêt des révélations qu'elle comptait y faire : les Mères Matrones qui y siégeaient considéraient leur position comme essentiellement honorifique et n'appréciaient guère qu'on les oblige à se réunir en dehors des périodes de crise.

Au haut bout de la table se tenait Matrone Baenre, la personnalité la plus en vue de Menzoberranzan, une femme antique, flétrie, aux yeux maléfiques. On devinait, en voyant les contours de sa bouche, qu'elle souriait rarement.

— Nous sommes réunies, SiNafay, déclara Baenre quand les huit participantes furent installées à leur place. Pour quelle raison avez-vous demandé que nous nous rassemblions ?

— Pour débattre d'un châtiment, répondit SiNafay.

— Un châtiment ? répéta Matrone Baenre, perplexe.

Les années précédentes avaient été inhabituellement calmes dans la cité drow, sans aucun incident depuis le conflit entre les Maisons Teken'Duis et Freth. Aucun acte, à la connaissance de la Première Matrone, n'avait été commis qui demande réparation, et certainement aucun assez scandaleux pour obliger le Conseil régnant à réagir.

— Quel individu mérite d'être puni ? voulut-elle donc savoir.

— Il ne s'agit pas d'un individu, précisa Matrone SiNafay. (Elle regarda les autres Matrones pour évaluer leur intérêt.) Mais d'une Maison, poursuivit-elle brutalement. Daermon N'a'Shezbaernon, la Maison Do'Urden !

De brèves exclamations d'incrédulité retentirent ; elle s'y était attendue.

— La Maison Do'Urden ? demanda Matrone Baenre, étonnée que quelqu'un veuille accuser Matrone Malice.

Pour ce qu'en savait Baenre, Malice était en haute estime auprès de la Reine Araignée, et la Maison Do'Urden avait jusqu'à récemment eu deux instructeurs en poste à l'Académie.

— De quel crime accusez-vous donc la Maison Do'Urden ? demanda l'une des autres Mères Matrones.

— Vos paroles seraient-elles dictées par la crainte, SiNafay ? intervint Matrone Baenre.

Elle se devait de poser la question : plusieurs Matrones dirigeantes avaient fait part des préoccupations que leur inspirait la Maison Do'Urden. Matrone Malice avait envie d'obtenir un siège au Conseil régnant, l'information était bien connue, et, si l'on en jugeait par la puissance croissante de sa Maison, son vœu semblait devoir aboutir !

— J'ai une raison légitime, insista SiNafay.

— Les autres semblent en douter ! répliqua Matrone Baenre. Vous devriez préciser votre accusation – et rapidement, votre réputation en dépend !

SiNafay savait qu'il n'y avait pas que sa réputation dans la balance. À Menzoberranzan, une fausse accusation constituait un crime aussi grave que le meurtre.

— Nous nous rappelons toutes la chute de la Maison DeVir, commença-t-elle. Sept d'entre nous faisaient partie du Conseil régnant avec Matrone Ginafae DeVir.

— La Maison DeVir n'est plus, lui rappela Matrone Baenre.

— À cause de la Maison Do'Urden ! déclara carrément SiNafay.

Cette fois les exclamations des autres Matrones trahissaient la colère.

— Comment osez-vous proférer de telles paroles ! s'écria l'une d'elles.

— Cela fait trente ans ! intervint une autre. L'incident est oublié !

Matrone Baenre apaisa les esprits avant que tous ces cris débouchent sur la violence, ce qui n'était pas exceptionnel dans cette salle de Conseil.

— SiNafay ! dit-elle avec un rictus de mépris. Une telle accusation est aberrante. On ne peut pas mettre sur la table ce genre d'hypothèse si longtemps après les faits ! Vous savez comment nous procédons. Si la Maison Do'Urden a vraiment effectué cette attaque, comme vous l'affirmez, elle ne mérite que nos compliments et non un châtiment, car elle a réussi de manière éclatante : la Maison DeVir n'est plus. En vérité, elle n'existe pas !

Alton se sentait très mal à l'aise, déchiré entre la fureur et le désespoir. Mais SiNafay ne perdait pas contenance. La réunion se déroulait exactement comme elle l'avait prévu – espéré !

— Mais si, elle existe ! répondit-elle, se levant brusquement. (Elle ôta la capuche qui recouvrait la tête d'Alton.) En la personne de cet individu !

— Comment, Gelroos ? demanda Matrone Baenre, qui ne comprenait pas.

— Il ne s'agit pas de Gelroos. Gelroos Hun'ett est mort la nuit où est tombée la Maison DeVir. Ce mâle, Alton DeVir, a pris l'identité et la fonction de Gelroos pour se protéger d'autres attaques de la Maison Do'Urden !

Baenre murmura des instructions à la Matrone située à sa droite, puis attendit qu'elle ait achevé une incantation. Elle fit ensuite signe à SiNafay de se rasseoir et s'adressa à Alton.

— Dis-moi qui tu es, lui ordonna-t-elle.

— Alton DeVir, déclara Alton, trouvant une force renouvelée en se réclamant enfin de l'identité que depuis si longtemps il brûlait de révéler, fils de Matrone Ginafae et étudiant à Sorcere la nuit où la Maison DeVir fut attaquée !

Baenre regarda la Matrone à sa droite.

— Il dit la vérité, lui assura celle-ci.

Des murmures s'élevèrent tout autour de la table en forme d'araignée, exprimant surtout l'amusement.

— Voilà pourquoi j'ai demandé une réunion du Conseil régnant, expliqua vivement SiNafay.

— Fort bien, SiNafay, approuva Matrone Baenre. Je te félicite, Alton DeVir, pour la capacité de survie dont tu as fait preuve, ta débrouillardise. Pour un mâle, tu t'es comporté courageusement et intelligemment. Mais Matrone SiNafay et toi vous rendez bien compte que le Conseil ne va pas châtier une Maison pour un acte si ancien ; pourquoi voudrions-nous faire cela ? Matrone Malice Do'Urden a la faveur de la Reine Araignée, sa Maison semble très prometteuse ! Il faudra nous apprendre autre chose pour espérer obtenir de nous une punition contre elle.

— Ce n'est pas ce que je souhaite, répliqua tout de suite SiNafay. Cet incident qui date de trente ans n'est plus sous la juridiction du Conseil régnant. En effet, Matrones, la Maison Do'Urden paraît très prometteuse, avec quatre hautes prêtresses et un arsenal bien rempli ! Son Second Fils, Drizzt, fraîchement diplômé et premier de sa classe, ne constitue d'ailleurs pas le moindre de ses atouts…

SiNafay avait volontairement fait allusion à Drizzt car elle savait que ce nom toucherait une corde sensible chez Matrone Baenre : son propre fils, Berg'inyon, sur qui elle fondait de grands espoirs, avait passé les neuf dernières années confiné à un rang inférieur à celui de cet étonnant Do'Urden.

— Pourquoi nous avez-vous dérangées, alors ! s'écria Matrone Baenre d'un ton peu aimable.

— Pour vous demander de regarder ailleurs le moment venu, répondit SiNafay d'une voix suave. Alton est désormais un Hun'ett, je lui accorde ma protection. Il réclame vengeance pour le crime commis contre sa famille, et, en tant que membre survivant, il possède le droit d'accuser les coupables.

— La Maison Hun'ett appuiera sa revanche ? demanda Matrone Baenre qui commençait à éprouver des sentiments mêlés d'amusement et de curiosité.

— En effet. Elle est liée par l'honneur !

— La vengeance ? insista railleusement une autre Matrone, amusée elle aussi. Ou la peur, peut-être ? Pour ma part, j'ai l'impression que la Matrone de la Maison Hun'ett se sert de ce misérable DeVir pour son propre avantage. La Maison Do'Urden aspire à s'élever et Matrone Malice désire siéger au Conseil ! La Maison Hun'ett y verrait-elle une menace ?

— Qu'il s'agisse de vengeance ou de prudence, ma demande – celle d'Alton DeVir – est indubitablement légitime, insista SiNafay, et sert nos intérêts à toutes ! (Elle eut un sourire pervers et regarda directement la Première Matrone.) Elle sert aussi les intérêts de nos fils, qui veulent voir leur valeur reconnue…

— Certes ! approuva Matrone Baenre dans un gloussement qui rappelait une quinte de toux.

Une guerre entre les Maisons Hun'ett et Do'Urden pouvait effectivement se révéler bénéfique pour tout le monde, mais pas de la manière dont l'imaginait SiNafay, selon l'opinion de Baenre. Malice était une Matrone puissante, et sa famille méritait bien un rang supérieur à celui de Neuvième Maison. Si le combat se déclarait, c'est sans doute Malice qui obtiendrait le siège au Conseil qu'elle souhaitait tant… à la place de SiNafay !

Matrone Baenre regarda les autres Matrones et comprit à leurs expressions avides qu'elles partageaient son avis. Il n'y avait qu'à laisser les Hun'ett et les Do'Urden se battre entre eux. Dans tous les cas, la menace que constituait la Maison Do'Urden prendrait fin. Peut-être, espérait Baenre, un certain jeune mâle Do'Urden tomberait-il dans la bataille, ce qui donnerait enfin à son fils à elle la position qu'il méritait.

La Première Matrone prononça enfin les paroles que SiNafay était venue entendre, l'autorisation tacite accordée par le Conseil régnant de Menzoberranzan.

— L'affaire est entendue, mes sœurs, déclara-t-elle au milieu des hochements de tête approbateurs de l'assemblée. Disons que cette réunion d'aujourd'hui n'a jamais eu lieu.

19

Promesses de gloire

— As-tu trouvé la piste ? chuchota Drizzt, marchant à côté de la grande panthère. (Il donna à Guenhwyvar une tape amicale sur le flanc ; les muscles du fauve étaient détendus et Drizzt sut qu'il n'y avait pas de danger.) Ils sont partis, alors, remarqua-t-il, le regard perdu dans le vide du couloir devant eux. Mon frère les a traités de gnomes vicieux quand nous avons vu leurs traces près de l'étang. Vicieux et stupides ! (Il rengaina son cimeterre et s'agenouilla près de la panthère, le bras confortablement appuyé sur le dos de l'animal.) Ils ont pourtant été assez intelligents pour éviter notre patrouille...

Le gros chat regarda Drizzt comme s'il l'avait compris jusqu'au dernier mot, et l'humain frotta rudement la tête de Guenhwyvar, sa meilleure amie. Il se rappelait clairement sa jubilation quand, une dizaine auparavant, Dinin avait annoncé, à la grande indignation de Masoj, que Guenhwyvar avancerait désormais en tête de patrouille avec Drizzt.

— Le fauve m'appartient ! avait rappelé Masoj à Dinin.

— Et toi, tu m'appartiens ! avait répondu Dinin, le chef de patrouille, ce qui avait mis fin à la discussion.

Chaque fois que les cycles magiques de la figurine le permettaient, Masoj invoquait Guenhwyvar dans son plan astral et lui ordonnait de partir en éclaireur, ce qui offrait un surcroît de sécurité à Drizzt en plus d'une compagnie très appréciée.

D'après les courants thermiques inhabituels qui marquaient les parois, Drizzt sut qu'ils avaient atteint la limite extrême de leur périmètre de patrouille. Il avait volontairement mis beaucoup de distance (plus que de raison) entre les autres et eux. Il ne doutait pas que Guenhwyvar et lui soient capables de se débrouiller seuls et, avec le reste de la patrouille suffisamment loin, il pouvait se détendre et apprécier sa solitude. Les rares moments que Drizzt passait éloigné des drows lui permettaient de faire le point sur ses sentiments embrouillés. Guenhwyvar, qui lui semblait le considérer d'un œil bienveillant, sans le juger, offrait à Drizzt le public idéal pour ses réflexions à voix haute.

— Je commence à me demander à quoi bon, tout ça, chuchota-t-il au fauve. Je ne doute pas de l'intérêt de ces patrouilles : rien que cette dernière dizaine, nous avons vaincu une douzaine de monstres qui auraient pu faire des ravages dans la cité ! Mais, finalement, dans quel but ? (Drizzt plongea son regard dans les grands yeux tout ronds du fauve et y lut de la compassion ; il savait que Guenhwyvar comprenait instinctivement son dilemme.)

» Peut-être ne sais-je toujours pas qui je suis, dit-il d'un ton pensif, ou ce qu'est mon peuple. Chaque fois que j'entrevois une réponse, elle me mène sur une voie que je n'ose pas prendre, vers des conclusions que je refuse !

— Tu es un drow ! s'exclama une voix derrière lui.

Drizzt se retourna d'un bloc et vit Dinin à deux ou trois mètres de lui, l'air très inquiet.

— Les gnomes se sont enfuis hors de portée, annonça Drizzt dans un effort pour changer de sujet.

— N'as-tu toujours pas compris ce que signifie être un drow ? reprit Dinin. N'as-tu pas appris le sens de notre histoire, les promesses de notre avenir ?

— Je sais de notre histoire ce qu'on apprend à l'Académie. C'étaient nos toutes premières leçons. Mais notre avenir, je n'y comprends rien, et moins encore notre place dans l'ordre des choses !

— Tu connais pourtant nos ennemis, lui souffla Dinin.

— Des ennemis innombrables, récita Drizzt en soupirant. Ils grouillent dans les creux d'Outreterre, constamment à l'affût d'une négligence de notre part. Mais ils seront déçus, et tomberont finalement en notre pouvoir !

— Ah, mais nos plus grands ennemis ne se trouvent pas dans les sombres cavernes de notre monde, rectifia Dinin avec un sourire mauvais. Ils vivent dans un univers étrange et pervers !

Drizzt savait à qui Dinin faisait allusion, mais il soupçonnait que son frère lui cachait quelque chose.

— Le peuple des fées ! chuchota-t-il, et ce simple mot provoqua en lui un tourbillon d'émotions.

Toute sa vie il avait entendu parler de ces cousins pervers, de la manière dont ils avaient forcé les drows à fuir dans les entrailles de la terre. Drizzt, très pris par les corvées quotidiennes, n'avait pas souvent l'occasion de penser à eux, mais chaque fois que le nom de ce peuple lui traversait l'esprit, il s'en servait comme d'une litanie contre tout ce qu'il détestait dans son existence. Si, comme le faisaient visiblement tous les autres elfes noirs, il parvenait d'une manière ou d'une autre à rendre les elfes de la surface responsables des injustices criantes de la société drow, Drizzt avait le sentiment qu'il pourrait éprouver de l'espoir pour l'avenir de son peuple. Rationnellement, il se sentait plus ou moins obligé de rejeter cette légende stimulante sur la guerre entre elfes comme un autre mensonge dans le flot incessant de mensonges dont on l'abreuvait, mais, au plus profond de son cœur, Drizzt s'accrochait de toutes ses forces à cette histoire.

Il reporta son attention sur Dinin.

— Le peuple des fées, répéta-t-il. Dont je ne sais rien…

Dinin gloussa devant le scepticisme obstiné de son frère ; il était devenu si habituel !

— Ils sont bien tels qu'on t'a dit, affirma-t-il. Ils ne valent rien ; des pervers au-delà de tout ce que tu peux imaginer ! Ils ont torturé notre peuple, nous ont bannis voici des éons. Nous ont forcés…

— Je connais ces histoires ! l'interrompit Drizzt, inquiet parce que son frère élevait de plus en plus la voix. (Il jeta un coup d'œil par-dessus son épaule.)

» Si la patrouille a pris fin, rejoignons les autres, plus près de la cité. Cet endroit est trop dangereux pour ce genre de discussion !

Il se redressa et repartit en sens inverse, Guenhwyvar à ses côtés.

— Pas aussi dangereux que là où je te mènerai bientôt…, répliqua Dinin avec ce même sourire mauvais.

Drizzt s'arrêta et le regarda, intrigué.

— Je peux bien te le révéler, je crois, poursuivit Dinin, l'air ravi. On nous a choisis parce que nous formons le meilleur groupe de patrouille, et tu n'es pas pour rien dans cet honneur qui nous est fait.

— Choisis ? Pour quoi faire ?

— D'ici une quinzaine de jours, nous quitterons Menzoberranzan. Notre chemin nous emmènera bien loin de la cité, et pour longtemps !

— Combien de temps ? demanda Drizzt, soudain très curieux.

— Deux dizaines, peut-être trois. Cela en vaut la peine ! Mon jeune frère, nous allons être les acteurs d'une revanche contre nos ennemis les plus détestables, nous allons frapper un grand coup pour la gloire de la Reine Araignée ! (Drizzt pensait avoir compris, mais l'idée lui semblait trop choquante pour qu'il soit sûr.)

» Oui, les elfes de la surface ! s'exclama Dinin, rayonnant. On nous a choisis pour effectuer un raid là-haut !

Drizzt ne ressentait pas l'excitation évidente de son frère, car les implications de la mission ne lui apparaissaient pas clairement. Au moins pourrait-il voir les elfes de la surface, affronter la vérité au fond de son cœur, de ses espoirs. Mais toutes les déceptions qu'il avait connues ces dernières années tempéraient son allégresse et lui rappelaient que, si la véritable nature des elfes apporterait peut-être une justification au monde de noirceur où vivait le peuple de Drizzt, il était également possible qu'elle lui arrache ce à quoi il tenait le plus. Il ne savait trop quoi penser.

— Ah, la surface ! dit Alton d'un ton rêveur. Ma sœur y est allée une fois, pour un raid. Elle a dit qu'il s'agissait d'une expérience merveilleuse ! (Il regarda Masoj, surpris de l'expression sinistre sur le visage du jeune Hun'ett.) Et c'est ta patrouille qui va faire le voyage. Vraiment je t'envie !

— Je n'y vais pas, déclara Masoj.

— Mais pourquoi ? s'écria Alton, abasourdi. Tu ne retrouveras pas de sitôt une telle occasion ! Cela fait bien vingt ans que Menzoberranzan n'a pas lancé de raid en surface – d'ailleurs je suis certain que cette situation irrite la

Reine Araignée. Si ça se trouve, le prochain aura lieu dans vingt ans, et tu ne feras plus partie des patrouilles ! (Masoj regarda le domaine Hun'ett par la petite fenêtre de la chambre d'Alton.) En outre, poursuivit Alton à voix basse, là-haut, loin des regards indiscrets, tu pourrais trouver un moyen d'éliminer les deux Do'Urden. Alors pourquoi ne pas y aller ?

— Auriez-vous oublié une règle que vous avez vous-même contribué à édicter ? répliqua Masoj en se tournant d'un air accusateur vers Alton. Il y a vingt ans, les maîtres de Sorcere ont décidé qu'aucun sorcier ne devait plus s'approcher de la surface !

— Oh ! C'est vrai, reconnut Alton, se rappelant soudain la réunion où la décision avait été prise. (Sorcere lui semblait si loin à présent, bien qu'il ne séjourne que depuis quelques dizaines dans la demeure Hun'ett !) Nous avions conclu que la magie drow pouvait avoir des effets inattendus à ciel ouvert, parce qu'au cours de ce raid, vingt ans auparavant…

— Je connais l'histoire ! Une boule de feu lancée par un sorcier a anormalement grossi et a tué plusieurs drows. Vous, les maîtres, avez à l'époque qualifié cela de « dangereux dommages collatéraux », mais à mon avis le mage a pris prétexte d'un accident pour éliminer quelques ennemis personnels !

— Oui, confirma Alton, c'est en effet ce que disait la rumeur. Mais, faute de preuves… (Il n'alla pas au bout de sa pensée, sachant que tout cela ne consolait guère Masoj.) Cela fait si longtemps ! reprit-il pour essayer d'être plus positif. N'as-tu pas de recours ?

— Aucun, répondit sèchement Masoj. Les choses changent peu à Menzoberranzan ; je doute que les maîtres aient même entrepris des recherches là-dessus.

— Quel dommage ! L'occasion aurait été parfaite.

— Suffit ! gronda Masoj. Matrone SiNafay ne m'a de toute manière pas encore donné l'ordre d'assassiner Drizzt Do'Urden ou son frère. On vous a déjà averti de ne pas vous abandonner à vos envies. Quand la Mère Matrone m'ordonnera de frapper, je ne la décevrai pas ; on peut créer des occasions…

— À t'entendre, j'ai l'impression que tu sais déjà comment Drizzt Do'Urden mourra.

Un affreux sourire apparut sur le visage de Masoj tandis qu'il prenait dans sa poche la figurine d'onyx, son esclave magique sans volonté propre auquel cet imbécile de Drizzt en était venu à accorder toute sa confiance.

— Et comment ! conclut-il en donnant une pichenette à la statuette de Guenhwyvar, qui tournoya dans les airs. Il la rattrapa et la montra à Alton.

» Et comment…

Les membres du commando choisi pour le raid se rendirent vite compte que cette mission allait sortir de l'ordinaire. Au cours de la dernière dizaine, ils n'effectuèrent aucune des patrouilles de routine autour de Menzoberranzan, mais restèrent jour et nuit cloîtrés dans l'un des baraquements de Melee-Magthere. Ils passaient l'essentiel des heures de veille rassemblés autour d'une table ovale dans une salle de conférences où on leur détaillait les plans de bataille de leur future aventure, et où le maître du Savoir Hatch'net leur farcissait sans trêve la tête de ses contes sur les vicieux elfes de la surface.

Drizzt écoutait attentivement ces histoires, se laissant aller (se forçant même) à tomber dans la toile hypnotique des paroles de Hatch'net. Il fallait que ce soit vrai ! Dans le cas contraire, Drizzt ne savait pas comment il pourrait conserver ses plus chers idéaux.

Dinin supervisait les aspects tactiques de la préparation du raid ; il montrait des cartes des longs tunnels que le groupe allait emprunter, les interrogeant encore et encore jusqu'à s'assurer qu'ils avaient parfaitement mémorisé le trajet.

Les membres du commando, très enthousiastes (sauf Drizzt), écoutaient aussi attentivement cette partie de la préparation, et avaient du mal à s'empêcher d'exprimer leur excitation par des cris de joie répétés. Alors que la dizaine de préparatifs touchait à son terme, Drizzt remarqua que l'un des membres de la patrouille n'y avait pas assisté. Il avait d'abord pensé que Masoj suivait son propre entraînement à part, avec les maîtres de Sorcere, mais, à mesure que l'heure du départ approchait et que les plans de bataille se précisaient, il finit par comprendre que le sorcier n'allait sans doute pas participer à l'expédition.

— Où est notre mage ? osa-t-il demander à la fin d'une séance.

Dinin n'apprécia guère l'interruption et jeta un regard sévère à son frère.

— Masoj ne nous accompagnera pas, répondit-il, contrarié parce que les autres risquaient maintenant de partager l'inquiétude de Drizzt.

Ils ne pouvaient guère se permettre d'être distraits à un moment aussi crucial !

— Sorcere a décrété qu'aucun sorcier ne devait s'approcher de la surface, expliqua maître Hatch'net. Masoj Hun'ett attendra notre retour ici, dans la cité. C'est bien dommage, effectivement, parce qu'il a amplement prouvé sa valeur au combat ! Mais ne vous inquiétez pas, une prêtresse d'Arach-Tinilith vous accompagnera.

— Et pour…, commença Drizzt, sa voix s'élevant au-dessus des murmures approbateurs des autres membres du commando.

Dinin interrompit sèchement son frère, dont il avait facilement deviné les pensées.

— Le fauve appartient à Masoj, déclara-t-il d'un ton sans réplique. Il reste ici.

— Et si je pouvais m'arranger avec Masoj ? insista Drizzt.

Le regard mauvais de Dinin répondit à la question sans qu'il soit besoin de mots.

— La tactique sera différente en surface, déclara-t-il au reste du groupe, mettant fin aux divers chuchotements. Là-haut les distances sont tout de suite très importantes, on n'est pas confiné entre des parois de tunnels ! Quand nous aurons repéré nos ennemis, notre tâche consistera à les encercler, à réduire ces distances. (Il regarda directement son frère cadet.) Nous n'aurons pas besoin d'éclaireur ; dans ce genre de configuration de combat, un fauve fougueux pourrait bien être un embarras plus qu'un avantage !

Drizzt dut se contenter de cette réponse. Ergoter ne servirait à rien, même s'il parvenait à convaincre Masoj de lui laisser la panthère – et il n'avait aucune chance, il le savait. Il renonça amèrement à son désir et se contraignit à écouter les paroles de son frère. Il allait devoir affronter le plus important défi de sa jeune vie – son plus grand danger !

Au cours des deux derniers jours, le plan de bataille s'incrusta dans les pensées de tous, et Drizzt ressentit une agitation de plus en plus intense. Une espèce d'énergie nerveuse constante rendait ses mains moites, et ses yeux trop alertes ne restaient jamais en place.

En dépit de sa déception de ne pouvoir compter sur Guenhwyvar, il éprouvait une excitation indéniable! Elle bouillonnait en lui. C'était là l'aventure dont il avait toujours rêvé, la réponse qu'il attendait sur la véritable nature de son peuple. Là-haut, dans l'immense étrangeté de ce monde inconnu, se tapissaient les elfes de la surface, ce cauchemar jamais vu qui tenait lieu d'ennemi commun, donc de lien entre tous les drows. Drizzt allait découvrir la gloire du combat et participer à une revanche légitime sur les ennemis jurés de son peuple. Jusqu'à présent, il n'avait combattu que par nécessité, dans les salles d'entraînement ou contre des monstres abrutis qui s'étaient par trop approchés de la cité.

Il savait que cette confrontation serait différente. Cette fois, ses bottes d'escrime, les coups qu'il porterait, seraient soutenus par de profondes émotions, guidés par le sentiment d'honneur de son peuple, par le courage qu'ils partageaient tous, leur détermination à frapper leurs oppresseurs. Voilà ce qu'il devait croire.

Drizzt, allongé sur sa paillasse la nuit précédant le départ du commando, effectuait avec ses cimeterres de lentes manœuvres au-dessus de lui.

— Cette fois, chuchota-t-il aux lames tout en admirant leur danse complexe même à cette faible vitesse, cette fois, quand votre métal résonnera, il chantera le chant de la justice ! (Il posa ses armes près de sa couche et s'installa confortablement, à la recherche d'un sommeil bien nécessaire.)

» Cette fois ! répéta-t-il, les dents serrées, les yeux brillant d'une lueur décidée.

Mais cette déclaration exprimait-elle ses convictions ou ses espoirs ? Drizzt avait chassé cette question dérangeante la première fois qu'elle s'était immiscée dans ses pensées, car il ne pouvait pas se permettre les doutes ou les atermoiements ! Il refusait désormais d'envisager la possibilité de la déception : elle n'avait rien à faire dans le cœur d'un guerrier drow.

Toutefois pour Dinin, qui, intrigué, observait Drizzt depuis l'ombre du seuil, ces paroles donnaient l'impression que son jeune frère essayait de se convaincre lui-même !

20

Un monde étranger

Les quatorze membres de la patrouille se frayèrent un chemin par des tunnels tortueux et des cavernes géantes qui s'ouvraient subitement devant eux. Inaudibles grâce à leurs bottes magiques, presque invisibles dans leurs *piwafwis*, ils ne communiquaient qu'au moyen de leur code gestuel. Pendant la plus grande partie du trajet, l'inclinaison du sol fut presque imperceptible, mais parfois le groupe devait grimper dans des cheminées rocheuses verticales ; là, chaque prise les rapprochait de leur but. Ils franchirent les frontières de territoires occupés par d'autres peuples ou des monstres, mais les gnomes détestés et même les duergars eurent la sagesse de ne pas se montrer. Il y en avait peu dans toute l'Outreterre qui oseraient se mettre volontairement en travers du chemin d'un commando drow en mission !

Au bout d'une dizaine, tous les membres du groupe pouvaient ressentir une différence dans leur environnement. Un habitant de la surface se serait encore senti écrasé à cette profondeur, mais les elfes noirs, accoutumés à l'oppression permanente de milliers de milliers de tonnes de roc au-dessus de leurs têtes, s'attendaient déjà à chaque détour du chemin à voir le plafond de pierre s'envoler dans l'espace immense du monde de la surface !

Des brises jouaient sur leurs visages, non plus des vents chauds empestant le sulfure et issus du magma aux tréfonds de la terre, mais de l'air humide, parfumé de centaines d'arômes que les drows n'avaient jamais sentis. C'était le printemps là-haut (les elfes noirs, dans leur environnement dépourvu de saison, n'en savaient rien), et l'atmosphère s'imprégnait d'odeurs de fleurs tout juste écloses et d'arbres en bourgeons. Drizzt, séduit malgré lui par ces fragrances enivrantes, devait sans cesse se remémorer la perversité sans mélange, le danger que présentait l'endroit qu'ils allaient atteindre. Peut-être, se disait-il, ces parfums constituaient-ils un piège sournois, un appât destiné à attirer les moins méfiants dans les griffes meurtrières du monde de la surface.

Enfin, la prêtresse d'Arach-Tinilith qui accompagnait le commando s'approcha d'un mur et appuya son visage sur toutes les fissures qu'elle y voyait.

— Celle-ci ira, annonça-t-elle un peu plus tard.

Elle jeta un sort de vision et regarda de nouveau par la minuscule ouverture, à peine plus large qu'un doigt.

— Comment allons-nous pouvoir passer là-dedans ? signa l'un des membres du commando à un autre.

Dinin surprit le mouvement et mit fin d'un froncement de sourcils à cette conversation silencieuse.

— Il fait jour dehors, déclara la prêtresse. Nous allons devoir attendre.

— Combien de temps ? demanda Dinin.

C'était le meilleur moment pour sa patrouille, il le savait : elle était fin prête, impatiente de toucher enfin au but.

— Impossible à dire. Cela ne dépassera pas une moitié de cycle de Narbondel. Posons nos affaires et profitons-en pour nous reposer.

Dinin aurait préféré continuer la marche, ne serait-ce que pour occuper sa troupe, mais il n'osa pas s'opposer à la prêtresse. De toute façon, l'arrêt ne fut finalement pas long : deux heures plus tard, la prêtresse regarda de nouveau par la fissure et dit que le moment était venu.

— Toi d'abord, ordonna Dinin à Drizzt.

Celui-ci jeta un regard incrédule à son frère. Il ne voyait pas comment il pouvait espérer passer par une voie aussi étroite !

— Approche, indiqua la prêtresse qui tenait à présent une sphère à la surface percée de nombreux trous. Passe devant moi et continue.

Au moment où Drizzt passait devant la prêtresse, elle prononça le mot d'activation et maintint la sphère au-dessus de la tête du jeune guerrier. Des flocons noirs, plus noirs encore que sa peau d'ébène, tombèrent lentement sur lui et il sentit un énorme frisson lui parcourir l'échine.

Les autres virent avec stupéfaction le corps de Drizzt s'étrécir jusqu'à la largeur d'un cheveu ; le drow était devenu une image bidimensionnelle, l'ombre de lui-même !

Il ne comprit pas ce qui lui arrivait, mais la fissure s'élargit subitement sous ses yeux. Il s'y glissa, se rendit compte qu'il pouvait avancer par la seule force de sa volonté, et dériva par les nombreux tournants, vrilles, virages de ce minuscule conduit, comme une ombre suit les arêtes rocheuses d'une falaise. Il se retrouva enfin dans une longue caverne, face à l'unique issue qui donnait sur l'extérieur.

Une nuit sans lune était tombée, mais semblait pourtant brillante au drow habitué à l'obscurité totale. Drizzt se sentit soudain attiré vers la sortie, vers l'espace qu'offrait la surface ! Les autres membres du commando arrivaient par la fissure, l'un après l'autre ; la prêtresse fut la dernière à passer. Drizzt ressentit en premier le frisson qui indiquait que son corps revenait à ses dimensions normales. Un moment plus tard, ils étaient tous prêts et vérifiaient fébrilement leurs armes.

— Je vous attends ici, déclara la prêtresse à Dinin. Bonne chasse ! La Reine Araignée vous regarde.

Dinin avertit une dernière fois sa troupe des dangers de la surface, puis se dirigea vers la sortie de la caverne, une petite cavité qui débouchait à flanc de montagne.

— Pour la Reine Araignée ! s'exclama-t-il.

Il prit une grande inspiration pour se calmer et les mena à ciel ouvert.

Sous les étoiles ! Tandis que les autres paraissaient nerveux à la vue de toutes ces lueurs qui risquaient de révéler leur présence, Drizzt se rendit compte que son regard était irrésistiblement attiré vers le haut, vers ces myriades de points au scintillement mystique. Baigné de la lumière des étoiles, il sentit son cœur prendre son essor et ne prit pas garde aux chants joyeux que portait le vent nocturne ; ils allaient si bien avec la scène !

Dinin, lui, entendit ces voix, et il avait assez d'expérience pour y reconnaître l'appel si étrange des elfes de la surface. Il s'accroupit et scruta l'horizon jusqu'à ce qu'il repère la lueur d'un feu en contrebas, dans l'étendue lointaine d'une vallée boisée. Il fit signe à sa troupe de passer à l'action (il rabroua notamment son frère qui restait à bayer aux étoiles) et ils se mirent en route.

Drizzt discernait de l'anxiété sur le visage de ses compagnons, une anxiété en complet décalage avec son propre inexplicable sentiment de sérénité. Il eut tout de suite le soupçon que quelque chose n'allait pas du tout dans cette expédition ! Il avait su au plus profond de son cœur, à la minute où il était sorti de la caverne, que ce monde n'était pas l'univers maléfique décrit avec acharnement par les maîtres de l'Académie. Le fait de ne pas avoir de plafond rocheux au-dessus de sa tête était insolite, bien sûr, mais pas inconfortable. Si ces étoiles qu'il aimait déjà tant constituaient effectivement, comme l'avait prétendu maître Hatch'net, un avant-goût de la lumière à la surface, certainement le jour qui se lèverait ensuite ne pouvait être si terrible !

Cette perplexité seule venait gâcher la sensation de liberté qu'éprouvait Drizzt : soit ses sens s'étaient laissé prendre au piège, soit tous ses compagnons, son frère y compris, voyaient leur environnement d'un regard déformé par les préjugés.

Ce qui ajoutait un nouveau fardeau sur ses épaules. Ce sentiment de confort qu'il éprouvait était-il un signe de faiblesse ou de lucidité ?

— Ces grands êtres immobiles sont semblables aux plantations de thallophytes chez nous, insensibles et inoffensifs, affirma Dinin à ses hommes quand ils s'avancèrent, hésitants, sous les bosquets à l'orée d'un bois.

Pourtant, les jeunes drows sursautaient et dégainaient leurs armes au moindre bruit fait par un écureuil qui passait sur une branche au-dessus de leurs têtes ou par un oiseau de proie invisible lançant son cri. Le monde silencieux des elfes noirs ne fourmillait jamais de la vie bruissante de la forêt au printemps, et, en Outreterre, l'immense majorité des êtres vivants pouvait – et ne s'en privait pas – détruire tous ceux qui pénétraient sur son territoire. Même le chant d'un grillon représentait une menace aux oreilles des guerriers !

Dinin avait bien repéré la route. Bientôt la chanson du peuple des fées domina tous les autres bruits tandis que la lueur du feu devenait visible au travers des bosquets. Les elfes de la surface étaient les plus vifs de tous les peuples, aux sens aigus, et un humain – même un halfelin sournois – aurait eu grand mal à s'approcher d'eux sans être repéré.

Mais, cette nuit-là, il s'agissait d'un commando drow, plus entraîné au déplacement silencieux et furtif que le plus doué des tire-laine. Ils ne faisaient aucun bruit, même lorsqu'ils marchaient sur des tapis de feuilles mortes et sèches, et leurs cottes parfaitement ouvragées, épousant à merveille les contours de leurs corps sveltes, suivaient leurs mouvements sans le moindre son. Ils purent donc s'aligner, inaperçus, le long du périmètre de la petite clairière où une douzaine d'elfes chantaient et dansaient.

Fasciné par la joie pure qui transparaissait dans tous les mouvements de leurs futures victimes, Drizzt se rendit à peine compte que son frère leur donnait des ordres dans le code silencieux des drows. Plusieurs enfants dansaient, et ils ne se distinguaient que par la taille de leurs corps, car ils ne semblaient pas plus insouciants que les adultes dans ce groupe ! Ils avaient tous l'air si innocents, si pleins de vie et d'allégresse. De toute évidence une amitié très profonde les unissait tous, plus profonde que tout ce qu'avait pu connaître Drizzt à Menzoberranzan ! Ils semblaient si différents des histoires qu'Hatch'net avait racontées sur eux, ces contes décrivant des créatures misérables, perverses et haineuses !

Drizzt ressentit plus qu'il vit que les autres membres du groupe s'étaient mis en mouvement, se déployant en éventail pour augmenter leur avantage. Mais il ne pouvait toujours pas arracher son regard du spectacle devant lui. Dinin lui donna une tape sur l'épaule et lui désigna la petite arbalète accrochée à sa ceinture, puis se mit en position dans les buissons, à côté.

Le jeune Do'Urden voulait arrêter son frère et tous les autres drows, voulait les obliger à attendre, à observer les elfes de la surface qu'ils tenaient tant à qualifier d'ennemis ! Mais ses pieds avaient pris racine ; sa langue pesait lourd dans sa bouche soudain asséchée. Il regarda Dinin en espérant que son frère interpréterait son souffle devenu laborieux comme un des effets de la frénésie guerrière.

L'ouïe fine de Drizzt lui permit de percevoir le son étouffé d'une douzaine d'arbalètes qu'on armait. Le chant des elfes continua un petit moment encore, jusqu'à ce que plusieurs d'entre eux s'effondrent.

— Non ! hurla Drizzt, horrifié, les mots arrachés de sa gorge par une rage aveugle qu'il ne comprenait pas.

Cette protestation sonna comme un cri de guerre parmi d'autres aux oreilles des autres membres du commando. Sans laisser aux elfes de la surface le temps de réagir, les drows se ruèrent sur eux.

Drizzt lui aussi bondit dans le cercle de lumière au milieu de la clairière, armes en mains, sans avoir réfléchi le moins du monde à ce qu'il allait faire. Il voulait seulement que la bataille s'arrête, il voulait mettre un terme à la scène qui se déroulait sous ses yeux.

Les elfes de la surface s'étaient sentis en sécurité dans leur patrie boisée, ils n'avaient même pas d'armes. Les guerriers drows se jetèrent sur eux sans pitié et les taillèrent en pièces, frappant sauvagement leurs corps, même après que l'étincelle de la vie avait quitté leurs yeux.

Une femme épouvantée, dans sa course erratique, arriva juste devant Drizzt. Il abaissa les pointes de ses cimeterres vers le sol, à la recherche d'un moyen de lui procurer du réconfort.

Mais elle eut un spasme soudain quand une épée plongea dans son dos et ressortit de l'autre côté de son torse élancé. Drizzt, fasciné, révulsé, regarda le guerrier drow derrière elle agripper à deux mains la garde de son arme et fouailler la plaie de sa lame. L'elfe riva son regard à celui de Drizzt dans les dernières secondes de sa vie, implorant la pitié. Mais sa voix se perdit dans un gargouillis écœurant.

Le guerrier, une expression de jouissance absolue sur le visage, dégagea son épée du corps et l'utilisa dans la foulée pour décapiter la femme elfe.

— Vengeance ! cria-t-il au nez de Drizzt, les traits convulsés par son exultation démente, les yeux étincelant d'une lueur qui parut démoniaque au jeune drow ébahi.

L'assassin porta un dernier coup au cadavre, puis se rua en quête d'une autre victime.

Peu de temps après une autre elfe, une petite fille cette fois, s'écarta du massacre et se rua en direction de Drizzt en hurlant sans trêve le même mot dans la langue incompréhensible des elfes de la surface. Mais, en regardant son beau visage trempé de larmes, il comprit ce qu'elle disait : ses yeux étaient rivés sur le cadavre mutilé à ses pieds, son angoisse surpassait même la terreur que devait lui inspirer sa propre mort. Elle ne pouvait que crier : « Mère ! »

La rage, l'horreur, l'épouvante, et une dizaine d'autres émotions mirent Drizzt au supplice en cet instant abominable. Il voulait fuir ses sentiments, se jeter dans l'aveugle frénésie que connaissait si bien son peuple et admettre la hideuse réalité. Cela aurait été si facile d'abandonner cette conscience qui le faisait tant souffrir !

L'enfant elfe s'était précipitée au-devant de Drizzt mais l'avait à peine remarqué, car son regard n'avait pas quitté le corps de sa mère ; la tête baissée, elle lui présentait sa nuque, il pourrait la décapiter d'un seul coup bien net. Il leva son cimeterre, sans savoir s'il s'apprêtait à commettre un meurtre ou à faire preuve de charité.

— C'est bien, mon frère ! l'encouragea alors Dinin dans un hurlement qui domina aisément les cris et les exclamations de joie des autres membres du commando et résonna aux oreilles de Drizzt comme une accusation. (Le jeune Do'Urden leva les yeux et vit Dinin, couvert de sang des pieds à la tête, debout au milieu d'un tas d'elfes morts aux corps tailladés.) Aujourd'hui tu apprends ce qu'est la gloire des drows ! poursuivit son aîné, plein d'arrogance, en brandissant le poing. Aujourd'hui nous apaisons la Reine Araignée !

Drizzt répondit par un autre cri, puis, le visage déformé par un rictus, se mit en position pour frapper mortellement l'enfant.

Il faillit le faire ! Sous le choc, Drizzt Do'Urden faillit devenir comme tous ceux de son peuple, il faillit arracher la vie des beaux yeux étincelants d'une enfant.

Mais, au dernier moment, elle leva le regard sur lui, et la lueur qu'il y vit lui évoqua un miroir noir où se serait reflété son cœur assombri. Ce fut dans ce reflet, dans cette image inversée de la rage qui menait sa main, que Drizzt Do'Urden sut qui il était.

Il abattit le cimeterre d'un grand geste puissant, et vérifia du coin de l'œil : Dinin n'avait pas remarqué que l'arme passait à côté de l'enfant sans lui faire aucun mal. Dans le même mouvement, Drizzt agrippa la petite par sa tunique et la jeta face contre terre.

Elle hurla de terreur, toujours indemne, et Drizzt vit Dinin brandir de nouveau le poing vers le ciel puis se détourner, à la recherche d'autres elfes à massacrer.

Il devait faire vite. La bataille approchait de sa conclusion révoltante. Il passa adroitement ses cimeterres au-dessus du dos de l'enfant prostrée, transformant ses vêtements en haillons sans égratigner le moins du monde sa peau délicate. Puis il se servit du sang du cadavre décapité pour camoufler la ruse. Il trouva une espèce de satisfaction macabre dans l'idée que la mère elfe aurait aimé savoir que son cadavre avait sauvé la vie de sa fille.

— Ne bouge pas ! chuchota-t-il à l'oreille de la petite.

Il savait qu'elle ne pouvait pas le comprendre, mais il essaya de parler d'un ton réconfortant dans l'espoir qu'elle devine son subterfuge. Un moment plus tard, sa ruse fut mise à l'épreuve avec l'arrivée de Dinin et des autres.

— Parfait ! s'écria avec exubérance son frère aîné, tout tremblant d'exaltation. Une douzaine de viandes à orques abattues et aucun d'entre nous n'a souffert la moindre blessure ! Les Matrones à Menzoberranzan seront ravies, même s'il n'y a pas de butin à espérer de ce misérable groupe ! (Il jeta un coup d'œil à ce qui se trouvait aux pieds de Drizzt, et donna une grande tape sur l'épaule de son frère.) Croyaient-elles donc pouvoir s'enfuir ? rugit-il, réjoui. (Drizzt avait le plus grand mal à surmonter son dégoût, mais Dinin, ivre de sang, ne risquait guère de le remarquer.)

» Pas avec toi ici ! poursuivit le frère aîné. Deux têtes pour Drizzt !

— Une ! protesta un autre en venant à côté de Dinin.

Drizzt posa fermement les mains sur les gardes de ses cimeterres et rassembla son courage : si ce drow avait vu ce qu'il avait fait, Drizzt se battrait pour sauver l'enfant elfe. Il tuerait ses compagnons, son frère même, pour épargner la petite fille aux yeux étincelants, jusqu'à tomber lui-même. Au moins il ne devrait pas ensuite être témoin du massacre de l'enfant !

Mais heureusement la question ne se posa pas.

— Drizzt a bien eu l'enfant, expliqua le drow à Dinin, mais j'ai tué la femme ! J'ai plongé mon épée dans son dos sans laisser le temps à votre frère d'utiliser ses cimeterres !

Cela lui vint automatiquement, comme un coup porté en réflexe contre tout le mal qui l'entourait. Drizzt ne se rendit même pas compte de ce qu'il faisait, mais, l'instant d'après, il vit l'autre allongé de tout son long sur le dos, toute arrogance disparue, gémissant de douleur, le visage enfoui dans ses mains. C'est alors seulement qu'il remarqua la douleur aiguë, et qu'il vit que ses doigts étaient couverts de sang, tout comme la garde du cimeterre qu'ils serraient très fort.

— Qu'est-ce qui te prend ? voulut savoir Dinin.

Drizzt devait réagir vite ; sans faire attention à son frère, il porta son regard sur le drow à terre et reporta toute sa fureur sur lui d'une manière que les autres accepteraient et respecteraient :

— Si jamais tu as encore le malheur de me voler une tête, cracha-t-il (et son ton, à défaut de ses paroles, débordait de sincérité), je prendrai la tienne en réparation !

Drizzt se rendait compte que l'enfant à ses pieds, malgré tous ses efforts, ne pouvait réprimer un faible tremblement causé par les sanglots retenus, et il décida de ne pas forcer la chance.

— Allons, grommela-t-il. Quittons cet endroit ; la puanteur de la surface m'emplit la bouche de bile !

Il se mit subitement en route ; les autres aidèrent en riant leur camarade hébété à se lever et suivirent.

— Enfin ! chuchota Dinin en emboîtant le pas de Drizzt. Enfin tu as appris ce que signifie être un guerrier drow !

Dinin, dans son aveuglement, ne comprendrait jamais l'ironie de ses paroles.

— Il nous reste un devoir à accomplir avant de retourner chez nous, expliqua la prêtresse au groupe quand ils furent revenus à l'entrée de la caverne. (Elle était seule à connaître ce second but du raid.) Les Matrones de Menzoberranzan nous ordonnent de voir de nos propres yeux l'horreur ultime du monde de la surface, afin que nous puissions mettre en garde notre peuple en connaissance de cause.

Notre peuple? se demanda sombrement et railleusement Drizzt. Pour autant qu'il sache, les membres du commando avaient déjà assisté à l'horreur du monde de la surface, celle qu'ils y avaient apportée !

— Regardez ! s'écria Dinin en désignant l'horizon à l'est.

La plus imperceptible des lueurs commençait à souligner les montagnes au loin. Un habitant de la surface n'aurait rien remarqué, mais c'était très clair pour des drows ; tous, même Drizzt, eurent un instinctif mouvement de recul.

— C'est beau, osa remarquer Drizzt après un moment.

Dinin lui jeta un regard glacial, mais pas aussi froid que celui dont le gratifia la prêtresse.

— Retirez vos manteaux et votre équipement, même votre armure, dit-elle au groupe. Vite ! Mettez-les bien au fond de la caverne pour éviter que la lumière les affecte.

Ensuite elle les mena dehors, dans la clarté croissante.

— Voyez ! s'écria-t-elle d'un ton sinistre.

Le ciel à l'est prit une nuance de rose mauve qui vira au rose franc ; sa brillance gênait déjà les drows qui plissaient les paupières. Drizzt voulait nier l'inconfort qu'il ressentait, le jeter rageusement aux oubliettes avec tous les mensonges que leur avait débités le maître du Savoir concernant les elfes de la surface !

Puis cela se produisit : le sommet arrondi du soleil apparut à l'horizon. Le monde s'éveilla à sa chaleur, son énergie porteuse de vie. Mais ces mêmes rayons bienfaisants assaillirent les yeux des elfes noirs avec la fureur du feu, parurent déchirer leurs globes oculaires qui n'avaient jamais subi cela.

— Voyez ! leur cria la prêtresse. Soyez témoins de la pire horreur !

L'un après l'autre, les membres du commando hurlèrent de douleur et rejoignirent l'obscurité de la caverne. À la fin, seuls Drizzt et la prêtresse restèrent exposés à la lumière de plus en plus brillante du jour. Cette clarté agressait Drizzt avec autant de violence que les autres, mais il s'y baignait pourtant avec délices, l'acceptant comme son purgatoire, s'y exposant pour que son feu brûlant purifie son âme.

— Viens, lui dit finalement la prêtresse, perplexe devant sa réaction. Nous avons été témoins et pouvons à présent regagner notre patrie.

— Notre patrie ? répéta faiblement Drizzt.

— Menzoberranzan ! s'exclama la prêtresse qui le croyait atteint dans sa raison. Viens donc avant que cet enfer calcine ta peau sur tes os. Laissons nos *cousins* à la surface souffrir ces flammes, elles sont un châtiment parfait pour leurs cœurs pervers !

Drizzt eut un gloussement désespéré. *Un châtiment parfait ?* Il aurait voulu rapporter un millier de soleils arrachés au ciel et les placer dans chaque chapelle de Menzoberranzan pour qu'ils y luisent éternellement.

Alors il ne put supporter davantage la lumière. Il retourna en titubant dans la caverne, où il réendossa son équipement. La prêtresse avait déjà repris la sphère, et Drizzt fut de nouveau le premier à passer par la minuscule fissure. Quand tout le groupe eut regagné le tunnel de l'autre côté, ce fut lui qui prit la tête et les fit revenir dans l'obscurité de plus en plus épaisse – à la noirceur de leur existence.

21

Puisse-t-il plaire à la déesse...

— Avez-vous su plaire à la déesse ? demanda Matrone Malice, et sa question avait l'allure d'une menace.

À côté d'elle, les trois femmes de la famille, Briza, Vierna et Maya, s'efforçaient de conserver une expression impassible pour cacher la jalousie qu'elles éprouvaient.

— Aucun elfe noir n'a été abattu ! répondit Dinin, la voix chargée de la suavité perverse de la joie drow. Nous avons tranché dans le vif, nous les avons déchiquetés ! (Son récit ramenait en Dinin la jouissance de ce moment et le faisait baver.) Nous leur avons arraché la chair des os !

— Combien à ton actif ? interrompit la Mère Matrone, qui s'intéressait davantage aux effets que pourrait avoir le raid sur le prestige de sa famille qu'à son résultat global.

— Cinq têtes ! proclama fièrement Dinin. J'ai tué cinq de leurs femmes !

Le sourire de la Matrone emplit Dinin de fierté. Mais Malice fronça alors les sourcils et porta son attention sur Drizzt.

— Et pour lui ? s'enquit-elle, sans s'attendre à une réponse réjouissante.

Elle ne doutait pas de la dextérité de son fils avec les armes, mais en était venue à soupçonner que Drizzt avait trop hérité de la mentalité de Zaknafein pour pouvoir jamais faire sa fierté en de telles occasions.

Le sourire ravi de Dinin l'étonna ; il s'approcha de son frère et passa tout naturellement le bras autour de ses épaules.

— Drizzt n'a eu qu'une tête, annonça Dinin, mais il s'agissait d'une enfant !

— Une seule ? grommela Malice.

À l'abri dans l'ombre, sur le côté, Zaknafein écoutait, atterré. Il voulait expulser de son esprit ces paroles accablantes prononcées par l'aîné des fils Do'Urden, mais elles avaient planté leurs crochets dans son crâne. De toutes les perversités que Zak ait jamais eues à subir à Menzoberranzan, celle-ci était sans conteste la plus décevante pour lui : Drizzt avait tué une enfant !

— Mais la manière dont il s'y est pris ! s'exclama Dinin. Il l'a littéralement mise en charpie ; toute la fureur de Lolth a lacéré son corps tressautant ! Je suis sûr que la Reine Araignée a goûté cette mort plus que toutes les autres.

— Une seule, répéta Matrone Malice. Et son expression ne s'était toujours pas adoucie.

— Il aurait dû en avoir deux, poursuivit Dinin. Shar Nadal de la Maison Maevret lui a volé une autre tête, celle d'une femme !

— Donc c'est la Maison Maevret qui en retirera le bénéfice auprès de Lolth, fit remarquer Briza.

— Non ! répliqua Dinin. Drizzt a puni Shar Nadal de ce larcin. Le lâche n'a pas réagi à la provocation !

Ce souvenir hantait Drizzt. Il aurait préféré que Shar Nadal l'ait attaqué, ainsi il aurait pu donner libre cours à sa fureur ! Mais même ce souhait lui était douloureux, le remplissait de culpabilité...

— C'est bien, mes enfants, rayonna Malice, enfin certaine que ses deux fils s'étaient bien comportés au cours du raid. La Reine Araignée sera désormais encore plus bienveillante envers notre Maison. Elle nous mènera à la victoire contre cette Maison inconnue qui cherche à nous détruire !

Zaknafein quitta la salle d'audience les yeux baissés, en frottant nerveusement la garde de son épée. Il se rappelait la fois où il avait surpris Drizzt avec une bombe lumineuse, l'avait eu en son pouvoir, démuni. Il aurait pu épargner à ce jeune innocent son terrible destin, il aurait pu tuer Drizzt, charitablement, lui épargner le sort de ceux qui vivaient à Menzoberranzan !

Il s'arrêta au milieu de ce grand couloir et se retourna vers la salle d'où il venait. Drizzt et Dinin sortirent au même moment, et Drizzt jeta à Zak un bref regard accusateur avant d'emprunter le premier passage qui croisait le couloir principal.

Ce coup d'œil blessa profondément le maître d'armes.

— Voici donc où nous en sommes, murmura-t-il pour lui-même. Le plus jeune guerrier de la Maison Do'Urden, si plein de la haine qui caractérise notre peuple, a appris à me mépriser pour ce que je suis !

Zak repensa à ce moment dans la salle d'entraînement, cet instant fatal où la vie de Drizzt était prête à basculer, vacillait sur le fil d'une épée brandie. Le tuer à ce moment aurait constitué une délivrance !

En sentant dans son cœur la blessure qu'y avait faite le regard mauvais de son ancien élève, Zak ne savait pas à qui cette délivrance aurait été accordée : à Drizzt ou à lui-même ?

—Laisse-nous, ordonna Matrone SiNafay en entrant dans la petite pièce éclairée d'une chandelle.

Alton en resta un instant ébahi. Il se trouvait dans ses quartiers privés! Mais il eut la sagesse de se rappeler que SiNafay était la Mère Matrone de sa famille, la dirigeante absolue de la Maison Hun'ett. Il s'inclina gauchement, s'excusa pour ce moment d'hésitation, puis quitta la pièce.

Masoj jeta un regard prudent à sa mère, qui attendait la sortie d'Alton. SiNafay semblait nerveuse, et sa visite était sûrement lourde de sens. Avait-il fait quelque chose qui aurait contrarié sa mère? Ou (plus vraisemblablement) le coupable était-il Alton? Mais quand SiNafay se tourna enfin vers lui, le visage convulsé par une joie perverse, Masoj se rendit compte que sa Mère Matrone, en fait, jubilait.

—La Maison Do'Urden a commis une erreur, ricana-t-elle, elle a perdu la faveur de la Reine Araignée!

—Comment cela? s'étonna Masoj.

Il savait que Dinin et Drizzt venaient de rentrer après un raid victorieux, une attaque éclair dont toute la cité chantait les louanges.

—Je ne connais pas les détails, répondit Matrone SiNafay d'un ton un peu plus posé. L'un d'eux, un fils peut-être, a fait quelque chose qui a déplu à Lolth. C'est un des serviteurs de la Reine Araignée qui me l'a dit, ce doit être vrai!

—Matrone Malice va vite prendre des mesures pour remédier à la situation. De combien de temps disposons-nous?

—Elle ne sera pas informée du déplaisir de Lolth, pas tout de suite. La Reine Araignée sait tout. Elle sait que nous prévoyons d'attaquer la Maison Do'Urden, et, sauf incident malencontreux, Matrone Malice ne saura rien de sa situation désespérée avant que sa Maison soit anéantie !

» Il nous faut agir vite. Le premier coup devra être porté avant dix cycles de Narbondel ! Le combat véritable s'engagera peu après, sans laisser le temps à la Maison Do'Urden de nous relier au malheur qui la frappe.

— Et quel sera ce malheur ? s'empressa de demander Masoj en espérant qu'il avait bien deviné la réponse.

Les paroles de sa mère sonnèrent comme une douce musique à ses oreilles.

— Drizzt Do'Urden, annonça-t-elle d'une voix suave, le fils si précieux. Tue-le. (Masoj se carra dans son siège, ses fines mains croisées derrière la tête, réfléchissant à l'ordre qu'il venait de recevoir.)

» Ne me déçois pas ! avertit SiNafay.

— Pour rien au monde ! Drizzt, malgré sa jeunesse, constitue déjà un ennemi redoutable. Et son frère, l'ancien maître de Melee-Magthere, ne s'éloigne jamais bien longtemps de lui… (Masoj regarda directement sa Mère Matrone, les yeux brillants.) Puis-je tuer aussi le frère aîné ?

— Sois prudent, mon fils, répondit SiNafay. C'est Drizzt Do'Urden ta cible ! Concentre-toi sur sa mise à mort.

— Comme vous voudrez, dit Masoj en s'inclinant bien bas.

SiNafay appréciait la manière dont son fils se pliait à ses désirs sans poser de question. Elle s'apprêta à quitter les lieux, certaine de la capacité de Masoj à accomplir sa tâche.

— Si Dinin Do'Urden se trouve sur ton chemin, d'une manière ou d'une autre, déclara-t-elle, voulant récompenser Masoj de sa docilité, tu peux le tuer lui aussi. (Mais l'expression de Masoj révéla un trop grand empressement à obéir à ce deuxième ordre.)

» Ne me déçois pas ! répéta SiNafay, cette fois d'un ton ouvertement menaçant qui doucha quelque peu l'enthousiasme de son fils. Drizzt Do'Urden devra mourir dans les dix jours !

Masoj se contraignit à chasser de son esprit toute pensée parasite au sujet de Dinin.

— Drizzt doit mourir, se chuchotait-il sans trêve longtemps après le départ de sa mère.

Il savait déjà comment il comptait s'y prendre. Restait à espérer que l'occasion se présenterait bientôt !

⚔ ⚔ ⚔ ⚔ ⚔

Le souvenir terrible du raid effectué à la surface suivait partout Drizzt, le hantait tandis qu'il errait dans les couloirs de Daermon N'a'Shezbaernon. Il s'était précipité hors de la salle d'audience dès que Matrone Malice avait mis fin à l'entretien, et avait fui son frère au plus vite ; il tenait à être seul !

Les images restaient gravées dans son esprit : l'éclat épouvanté des yeux de la jeune elfe qui s'agenouillait près du cadavre de sa mère assassinée, l'expression horrifiée de la femme qui se tordait dans les affres de l'agonie pendant que Shar Nadal lui arrachait la vie ! Les elfes de la surface occupaient toutes les pensées de Drizzt, et il ne pouvait les en chasser. Ils marchaient près de lui, aussi réels à ses yeux qu'ils l'avaient été quand les drows avaient brutalement mis fin à leurs chants insouciants.

Il se demandait s'il serait jamais seul un jour.

Les yeux baissés, rongé par un deuil dévorant, il ne prenait pas garde au trajet qu'il suivait. Il sursauta, surpris, quand au détour d'un couloir il heurta quelqu'un d'autre.

Il se retrouva face à Zaknafein.

— Alors, de retour chez toi, dit machinalement le maître d'armes.

Son visage sans expression ne révélait rien des émotions tumultueuses qui tourbillonnaient dans son esprit.

Drizzt n'était pas sûr, pour sa part, de pouvoir dissimuler son rictus désespéré.

— Pour une journée seulement, répondit-il d'un ton tout aussi neutre, bien que sa fureur à l'égard de Zaknafein n'eût rien perdu de sa force. (Maintenant que Drizzt avait vu de ses propres yeux à quoi menait la rage des drows, les hauts faits d'armes de Zak qu'on lui avait contés lui paraissaient plus abominables encore.) Ma patrouille reprend le service à la première lueur de Narbondel.

— Si vite ?

Le maître d'armes était sincèrement surpris.

— On nous a convoqués, expliqua Drizzt en reprenant sa route.

Zak lui saisit le bras.

— Une patrouille de routine ?

— Non, il y a un but précis : on a repéré de l'activité dans les tunnels à l'est.

— Ah, alors on fait appel aux héros, gloussa désagréablement le maître d'armes.

Drizzt ne réagit pas tout de suite. Était-ce de la raillerie qu'il entendait dans cette voix amère ? De la jalousie peut-être, tout simplement, parce que Drizzt et Dinin pouvaient sortir se battre tandis que Zak restait cloîtré sur le domaine Do'Urden pour tenir son rôle de maître d'armes de la famille ? Sa soif de sang était-elle si intense qu'il ne pouvait accepter la répartition des rôles telle qu'elle existait ? Pourtant n'avait-il pas formé Drizzt, Dinin, des centaines d'autres, n'avait-il pas fait d'eux des armes vivantes, des meurtriers ?

— Combien de temps seras-tu dehors ? insista Zak.

Son ancien élève haussa les épaules.

— Une dizaine au plus.

— Et ensuite ?

— De retour ici.

— C'est bien, conclut Zak. Je serai content de te voir de retour dans les murs de cette demeure.

Drizzt n'en croyait pas un mot.

Le maître d'armes lui donna soudain une grande tape sur l'épaule pour tester ses réflexes devant un mouvement inattendu. Drizzt, surpris mais ne se sentant pas menacé, accepta le coup sans réagir, incertain des intentions de son ancien mentor.

— Que dirais-tu d'un peu d'entraînement ? demanda Zak. Dans la salle, toi et moi, comme avant ?

Impossible ! voilà ce que Drizzt brûlait de hurler. Ce ne serait plus jamais comme avant ! Mais il se contenta d'approuver d'un hochement de tête.

— J'aimerais bien, répondit-il en se demandant à part lui si déchiqueter le corps de Zak avait une chance de lui apporter de la satisfaction.

Drizzt connaissait la vraie nature de son peuple à présent, et il savait qu'il ne pouvait rien y changer. Mais peut-être pouvait-il améliorer son environnement proche ; peut-être en abattant Zaknafein, celui qui l'avait le plus déçu, Drizzt pourrait-il s'abstraire de tout ce mal autour de lui !

— Moi aussi, confirma Zak d'un ton amical qui dissimulait ses pensées véritables, très proches de celles de Drizzt à cet instant.

— Rendez-vous dans une dizaine, alors, conclut ce dernier.

Et il s'éloigna, incapable de poursuivre cet entretien avec le drow qui avait autrefois été son meilleur ami et qui, avait-il fini par comprendre, faisait montre de la même perversité et de la même sournoiserie que tous ceux de son espèce !

✕✕✕✕✕

— Je vous en prie, Matrone, pleurnicha Alton, je le mérite ! Je vous en supplie !

— Assez, imbécile de DeVir, répondit SiNafay.

Et il y avait de la pitié dans sa voix, une émotion rarement ressentie chez les drows, en tout cas presque jamais exprimée.

— Ça fait si longtemps que…

— Pas si longtemps ! rétorqua SiNafay d'un ton franchement menaçant. Tu as déjà essayé d'éliminer le fils Do'Urden ! (L'expression de surprise grotesque d'Alton arracha un sourire à la Matrone.) Mais oui, je sais tout de ta piteuse tentative d'assassinat sur Drizzt. Si Masoj n'était pas intervenu, ce jeune guerrier t'aurait sans doute tué.

— C'est moi qui l'aurais détruit !

SiNafay ne chercha pas à le contredire sur ce point.

— Peut-être aurais-tu gagné en effet… pour voir ton imposture découverte et recevoir sur la tête toute la fureur de la cité de Menzoberranzan !

— Cela n'avait aucune importance pour moi.

— Oh, tu aurais fini par y attacher de l'importance, crois-moi, lui assura railleusement Matrone SiNafay. Tu aurais gâché toutes tes chances d'obtenir une vengeance complète ! Fais-moi confiance, Alton DeVir. Ta victoire – la nôtre ! – est toute proche.

— Mais Masoj va tuer Drizzt, Dinin peut-être, grommela Alton.

— D'autres Do'Urden attendent la main vengeresse d'Alton DeVir, promit SiNafay. De hautes prêtresses !

Il se sentait malgré tout déçu de ne pas pouvoir frapper Drizzt. Il tenait vraiment à tuer celui qui l'avait humilié ce jour-là, dans ses quartiers à Sorcere. À l'époque il aurait accordé au jeune drow une mort rapide et miséricordieuse, mais cela n'entrait plus dans ses projets !

D'un autre côté, la promesse que venait de lui faire Matrone SiNafay n'était pas négligeable non plus. L'idée de tuer une ou deux hautes prêtresses de la Maison Do'Urden lui paraissait bien plaisante !

Le confort de son lit luxueux, plein de coussins, qui offrait un tel contraste avec les pierres dures omniprésentes dans le monde de Menzoberranzan, n'apportait pourtant aucun soulagement à la souffrance de Drizzt. Un autre fantôme s'était dressé devant lui et s'interposait même devant les images du massacre perpétré à la surface : le spectre de Zaknafein.

Dinin et Vierna lui avaient appris la vérité sur le maître d'armes, sur le rôle qu'il avait joué dans la chute de la Maison DeVir, sur la manière dont il aimait assassiner d'autres drows, même quand ils n'avaient rien fait pour lui nuire ou s'attirer sa fureur.

Donc Zaknafein lui aussi tenait son rôle dans le jeu pervers qui menait l'existence des drows, cette quête incessante de la faveur de la Reine Araignée !

— Comme moi j'ai su lui plaire à la surface ! marmonna involontairement Drizzt.

La raillerie contenue dans ces paroles lui apportait un peu de réconfort.

Il en éprouvait encore plus à l'idée d'avoir sauvé la vie de l'enfant elfe, mais cet acte paraissait si dérisoire devant le malheur que le commando avait fait pleuvoir sur le peuple de la petite… Et comme Matrone Malice s'était réjouie au récit de cette confrontation sanglante ! Drizzt se rappelait l'expression d'horreur de l'enfant à la vue du corps de sa mère. Lui, ou n'importe quel autre elfe noir, serait-il aussi dévasté devant l'équivalent de ce spectacle ? Cela lui paraissait peu probable. Il était difficile de prétendre qu'il existait une relation d'amour entre Drizzt et Malice, et la plupart des drows seraient trop occupés à mesurer les conséquences de la mort de leur mère sur leur propre rang pour éprouver un sentiment de perte !

Malice aurait-elle eu de la peine si Drizzt ou Dinin était mort au cours du raid ? Drizzt, là aussi, connaissait la réponse. Tout ce qui intéressait la Mère Matrone, c'était de savoir en quoi cette expédition pouvait affecter sa propre puissance. Elle s'était régalée à l'idée que ses enfants aient su plaire à sa déesse perverse.

Mais quelle faveur allait octroyer Lolth à la Maison Do'Urden si elle savait ce que Drizzt avait vraiment fait ? Le jeune drow n'avait aucun moyen de savoir si la Reine Araignée avait suivi le raid de près et quel intérêt elle éprouvait pour ce genre d'événement. Lolth demeurait un mystère pour lui, un mystère qu'il n'éprouvait aucune envie de percer. Serait-elle furieuse si elle savait de quoi il retournait ? Ou si elle avait conscience des pensées de Drizzt en ce moment même ?

Il frémit en imaginant les châtiments qu'il était peut-être en train d'appeler sur sa tête, mais il avait déjà pris sa décision en ce qui concernait ses actes désormais, quelles qu'en puissent être les conséquences. D'ici une dizaine, il reviendrait à la Maison Do'Urden et irait rencontrer son ancien professeur dans la salle d'entraînement.

Dans dix jours, il aurait tué Zaknafein.

Zaknafein, de son côté, avait pris sa terrible décision. Résolu, il entendait à peine dans sa concentration le raclement exaspérant que faisait la pierre à aiguiser sur le tranchant étincelant de son épée.

L'arme devait être parfaite, sans ébréchure, sans aspérité. Il devait exécuter cet acte sans colère, sans perversité.

Un coup net, et Zak serait enfin débarrassé des démons de ses propres échecs, retrouverait le refuge de ses quartiers, de son jardin secret. Un coup net et il aurait accompli ce qui aurait dû être fait dix ans auparavant.

— Si seulement j'avais eu la force de le faire à ce moment-là, se lamenta-t-il. J'aurais pu épargner tant de souffrances à Drizzt ! Qu'a-t-il pu subir au cours de son séjour à l'Académie pour en revenir aussi changé ?

Les mots résonnaient, vides, dans la grande salle nue. Ils n'étaient que des mots inutiles désormais ; Zak avait décidé en son for intérieur que Drizzt ne pouvait plus être raisonné. Il était devenu un guerrier drow désormais, avec toutes les implications sinistres que comportait ce titre.

Le maître d'armes n'avait plus le choix s'il voulait conserver une once de valeur à sa misérable existence. Cette fois, il n'avait pas le droit de retenir son épée. Il devait tuer Drizzt !

22

Maudits gnomes pervers

Dans les méandres tortueux des tunnels labyrinthiques d'Outreterre glissaient en silence les svirfnebelins, les gnomes des profondeurs. Ni bons ni mauvais, ce qui suffisait à les mettre à part dans un univers à ce point soumis au mal, les gnomes des profondeurs survivaient et même prospéraient. Combattants émérites, habiles à forger armes et armures, plus sensibles encore aux chants de la pierre que les nains gris maléfiques, les svirfnebelins s'occupaient de leurs affaires, ils s'employaient à prospecter les pierres et minerais précieux malgré les périls qui les guettaient de tous côtés.

Quand la nouvelle parvint à Blingdenpierre, la grappe de cavernes et de tunnels qui composaient la cité des gnomes des profondeurs, qu'un riche filon de pierres précieuses avait été découvert à une trentaine de kilomètres à l'ouest (en droit tunnel de ver de roche, ou thoqqua), le responsable prospecteur Belwar Dissengulp dut passer devant douze autres de son rang pour obtenir le privilège de mener cette expédition minière. Il savait aussi bien que tous les autres que cette trentaine de kilomètres – à trace de ver de roche – les rapprocherait dangereusement de

Menzoberranzan, et qu'il leur faudrait déjà une dizaine rien que pour parvenir sur place en traversant sans aucun doute les territoires d'une centaine d'autres ennemis. Mais la peur n'était rien comparée à l'amour que les svirfnebelins éprouvaient envers les joyaux, et de toute manière chaque jour passé en Outreterre apportait son lot de danger !

Quand Belwar et son équipe de quarante mineurs arrivèrent à la petite caverne que leurs éclaireurs leur avaient décrite, et quand ils eurent repéré la marque indiquant la présence du trésor, ils virent que les premiers explorateurs n'avaient en rien exagéré. Le responsable prospecteur se contraignit néanmoins à modérer son enthousiasme : vingt mille elfes noirs, les pires et plus dangereux ennemis des svirfnebelins, vivaient à moins de huit kilomètres.

La priorité était donc de creuser des tunnels de secours pour pouvoir fuir, des couloirs suffisants pour le passage d'un gnome haut de un mètre mais trop bas pour un poursuivant plus grand. Tout le long de ces galeries, ils disposèrent des murs en chicanes destinés à dévier un éclair magique ou à dispenser un minimum de protection contre les flammes dévorantes d'une boule de feu.

Puis, quand les véritables opérations minières purent enfin commencer, Belwar s'assura qu'un bon tiers de ses effectifs montait la garde à tout moment ; pour sa part, il arpentait le chantier, la main toujours refermée sur l'émeraude magique, la pierre d'invocation qu'il portait au bout d'une chaîne autour de son cou.

— Trois patrouilles complètes ! fit remarquer Drizzt à Dinin quand ils débouchèrent sur le « champ ouvert » situé à l'est de Menzoberranzan.

Il y avait peu de stalagmites à cet endroit de la cité, pourtant l'espace ne semblait pas si « ouvert », avec ces dizaines de drows inquiets qui y fourmillaient.

— Il ne faut pas prendre les gnomes à la légère, répondit Dinin. Ils sont vicieux, puissants…

— Aussi vicieux que les elfes de la surface ? ne put s'empêcher d'interrompre Drizzt, dissimulant son sarcasme sous une fausse exubérance.

— Presque, l'avertit sombrement son frère sans saisir les insinuations contenues dans la question de Drizzt. (Il désigna un contingent de femmes drows qui se joignaient au groupe.) Des prêtresses, dont une haute prêtresse ! On a dû confirmer ces rumeurs d'activité.

Un frisson parcourut Drizzt, un picotement d'excitation avant la bataille, qui était cependant réduit et altéré par la crainte. Non la crainte de la douleur physique qu'il pourrait subir, ni celle des gnomes : il avait peur que cette confrontation soit identique à la tragédie qui s'était déroulée à la surface.

Il chassa ces sombres pensées et se rappela que cette fois-ci, contrairement à ce qu'il s'était passé pour le raid, sa cité courait un risque d'invasion ! Les gnomes avaient franchi les frontières du territoire drow. Si ces êtres étaient aussi maléfiques que le prétendaient Dinin et tous les autres, Menzoberranzan n'avait d'autre choix que de réagir par la force. Si c'était le cas.

Ce fut la patrouille de Drizzt, le groupe mâle le plus renommé, qu'on choisit pour mener la marche, avec Drizzt en tête, comme toujours. Aux prises avec son incertitude, il ne se réjouissait pas de cette position, et, tandis que le groupe se mettait en route, il envisagea même de l'égarer. Il envisagea aussi d'entrer en contact avec les gnomes avant que les autres le rejoignent pour leur conseiller de fuir !

Mais il se rendit compte tout de suite de l'absurdité de cette idée. Il n'allait pas à lui seul bloquer les rouages qui faisaient tourner Menzoberranzan, et il n'était pas en son pouvoir de retenir les deux douzaines de guerriers drows qui s'agitaient impatiemment derrière lui ! Il se sentait de nouveau piégé, au bord du désespoir.

Masoj Hun'ett apparut alors et les choses s'améliorèrent notablement.

— Guenhwyvar ! appela le jeune sorcier, et la grande panthère bondit vers lui.

Masoj laissa le fauve près de Drizzt et reprit sa place dans le rang.

Guenhwyvar ne pouvait pas plus dissimuler sa joie de retrouver son coéquipier que Drizzt pouvait s'empêcher de sourire. Avec le temps consacré au raid en surfacc et celui que Drizzt avait passé chez lui au retour, cela faisait plusieurs dizaines qu'ils ne s'étaient vus. Guenhwyvar poussa Drizzt en passant à côté de lui et faillit renverser le corps svelte du jeune drow. Drizzt répondit par une tape retentissante puis par une rude caresse derrière l'oreille du gros félin.

Mais ils se retournèrent ensemble, conscients tout à coup d'un regard mécontent posé sur eux. Oui, Masoj les foudroyait du regard, bras croisés sur la poitrine, et une expression renfrognée irradiait son visage d'ondes de chaleur.

— Je n'utiliserai pas le fauve pour tuer Drizzt, marmonna à part le jeune sorcier, je me garde ce plaisir !

Drizzt se demanda si c'était la jalousie qui provoquait ce rictus. Jalousie de la relation entre le fauve et lui, jalousie en général ? Masoj avait dû rester à Menzoberranzan quand Drizzt s'était rendu à la surface, et avait dû se contenter du rôle de spectateur quand le commando était revenu tout auréolé de victoire. Drizzt, conscient de la souffrance qu'éprouvait le mage, s'écarta de Guenhwyvar.

Mais dès que Masoj eut enfin regagné sa place dans la patrouille, le jeune guerrier posa un genou à terre et, par jeu, coinça brusquement la tête de l'animal sous son bras.

⚔ ⚔ ⚔ ⚔ ⚔

Drizzt eut encore davantage matière à se réjouir de la présence de Guenhwyvar lorsqu'ils quittèrent les galeries habituelles de l'itinéraire des patrouilles. Un dicton à Menzoberranzan prétendait : « Nul n'est aussi seul que l'éclaireur d'une patrouille », et ces derniers mois en avaient été une parfaite illustration pour lui ! Il s'arrêta devant l'entrée d'un large tunnel et se tint parfaitement immobile, concentrant ses sens visuels et auditifs sur la piste derrière lui. Il savait que plus de quarante drows approchaient, pleinement armés et en outre excités. Pourtant il ne parvenait pas à détecter le moindre bruit et il ne percevait aucun mouvement sur la roche fraîche et sombre. Drizzt jeta un coup d'œil à Guenhwyvar qui attendait patiemment à côté de lui, puis se remit en route.

Il ressentait toutefois la chaleur de la troupe guerrière derrière lui. Cette sensation à peine perceptible était le seul indice signalant que Guenhwyvar et lui n'étaient pas complètement seuls.

À la fin de la journée, Drizzt remarqua les premiers signaux inquiétants : en approchant une intersection dans le tunnel, il sentit une vibration subtile dans la pierre de la paroi que, prudemment, il longeait de tout près. Cette vibration se répéta un instant plus tard, puis se fit sentir une troisième fois, et Drizzt y reconnut les coups portés en rythme par un pic ou un marteau.

Il prit dans son sac une petite plaque carrée magiquement chauffée et la plaça sur la paume de sa main. Un côté de l'objet se dissimulait sous du cuir épais, mais l'autre brillait fortement à l'infravision. Drizzt l'orienta vers le tunnel derrière lui, et quelques secondes plus tard Dinin le rejoignit.

— Un marteau, signa Drizzt dans le code gestuel des drows en désignant le mur.

Dinin s'appuya à son tour contre la pierre et confirma d'un hochement de tête.

— Cinquante mètres ? demanda silencieusement Dinin.

— Moins de cent.

Dinin utilisa sa propre plaque pour envoyer le signal *Préparez-vous* dans l'obscurité derrière lui, puis il bifurqua dans le passage avec Drizzt et Guenhwyvar en direction du bruit.

Et Drizzt, un petit moment plus tard, posa les yeux pour la première fois de sa vie sur des svirfnebelins : deux gardes se tenaient à un peu plus de cinq mètres d'eux. Ils arrivaient à la poitrine d'un drow ; leur peau dépourvue de pilosité rappelait étrangement la pierre par sa texture et le peu de chaleur qu'elle dégageait ! Mais leurs yeux brillaient intensément du rouge révélateur de la capacité d'infravision ; les deux frères ne pouvaient manquer de se rappeler que les gnomes des profondeurs y voyaient aussi bien qu'eux dans l'obscurité, et ils se dissimulèrent prudemment derrière une saillie rocheuse du tunnel.

Dinin signala silencieusement ce nouvel élément à celui qui le suivait dans la patrouille ; de proche en proche, tous furent bientôt alertés. Ensuite, il s'accroupit le plus bas possible et jeta un coup d'œil de l'autre côté de la pointe rocheuse. Le tunnel se poursuivait encore sur une dizaine de mètres au-delà des gardes et, après un virage peu accentué, débouchait sur une plus grande salle. Dinin n'avait pas un bon angle de vue sur elle, mais la lueur infrarouge qui en émanait, due à la chaleur créée par le labeur et par un rassemblement de corps vivants, débordait jusque dans le couloir.

Dinin fit de nouveau signe à ses compagnons dissimulés, puis se tourna vers Drizzt.

— Reste ici avec le fauve, lui ordonna-t-il, puis il revint en arrière jusqu'à l'intersection avec le tunnel principal, pour mettre au point un plan avec les deux autres chefs de patrouille.

Masoj, à quelques places derrière Drizzt, observait ses mouvements et se demandait si l'occasion de s'occuper de lui ne venait pas soudain de se présenter : si les svirfnebelins surprenaient maintenant la patrouille, Masoj ne pourrait-il pas trouver un moyen d'éliminer discrètement le jeune Do'Urden exposé et isolé à l'avant ? Mais le moment propice, à supposer qu'il y en ait eu un, passa rapidement quand d'autres soldats drows rejoignirent le mage comploteur. Dinin lui aussi revint bientôt de l'arrière et rejoignit son frère.

— La salle a de nombreuses issues, signa Dinin à Drizzt. Les autres patrouilles se mettent en position pour encercler les gnomes.

— Ne pourrions-nous parlementer avec eux ? (Drizzt avait presque inconsciemment fait bouger ses mains. Il reconnut l'expression furieuse qui envahissait le visage de Dinin, mais insista ; il s'était déjà trahi.) Les renvoyer chez eux sans les combattre ?

Dinin saisit Drizzt par l'avant de son *piwafwi* et approcha son visage du sien.

— Je veux bien oublier que tu as posé cette question, chuchota-t-il. (Il lâcha brusquement Drizzt. La discussion était close.) C'est toi qui porteras le premier coup, ordonna-t-il en revenant au code gestuel. Quand on te fera signe, lance une sphère de ténèbres dans le couloir et passe le plus vite possible devant les gardes. Va tout droit sur le chef des gnomes, c'est lui la clé de leur puissance, avec la pierre qu'il porte. (Drizzt ne comprenait pas bien à quel pouvoir gnomique son frère faisait allusion, mais le plan semblait simple bien qu'un peu suicidaire à son goût.)

» Prends le fauve avec toi s'il veut te suivre. De toute manière la patrouille te rejoindra très vite, et les autres groupes arriveront par les autres issues.

Guenhwyvar donna de petits coups de museau affectueux à Drizzt. Elle était toute disposée à le suivre dans la bataille ! Le guerrier y trouva du réconfort après le départ de Dinin, qui le laissait de nouveau tout seul en tête. L'ordre d'attaque parvint quelques secondes plus tard seulement ; Drizzt secoua la tête à la vue du signal, stupéfait par la rapidité avec laquelle les drows avaient pris position.

Il jeta un coup d'œil discret aux gnomes qui montaient toujours la garde en silence sans se rendre compte de rien. Drizzt dégaina ses lames et tapota la tête de Guenhwyvar pour lui souhaiter bonne chance, puis il fit appel aux pouvoirs magiques innés de son peuple et projeta une sphère de ténèbres dans le couloir.

Des glapissements d'alarme résonnèrent partout dans le tunnel et Drizzt chargea, plongeant droit dans l'obscurité qui s'étendait entre les deux gardes et se remettant sur pieds après une roulade qui l'avait amené de l'autre côté de la sphère de ténèbres, à deux grandes enjambées seulement de la salle où les gnomes travaillaient. Il en vit une douzaine qui se bousculaient en essayant de se mettre en position de défense. Peu d'entre eux prenaient garde à Drizzt, car des combats faisaient rage dans les divers couloirs qui débouchaient sur la petite caverne.

Un gnome voulut frapper Drizzt à l'épaule avec une énorme pioche. Drizzt brandit une de ses lames pour parer. Il fut stupéfait de la force dont faisait preuve un si petit être. Cela dit, rien ne l'empêchait de tuer son attaquant avec son autre cimeterre, mais trop de doutes et trop de souvenirs l'obsédaient ; il donna un coup de pied au gnome en plein ventre, projetant son minuscule adversaire à terre.

Belwar Dissengulp, en première ligne à présent devant Drizzt, remarqua la facilité avec laquelle le jeune drow s'était débarrassé d'un de ses meilleurs combattants et comprit qu'il était grand temps d'employer sa magie la plus puissante. Il retira de son cou la chaîne qui portait l'émeraude d'invocation et la jeta par terre aux pieds de Drizzt, qui bondit en arrière, ayant senti la magie qui en émanait.

Le jeune drow entendit ses compagnons qui s'approchaient derrière lui. Ils se chargèrent sans problème des deux gardes et se précipitèrent pour le rejoindre dans la salle. Puis il tourna son attention sur les ondes de chaleur qui s'élevaient du sol de pierre devant lui : les lignes grises ondulaient comme des vagues, on aurait dit que la pierre devenait mystérieusement vivante !

Les autres combattants drows dépassèrent Drizzt en rugissant, se ruèrent sur le chef des gnomes et ses troupes. Drizzt ne les suivit pas, car il avait l'intuition que ce qui se déroulait à ses pieds allait se révéler plus crucial que la bataille générale dont les échos gagnaient tout le système de tunnels.

Une masse de cinq mètres de haut sur deux de large, une monstrueuse masse de roc vivant de forme humanoïde se dressa devant Drizzt.

— Un élémental ! hurla quelqu'un à côté de lui.

Drizzt jeta un coup d'œil rapide dans cette direction pour découvrir Masoj, Guenhwyvar à côté de lui, qui feuilletait fébrilement un grimoire à la recherche d'un dweomer capable de combattre cette créature imprévue. Mais, au grand dam de Drizzt, le sorcier effrayé marmonna deux ou trois mots et disparut !

Drizzt se campa solidement sur ses jambes, prêt à se jeter de côté à tout moment, et considéra le monstre devant lui. Il ressentait le pouvoir de cette chose, la force brute de la terre qui avait pris la forme d'un être vivant.

Un bras massif comme un pilier dessina un grand arc de cercle et passa en sifflant au-dessus de la tête de Drizzt, qui s'était baissé. Il frappa brutalement le mur de la caverne où il pulvérisa plusieurs rochers en fine poussière !

— Il ne faut pas qu'il me touche ! dit Drizzt dans un chuchotement qui, sous le choc, se mua en un hoquet incrédule.

Tandis que l'élémental ramenait son bras, Drizzt y porta un coup de cimeterre qui lui arracha simplement un petit éclat de roche, tout juste une égratignure. L'être grimaça de douleur ; apparemment les armes enchantées pouvaient le blesser.

Masoj, invisible, n'avait pas bougé. Il gardait son prochain sort en réserve et admirait tranquillement le spectacle, attendant que les deux combattants se fatiguent. Peut-être l'élémental allait-il détruire Drizzt… Il eut un haussement d'épaules résigné. Masoj venait de décider de laisser la magie gnomique accomplir à sa place ses basses besognes.

Le monstre porta un nouveau coup, un autre encore, et Drizzt plongea en avant, entre les massives jambes rocheuses de la créature. L'élémental réagit sans délai : il leva et abattit avec force son pied, ce qui faillit écraser le drow heureusement agile et créa des fissures profondes qui formèrent au sol une toile d'araignée d'au moins un mètre de rayon !

Drizzt se releva en un éclair, assena des coups d'estoc et de taille de ses deux lames dans le dos de l'être, puis s'écarta vivement quand l'élémental se retourna en agitant agressivement ses membres monumentaux.

La rumeur des combats s'atténua ; les gnomes survivants fuyaient, les guerriers drows sur les talons. Drizzt restait seul face au monstre.

L'élémental frappa encore le sol du pied (le choc faillit jeter le drow à terre) et se laissa tomber en plein sur son adversaire, utilisant le poids de son corps comme une arme. Si Drizzt s'était laissé surprendre ou si ses réflexes n'avaient pas atteint un tel degré de perfection, il aurait sans aucun doute été écrasé sur le roc. Il réussit de justesse à esquiver, et fut seulement frôlé par un bras de pierre parti de côté.

L'impact prodigieux de l'élémental souleva Drizzt du sol ! les parois et le plafond de la caverne craquèrent, des éclats de pierre en churent. Tandis que le monstre se relevait, le guerrier recula, se sachant impuissant face à une telle force invincible.

Il était seul face à la chose, du moins le croyait-il. Mais soudain, une boule de rage brûlante engloutit la tête de la créature, des griffes creusèrent de profonds sillons sur son visage.

— Guenhwyvar ! s'écrièrent Drizzt et Masoj à l'unisson, Drizzt ravi d'avoir de l'aide, Masoj furieux.

Le mage ne voulait pas voir Drizzt survivre à ce combat, et il n'osait pas lancer des sorts d'attaque, que ce soit en direction du jeune drow ou de l'élémental, car il craignait de toucher son précieux familier.

— Fais quelque chose, sorcier ! s'écria Drizzt, qui avait entendu Masoj et se rendait compte qu'il n'était pas loin.

L'élémental beuglait de douleur, et son cri résonnait tel le grondement d'énormes rochers qui roulent en avalanche au pied d'une montagne escarpée. Au moment où Drizzt revenait à la charge pour aider son amie, le monstre pivota en un mouvement incroyablement vif et plongea la tête la première vers le sol.

— Non ! hurla Drizzt en voyant que Guenhwyvar allait être écrasée.

Mais alors le fauve et le monstre, au lieu de heurter la roche, s'y enfoncèrent !

Les flammes mauves des lueurs féeriques soulignaient les silhouettes des gnomes et guidaient les flèches et les épées des drows. Les svirfnebelins répondaient par leur propre magie, qui consistait essentiellement en tours d'illusionnistes.

— Par là ! s'exclama ainsi un drow juste avant de heurter violemment un mur qui venait d'apparaître à l'entrée d'un couloir.

Même avec l'aide de cette magie gnomique qui parvenait à désorienter quelque peu les elfes noirs, Belwar Dissengulp se mit à redouter la suite des événements. Son élémental, son meilleur outil magique sur qui reposaient ses plus grands espoirs, mettait beaucoup trop de temps à se débarrasser d'un seul guerrier drow, là-bas dans la salle ! Le responsable prospecteur tenait à avoir ce monstre à ses côtés quand le combat battrait son plein. Il organisa ses troupes en formation défensive serrée, espérant qu'elles pourraient tenir suffisamment longtemps.

Mais alors les guerriers drows, ayant déjoué les « trucs » mis en place par les gnomes, furent sur eux, et la rage fit oublier sa peur à Belwar. Il se jeta dans l'action en brandissant son énorme pioche, et eut un sourire mauvais en sentant l'arme puissante mordre dans la chair d'un drow !

Il n'était plus question de magie désormais ! Les formations stratégiques, les plans de bataille soigneusement élaborés, tout s'évanouit dans la frénésie sauvage de la mêlée. Plus rien n'avait d'importance que frapper l'ennemi, sentir la pointe de la pioche ou de l'épée transpercer la peau de l'adversaire. Les gnomes des profondeurs haïssaient les drows par-dessus tout, et, par toute l'Outreterre, rien ne réjouissait tant un elfe noir que de tailler en pièces un svirfnebelin.

Drizzt se rua vers l'endroit où Guenhwyvar avait disparu, mais on ne voyait plus que le sol de pierre intact.

—Masoj ? appela le guerrier, stupéfait, cherchant des réponses auprès de quelqu'un susceptible de comprendre une magie aussi étrange.

Mais, avant que le sorcier ait une chance de répondre, la pierre explosa juste derrière Drizzt. Il pivota, les armes brandies, pour se retrouver face au gigantesque élémental.

Impuissant, au supplice, il vit une brume dispersée qui ne pouvait être que les restes du grand fauve, sa plus chère amie, s'écouler sur les épaules du monstre et s'effilocher avant d'atteindre le sol.

Drizzt esquiva un autre coup sans quitter un seul instant du regard ce nuage de brume et de poussière qui se dissipait. Guenhwyvar avait-elle péri ? Sa seule amie l'avait-elle quitté à tout jamais ? Une lueur nouvelle crût dans les yeux lavande de Drizzt, une rage primale qui se mit à bouillonner dans tout son corps. Il regarda de nouveau l'élémental, sans crainte cette fois.

—Tu es mort, lui promit-il en marchant sur lui.

L'élémental sembla perplexe, bien qu'il n'ait évidemment rien pu comprendre à ces paroles. Il abattit son bras monstrueux pour écraser son téméraire adversaire qui ne se donna même pas la peine de parer, sachant que toute sa force ne pourrait suffire à dévier un tel coup. Mais, au moment même où le membre de pierre allait l'atteindre, il se rua en avant.

La vivacité de cette approche prit l'élémental par surprise, et Masoj quant à lui fut suffoqué par la rapidité de l'attaque qui s'ensuivit ! Le sorcier n'avait jamais été témoin d'une telle grâce dans le combat, d'une telle fluidité de mouvement. Les lames formaient autour du monstre un brouillard mortel. Drizzt gravissait et descendait le corps de la créature, sans cesser de porter ses coups, coupant et tailladant ; il enfonçait les pointes de ses cimeterres dans le corps rocheux et faisait voler des éclats de sa peau !

L'élémental poussait son hurlement d'avalanche et tournait sur lui-même, essayant d'attraper Drizzt et de l'écraser une bonne fois pour toutes. Mais une colère aveugle faisait atteindre au jeune escrimeur des sommets inégalés, et la créature ne réussissait qu'à gifler l'air ou son propre corps de pierre.

— Impossible ! marmonna Masoj quand il eut enfin retrouvé son souffle.

Ce jeune Do'Urden allait-il parvenir à vaincre un élémental ? Le sorcier jeta un coup d'œil alentour. Quelques drows et beaucoup de gnomes gisaient là, morts ou grièvement blessés, mais la bataille principale continuait à s'éloigner à mesure que les svirfnebelins s'échappaient par leurs petites issues creusées en prévision, où les drows, trop furieux pour faire preuve de prudence, les suivaient.

Guenhwyvar était partie. Il ne restait dans la salle que Masoj, l'élémental et Drizzt. Le sorcier invisible sentit ses lèvres s'incurver en un sourire : c'était le moment de frapper !

Drizzt faisait à présent tituber l'élémental ; il l'avait presque vaincu, quand soudain le coup magique fut assené, un éclair brutal qui aveugla le jeune drow et le projeta contre la paroi au fond de la caverne. Drizzt vit le tremblement incontrôlable de ses mains, la danse effrénée de sa chevelure blanc pur devant ses yeux paralysés. Il ne sentait rien – ni douleur, ni inspiration bienfaisante qui aurait rempli ses poumons – et n'entendait rien non plus, comme si sa force vitale se retrouvait mystérieusement en suspens.

L'attaque magique avait mis fin au sort d'invisibilité de Masoj, et il réapparut, rayonnant d'une joie perverse. L'élémental, réduit à une masse friable, éboulée, glissait doucement vers la sécurité qu'offrait le sol de pierre.

— Es-tu mort ? demanda le sorcier à Drizzt. (La voix retentit de manière spectaculaire aux oreilles du jeune drow qui se rendit compte qu'il n'était plus sourd. Mais il ne pouvait répondre, et de toute manière ne savait pas vraiment quelle réponse donner.) Trop facile ! entendit Drizzt ensuite, et il se douta que le mage parlait bien de lui et non de l'élémental.

Drizzt sentit alors ses doigts (ses os même !) fourmiller et soudain ses poumons s'emplirent d'air. Il chercha à retrouver son souffle en haletant à plusieurs reprises, puis retrouva le contrôle de son corps et comprit qu'il allait survivre.

Masoj regarda rapidement autour de lui pour voir si des témoins revenaient et n'en vit aucun.

— Bien, marmonna-t-il en voyant que Drizzt recouvrait ses sens.

Il se réjouissait vraiment que le jeune Do'Urden ne soit pas promis à une mort sans douleur ! Il réfléchit à un nouveau sort qui lui permettrait de mieux savourer ce moment.

Une main – une gigantesque main de pierre – jaillit à cet instant précis du sol et saisit la jambe de Masoj. Il tira dessus et entraîna le mage dans le roc! Le visage du sorcier se convulsa en un hurlement silencieux.

L'ennemi de Drizzt venait de lui sauver la vie! Le combattant récupéra sans réfléchir un de ses cimeterres au sol et frappa le bras de l'élémental. L'arme entailla la roche. Le monstre sortit la tête entre Drizzt et Masoj, hurlant de rage et de douleur, et enfonça davantage le sorcier déjà prisonnier du sol.

Drizzt frappa de toutes ses forces, tenant le cimeterre à deux mains, et fendit le crâne de l'élémental d'un seul coup! Cette fois les «gravats» ne regagnèrent pas leur plan d'existence en s'enfonçant dans le sol. La créature était détruite pour de bon.

— Sors-moi de là! exigea Masoj.

Drizzt le regarda fixement, stupéfait que le mage soit toujours vivant; il était enfoncé jusqu'à la taille dans une pierre dense!

— Mais comment? répondit-il, éberlué. Tu…

Il ne trouvait même pas de mots pour exprimer son ébahissement.

— Débrouille-toi, fais-moi sortir! (Drizzt ne savait pas par où commencer.) Les élémentals passent d'un plan d'existence à l'autre, expliqua Masoj.

Il savait qu'il lui fallait d'abord calmer Drizzt s'il voulait avoir une chance de sortir du roc où il était coincé. Il se disait aussi que ce genre d'information pourrait distraire le jeune drow et lui faire oublier les soupçons que, de toute évidence, il éprouvait: il se demandait si Masoj ne l'avait pas spécifiquement visé avec son éclair magique.

—Quand un élémental de terre traverse le sol, poursuivit le sorcier, il passe par une porte entre le plan tellurique et le nôtre, le plan matériel. La pierre a laissé le passage à mon corps quand ce monstre m'y a attiré, mais c'est très inconfortable ! (Il eut un tressaillement de douleur quand la roche serra plus étroitement un de ses pieds.) La porte se referme vite !

—Alors peut-être que Guenhwyvar..., commença Drizzt.

Il sortit la statuette de la poche de devant de Masoj et l'inspecta soigneusement, en quête de la moindre imperfection sur sa surface impeccable.

—Rends-moi ça ! s'écria Masoj, à la fois gêné et furieux.

Drizzt lui tendit à contrecœur la figurine. Masoj y jeta un rapide coup d'œil et la remit dans sa poche. Le jeune Do'Urden voulait absolument savoir.

—Guenhwyvar est-elle sauve ? osa-t-il demander.

—Ce ne sont pas tes affaires ! répliqua sèchement Masoj. (Le sorcier s'inquiétait lui aussi du sort du fauve, mais pour l'instant Guenhwyvar représentait le cadet de ses soucis.) La porte se referme, répéta-t-il. Va chercher les prêtresses !

Drizzt n'eut pas le temps d'obéir : un pan de roche qui faisait partie du mur derrière lui se déplaça, et le poing dur comme la pierre de Belwar Dissengulp le frappa à la nuque !

23

Un coup bien net

— Les gnomes l'ont pris, annonça Masoj à Dinin quand le chef de patrouille revint dans la salle.

Le sorcier leva les bras pour que la haute prêtresse et ses aides prennent la pleine mesure de sa situation difficile.

— Où ? voulut savoir Dinin. Pourquoi t'ont-ils laissé en vie ?

Masoj haussa les épaules.

— Un passage secret, quelque part dans le mur derrière vous. Je pense qu'ils m'auraient emporté avec eux si... (Masoj regarda le sol qui l'enserrait toujours solidement jusqu'à la taille.) Ils m'auraient sûrement tué si vous n'étiez pas arrivés à ce moment.

— Tu as de la chance, sorcier ! déclara la haute prêtresse à Masoj. J'ai justement appris aujourd'hui un sort qui relâchera l'emprise de la pierre sur toi.

Elle murmura quelques instructions à ses assistantes ; elles prirent des gourdes de peau et des bourses remplies de craie, puis se mirent à tracer un carré de trois mètres de côté autour du mage piégé. La haute prêtresse alla jusqu'à la paroi de la caverne où elle se mit à incanter.

— Certains se sont échappés ! lui annonça Dinin. (La haute prêtresse comprit ce qu'on attendait d'elle :

elle chuchota rapidement un sort de détection et observa le mur.)

— C'est là, affirma-t-elle.

Dinin et un autre mâle se ruèrent à l'endroit désigné et ne tardèrent pas à discerner la fente presque imperceptible qui trahissait la présence du passage secret.

Tandis que la haute prêtresse reprenait son incantation, l'une de ses assistantes jetait une corde à Masoj.

— Accroche-toi, lui ordonna-t-elle d'un ton railleur, et retiens ton souffle !

— Attendez... ! commença Masoj, mais soudain le sol de pierre se transforma en boue autour de lui, et le sorcier fut englouti.

Deux prêtresses le hissèrent en riant.

— Un beau sort ! remarqua le sorcier en recrachant de la boue.

— Il a son utilité, répondit la haute prêtresse, surtout quand nous devons lutter contre des gnomes et toutes leurs astuces avec la pierre ! Je l'ai justement appris comme protection contre les élémentals. (Elle examina un tas de gravats à ses pieds et y reconnut l'œil et le nez du monstre.) Finalement mon sort n'aura pas servi comme je croyais.

— C'est moi qui l'ai détruit ! mentit Masoj.

— Tiens donc, dit la haute prêtresse, peu convaincue.

L'arête de la brisure lui indiquait que c'était une lame qui avait détaché le morceau. Mais elle n'eut pas le temps de répliquer car le raclement de la pierre sur la pierre les fit tous se tourner vers le mur.

— Un labyrinthe ! gémit le guerrier le plus proche de Dinin en regardant l'intérieur du tunnel. Comment allons-nous les retrouver ?

Dinin réfléchit un moment, puis se tourna brusquement vers Masoj.

— Ils tiennent mon frère, expliqua-t-il. (Il venait d'avoir une idée.) Où est ton fauve ?

— Par là, répondit Masoj, qui voulait faire traîner les choses.

Il imaginait quel allait être le plan de Dinin et ne tenait pas à voir Drizzt secouru.

— Appelle-le pour moi, ordonna Dinin. Il peut suivre la piste.

— Je ne peux pas… euh, je veux dire…, balbutia Masoj.

— Tout de suite, sorcier ! s'impatienta Dinin. Sauf si tu veux que j'apprenne au Conseil que certains gnomes ont pu s'enfuir parce que tu as refusé ton aide ?

Masoj jeta la figurine à terre et appela Guenhwyvar sans trop savoir ce qui allait se produire. L'élémental de terre avait-il vraiment détruit son familier ? La brume apparut et se transforma en quelques secondes en panthère bien tangible.

— Bon, conclut Dinin en montrant le tunnel au fauve.

— Va chercher Drizzt ! ordonna Masoj à l'animal.

Guenhwyvar renifla le sol un moment, puis bondit dans la galerie étroite, suivie de la patrouille drow silencieuse.

— Où…, commença Drizzt après être péniblement remonté des profondeurs de l'inconscience.

Mais il comprit tout de suite qu'il était assis, les mains liées devant lui.

Une main menue mais sans conteste énergique lui agrippa les cheveux et tira sa tête en arrière avec rudesse.

— Tais-toi ! lui chuchota Belwar méchamment, et Drizzt s'étonna que cet être sache parler sa langue.

Belwar le lâcha et rejoignit les autres svirfnebelins.

Au vu de la petitesse de la salle basse de plafond où ils se trouvaient et des mouvements pleins de nervosité des gnomes, Drizzt se rendit compte que ce groupe était en fuite.

Les svirfnebelins se mirent à discuter à voix basse dans leur langue à laquelle il ne comprenait rien. L'un d'eux posa une question d'un air tendu au gnome qui lui avait ordonné de se taire, apparemment le chef. Un autre émit un grognement d'approbation et prononça quelques mots d'un air mécontent en se tournant vers Drizzt, une lueur menaçante dans le regard.

Le chef donna une rude tape dans le dos de ce deuxième gnome et le fit sortir par l'une des deux issues basses de la salle, puis plaça les autres en position de défense. Ensuite il se dirigea vers le drow.

— Tu vas nous suivre à Blingdenpierre, lui annonça-t-il en cherchant ses mots.

— Et après ?

Belwar haussa les épaules.

— Le roi en décidera. Si tu ne me causes pas de problème, je lui dirai de te laisser partir.

Drizzt éclata d'un rire cynique. Belwar amenda son propos.

— Bon, d'accord, si le roi décide de te tuer, je ferai en sorte que ce soit d'un coup bien net.

Drizzt rit de nouveau.

— Tu t'imagines que je vais croire ça ? Torturez-moi tout de suite, amusez-vous comme les pervers que vous êtes !

Belwar faillit le gifler mais retint son geste.

— Les svirfnebelins ne pratiquent pas la torture, s'indigna-t-il à voix plus haute qu'il n'aurait dû ; les drows oui ! (Il se détourna mais renouvela sa promesse :) Un coup bien net.

Drizzt se rendit compte qu'il percevait de la sincérité dans la voix du gnome, et il devait bien admettre que le svirfnebelin n'aurait pu espérer autant de miséricorde si sa patrouille l'avait fait prisonnier! Belwar s'apprêtait à s'éloigner, mais Drizzt, intrigué, voulait en apprendre davantage sur cette créature étrange.

— Comment as-tu appris ma langue? demanda-t-il.

— Les gnomes ne sont pas stupides! rétorqua Belwar sans trop savoir où son prisonnier voulait en venir.

— Les drows non plus, répondit Drizzt sans s'offenser, mais je n'ai jamais entendu la langue des svirfnebelins dans ma cité.

— Autrefois un elfe noir a vécu à Blingdenpierre, expliqua Belwar qui ressentait maintenant presque autant de curiosité à l'égard de Drizzt que Drizzt en éprouvait à son sujet.

— Un esclave, supposa le jeune drow.

— Un invité! répliqua sèchement Belwar. Les svirfnebelins n'ont pas d'esclaves!

Une fois de plus, Drizzt perçut la sincérité de cette déclaration.

— Quel est ton nom? poursuivit-il.

Le gnome éclata de rire.

— Tu me prends vraiment pour un imbécile! Tu veux connaître mon nom pour t'en servir contre moi grâce à cette magie noire que vous utilisez!

— Non! protesta Drizzt.

— Je pourrais te tuer pour m'avoir cru aussi idiot! grommela Belwar en soulevant d'un geste sans équivoque son énorme pioche.

Drizzt se tortilla un peu, incertain de ce qu'allait faire le gnome.

— Mon offre tient toujours, reprit Belwar en reposant son arme. Si tu ne me crées pas d'ennuis, je dirai au roi de te laisser partir. (Belwar ne croyait pas plus que Drizzt que ce fût possible, aussi proposa-t-il une fois encore avec un haussement d'épaules ce qu'il avait de mieux après cela :) Sinon, un coup bien net.

Une agitation soudaine se manifesta en provenance d'un des tunnels qui débouchaient dans la pièce ; le svirfnebelin se tourna dans cette direction.

— Belwar ! s'écria l'un des autres gnomes en se précipitant dans la petite caverne.

Le chef regarda Drizzt avec méfiance pour voir s'il avait compris que tel était son nom.

Le jeune drow eut le bon sens de garder le visage tourné de l'autre côté, comme s'il n'avait rien entendu. Mais il savait maintenant comment s'appelait ce chef gnome qui l'avait épargné. L'autre svirfnebelin avait dit : « Belwar ».

Il n'oublierait jamais ce nom !

Le passage retentissait à présent d'une rumeur de combat qui retenait l'attention de tout le monde ; plusieurs svirfnebelins, affolés, revinrent dans la caverne. Drizzt comprit à leur agitation que la patrouille devait être tout près.

Belwar se mit à aboyer des ordres qui consistaient pour l'essentiel à organiser la retraite par l'autre tunnel. Drizzt se demanda ce que le gnome prévoyait pour lui. Belwar n'espérait sûrement pas semer une patrouille drow en traînant avec lui un prisonnier !

C'est alors que tout à coup – bien trop subitement ! – le chef des gnomes se tut et cessa tout mouvement.

Les prêtresses avaient jeté devant elles des sorts sournois de paralysie ! Belwar et un autre gnome étaient complètement piégés par le dweomer ; le reste des svirfnebelins comprit vite la situation et tous se précipitèrent en se bousculant vers l'autre issue.

Les guerriers drows, Guenhwyvar en tête, surgirent dans la caverne. Drizzt éprouva un profond soulagement à voir son amie indemne, mais hélas ce sentiment fut vite annihilé par le massacre qui s'ensuivit. Dinin et sa troupe taillèrent en pièces les gnomes désorganisés avec la sauvagerie propre aux elfes noirs.

En quelques secondes – des secondes abominables qui parurent des heures à Drizzt – les seuls svirfnebelins survivants dans la salle étaient Belwar et l'autre gnome piégé par le sort de paralysie. Plusieurs étaient parvenus à s'enfuir par l'autre passage, poursuivis par une grande partie de la patrouille.

Masoj entra le dernier dans la salle, l'air misérable dans ses vêtements couverts de boue. Il resta à l'entrée de la salle et ne regarda plus dans la direction de Drizzt après avoir remarqué que la panthère se tenait à côté du Second Fils de la Maison Do'Urden, résolue à le protéger.

—Une fois de plus, tu as bénéficié d'une chance insolente ! annonça Dinin à son frère en coupant ses liens.

Drizzt, voyant le carnage dans la salle, n'en était pas aussi certain.

Dinin lui tendit ses cimeterres, puis se tourna vers le drow qui surveillait les deux gnomes paralysés.

—Achève-les, ordonna-t-il.

Un grand sourire apparut sur le visage du guerrier, et il dégaina un couteau ébréché de sa ceinture.

—Est-ce qu'ils se rendent compte ? demanda-t-il à la haute prêtresse.

—C'est ce qu'il y a d'amusant avec ce sort, répondit-elle. Les svirfnebelins savent très bien ce qu'il va se passer. En ce moment même ils luttent pour se libérer.

—Des prisonniers ! balbutia Drizzt. (Dinin et les autres se tournèrent vers lui ; le drow prêt à frapper le gnome arborait une grimace de colère et de déception.)

» Pour la Maison Do'Urden ? demanda Drizzt à Dinin, plein d'espoir. Nous pourrions tirer bénéfice de...

— Les svirfnebelins ne font pas de bons esclaves, déclara Dinin.

— En effet, confirma la haute prêtresse en approchant du drow désigné pour exécuter les deux gnomes.

Elle confirma l'ordre d'un hochement de tête et le sourire du bourreau s'élargit. Il frappa de toutes ses forces ; seul Belwar était en vie maintenant.

Le guerrier agita d'un air menaçant sa dague souillée de sang sous le nez du chef des gnomes.

— Non, pas lui ! protesta Drizzt qui ne pouvait en supporter davantage. Laissez-le vivre !

Il avait envie de clamer que Belwar ne pouvait leur faire aucun mal, et que tuer un adversaire sans défense serait un acte lâche et vicieux, mais il savait que tenter d'éveiller un sentiment de pitié chez des drows constituait une perte de temps.

Cette fois, le regard que portait Dinin sur son frère exprimait davantage de colère que de curiosité.

— Si vous le tuez, il ne restera aucun gnome pour retourner à leur cité et proclamer notre victoire ! expliqua alors Drizzt, s'emparant du seul prétexte qu'il trouva. Nous devrions le renvoyer à son peuple, le renvoyer pour qu'il leur fasse comprendre la folie qu'ils ont commise en entrant sur notre territoire !

Dinin se tourna vers la haute prêtresse pour avoir son avis.

— Ce n'est pas mal pensé, approuva-t-elle.

Dinin doutait des véritables motifs de son frère. Sans le quitter des yeux, il s'adressa à l'exécuteur des basses œuvres à côté de lui :

— Alors tranche-lui les mains.

Drizzt ne réagit pas ; il savait que, dans le cas contraire, Dinin ferait sans doute tuer Belwar.

Le guerrier rengaina sa dague et prit à la place sa lourde épée.

— Attends, reprit Dinin, l'œil toujours rivé sur Drizzt. On devrait le libérer de sa paralysie d'abord ! Je veux l'entendre crier.

Plusieurs autres drows vinrent encercler Belwar et placèrent la pointe de leurs épées sur son cou tandis que la haute prêtresse levait son sort. Le gnome ne bougea pas.

Le bourreau désigné saisit son épée à deux mains ; le courageux Belwar tendit ses bras devant lui et les garda immobiles !

Drizzt détourna le regard, incapable d'assister à cela. Il attendit, plein d'effroi, le cri du svirfnebelin.

Belwar remarqua ce mouvement et se demanda si le drow faisait montre de compassion.

Le guerrier abattit alors son épée. Belwar ne quitta pas Drizzt du regard en recevant le coup qui embrasa un million de feux de douleur dans ses bras.

Il ne cria pas non plus ; il refusait de donner cette satisfaction à Dinin. Le chef gnome jeta un dernier regard à Drizzt tandis que deux autres drows le faisaient sortir de la salle, et il perçut l'angoisse réelle – et la honte ! – derrière le masque impassible du jeune guerrier.

Au moment où Belwar s'en allait, les elfes noirs qui avaient pourchassé les gnomes en fuite débouchèrent de l'autre tunnel.

— Nous n'avons pas pu les rattraper dans ces passages si étroits ! se plaignit l'un d'eux.

— Bon sang ! grommela Dinin. (Renvoyer un gnome mutilé à Blingdenpierre était une chose, mais en laisser d'autres s'enfuir indemnes en était une autre très différente !) Je les veux !

— Guenhwyvar peut les trouver, assura Masoj. (Il rappela le fauve sans quitter Drizzt des yeux. Le cœur du jeune drow battit plus fort tandis que le sorcier donnait une petite tape au magnifique animal.) Allons, brave bête, il te reste un peu de chasse à faire !

Le mage remarqua que Drizzt frémissait à ces paroles ; il savait que le jeune Do'Urden n'aimait pas voir Guenhwyvar chargée de tâches aussi ignobles.

— Ils sont vraiment partis ? demanda Drizzt, au bord du désespoir, à Dinin.

— Ils ne vont pas s'arrêter avant Blingdenpierre, si nous les laissons faire.

— Et reviendront-ils ici ?

Le regard assassin de Dinin disait assez l'absurdité de la question de son frère.

— Tu reviendrais, toi ?

— Nous avons donc accompli notre tâche, déduisit Drizzt dans une tentative désespérée d'éviter à Guenhwyvar d'être l'instrument – la victime ! – des odieux desseins de Masoj.

— Certes, la victoire est à nous, approuva Dinin, même si nos propres pertes sont lourdes. Mais, avec l'aide du familier du sorcier, nous pouvons nous amuser davantage !

— Nous amuser ! répéta Masoj, heureux de tourmenter Drizzt. Va dans les tunnels, Guenhwyvar. Nous allons savoir si un gnome épouvanté peut courir vite !

Il ne fallut que quelques minutes à Guenhwyvar pour revenir, un svirfnebelin mort dans la gueule.

— Retournes-y ! ordonna Masoj quand le fauve eut laissé choir le cadavre à ses pieds. Apporte-m'en d'autres !

Le cœur de Drizzt sombra dans le désespoir au son du corps qui heurtait le sol. Dans les yeux de Guenhwyvar il vit une tristesse aussi profonde que la sienne. La panthère était un prédateur aussi honorable, à sa manière, que Drizzt. Mais l'ignoble Masoj considérait l'animal comme un simple jouet, un instrument de son plaisir pervers, un moyen de tuer sans autre raison que son caprice.

Entre les mains du sorcier, Guenhwyvar n'était rien d'autre qu'une meurtrière !

Avant d'entrer dans l'étroit passage, le fauve s'arrêta un instant et jeta un regard presque désolé à Drizzt.

— Retournes-y ! cria Masoj.

Et il donna un coup de pied à son familier. Puis il regarda lui aussi Drizzt, avec rancune. Il avait raté sa chance de tuer le jeune Do'Urden ; il aurait du mal à justifier cet échec auprès de son impitoyable mère ! Masoj décida de s'inquiéter plus tard de cette confrontation désagréable. À cet instant il avait au moins la satisfaction de voir Drizzt souffrir.

Dinin et les autres restaient totalement inconscients de ce qu'il se passait entre le mage et le guerrier. Ils étaient trop concentrés sur leur attente de Guenhwyvar et de sa proie, trop occupés à imaginer la terreur sur le visage des gnomes au moment où cette parfaite tueuse les achèverait, trop pris par l'humour macabre du moment, cet humour drow perverti qui provoquait le rire quand il aurait fallu pleurer !

Cinquième partie

Zaknafein

Zaknafein Do'Urden : mon mentor et professeur, mon ami. Pour ma part, perdu dans la douleur aveugle de ma propre frustration, je lui ai renié plus d'une fois ces titres. Ai-je exigé de lui plus qu'il pouvait offrir ? Ai-je attendu la perfection de la part d'une âme trop tourmentée ? L'ai-je jugée selon des critères auxquels sa vie passée ne pouvait lui permettre d'aspirer ? Une vie qui lui avait retiré toute chance de jamais atteindre ces niveaux d'exigence ?

J'aurais fort bien pu être lui ; j'aurais pu vivre emprisonné dans une rage impuissante, enfoui sous les assauts quotidiens de la perversité qu'est Menzoberranzan, sous le mal permanent que chérit ma propre famille, et ne jamais pouvoir m'en libérer !

Il paraît logique de penser que nous pouvons apprendre des erreurs de nos aînés. Je crois que c'est cela qui m'a sauvé : sans l'exemple de Zaknafein, moi non plus je n'aurais pas pu m'enfuir – dans cette vie du moins.

En l'occurrence, ai-je fait un meilleur choix que lui ? Oui, je le pense, même si le désespoir croise assez souvent ma route pour que j'en vienne parfois à envier son destin. Cela aurait été plus facile ! Mais la vérité que l'on connaît ne vaut rien si on ne vit pas pour elle, et les principes ne sont que du vent si l'idéaliste ne s'efforce pas de les suivre.

Cette voie est donc préférable.

Ma vie regorge de regrets, pour mon peuple et pour moi, mais surtout pour ce maître d'armes perdu à jamais, lui qui m'a appris comment me servir d'une lame – et pour quelles raisons !

Il n'y a pas pire souffrance ; la blessure due à un tranchant ébréché ou le souffle enflammé d'un dragon ne sont rien à côté. Rien ne brûle le cœur comme d'avoir perdu quelque chose ou quelqu'un et se rendre compte trop tard de sa véritable valeur. Encore aujourd'hui je lève souvent mon verre en un toast futile et présente des excuses à celui qui ne peut les entendre :

À Zak, qui m'a inspiré le courage !

Drizzt Do'Urden

24

Connais tes ennemis

— Huit drows morts, dont une prêtresse ! annonça Briza à Matrone Malice sur le balcon de la Maison Do'Urden. (Elle était rapidement retournée au domaine dès les premières nouvelles de la confrontation avec les svirfnebelins, laissant ses sœurs attendre d'autres informations au milieu de la foule sur la place principale de Menzoberranzan.) Mais presque deux dizaines de gnomes ont péri. La victoire est clairement nôtre !

— Et pour tes frères ? Comment s'est comportée la Maison Do'Urden dans cet affrontement ?

— Comme pour les elfes de la surface, Dinin a eu cinq têtes. On dit qu'il a mené fièrement l'assaut, et c'est lui qui en a tué le plus !

Le visage de Matrone Malice rayonna, mais elle se doutait que Briza, derrière son sourire supérieur, détenait une information dramatique qu'elle attendait patiemment de lui révéler.

— Et pour Drizzt ? demanda la Matrone, agacée par la comédie de sa fille. Combien de svirfnebelins a-t-il tués ?

— Aucun, répondit Briza, toujours avec ce sourire exaspérant. Pourtant c'est lui qui a créé l'événement aujourd'hui ! ajouta-t-elle très vite en voyant sa mère se renfrogner. (Malice pouvait passer en un éclair de la bonne humeur à la fureur, et elle n'avait pas l'air amusée du tout.) Drizzt a tué un élémental de terre, s'exclama-t-elle, tout seul, avec seulement un peu d'aide d'un mage ! La haute prêtresse de la patrouille a déclaré que le mérite lui en revenait !

Matrone Malice, suffoquée, se détourna. Drizzt, depuis toujours, représentait une énigme pour elle, avec son talent prodigieux pour le combat conjugué à un manque total de manières et de respect pour la société drow. Voilà qu'il avait abattu un élémental de terre ! Malice elle-même avait vu un de ces monstres décimer tout un commando ; il avait tué une dizaine de combattants aguerris avant de s'éloigner tranquillement. Et son fils, son fils si imprévisible, avait été capable d'en tuer un à lui seul !

— La faveur de Lolth est sur nous aujourd'hui, commenta Briza, étonnée de la réaction de sa mère.

Ces paroles donnèrent une idée à Malice.

— Rappelle tes sœurs, ordonna-t-elle. Nous allons nous réunir dans la chapelle. Puisque la Maison Do'Urden a joué un rôle si important dans cette victoire, peut-être la Reine Araignée voudra-t-elle bien nous donner quelques informations !

— Vierna et Maya attendent d'autres nouvelles sur la place, expliqua Briza, qui pensait que sa mère voulait en apprendre davantage sur la bataille. Nous devrions tout savoir d'ici une heure.

— Je n'ai rien à faire de ce combat contre des gnomes ! gronda Malice. Tu m'as dit tout ce qu'il y avait à savoir sur notre famille ; le reste n'a pas d'importance. Mais nous allons tirer bénéfice de la conduite héroïque de tes frères !

— … Pour apprendre qui sont nos ennemis ! balbutia Briza en comprenant ce que sa mère avait en tête.

— Exactement. Nous allons pouvoir apprendre quelle Maison menace la nôtre. Si la Reine Araignée se sent vraiment bien disposée à notre égard aujourd'hui, peut-être voudra-t-elle nous accorder le savoir dont nous avons besoin pour vaincre !

Un peu plus tard, les quatre hautes prêtresses de la Maison Do'Urden se rassemblaient autour de l'idole en forme d'araignée dans l'antichambre de la chapelle. Devant elles, l'encens sacré brûlait dans un bol de l'onyx le plus noir et dégageait la fumée suave comme la mort qui plaisait aux yochlols, les serviteurs de Lolth.

La flamme passa par toute une série de couleurs, de l'orange au vert et à un rouge vif. Puis elle prit forme, répondant aux appels des quatre hautes prêtresses, à l'urgence que trahissait la voix de Matrone Malice. La partie supérieure du feu cessa de danser, devint lisse et ronde ; une tête chauve apparut, puis s'étira en longueur, grossit. Les flammes disparurent, consumées par l'image du yochlol : un tas de cire à moitié fondue qui formait une tête aux yeux grotesquement étirés et à la bouche démesurément tombante.

Qui m'a invoquée ? demanda télépathiquement la petite créature d'un ton impérieux.

Les pensées du yochlol, d'une puissance sans proportion avec ses dimensions réduites, tonnèrent dans l'esprit des quatre femmes.

— C'est moi, ô serviteur, répondit Malice à haute voix, car elle voulait que ses filles entendent cette partie de l'échange. (Elle inclina respectueusement la tête.) Je suis Malice, fidèle servante de la Reine Araignée.

Le yochlol disparut dans une bouffée de fumée, ne laissant que des braises d'encens grésillant dans le bol d'onyx. Quelques instants plus tard, le serviteur réapparut, entier cette fois et grandeur nature, debout derrière Matrone Malice. Briza, Maya et Vierna retinrent leur souffle à la vue des deux tentacules répugnants que l'être posait sur les épaules de leur mère.

Matrone Malice en accepta sans broncher le contact, certaine de la légitimité de son invocation. Les pensées du yochlol s'immiscèrent insidieusement dans son esprit.

Explique-moi pourquoi tu oses me déranger !

Pour vous poser une question, répondit en silence à son tour Matrone Malice. *Une question dont vous connaissez la réponse.*

Cette question t'intéresse donc à ce point, demanda le yochlol, *que tu prennes le risque de conséquences si terribles ?*

Je dois absolument savoir !

Les trois filles de Matrone Malice observaient la scène avec curiosité : elles percevaient les pensées du yochlol mais ne pouvaient que deviner les répliques silencieuses de leur mère.

Puisque la réponse présente une telle importance et que nous, les serviteurs, la connaissons, donc à plus forte raison la Reine Araignée, ne crois-tu pas que Lolth te l'aurait déjà fait connaître si tel était son bon plaisir ?

Peut-être avant ce jour la Reine Araignée ne me pensait-elle pas digne de savoir, mais les choses ont changé !

Le serviteur de Lolth se tut ; les trois sœurs virent ses yeux déformés rouler dans leurs orbites, comme si elle entrait en communication avec un autre plan plus distant.

— Salutations, Matrone Malice Do'Urden ! annonça à haute voix le yochlol après quelques instants de tension.

La voix de la créature était posée, agréable, en contraste avec son apparence affreuse.

— Mes salutations à vous et à votre maîtresse, la Souveraine de toutes les Araignées ! répondit Malice.

Elle adressa un sourire torve à ses filles mais elle ne se tourna pas pour faire face à la créature derrière elle ; apparemment elle avait bien estimé la faveur que la Maison Do'Urden avait gagnée ce jour.

— Daermon N'a'Shezbaernon a su plaire à Lolth, confirma le serviteur. Les mâles de ta Maison ont mené la victoire, ont même fait preuve de davantage de valeur que les femmes de la troupe. Je dois donc répondre à l'invocation de Matrone Malice Do'Urden.

Les tentacules se retirèrent des épaules de Malice et le yochlol se tint droit derrière elle dans l'attente de la demande.

— Je me réjouis d'avoir su plaire à la Reine Araignée, commença Malice. (Elle chercha la meilleure manière de présenter les choses.) Comme je l'ai dit, je ne sollicite qu'une réponse à une simple question.

— Pose-la, encouragea le yochlol d'un ton railleur qui indiqua à Malice et à ses filles que le monstre savait déjà ce qu'on allait lui demander.

— Les rumeurs disent que ma Maison est menacée...

— Des rumeurs ?

Le yochlol rit ; c'était un son affreux, qui écorchait les oreilles.

— J'ai confiance en mes sources ! répondit Malice, sur la défensive. Je ne me serais pas permis de faire appel à vous si je ne prenais pas la menace au sérieux.

— Continue, déclara le yochlol, que toute l'affaire semblait amuser. Il ne s'agit pas que de rumeurs, Matrone Malice Do'Urden. Une autre Maison prévoit d'entrer en guerre contre vous !

Le sursaut de Maya, preuve d'un manque de maîtrise, lui valut des regards assassins de la part de sa mère et de ses sœurs.

— Dites-moi quelle est cette Maison ! implora Malice. Si Daermon N'a'Shezbaernon a vraiment su plaire à la Reine Araignée aujourd'hui, je demande à Lolth de nous révéler le nom de nos ennemis pour que nous puissions les anéantir !

— Et si cette autre Maison a su elle aussi plaire à la Reine Araignée, pourquoi Lolth la trahirait-elle à ton profit ?

— Nos ennemis ont tout l'avantage ! protesta Malice. Ils connaissent la Maison Do'Urden ; sans aucun doute ils nous tiennent sous surveillance permanente et ourdissent leurs plans. Tout ce que nous demandons à Lolth, c'est de nous accorder une connaissance équivalant à celle de nos ennemis. Révélez-nous leur identité et laissez-nous le soin de prouver que notre Maison mérite la victoire !

— Et si vos ennemis étaient plus puissants que vous ? Matrone Malice Do'Urden viendrait-elle nous supplier d'intervenir et de sauver sa misérable Maison ?

— Non ! s'écria Malice. Nous ne ferions appel pour nous battre qu'à nos propres forces, celles que Lolth elle-même nous a accordées. Même si nos ennemis s'avèrent les plus forts, je peux affirmer à Lolth qu'ils souffriront grandement de leur attaque contre la Maison Do'Urden !

Le serviteur entra de nouveau en lien avec son propre plan, un lieu plus noir encore que Menzoberranzan. Malice saisit fermement la main de Briza à sa droite et de Vierna à sa gauche, et celles-ci fermèrent à leur tour le cercle avec Maya, matérialisant ainsi les liens familiaux qui les unissaient.

— La Reine Araignée est satisfaite, Matrone Malice Do'Urden, annonça finalement le yochlol. Sois assurée qu'elle accordera davantage sa faveur à ta Maison qu'à celle de tes ennemis, quand le moment du combat sera venu – enfin, peut-être…

Malice tressaillit à ces derniers mots, mais elle était bien obligée d'accepter le fait que Lolth ne faisait jamais, au grand jamais, de promesses !

— Et pour ma question, osa-t-elle insister, la raison pour laquelle je vous ai invoquée ?

Un brillant éclair aveugla soudain les quatre prêtresses. Quand la vue leur revint, elles virent que le yochlol était redevenu minuscule et leur lançait un regard venimeux depuis les flammes qui s'élevaient du bol d'onyx.

— La Reine Araignée ne donne pas de réponse déjà connue du demandeur ! s'exclama le serviteur, et le pouvoir manifesté par sa seule voix vrilla les oreilles des drows.

Le feu explosa dans un nouvel éclair aveuglant, et le yochlol disparut, laissant derrière elle le précieux bol brisé en une bonne dizaine de morceaux.

Matrone Malice se saisit d'un des plus gros fragments d'onyx et le jeta contre le mur.

— Déjà connue ! s'écria-t-elle, pleine de rage. Connue de qui ? Qui dans ma famille me cache un tel secret ? !

— Peut-être celle qui sait ne sait-elle pas qu'elle sait, intervint Briza pour essayer de calmer sa mère. Ou peut-être que l'information est toute récente, et qu'elle n'a pas encore pu venir vous l'apprendre…

— Elle ? gronda Matrone Malice. Pourquoi dis-tu « elle », Briza ? Nous sommes toutes là. Une de mes filles serait-elle stupide au point de ne pas remarquer une menace aussi claire pour notre famille ?

— Non, Matrone ! s'exclamèrent d'une même voix Vierna et Maya, terrifiées devant la fureur croissante de Malice, qui risquait d'échapper à tout contrôle.

— Je n'ai jamais vu aucun signe ! se défendit Vierna.

— Moi non plus ! renchérit Maya. J'étais près de vous ces dernières dizaines et n'ai rien vu de plus que vous !

—Alors êtes-vous en train d'insinuer que *moi* j'aurais manqué quelque chose? siffla Malice, les poings serrés jusqu'à en avoir les phalanges livides.

—Non, Matrone! cria Briza dans la confusion générale, assez fort pour que sa mère reprenne ses esprits et tourne son attention pleine et entière vers sa fille aînée. Ce n'est pas «elle», donc, raisonna-t-elle, mais «il». Un de vos fils doit avoir la réponse, ou peut-être Zaknafein ou Rizzen.

—Oui! approuva Vierna. Ce ne sont que des mâles, trop stupides pour comprendre l'importance que peuvent avoir de petits détails.

—Drizzt et Dinin ont passé du temps dehors, ajouta Briza, hors de la cité. Dans leur groupe de patrouille il y a des fils de Maisons dirigeantes, celles qui oseraient comploter contre nous!

Les yeux de Malice étincelaient, mais la logique de Briza l'apaisait.

—Qu'ils viennent me voir dès leur retour à Menzoberranzan, ordonna-t-elle à Vierna et Maya. Toi, dit-elle à Briza, tu m'amènes Rizzen et Zaknafein. Toute la famille doit être là pour que nous apprenions ce qu'il y a à savoir!

—Les cousins et les soldats aussi? demanda Briza. Peut-être la réponse est-elle connue de quelqu'un hors du cercle de la famille...

—Oui, devons-nous rassembler tout le monde? proposa Vierna, en élevant la voix dans l'excitation du moment. Si nous rassemblions tout le clan et tenions un conseil de guerre général, toute la Maison Do'Urden?

—Non, répondit Malice, ni les soldats ni les cousins. Je ne crois pas qu'ils aient quelque chose à voir là-dedans. Le serviteur nous aurait donné la réponse si elle n'avait été connue d'aucun membre de la famille proche. C'est bien ce qu'il y a d'humiliant pour moi : poser une question alors que je devrais en connaître la réponse, puisque une personne proche de moi la connaît ! (Elle fit grincer ses dents avant de livrer hargneusement la suite de sa pensée :) Et je n'aime pas être humiliée !

Drizzt et Dinin arrivèrent peu de temps après sur le domaine, épuisés, ravis que l'aventure soit terminée. À peine étaient-ils entrés et s'étaient-ils engagés dans le couloir principal de la demeure en direction de leurs chambres qu'ils se heurtèrent à Zaknafein qui venait en sens inverse.

— Alors, le héros est revenu ! remarqua Zak, l'œil rivé sur Drizzt.

Le sarcasme dans sa voix n'échappa pas au jeune drow.

— Nous avons accompli notre tâche, et avec succès ! répliqua Dinin, franchement vexé d'être exclu des paroles du maître d'armes. J'ai mené...

— On m'a déjà parlé de la bataille, l'interrompit Zak. On n'entend que ça par toute la cité. Laisse-nous maintenant, Premier Fils. Ton frère et moi avons quelque chose à régler.

— Je m'en irai quand je le voudrai ! grommela Dinin.

Le maître d'armes le foudroya du regard.

— Je veux discuter avec Drizzt seul à seul. Va-t'en !

La main de Dinin se posa sur la garde de son épée. C'était un geste malencontreux : avant même qu'il ait dégainé d'un centimètre la lame de son fourreau, Zak lui avait assené deux gifles. Il avait aussi sorti une dague de nulle part et en pressait la pointe sur la gorge de Dinin.

Drizzt regardait le spectacle, ébahi, certain que le maître d'armes n'hésiterait pas à tuer son frère aîné.

— Va-t'en, reprit Zak, si tu tiens à la vie.

Dinin leva les mains au-dessus de la tête en signe de renoncement et recula lentement.

— Matrone Malice saura ce qu'il vient de se passer ! menaça-t-il.

— Je le lui apprendrai moi-même ! répondit Zak en riant. Pauvre imbécile, tu crois qu'elle va se donner du mal pour toi ? En ce qui la concerne, ce sont aux mâles de la famille d'établir leur propre hiérarchie ! Écarte-toi, Premier Fils, et reviens quand tu auras trouvé le courage de m'affronter.

— Viens avec moi, mon frère, demanda Dinin à Drizzt.

— Nous avons à faire ! lui rappela Zak de son côté.

Drizzt les regarda tour à tour, abasourdi de voir que ces deux-là mouraient d'envie de s'entre-tuer.

— Je vais rester, décida-t-il enfin. Il se trouve que le maître d'armes et moi avons bien une affaire à régler.

— À ta guise, héros ! cracha Dinin avant de tourner les talons et de s'éloigner, furieux.

— Vous vous êtes fait un ennemi, fit remarquer Drizzt à Zak.

— Ce n'est pas le premier, répliqua le maître d'armes en riant, et sûrement pas le dernier ! Mais peu importe. Tes faits d'armes ont rendu ton frère jaloux – ton frère aîné ! C'est plutôt toi qui devrais t'inquiéter.

— Il éprouve une vraie haine envers vous, objecta Drizzt.

— Oui, mais ma mort ne lui apporterait rien. Je ne suis pas une menace pour lui, contrairement à toi…

Zak laissa sa phrase en suspens.

— En quoi serais-je une menace pour lui ? Il ne possède rien que je convoite !

— Du pouvoir ? Il est le Premier Fils à présent, mais ça n'a pas toujours été le cas.

— Je sais qu'il a tué Nalfein, le frère que je n'ai jamais connu.

— Ah, tu l'as appris ? Peut-être Dinin craint-il qu'un autre Second Fils marche sur ses traces pour devenir le Premier Fils de la Maison Do'Urden !

— Suffit ! gronda Drizzt, las de ce système absurde d'avancement.

Comme vous le connaissez bien, d'ailleurs, pensa-t-il. *Combien en avez-vous assassiné pour atteindre votre rang actuel ?*

— Un élémental de terre ! proclama Zak avec un petit sifflement admiratif. C'est un ennemi puissant que tu as vaincu aujourd'hui. (Il s'inclina de manière exagérée, manifestant sans équivoque sa raillerie.) À quoi le jeune héros s'attaquera-t-il ensuite ? Un démon peut-être ? Un demi-dieu ? Il n'y a rien, de toute évidence, qui puisse…

— Je n'ai jamais entendu un tel flot d'absurdités s'écouler de votre bouche ! rétorqua Drizzt. (Le moment était venu pour lui de s'essayer au sarcasme.) Aurais-je pu inspirer de la jalousie à un autre qu'à mon frère ?

— De la jalousie ? s'exclama Zak. Mouche-toi, petit morveux ! Ce n'est pas un, mais douze élémentals de terre qui sont tombés sous mon épée ! Et même des démons. Ne surestime ni tes actes ni ton potentiel ! Tu n'es qu'un guerrier au sein d'un peuple de guerriers ; oublier cela te serait fatal !

Le maître d'armes termina son discours d'un ton emphatique, chargé de mépris, et Drizzt repensa au degré de « réalité » que leur prochaine rencontre dans la salle d'entraînement allait revêtir.

— Je connais mon potentiel, riposta-t-il, comme mes limites. J'ai appris à survivre !

— Tout comme moi, et depuis des siècles.

— La salle d'entraînement nous attend, rappela calmement Drizzt.

— Ta mère d'abord, rectifia le maître d'armes. Elle nous a tous convoqués dans la chapelle. Mais ne t'inquiète pas, il sera toujours temps de nous affronter !

Drizzt passa devant Zak sans rien ajouter ; il se doutait que leurs lames, les siennes et celles de son ancien mentor, mettraient fin à leur conversation. Qu'était devenu Zaknafein ? se demanda-t-il. Était-il toujours celui qui l'avait entraîné durant toutes ces années avant l'Académie ? Il ne parvenait pas à démêler ses sentiments. Avait-il un autre regard sur le maître d'armes à cause de ce qu'il avait appris de ses exploits passés, ou y avait-il vraiment quelque chose de différent, de plus dur, dans l'attitude de Zak envers lui depuis qu'il avait terminé ses études ?

Un claquement de fouet, plus loin, arracha Drizzt à ses réflexions.

— Je suis le consort de la Matrone ! protesta Rizzen.

— Aucune importance ! rétorqua Briza. (Drizzt avança sans bruit jusqu'à la prochaine intersection et jeta un coup d'œil discret. Briza et Rizzen se faisaient face ; Rizzen n'avait pas d'arme, mais Briza tenait à la main son fouet-serpent.)

» Consort ! poursuivit-elle dans un rire. Un titre vide de sens ! Tu n'es qu'un mâle donnant sa semence à la Matrone et cela ne te donne aucun privilège !

— J'ai engendré quatre fois ! s'exclama Rizzen avec indignation.

— Trois ! corrigea Briza en faisant claquer son fouet pour souligner ses paroles. Vierna est de Zaknafein et non de toi ! Nalfein est mort, ce qui en laisse deux seulement, dont une femme, au-dessus de toi. Tu ne peux avoir autorité que sur Dinin !

Drizzt s'appuya de toutes ses forces contre le mur et regarda sans le voir le couloir vide qu'il venait de parcourir. Il avait toujours soupçonné que le consort n'était pas son père ! L'homme ne lui avait jamais accordé aucune attention, ne l'avait jamais ni réprimandé ni complimenté, ne lui avait jamais ni donné le moindre conseil ni appris quoi que ce fût. Mais entendre sa sœur le dire aussi crûment, sans que Rizzen proteste !

Le mâle se débattait pour trouver une réplique aux paroles blessantes de Briza.

— Matrone Malice connaît-elle seulement vos désirs ? cracha-t-il. Sait-elle que sa fille aînée convoite son titre ?

— Toutes les filles aînées veulent devenir Mères Matrones ! répondit Briza en riant de plus belle. Matrone Malice serait bien bête de ne pas en tenir compte. Je t'assure que ni elle ni moi ne le sommes ! Je lui arracherai son titre quand l'âge l'aura affaiblie ; elle le sait et l'admet !

— Vous reconnaissez que vous la tuerez ?

— Si ce n'est pas moi ce sera Vierna, et sinon Maya ! Telle est notre voie, imbécile de mâle. Tels sont les commandements de Lolth !

La fureur brûlait en Drizzt à l'écoute de proclamations si perverses, mais il resta silencieux, dissimulé derrière le coin.

— Oh, mais Briza ne compte pas attendre que l'âge affaiblisse le pouvoir de sa mère, gronda Rizzen, pas quand une dague peut si bien hâter les choses ! Briza a trop envie du trône de cette Maison !

La suite de ce discours se mua en un cri inarticulé quand le fouet-serpent à six têtes fit sa besogne à coups redoublés.

Drizzt avait envie d'intervenir, de se précipiter sur les deux protagonistes et de les tailler en pièces, mais, bien sûr, il ne pouvait rien faire. Briza agissait comme on le lui avait toujours enseigné, obéissait aux commandements de la Reine Araignée en marquant sa domination sur Rizzen ; Drizzt savait qu'elle n'irait pas jusqu'à le tuer.

Mais si Briza se laissait emporter par la frénésie du moment ? Si, de fait, elle battait Rizzen à mort ? Dans le vide béant qu'était en train de devenir son cœur, Drizzt se demanda si cela l'intéressait encore.

—Tu l'as laissé s'en tirer ! rugit Matrone SiNafay contre son fils. Je vais t'apprendre à me décevoir !

—Non, Matrone ! protesta Masoj. J'ai expédié un éclair magique en plein sur lui. Il n'a même pas soupçonné que je le visais ! Je n'ai pas pu l'achever parce que le monstre m'avait coincé dans le seuil entre nos deux plans !

SiNafay se mordit la lèvre. Les excuses de son fils étaient bonnes, elle devait bien l'admettre. Elle savait que la mission confiée à Masoj n'était pas simple ! Drizzt constituait un ennemi puissant, et le tuer sans laisser derrière soi de preuve flagrante allait se révéler difficile.

—Je l'aurai, promit Masoj, l'air déterminé. Mon arme est toute prête ; j'aurai Drizzt d'ici la fin de la dizaine, comme vous l'avez ordonné !

—Et pourquoi devrais-je t'accorder une autre chance ? lui demanda SiNafay. Pourquoi devrais-je penser que tu te débrouilleras mieux la prochaine fois ?

—Parce que je veux le voir mort ! s'écria Masoj. Plus encore que vous, Matrone. Je veux mettre fin à l'existence de ce Drizzt Do'Urden, et, après sa mort, je veux lui arracher le cœur et le montrer à tous comme un trophée !

SiNafay voyait bien que son fils était motivé jusqu'à l'obsession.

— Très bien, accepta-t-elle. Occupe-toi de lui, Masoj Hun'ett. Ta vie en dépend : porte le premier coup à la Maison Do'Urden en tuant son Second Fils.

Masoj s'inclina, le visage toujours crispé en une grimace démente, et sortit en toute hâte de la pièce.

— Tu as tout entendu, déclara SiNafay dans le code gestuel des drows une fois la porte refermée.

Il n'était pas impossible que Masoj ait en ce moment même l'oreille collée à la porte, elle le savait bien ; elle ne voulait pas qu'il entende cette autre conversation.

— Oui, répondit par le même moyen Alton en quittant sa cachette derrière une tenture.

— Approuves-tu ma décision ? demanda silencieusement SiNafay.

Alton ne savait pas quoi dire. Il ne pouvait guère faire autrement que d'appuyer les décisions de sa Mère Matrone, mais par ailleurs il pensait qu'elle ne se montrait pas raisonnable en confiant de nouveau à Masoj la tâche de tuer Drizzt. Il ne trouvait pas de réponse.

— Donc tu n'approuves pas ! signa Matrone SiNafay avec des gestes brusques au bout d'un moment.

— Je vous en prie, Mère Matrone ! réagit tout de suite Alton. Je ne voudrais pas…

— Je ne t'en veux pas, le rassura-t-elle. Je ne suis pas si sûre moi-même d'avoir eu raison de lui donner une autre chance. Cela pourrait trop facilement mal tourner !

— Pourquoi, alors ? osa demander Alton, toujours par gestes. Vous ne m'avez pas accordé de seconde chance, alors que je suis le premier à désirer de toute mon âme la mort de Drizzt Do'Urden !

SiNafay lui jeta un regard méprisant qui lui fit perdre immédiatement le peu de courage qu'il avait.

— Douterais-tu de mon jugement ?

—Non! s'exclama Alton à haute voix. (Il mit la main devant sa bouche et tomba à genoux, terrorisé.) Jamais de la vie, Matrone! dit-il en revenant au code gestuel. Mais je n'ai pas, comme vous, une vue d'ensemble du problème. Pardonnez mon ignorance!

Le rire de SiNafay lui fit l'effet du sifflement d'une centaine de serpents furieux.

—Nous avons en fait la même vision des choses, affirma-t-elle. Je n'ai pas plus envie de donner à Masoj la chance que je ne t'ai pas non plus accordée.

—Mais..., voulut protester Alton.

—Il va de nouveau pourchasser Drizzt, mais cette fois il ne sera pas seul, expliqua SiNafay. Toi, Alton DeVir, tu le suivras. Protège-le et achève la tâche si besoin. Ta vie en dépend!

Alton rayonna en apprenant qu'il allait enfin pouvoir goûter à la vengeance. Il ne prit pas garde à la menace contenue dans la dernière phrase de SiNafay.

—Cela va de soi, commenta-t-il simplement, toujours en silence.

—Réfléchis! gronda Malice, son visage tout près de celui de Drizzt. (Son haleine était brûlante.) Tu sais quelque chose!

Drizzt se tassa craintivement devant la silhouette écrasante de sa mère et jeta un regard nerveux sur les autres membres de la famille. Dinin, qui venait de subir les mêmes questions brutales, restait à genoux, le menton dans la main. Il essayait en vain de trouver une réponse avant que Matrone Malice décide de passer au niveau supérieur en termes de techniques d'interrogatoire. Il n'avait pas manqué de remarquer les gestes de Briza en direction de son fouet-serpent, et cette vision effrayante gênait sa mémoire plus qu'elle la stimulait !

Malice gifla brutalement Drizzt et fit un pas en arrière.

— L'un d'entre vous a appris l'identité de nos ennemis, affirma-t-elle. Là-bas, pendant la patrouille, l'un de vous a été témoin d'un fait révélateur !

— Peut-être que nous l'avons vu sans savoir ce que cela représentait, proposa Dinin.

— Silence ! hurla Malice, le visage brillant de la chaleur de sa colère. Tu parleras quand tu connaîtras la réponse à ma question, et pas avant ! (Elle se tourna vers Briza.) Aide-le à retrouver la mémoire !

Dinin enfouit la tête entre ses bras et se prosterna par terre, offrant son dos arqué à la torture. Agir autrement n'aurait fait qu'accroître la rage de Malice.

Drizzt ferma les yeux et rejoua dans son esprit les événements intervenus au cours de ses nombreuses patrouilles. Il eut un sursaut involontaire en entendant le claquement du fouet-serpent et le grognement étouffé de son frère.

— Masoj, chuchota Drizzt sans presque s'en rendre compte. (Il leva le regard sur sa mère, qui eut un geste pour mettre fin au châtiment de Dinin – à la grande contrariété de Briza.) Oui, Masoj Hun'ett ! affirma-t-il d'une voix plus assurée. Au cours du combat contre les gnomes, il a essayé de me tuer !

Tous les membres de la famille, surtout Malice et Dinin, tendirent l'oreille, attentifs au moindre mot.

— Quand j'ai vaincu l'élémental, expliqua Drizzt en crachant le dernier mot, qui lui rappelait les paroles blessantes de Zaknafein. (Il jeta un regard désagréable au maître d'armes avant de poursuivre.) Masoj Hun'ett, juste à ce moment, m'a frappé d'un éclair magique.

— Il visait peut-être le monstre, objecta Vierna. Masoj a prétendu avoir tué l'élémental, mais la haute prêtresse lui en a refusé le mérite.

— Il a attendu ! insista Drizzt. Il n'a rien fait jusqu'à ce que je commence à prendre le dessus sur la créature. Alors seulement il a lancé sa magie, autant sur moi que sur l'élémental. Je crois qu'il espérait nous détruire tous les deux.

— La Maison Hun'ett ! chuchota Matrone Malice.

— Cinquième Maison, rappela Briza, dirigée par Matrone SiNafay.

— Voici donc notre ennemi ! affirma Malice.

— Pas forcément, intervint Dinin malgré lui.

Au moment même où il prononçait ces paroles, il se demandait ce qui lui prenait. Mettre en doute cette théorie ne pouvait que lui apporter de nouveaux coups de fouet !

Matrone Malice n'apprécia pas l'hésitation de son fils.

— Explique-toi ! lui ordonna-t-elle tandis qu'il réfléchissait aux raisons qui l'avaient fait parler.

— Masoj Hun'ett n'a pas apprécié d'être exclu du raid à la surface, expliqua Dinin. Nous l'avons laissé dans la cité, où il a dû assister à notre retour triomphal. (Dinin regarda son frère droit dans les yeux.) Il a toujours été jaloux de Drizzt et de tous ses exploits, à tort ou à raison. Beaucoup sont jaloux de Drizzt et aimeraient le voir mort !

Drizzt se sentait mal à l'aise : ces dernières paroles constituaient une menace flagrante. Il jeta un coup d'œil à Zaknafein et remarqua le sourire satisfait du maître d'armes.

— Es-tu certain de ce que tu viens de dire ? demanda Malice à Drizzt, l'arrachant à ses pensées.

— Il y a aussi le fauve, interrompit Dinin. Le familier de Masoj Hun'ett semble préférer la compagnie de Drizzt à celle du mage !

—Guenhwyvar est à sa place à mes côtés, protesta Drizzt, et c'est toi qui lui as ordonné de prendre cette position !

—Ce n'est pas du goût de Masoj, répliqua Dinin.

Peut-être même est-ce pour cela que tu as pris cette décision, se dit Drizzt, mais il garda cette pensée pour lui. Se mettait-il à voir des complots là où il n'y avait en fait que des coïncidences ? Ou bien son monde était-il vraiment rempli à ce point de manœuvres sournoises et de luttes silencieuses pour le pouvoir ?

—Es-tu certain de ce que tu viens de dire ? répéta Malice à Drizzt, ce qui l'arracha une fois de plus à ses réflexions.

—Masoj Hun'ett a essayé de me tuer, confirma-t-il. Je ne sais pas pourquoi, mais je suis sûr de son but à ce moment !

—La Maison Hun'ett, donc, conclut Briza. Un puissant ennemi.

—Nous devons tout savoir sur eux ! conclut Malice. Envoyez les espions ! Je vais me renseigner sur les troupes de la Maison Hun'ett : soldats, sorciers, et surtout prêtresses.

—Si nous nous trompons, fit remarquer Dinin, si la Maison Hun'ett n'est pas celle qui conspire contre nous…

—Nous ne nous trompons pas ! hurla Malice.

—Le yochlol a dit que l'un de nous connaissait l'identité de l'ennemi, raisonna Vierna, et tout ce que nous avons est cette histoire de Drizzt à propos de Masoj.

—À moins que tu nous caches quelque chose ? gronda Matrone Malice à l'adresse de Dinin d'un ton si froid et si mauvais qu'il fit blêmir le Premier Fils. (Il secoua ostensiblement la tête et se fit le plus discret possible ; il ne comptait plus participer à la conversation.)

»Nous allons préparer une communion, annonça Malice à Briza, afin d'apprendre en quelle faveur la Reine Araignée tient Matrone SiNafay.

Drizzt, incrédule, observait ces préparatifs frénétiques ; chaque ordre de Matrone Malice correspondait à un plan de défense bien établi. Ce n'était pas la précision des plans de bataille de la Maison Do'Urden qui l'étonnait – il n'en attendait pas moins d'eux –, mais la lueur d'excitation qu'il voyait dans les yeux de tous !

25

Les maîtres d'armes

— Impudente ! gronda le yochlol. (Le feu dans le brasero s'enfla et la créature se trouva de nouveau derrière Malice, disposa de nouveau ses tentacules sur la Mère Matrone.) Comment oses-tu m'invoquer encore ? (Malice et ses filles jetèrent des regards affolés autour d'elles. Elles savaient que cette fois la puissante créature ne jouait pas avec leurs nerfs : elle était vraiment furieuse !)

» Il est vrai que la Maison Do'Urden a su plaire aujourd'hui à la Reine Araignée, reprit le serviteur en réponse aux pensées muettes des femmes devant elle, mais cet acte à lui seul ne suffit pas à compenser le déplaisir que ta famille a récemment causé à Lolth ! Ne t'imagine pas que tout soit pardonné, Matrone Malice Do'Urden !

Une Matrone Malice qui se sentait minuscule et très vulnérable à cet instant. Son pouvoir ne pesait guère face à la rage d'un des serviteurs les plus proches de Lolth !

— Déplaisir ? osa-t-elle cependant murmurer. Comment ma famille a-t-elle pu causer du déplaisir à la Reine Araignée ? Qu'a-t-elle donc fait ?

Le rire du yochlol se manifesta en une éruption de flammes et d'araignées volant à travers toute la pièce, mais les hautes prêtresses ne flanchèrent pas ; elles acceptaient comme un châtiment mérité les brûlures et les créatures qui venaient ramper sur elles.

— Je te l'ai déjà dit, Matrone Malice Do'Urden, jeta avec mépris le serviteur de ses lèvres aux coins tombants, et je te le répète une dernière fois : la Reine Araignée ne répond pas aux questions dont tu connais déjà la réponse !

Puis, dans une décharge d'énergie explosive qui expédia les quatre femmes de la Maison Do'Urden par terre, le yochlol disparut.

Briza fut la première à récupérer. Elle se précipita prudemment sur le brasero, dont elle étouffa les quelques flammes restantes, ce qui ferma le portail qui donnait sur les Abysses, le plan d'existence du serviteur.

— QUI ? hurla Malice, retrouvant son rôle de puissante matriarche. Qui dans ma famille s'est attiré la fureur de Lolth ?

Et elle sembla de nouveau se tasser à mesure qu'elle prenait conscience de ce qu'impliquaient les révélations du serviteur. La Maison Do'Urden s'apprêtait à entrer en guerre contre une famille de premier plan ! Sans la faveur de Lolth, elle allait droit à une annihilation certaine.

— Nous devons découvrir le coupable ! assura Malice à ses filles, sûre de pouvoir les mettre hors de cause, et elle aussi.

Elles étaient toutes des hautes prêtresses. Si l'une d'elles avait commis un acte que la Reine Araignée désapprouvait, le yochlol invoqué aurait certainement saisi l'occasion de punir sur-le-champ la responsable. Il aurait pu à lui seul décapiter la Maison Do'Urden !

Briza s'empara du fouet-serpent à sa ceinture.

— J'obtiendrai l'information dont nous avons besoin ! promit-elle.

— Non ! l'arrêta Matrone Malice. Nous ne devons pas faire savoir que nous enquêtons. Qu'il s'agisse d'un simple soldat ou d'un membre de la famille, celui que nous cherchons est habitué à la douleur ; nous ne pouvons pas compter que la torture lui arrachera des aveux alors qu'il connaît fort bien le châtiment réservé à son acte ! Nous devons découvrir très vite la raison du déplaisir de Lolth et punir le criminel comme il convient. Il faut que la Reine Araignée continue à nous soutenir dans nos combats !

— Mais comment allons-nous pouvoir démasquer le coupable ? geignit la fille aînée en replaçant à contrecœur le fouet-serpent à sa ceinture.

— Vierna, Maya, laissez-nous, ordonna Malice. Ne parlez à personne de ces révélations et ne faites rien qui risquerait de dévoiler nos intentions. (Les deux cadettes s'inclinèrent et sortirent, peu satisfaites de leur rôle secondaire, mais impuissantes à y changer quoi que ce fût.)

» D'abord nous allons observer, annonça Malice à Briza. Nous allons essayer d'apprendre la vérité sans bouger d'ici !

— Le bol de scrutation ! comprit Briza.

Elle se rendit très vite dans la chapelle proprement dite et trouva, rangé près de l'autel central, l'objet précieux qu'elle cherchait, un grand bol doré incrusté de perles noires. Les mains tremblantes, Briza le plaça sur l'autel et ouvrit le plus sacré des nombreux compartiments que comptait le support en forme d'araignée. On y rangeait une possession très prisée de la Maison Do'Urden, un grand calice d'onyx.

Malice rejoignit alors Briza dans la chapelle et lui prit le calice des mains. Elle se dirigea vers l'immense bénitier qui se trouvait à l'entrée de la salle et trempa le récipient dans un fluide poisseux, l'eau *maudite* de leur religion ! Puis elle psalmodia :

—*Spideræ aught icor ven.*

Le rituel terminé, Malice revint à l'autel et versa l'eau dans le bol doré.

Briza et elle s'assirent et observèrent.

Drizzt posa le pied pour la première fois en dix ans sur le sol de la salle d'entraînement de Zaknafein et eut le sentiment d'être revenu chez lui. C'était là qu'il avait passé les meilleures années de sa jeune vie – presque entièrement ici ! Malgré toutes les déceptions qu'il avait connues depuis – et toutes celles que sans aucun doute il éprouverait pour le temps qu'il lui restait à vivre – Drizzt n'oublierait jamais cette brève étincelle d'innocence, cette joie qui était sienne à l'époque où il se formait sous l'autorité de Zaknafein !

Le maître d'armes entra à son tour et fit face à son ancien élève. Drizzt ne vit rien de familier ni d'encourageant sur le visage de son ancien mentor. Un rictus permanent avait pris la place du sourire qui lui était si familier autrefois, une expression coléreuse proclamant la haine de tout ce qui l'entourait, Drizzt en premier lieu peut-être ! Ou bien Zaknafein avait-il toujours arboré cette grimace ? Le jeune drow devait se poser la question : la nostalgie aurait-elle pu recouvrir d'un plaisant vernis mensonger toutes ces années d'entraînement ? Le maître qu'il se rappelait, qui lui avait si souvent réchauffé le cœur d'un petit rire insouciant, avait-il en fait toujours été le monstre froid, à l'affût, que les yeux de Drizzt voyaient à présent ?

—Qu'est-ce qui a changé, Zaknafein ? demanda finalement Drizzt. Vous, mes souvenirs, ma perception ?

Le maître d'armes ne parut même pas entendre la question chuchotée.

— Ah, le héros est revenu, s'exclama-t-il, le guerrier dont les faits d'armes étonnent à un si jeune âge !

— Pourquoi vous moquez-vous ainsi de moi ? protesta Drizzt.

— Celui qui a tué les porte-crocs ! poursuivit Zak.

Il avait les épées en main maintenant, et Drizzt réagit en dégainant ses cimeterres. Inutile de demander les règles du combat cette fois-ci, ou de s'inquiéter du choix des armes !

Drizzt avait su avant de pénétrer dans la salle qu'il n'y aurait pas de règle, et que les armes seraient leurs armes de prédilection, celles qui leur avaient permis de vaincre tant d'ennemis.

— Celui qui a tué l'élémental de terre ! ricana méchamment le maître d'armes.

Il se fendit et porta un simple coup d'estoc. Drizzt l'écarta sans même y penser.

Des lueurs subites s'allumèrent dans les yeux de Zak, comme si ce premier contact avait tranché d'un coup les liens émotionnels qui avaient jusque-là retenu sa main.

— Celui qui a tué la petite elfe de la surface ! hurla-t-il alors sur un ton franchement accusateur. (Puis vint la seconde attaque, retorse, puissante, un arc de cercle mortel descendant vers le crâne de Drizzt.) Qui l'a tailladée pour apaiser sa soif de sang !

Ces paroles de Zak bouleversèrent Drizzt, tempêtèrent dans son cœur, le fouaillèrent comme un fouet mental vicieux. Mais le jeune drow n'en restait pas moins un combattant aguerri. Ses réflexes ne pâtirent pas du tourbillon d'émotions qui le submergeait : un cimeterre vint à la rencontre de l'épée et la dévia sans dommage sur le côté.

— Assassin ! cria Zak d'un ton ouvertement méprisant. As-tu joui des hurlements d'agonie de cette enfant ?

Il se rua sur Drizzt en une trombe furieuse ; ses épées plongeaient, fendaient l'air, essayaient tous les angles d'attaque.

Drizzt, furieux des accusations de son hypocrite adversaire, était à la hauteur de cette frénésie ! Il se mit à hurler simplement pour entendre la rage dans sa propre voix.

Un spectateur de ce combat aurait eu du mal à trouver son souffle au cours des moments qui suivirent, où les lames semblaient un brouillard mortel. L'Outreterre n'avait jamais connu si vicieux combat que celui de ces deux maîtres escrimeurs qui attaquaient chacun le démon possédant l'autre – et le sien propre !

En s'entrechoquant, les lames d'adamantium projetaient des étincelles et s'ébréchaient, des gouttelettes de sang éclaboussaient les adversaires. Pourtant, aucun des deux ne ressentait la moindre douleur, et aucun ne savait même s'il avait blessé l'autre.

Drizzt effectua avec ses deux lames un mouvement de balayage qui contraignit Zak à écarter largement ses deux épées. Celui-ci eut le réflexe immédiat d'accompagner l'action : il fit une volte et frappa les cimeterres de Drizzt, qui fonçaient sur lui. La force du choc fut telle qu'elle fit tomber le jeune drow. Drizzt se réceptionna par une roulade et se releva pour affronter son adversaire qui chargeait !

Il eut alors une idée.

Il se plaça en défense haute, bien trop haute, et Zak le fit reculer. Drizzt savait à quoi ils allaient en venir, il faisait ce qu'il fallait pour cela. Zak utilisa plusieurs manœuvres de suite pour garder les armes de Drizzt en position haute. Il entreprit alors le mouvement qui avait acculé son élève à la défaite dans le passé : la double estocade basse, car il pensait que son adversaire ne parviendrait au mieux qu'à revenir à égalité sans reprendre l'avantage.

Drizzt exécuta le croisé bas comme il avait appris, et Zak se tint prêt ; il se doutait que le jeune drow plein de fougue allait encore essayer d'améliorer la manœuvre.

— Tueur d'enfant ! gronda-t-il pour l'exaspérer davantage.

Il ne savait pas que Drizzt avait trouvé une véritable parade.

L'ancien élève de Zak concentra toute la colère qu'il avait jamais ressentie, toutes les déceptions de sa jeune vie, chargea de cette hargne son pied et visa Zak, son visage méprisant qui cachait sous des sourires feints sa monstrueuse soif de sang !

Il frappa entre les deux lames en plein sur le nez du maître d'armes, et mit dans cet unique coup de pied toute la fureur qui bouillonnait en lui.

Les cartilages de Zak en furent broyés ! Ses yeux roulèrent dans leurs orbites et le sang jaillit sur ses joues creuses. Il comprit qu'il tombait, que le jeune guerrier allait être sur lui en un éclair sans lui laisser la moindre chance de reprendre l'avantage. La voix méprisante de Drizzt lui parvint, lointaine, comme s'il l'entendait en tombant dans un puits profond.

— Et toi, Zaknafein Do'Urden ? disait-il. J'ai entendu parler des exploits du maître d'armes de la Maison Do'Urden, à quel point il aimait tuer ! (La voix se rapprochait maintenant, parce que Drizzt venait près de Zak, que sa propre rage, de son côté, motivait pour revenir dans le combat.) Je sais à quel point le meurtre est facile à Zaknafein, cracha Drizzt d'un ton railleur, le meurtre de prêtresses, d'autres drows ! Tu en jouis vraiment tant que ça ?

Il ponctua cette dernière question d'un coup de chacun de ses cimeterres, des coups destinés à tuer Zak, à tuer le démon qu'ils abritaient tous les deux !

Mais le maître d'armes avait pleinement repris ses sens et sa haine pour Drizzt égalait celle qu'il éprouvait pour lui-même. Ses épées s'élevèrent au dernier moment, lames croisées, aussi rapides que l'éclair, et firent s'écarter subitement les bras de Drizzt. Le maître d'armes, à son tour, accompagna le mouvement d'un coup de pied, peut-être pas aussi puissant que celui de son ancien élève, car Zak était encore allongé sur le dos, mais qui eut le mérite de frapper le jeune drow en plein dans l'entrejambe !

Drizzt eut un hoquet de douleur et s'éloigna d'un bond ; il se contraignit à recouvrer rapidement ses esprits et vit Zaknafein, encore étourdi, qui se relevait.

— En jouissez-vous vraiment tant que ça ? parvint-il à articuler.

— En jouir ? répéta le maître d'armes.

— Cela vous donne-t-il du plaisir ?

— De la satisfaction ! rectifia Zak. Oui, c'est vrai, je tue.

— Et vous apprenez aux autres à tuer !

— À tuer des drows ! rugit Zak, et tout à coup il revint face à Drizzt, les armes brandies, dans l'attente du prochain mouvement de son adversaire. (Mais les paroles du maître d'armes avaient replongé Drizzt dans la plus complète confusion. Qui, à la fin, était cet être devant lui ?) Imagines-tu que ta mère me laisserait en vie si je ne la servais pas dans ses plans pervers ? (Drizzt ne comprenait pas.) Elle me hait ! expliqua le maître d'armes qui reprenait le contrôle de ses émotions face à l'évidente perplexité de Drizzt. Elle me méprise même. (Drizzt pencha la tête sur le côté, l'air interrogateur.) Es-tu donc si aveugle au mal qui nous environne ? vociféra Zak tout près de son visage. Ou bien t'a-t-il déjà consumé comme il l'a fait de tous les autres, dans cette frénésie de meurtres que nous appelons « notre vie » ?

— Cette frénésie qui vous possède ? rétorqua Drizzt d'une voix qui avait déjà beaucoup perdu de sa conviction.

S'il avait bien compris les paroles de Zaknafein – si le maître d'armes ne se pliait à ce jeu meurtrier qu'à cause de sa haine générale pour la perversité drow –, Drizzt ne pouvait finalement lui reprocher que sa lâcheté !

— Aucune frénésie ne me possède. Je vis du mieux que je peux, je survis dans un monde qui n'est pas le mien, qui ne répond pas aux désirs de mon cœur ! (La douleur qu'on percevait dans ces paroles, la tête baissée de Zak au moment où il admettait son impuissance, firent vibrer une corde familière dans l'âme de Drizzt.) Je tue, oui, je tue des drows pour servir Matrone Malice et pour apaiser la rage, la frustration qui bouillonnent en moi ! Mais quand j'entends hurler les enfants...

Il leva brusquement les yeux sur Drizzt et il se rua de nouveau comme un fou sur lui, sa rage décuplée.

Le jeune drow essaya de relever ses cimeterres, mais Zak en fit voler un à travers la pièce et dévia l'autre sur le côté. Il harcela Drizzt qui recula gauchement devant la fureur de Zak jusqu'à se retrouver acculé contre un mur. La pointe de son épée tira une goutte de sang de la gorge exposée de son ancien élève.

— L'enfant elfe est vivante ! déclara Drizzt dans un souffle. Je jure que je ne l'ai pas tuée !

Zak se détendit imperceptiblement, sans pour autant retirer son épée.

— Dinin a dit que...

— Il s'est trompé ! C'est moi qui l'ai trompé : j'ai jeté l'enfant à terre – uniquement pour l'épargner – et l'ai recouverte du sang de sa mère assassinée, pour dissimuler ma lâcheté !

Le maître d'armes, abasourdi, fit un bond en arrière.

— Je n'ai tué aucun elfe cette nuit-là, avoua Drizzt. Les seuls que je voulais abattre étaient mes propres compagnons !

⚔⚔⚔⚔⚔

— Maintenant nous savons, déclara Briza. (Elle avait les yeux rivés sur le bol de scrutation où s'achevait le combat entre Drizzt et Zaknafein, combat dont elles n'avaient pas perdu une miette.) C'est Drizzt qui s'est attiré la colère de la Reine Araignée !

— Tu le soupçonnais depuis le début, tout comme moi, répondit Matrone Malice, même si nous espérions qu'il en serait autrement.

— Il paraissait si prometteur ! se lamenta Briza. Comme j'aurais voulu qu'il apprenne où était sa place, quelles valeurs il devait suivre. Peut-être…

— Voudrais-tu l'épargner, par hasard ? Allons-nous manifester une pitié qui ne ferait qu'accroître le déplaisir de la Reine Araignée ?

— Non, Matrone, admit Briza. Mais j'avais espéré que nous pourrions utiliser Drizzt à l'avenir, comme vous avez si longtemps pu utiliser Zaknafein. Le maître d'armes se fait vieux…

— Nous sommes au bord de la guerre, ma fille ! lui rappela Malice. Il nous faut apaiser Lolth. Ton frère a appelé le châtiment sur lui par les actions qu'il a choisi de commettre.

— Un choix bien funeste ! soupira Briza.

⚔⚔⚔⚔⚔

Ces dernières paroles frappèrent Zaknafein avec bien plus de force que la botte de Drizzt. Le maître d'armes jeta ses épées à l'autre bout de la salle et se précipita sur son ancien élève. Il le serra dans ses bras avec une telle vigueur et une telle soudaineté que le jeune drow mit du temps à comprendre ce qu'il se passait.

— Tu as survécu ! s'écria Zak, la voix brisée par ses sanglots étouffés. Tu as survécu à l'Académie qui avait tué tous les autres !

Drizzt répondit à l'étreinte, hésitant, sans se rendre encore pleinement compte de la joie absolue qu'éprouvait Zak.

— Oh, mon fils !

Le jeune drow faillit s'évanouir, submergé par cet aveu de ce qu'il soupçonnait depuis si longtemps, et plus encore par le fait de savoir qu'il n'était pas seul dans ce sombre univers à ressentir de l'indignation devant la mentalité drow. Il n'était pas seul !

— Pourquoi ? demanda Drizzt en s'arrachant aux bras de Zak. Pourquoi êtes-vous resté ici ?

Le maître d'armes le regarda, l'air incrédule.

— Mais où pouvais-je aller ? Personne, pas même un maître d'armes, ne survivrait longtemps seul dans les cavernes d'Outreterre ! Il y a trop de monstres, trop d'autres peuples qui trouvent suave le goût du sang drow !

— Vous aviez sûrement le choix…

— Penserais-tu à la surface ? répondit Zak. Faire face tous les jours à cet enfer embrasé ? Non, mon fils, toi et moi sommes coincés ici !

Drizzt avait craint d'entendre cette affirmation, avait craint que ce père qu'il venait de découvrir n'eût pas de solution à proposer au dilemme que constituait toute sa vie. Peut-être n'y avait-il aucune solution !

— Tu te débrouilleras très bien à Menzoberranzan, lui déclara Zak pour le réconforter. Tu es fort, et Matrone Malice saura trouver à employer tes talents, quels que soient par ailleurs les désirs de ton cœur.

— Pour qu'elle me fasse mener une vie dédiée au meurtre, comme à vous ? répliqua Drizzt en essayant en vain de dissimuler la colère qu'il ressentait.

— Quel choix crois-tu que nous ayons ? objecta le maître d'armes, les yeux rivés au sol de pierre, qui lui ne le jugeait pas.

— Je refuse de tuer des drows, énonça Drizzt comme une évidence.

Les yeux de Zak croisèrent soudain ceux de son fils.

— Il faudra bien, lui affirma-t-il. À Menzoberranzan, c'est tuer ou être tué ! (Drizzt détourna le regard, mais les paroles de Zak n'allaient pas se laisser oublier si facilement.) Il n'y a rien d'autre à faire, poursuivit le maître d'armes d'une voix douce. Tel est notre monde, telle est notre existence ! Tu y as échappé jusqu'ici, mais tôt ou tard ta chance t'abandonnera… (Il saisit fermement le menton de Drizzt et força son fils à le regarder en face.) Je voudrais tant qu'il en soit autrement ! s'écria-t-il avec la plus grande sincérité. Mais ce n'est pas une vie si misérable : tuer des elfes noirs ne me paraît pas tellement pénible. Pour moi, leur mort représente le terme de cette existence perverse dont je les délivre. Et s'ils aiment à ce point leur Reine Araignée, eh bien qu'ils aillent la voir de près ! (Un sourire était réapparu sur le visage de Zak, mais il s'effaça soudain.) Sauf pour les enfants, murmura-t-il. Souvent j'ai entendu leurs cris d'agonie, même si, je te le jure, je ne les ai jamais provoqués ! Je me suis toujours demandé si eux aussi étaient maléfiques, s'ils étaient nés ainsi, ou si c'est le poids de notre noir univers qui les fait ployer pour qu'ils empruntent nos voies ignobles !

— Celles de Lolth, la maudite ! approuva Drizzt.

Ils se turent quelques instants et sentirent leur cœur qui palpitait. Chacun prenait la mesure du dilemme auquel il devait faire face. Zak reprit le premier la parole, car il avait déjà souvent fait le tour du sien et en était venu à accepter la vie qui lui avait été imposée.

— Ah, Lolth ! gloussa-t-il. On ne pourrait rêver souveraine plus perverse. Je donnerais tout pour avoir une chance de frapper cet être hideux !

— Je vous crois presque capable de la vaincre, chuchota Drizzt avec un sourire.

Zak fit un bond.

— Mais oui, s'exclama-t-il dans un grand rire, et toi aussi !

Drizzt projeta son cimeterre dans les airs et le laissa tournoyer deux fois avant d'en saisir la garde.

— Bien sûr, s'écria-t-il, et cette fois nous serions ensemble !

26

Pêcheur d'Outreterre

Drizzt errait seul dans le labyrinthe de Menzoberranzan, passait près des stalagmites et sous les pointes menaçantes des grandes lances de pierre suspendues à la haute voûte de la caverne. Matrone Malice avait explicitement interdit aux membres de sa famille de quitter le domaine, car elle craignait une autre tentative d'assassinat de la part de la Maison Hun'ett. Mais trop d'événements importants s'étaient produits ce jour-là pour que Drizzt puisse obéir ; il lui fallait réfléchir, et comme ses réflexions risquaient fort de l'amener à des idées blasphématoires, il irait au-devant de sérieux ennuis en s'y adonnant dans une demeure pleine de prêtresses aux aguets.

C'était le moment le plus calme dans la cité ; la chaleur lumineuse de Narbondel n'était qu'une ligne à la base de l'aiguille rocheuse, et la plupart des drows dormaient tranquillement dans leurs demeures de pierre. Peu après avoir franchi discrètement le portail d'adamantium du domaine Do'Urden, Drizzt avait compris la sagesse de l'ordre donné par Matrone Malice : le silence, à ce moment, lui faisait penser à celui d'un prédateur à l'affût, prêt à bondir. L'assaut pouvait survenir à tout moment, surgissant d'un des innombrables angles morts qu'il croisait sur son chemin !

Impossible de trouver ici un endroit vraiment calme où il pourrait repenser sérieusement aux événements de cette journée, aux révélations de Zaknafein, son père et bien plus que cela ! Drizzt décida de violer toutes les règles – n'était-ce pas là la voie drow, après tout ? – et sortit de la cité, longeant les tunnels que ses jours de patrouille lui avaient rendus si familiers.

Une heure plus tard, il marchait toujours, perdu dans ses pensées ; il se sentait en sécurité car il était resté largement à l'intérieur des limites des patrouilles drows.

Il entra dans un grand couloir, large d'un peu moins d'une dizaine de mètres, avec de nombreux débris au pied des parois à moitié effondrées et surplombées de plates-formes qui se croisaient dans les hauteurs. On avait l'impression que le passage avait autrefois été beaucoup plus large. On ne voyait pas le plafond très haut de cette galerie, mais Drizzt avait parcouru le tunnel à de nombreuses reprises, que ce soit au sol ou au niveau des plates-formes, et il avançait sans prendre garde à ce qui l'entourait.

Il essayait d'imaginer son avenir, les moments que Zaknafein, son père, et lui allaient partager maintenant qu'il n'y avait plus de secret entre eux. À eux deux ils seraient invincibles ! Une équipe de maîtres d'armes, liés par l'acier et l'affection. La Maison Hun'ett se rendait-elle bien compte de ce qu'elle s'apprêtait à affronter ? Mais le sourire s'évanouit du visage du jeune drow lorsqu'il réfléchit aux conséquences : Zak et lui, ensemble, allaient tailler en pièces avec une aisance mortelle les troupes Hun'ett – ils allaient tuer des drows, leur propre peuple !

Il eut un début de faiblesse et s'adossa au mur ; il éprouvait à son tour le dilemme désespéré qui avait rongé son père pendant des siècles. Drizzt ne voulait pas finir comme son aîné qui ne vivait que pour tuer, piégé dans sa prison de violence protectrice, mais quel choix avait-il ? Pouvait-il quitter la cité ?

Zak s'était dérobé quand Drizzt lui avait demandé pourquoi il n'était pas parti.

— Où pourrais-je aller ? chuchotait à présent le jeune drow. (Il retrouvait l'interrogation de son père, son sentiment déchirant d'être pris au piège.) Où pourrais-je aller ! répéta-t-il. Parcourir l'Outreterre où notre peuple est haï et où le premier venu tenterait de tuer un drow isolé ? À la surface, peut-être, laisser la boule de feu dans le ciel me brûler les yeux afin que je ne puisse pas voir ma propre mort quand les elfes là-haut se vengeront sur moi ?

Cette logique implacable emprisonnait Drizzt comme Zak autrefois. Où pouvait aller un elfe noir ? Nulle part dans les Royaumes il n'avait une chance d'être accepté !

Alors ne lui restait-il que la perspective de tuer d'autres drows ?

Drizzt se colla contre la paroi sans même y penser, parce que son esprit se débattait dans les noirs méandres de son avenir. Il lui fallut un moment pour se rendre compte que son dos touchait autre chose que de la pierre !

Il essaya de s'écarter d'un bond, car toute anomalie dans son environnement était cause d'alarme. Mais il resta en contact avec le mur derrière lui sans rien pouvoir y faire. Sans prendre le temps de réfléchir à la situation, Drizzt passa les deux mains derrière sa tête pour toucher ce qui l'entravait.

C'est alors qu'il comprit sa stupidité : il était complètement collé au filament translucide, aucune force au monde ne pourrait libérer ses mains de la ligne d'un pêcheur d'Outreterre !

— Quel idiot ! s'insulta-t-il quand il sentit ses pieds quitter le sol.

Il aurait dû s'en douter, il aurait dû se tenir davantage sur ses gardes, seul dans les cavernes. Porter ses mains nues derrière lui, une vraie folie ! Il considéra les gardes de ses cimeterres inutiles, à sa ceinture.

Le pêcheur remontait sa prise le long du grand mur en haut duquel attendait sa gueule béante.

Masoj Hun'ett eut un grand sourire arrogant en voyant Drizzt quitter la cité. Le temps se faisait pressant pour lui, et Matrone SiNafay n'apprécierait pas du tout un nouvel échec de sa part dans l'assassinat du Second Fils de la Maison Do'Urden ! Mais la patience du sorcier avait fini par payer : Drizzt était sorti seul et avait même franchi les limites de la ville ! Sans témoins, c'était presque trop facile.

Le mage sortit avec enthousiasme la figurine de sa poche et la laissa tomber.

— Guenhwyvar ! appela-t-il aussi fort qu'il l'osa en jetant un coup d'œil à la plus proche demeure drow, creusée dans une stalagmite, pour y repérer la moindre activité.

La sombre fumée apparut et prit la forme de son familier. Masoj se frotta les mains ; il était fier et se félicitait d'avoir concocté un plan aussi sournois, et qui ne manquait pas d'ironie, pour mettre fin aux exploits de Drizzt Do'Urden !

— J'ai une mission pour toi, déclara-t-il au fauve. Elle ne va pas te plaire. (Guenhwyvar prit une pose nonchalante et bâilla, l'air de dire : « Rien de neuf, quoi ! ») Ton partenaire éclaireur s'est mis dans l'idée de faire sa tournée tout seul ! expliqua-t-il en montrant le tunnel qu'avait pris Drizzt. C'est beaucoup trop dangereux. (Cette fois Guenhwyvar se redressa, très intéressée.) Il ne devrait pas être là-bas tout seul, il risque de se faire tuer ! (Les inflexions perverses dans la voix de Masoj indiquèrent ses intentions criminelles à la panthère avant même qu'il les ait exprimées.) Va le chercher, familier, poursuivit le sorcier d'un ton suave. Retrouve-le dans le noir et tue-le ! (Masoj observa la réaction du fauve qu'il venait de charger d'un si affreux fardeau. Guenhwyvar était figée, aussi immobile que la statuette qui permettait de l'invoquer.) Va ! ordonna-t-il alors. Tu ne peux résister aux ordres de ton maître, à mes ordres ! Tu n'es qu'une bête sans volonté, tu ne devrais pas l'oublier !

La puissante panthère résista un long moment et cela, en soi, constituait un acte héroïque. Mais les impératifs de la magie qui l'entravait et qui lui faisait ressentir les ordres de son maître comme une pulsion irrésistible finirent par vaincre tous les sentiments qu'elle pouvait éprouver. D'abord lentement, à contrecœur, puis de plus en plus vite à mesure que l'instinct du prédateur prenait le dessus, Guenhwyvar s'engagea entre les statues enchantées qui gardaient le tunnel et repéra tout de suite les traces de Drizzt.

Alton DeVir se tassa derrière la plus grande stalagmite, déçu par la méthode choisie par Masoj : il allait laisser le fauve faire le travail pour lui, et Alton ne pourrait même pas assister à la fin de Drizzt !

Il toucha d'un doigt prudent la puissante baguette magique que Matrone SiNafay lui avait donnée au moment où il allait suivre Masoj, un peu plus tôt dans la nuit. Il semblait que cet objet n'était pas destiné à jouer un rôle dans la mort du Second Fils Do'Urden.

Mais Alton trouvait tout de même du réconfort à toucher la baguette car il aurait sûrement l'occasion d'en faire bon usage contre les autres membres de la Maison détestée !

⚔⚔⚔⚔⚔

Pendant la première partie de son ascension, Drizzt se débattit, donna des coups de pied, essaya dans un effort futile pour faire stopper sa montée de pivoter ou de coincer ses épaules sous la moindre saillie rocheuse. Il avait su d'emblée qu'il n'avait aucune chance dans cette entreprise, mais ses instincts de guerrier lui interdisaient de renoncer !

À mi-chemin, avec une épaule ensanglantée et l'autre sérieusement meurtrie, le sol désormais à près de dix mètres en contrebas, Drizzt finit par se résigner. S'il devait avoir une chance contre le monstre semblable à un crabe qui le tirait au bout de sa ligne, ce serait aux tout derniers instants de son ascension ; pour l'heure, il ne pouvait qu'attendre et rester vigilant.

Après tout, la mort ne constituait peut-être pas une issue si affreuse si on la comparait à la vie qu'il allait mener chez les drows, emprisonné dans les règles de leur noire société. Même Zaknafein, si fort, si puissant, si pourvu de l'expérience qu'apporte l'âge, n'avait jamais pu réellement accepter son existence à Menzoberranzan. Alors comment lui, Drizzt, pourrait-il y parvenir ?

Ce petit accès d'auto-apitoiement prit fin en même temps que son trajet : quand l'angle de son ascension s'infléchit et qu'il vit approcher le surplomb de la plate-forme où le menait le filament, son esprit combatif reprit le dessus. Le pêcheur d'Outreterre le dégusterait peut-être, décida-t-il, mais sa proie trouverait au moins le moyen de lui planter d'abord ses bottes dans les yeux !

Il entendait le claquement impatient des pinces de crabe du monstre. Drizzt avait déjà vu une de ces créatures, mais elle s'était enfuie devant la patrouille. À l'époque il avait imaginé comment cet être pouvait se comporter au combat ; il rappela ce souvenir à sa mémoire : deux de ses pattes se terminaient par des pinces redoutables destinées à découper la proie en bouchées.

Drizzt contorsionna le filament de manière à se retrouver face à la paroi ; il voulait avoir un aperçu du monstre dès que sa tête aurait passé le niveau de la plate-forme. Le claquement frénétique augmenta d'intensité, et il semblait résonner en rythme avec les battements de cœur qui martelaient la poitrine du guerrier.

Il atteignit le bord où se tenait la créature !

Drizzt observa le spectacle ; il se trouvait à cinquante centimètres à peine de la longue trompe du monstre, et la gueule se cachait juste derrière l'appendice ! Les pinces se tendirent vers lui, prêtes à le saisir sans lui laisser le temps de prendre pied ; il n'aurait aucune chance de décocher des coups de pied à l'animal.

Il ferma les yeux et voulut de nouveau se convaincre que la mort serait préférable à une existence passée à Menzoberranzan.

Mais un feulement bien connu l'arracha à ses pensées.

Guenhwyvar s'était faufilée dans le labyrinthe que formaient les plates-formes en hauteur, et était arrivée en vue du pêcheur d'Outreterre juste avant que Drizzt parvienne au niveau du monstre. C'était une question de vie ou de mort aussi bien pour le fauve que pour Drizzt. La panthère était arrivée jusqu'ici en suivant l'ordre direct de Masoj ; elle avait voulu ignorer la teneur de cet ordre et avait simplement laissé parler son instinct de prédateur. Mais il était impossible à Guenhwyvar d'aller contre les commandements donnés par son maître, la condition même de son existence !... jusqu'à cet instant.

Car la scène devant ses yeux, la vision de Drizzt à quelques secondes de sa fin, apporta au fauve une force qu'il ignorait posséder et que le créateur de la figurine enchantée n'avait certes pas prévue! Cet instant de pure terreur fit dépasser ses limites à Guenhwyvar, lui donna une vie autre que celle apportée par le pouvoir de la magie.

Le temps que Drizzt rouvre les yeux, le combat battait déjà son plein. Guenhwyvar avait bondi sur le pêcheur d'Outreterre mais les six pattes du monstre restaient bien ancrées au sol par la même glu qui retenait Drizzt dans le long filament où il était piégé. La panthère, contrairement à ce qu'elle espérait, ne renversa donc pas la bête, mais faillit au contraire tomber. Pourtant, sans se laisser démonter, le fauve griffa et mordit, telle une balle de rage à la recherche d'une faille dans l'armure que constituait la carapace de la créature.

Le monstre, de son côté, attaquait avec ses pinces; il les faisait passer sur son dos avec une agilité étonnante et finit par coincer une des pattes de devant de Guenhwyvar.

Drizzt avait cessé de s'élever, car le pêcheur d'Outreterre avait d'autres préoccupations pour l'instant!

Une pince mordit donc dans la chair tendre de la panthère, mais le sang du fauve n'était pas le seul fluide sombre à couler sur le dos du monstre: des griffes félines puissantes étaient parvenues à arracher une partie de la carapace, et des crocs impressionnants purent plonger en dessous. Le sang du pêcheur d'Outreterre éclaboussa le sol et ses pattes se mirent à glisser!

Drizzt vit se dissoudre sous le liquide le mucus poisseux qui maintenait les pattes de crabe du monstre et comprit ce qu'allait faire le filet de ce même liquide qui se frayait un chemin le long du filament, droit sur lui! Il lui faudrait frapper fort si l'occasion s'en présentait. Il devait se tenir prêt à aider Guenhwyvar.

La créature tituba et pencha sur un côté, ce qui éjecta la panthère de son dos et fit tournoyer Drizzt quand le filament décrivit un cercle complet, lui faisant heurter à plusieurs reprises la roche.

Mais le sang coulait toujours le long de la ligne collante, et Drizzt sentit qu'une de ses mains, au contact du sang monstrueux, était enfin libérée.

Guenhwyvar s'était tout de suite relevée face au pêcheur d'Outreterre. Les pinces devant elle lui barraient le passage, elle cherchait un moyen de les éviter pour bondir de nouveau.

Drizzt dégaina de sa main libre un cimeterre et l'enfonça droit dans le flanc de l'animal, qui roula sur le côté ; le choc et l'afflux de sang sur le filament achevèrent de le libérer de ses entraves. Le jeune drow agile put trouver une prise sur la paroi, mais le cimeterre qu'il avait dégainé tomba.

La créature un moment distraite par Drizzt écarta un peu ses pinces et Guenhwyvar n'hésita pas : elle se rua de toute sa masse sur la bête, où ses dents retrouvèrent l'endroit déjà mis à nu auparavant. Elles allèrent plus loin cette fois, sous la peau et les muscles, détruisirent des organes tandis que les griffes vives du fauve maintenaient les pinces à distance.

Quand Drizzt eut gravi la paroi jusqu'à la plate-forme, le monstre vaincu frémissait dans l'agonie. Le drow se précipita sur son amie.

Guenhwyvar, elle, recula pas à pas, les oreilles couchées sur le crâne, la gueule ouverte sur des crocs menaçants.

Drizzt crut d'abord que la douleur due à sa blessure faisait enrager la panthère, mais un examen rapide lui fit rejeter l'hypothèse : l'unique plaie sur son corps ne semblait pas sérieuse, il l'avait vue supporter bien pire sans problème.

Le fauve continua à reculer en grognant, tandis que l'ordre impérieux de Masoj, revenu au premier plan après ces instants de terreur, envahissait tout son cœur et le faisait battre à grands coups. Guenhwyvar voulait combattre cette impulsion et ne voir en Drizzt qu'un allié, mais son maître avait parlé !

— Qu'y a-t-il, mon amie ? demanda Drizzt avec douceur. (Il résista à l'envie de dégainer pour sa défense le cimeterre qui lui restait, et mit un genou à terre.) Tu ne me reconnais pas, moi qui ai combattu si souvent à tes côtés ?

Guenhwyvar s'aplatit au sol en ramenant sous elle ses pattes postérieures ; Drizzt savait qu'elle s'apprêtait à bondir, pourtant il ne s'empara pas de son arme, ne fit rien qui aurait pu sembler menaçant au fauve. Il avait besoin de croire que la panthère était bien celle qu'il pensait, celle en qui il avait confiance. Qu'est-ce qui pouvait lui inspirer une attitude si étrange ? Et d'ailleurs, pourquoi se retrouvait-elle ici à une heure si tardive ?

Le jeune drow trouva les réponses à ses questions dès qu'il se souvint des dangers qu'avait évoqués Matrone Malice et de la raison pour laquelle elle avait interdit aux membres de sa famille de quitter le domaine.

— Masoj t'a envoyée me tuer ! dit-il brutalement. (Le ton de sa voix sembla faire hésiter le fauve, qui se détendit un peu et sembla renoncer à attaquer tout de suite.) Mais tu m'as sauvé, Guenhwyvar, tu as résisté à cet ordre ! (Le grognement de la panthère résonna comme une protestation.) Tu aurais pu laisser le pêcheur d'Outreterre faire le travail à ta place, mais au contraire tu lui as foncé dessus et m'as sauvé la vie. Lutte contre cette impulsion, Guenhwyvar, rappelle-toi que je suis ton ami, un meilleur compagnon pour toi que Masoj Hun'ett ne le sera jamais ! (Le fauve recula encore d'un pas, déchiré par ce dilemme qu'il ne pouvait encore résoudre. Mais Drizzt vit les oreilles de l'animal se redresser et sut que sa victoire était proche.) Masoj se prétend ton maître, poursuivit-il, certain que le grand chat, grâce à une forme d'intelligence qu'il ne pouvait imaginer, comprenait toute la signification de ses paroles. Moi je me proclame ton ami, Guenhwyvar, et je ne me battrai pas contre toi ! (Il se releva et avança vers la panthère, les bras grands ouverts, le visage et la poitrine complètement exposés.) Dussé-je y laisser la vie...

Et Guenhwyvar ne frappa pas. L'émotion vainquit dans son cœur les impératifs de la magie, la même loyauté qui l'avait poussée à l'action quand elle avait vu Drizzt livré au pêcheur d'Outreterre.

Elle se redressa et fit un grand bond qui la jeta dans les bras de Drizzt et le fit basculer de tout son long sur le sol ; ils se régalèrent d'une lutte amicale où abondaient les coups de tête et les mordillements joueurs. Les deux amis avaient une fois de plus vaincu ensemble ; aujourd'hui ils avaient abattu deux ennemis !

Mais, quand Drizzt prit le temps de réfléchir à ce qu'il venait de se passer, il se rendit compte qu'une de leurs victoires n'était pas complète : Guenhwyvar était avec lui par sa volonté, mais officiellement elle appartenait toujours à un autre maître qui ne la méritait pas, qui faisait d'elle l'esclave d'une vie que Drizzt ne pouvait plus supporter de lui voir imposer.

Il n'y avait plus trace de la perplexité qui l'avait fait franchir cette nuit les limites de Menzoberranzan. Pour la première fois de sa vie, il savait quelle voie il allait suivre, quel chemin allait le mener à la liberté.

Il se rappela les avertissements de Zaknafein, et cette alternative impossible qu'il avait considérée sans y trouver de solution.

En effet, où pouvait aller un elfe noir ?

— C'est bien pire de se laisser prendre au piège du mensonge, murmura-t-il pour lui-même. (La panthère pencha la tête de côté, elle ressentait de nouveau l'importance des paroles de Drizzt. Celui-ci croisa de son regard soudain assombri le regard curieux du fauve.) Mène-moi à ton maître, exigea-t-il, ton imposteur de maître !

27

Des rêves enfin tranquilles

Zaknafein s'abandonna dans son lit à un sommeil paisible, le plus réparateur qu'il ait jamais connu. Des rêves lui vinrent cette nuit-là, en foule, mais, loin de l'entraîner dans un tourbillon tumultueux, ils ajoutèrent à son bonheur : il s'était délivré de son secret, du mensonge qui avait dominé chaque jour de sa vie d'adulte.

Drizzt avait survécu ! Même cette épouvantable Académie de Menzoberranzan n'avait pu faire plier l'esprit indomptable du jeune drow, son sens moral. Zaknafein Do'Urden n'était plus seul ! Les rêves qui le visitèrent cette nuit lui faisaient entrevoir les mêmes perspectives formidables que Drizzt, hors de la cité, voyait au même moment.

Ils se dresseraient côte à côte, invincibles, inséparables, un front uni contre les bases perverses qui fondaient la vie à Menzoberranzan.

Une douleur lancinante au pied arracha Zak à son sommeil. Il vit tout de suite Briza devant son lit, son fouet-serpent à la main, et tendit instinctivement le bras pour prendre son épée.

L'arme avait disparu ! Vierna, contre le mur de la pièce, la lui montra. Et Maya, de l'autre côté du lit, tenait la deuxième épée de Zak.

Comment ont-elles pu me surprendre ainsi ? se demanda-t-il. Elles avaient sans aucun doute utilisé un sort de silence, mais le maître d'armes s'étonnait tout de même de ne pas avoir perçu à temps leur présence. Rien ni personne n'avait pu jusqu'à présent tromper sa vigilance, qu'il fût endormi ou éveillé !

Mais jamais auparavant non plus il n'avait dormi aussi profondément, d'un sommeil si paisible. *Peut-être que, à Menzoberranzan, même les beaux rêves sont dangereux !* pensa-t-il encore.

— Matrone Malice veut te voir, annonça Briza.

— Ma tenue n'est pas appropriée, répondit nonchalamment Zak. Pouvez-vous me rendre ma ceinture et mes armes, je vous prie ?

— Prie-nous tant que tu veux ! cracha Briza (davantage à l'adresse de ses sœurs qu'à celle de Zak). Tu n'auras pas besoin de tes armes.

Il n'en était pas si sûr.

— Allons, viens ! reprit Briza en brandissant son fouet-serpent.

— Si j'étais vous, je m'assurerais des intentions de Matrone Malice avant d'agir aussi rudement, avertit le maître d'armes.

Briza se rappela la puissance physique de ce mâle qu'elle menaçait et renonça à frapper.

Zak roula hors du lit et profita du mouvement pour observer de près Vierna puis Maya afin d'essayer de comprendre les raisons qu'avait Malice de le convoquer de cette manière.

Elles l'encerclèrent une fois qu'ils eurent quitté la pièce, restant à une distance prudente qui leur permettait néanmoins de garder à l'œil ce maître d'armes si doué et dangereux.

— On dirait que c'est grave ! remarqua-t-il d'une voix assez basse pour que seule Briza l'entende.

Elle se retourna et lui adressa un sourire pervers qui ne pouvait que confirmer ses soupçons.

L'attitude de Matrone Malice à son entrée lui fit le même effet. Elle se tenait penchée en avant sur son trône, impatiente.

— Matrone, salua Zak avec une profonde révérence et en tirant sur le pan de sa liquette afin d'attirer l'attention sur sa tenue incongrue.

Il voulait que Malice sache que cela le contrariait d'avoir à subir un tel ridicule à une heure aussi tardive !

La Matrone ne répondit pas à ses salutations. Elle se carra dans son siège et frotta d'une main fine son menton pointu tandis qu'elle observait attentivement Zaknafein.

— Peut-être pourriez-vous m'apprendre la raison de cette convocation, osa-t-il demander avec toujours dans la voix une pointe de raillerie. Je préférerais pour ma part retourner me reposer ; nous ne devrions pas donner à la Maison Hun'ett l'avantage d'un maître d'armes Do'Urden fatigué !

— Drizzt est parti, gronda Malice. (La nouvelle frappa Zak comme un chiffon mouillé, alourdi. Il se redressa et le sourire moqueur avait déserté ses traits.) Il a quitté la demeure et a désobéi à mes ordres !

Le maître d'armes se détendit nettement : à l'annonce de Malice, il avait cru d'abord que ses cohortes vicieuses et elle l'avaient chassé du domaine, voire tué !

— C'est un garçon plein de fougue, fit remarquer le maître d'armes. Il ne va sûrement pas tarder.

— Plein de fougue, répéta Malice d'un ton réprobateur.

— Il va revenir ! reprit Zak. Inutile de s'alarmer à ce point, de prendre des mesures aussi radicales !

Il jeta un regard furieux à Briza, mais il savait bien que la Mère Matrone l'avait fait venir en audience pour un sujet plus grave que l'absence de Drizzt.

— Le Second Fils a désobéi à la Mère Matrone ! jeta Briza avec mépris, donnant ainsi la réplique prévue.

— Eh oui, il est fougueux ! insista Zak en retenant un gloussement. Il s'agit d'une transgression minime.

— Il n'est pas avare de ce genre d'actes, commenta Malice, tout comme un autre mâle *fougueux* de la Maison Do'Urden !

Le maître d'armes s'inclina, faisant semblant de prendre ces paroles pour un compliment. De toute manière, si Malice avait décidé de le châtier, elle avait sûrement décidé aussi de son châtiment. Tout ce qu'il ferait lors de ce procès – à supposer que cette convocation en constitue un – ne pourrait pas changer grand-chose.

— Ce garçon a déplu à la Reine Araignée ! gronda Malice, franchement furieuse à présent des railleries de Zak. Même toi tu n'as pas été assez fou pour cela ! (Le maître d'armes se rembrunit soudain. Les enjeux de cette réunion s'avéraient d'importance, la vie de Drizzt en dépendait peut-être !) Mais tu connais son crime, non ? poursuivit Malice en reprenant une pose nonchalante.

Elle aimait voir Zak inquiet, sur la défensive. Elle avait trouvé son point faible, et c'était à son tour de faire preuve d'ironie.

— Quoi donc, quitter le domaine ? protesta-t-il. Il s'agit d'une erreur de jugement sans conséquence ; Lolth n'attache pas d'importance à ce genre de petites choses !

— Ne fais pas l'innocent, Zaknafein. Tu sais bien que l'enfant elfe est vivante !

Le maître d'armes eut un hoquet de terreur. Malice savait elle aussi ! *Lolth* savait !

— Nous sommes sur le point d'entrer en guerre, poursuivit calmement Malice. Nous n'avons pas la faveur de Lolth, et il est indispensable de remédier à cette situation. (Elle regarda Zak droit dans les yeux.) Tu sais ce qu'il y a à faire et tu sais que nous devons le faire.

Le maître d'armes acquiesça, piégé. Tout ce qu'il pourrait dire à présent ne ferait qu'aggraver les choses pour Drizzt – si toutefois c'était possible.

— Le Second Fils doit être châtié ! intervint Briza.

Encore une réplique apprise par cœur ! pensa Zak. Il se demanda combien de temps Malice et Briza avaient passé à répéter avant de le faire venir.

— Devrai-je le punir ? demanda-t-il. Ce n'est pas à moi de fouetter ce garçon ; ce n'est pas mon rôle.

— Son châtiment ne te regarde pas, déclara Malice.

— Pourquoi me déranger en plein repos, alors ?

Il essayait de paraître peu concerné par le sort qui attendait Drizzt, ceci pour le bien de son fils davantage que pour le sien.

— J'ai pensé que tu voudrais l'apprendre, répondit Malice. Drizzt et toi sembliez si proches tout à l'heure dans la salle d'entraînement ! Un père et son fils…

Elle a tout vu ! comprit Zak. Malice, et sans doute cette maudite Briza, avaient assisté au combat ! Le maître d'armes sombra un peu plus dans le désespoir en comprenant que, sans le vouloir, il était en partie responsable de la situation où se trouvait Drizzt à présent.

— Une enfant elfe est vivante, annonça Malice en faisant clairement et dramatiquement retentir chaque mot et, en conséquence, un jeune drow doit mourir.

— Non ! (Zak avait réagi d'instinct. Il essaya de trouver une échappatoire.) Drizzt est tout jeune, il ne comprenait pas vraiment…

— Il savait très bien ce qu'il faisait ! hurla Malice. Et il ne regrette rien. Il te ressemble tellement, Zaknafein ! Trop, beaucoup trop !

— Alors il peut apprendre, objecta Zak. Je n'ai pas été un fardeau pour vous, Mali… Matrone Malice. Je vous ai été utile ! Drizzt n'est pas moins doué que moi, et il peut lui aussi apporter beaucoup à la Maison Do'Urden.

— Le déplaisir de Lolth, voilà ce qu'il nous a apporté, remarqua Matrone Malice. Et si lui et toi agissez ensemble, je ne pense pas qu'il en sorte grand-chose de bon !

— Sa mort apportera un avantage à la Maison Hun'ett, l'avertit le maître d'armes à la recherche du moindre argument susceptible de faire changer d'avis la Matrone.

— Mais la Reine Araignée l'exige, répliqua Malice d'un ton guindé. Il nous faut l'apaiser si nous voulons que Daermon N'a'Shezbaernon ait la moindre chance dans sa guerre.

— Je vous en supplie, ne le tuez pas !

— De la pitié ? s'amusa Malice. Voilà qui ne convient guère à un guerrier drow, Zaknafein. Aurais-tu perdu de ta hargne ?

— Je me fais vieux, Malice…

— « Matrone Malice » ! intervint Briza, mais Zak lui jeta un regard si froid qu'elle rabaissa sur-le-champ son fouet-serpent qu'elle avait à peine entrepris de brandir.

— … Et je vieillirai bien davantage si Drizzt est mis à mort, acheva le maître d'armes.

— Cela ne me convient pas non plus, admit Malice. (Mais Zak entendit le mensonge dans sa voix. Elle se moquait de Drizzt, comme de tout en fait ; seule lui importait la faveur de la Reine Araignée.) Pourtant je ne vois pas d'autre possibilité ; Drizzt s'est attiré la colère de Lolth, et il nous faut apaiser la déesse avant d'entrer en guerre.

Le maître d'armes commençait à comprendre ; il n'avait, en réalité, jamais été question de Drizzt.

— Prenez-moi à sa place, proposa-t-il.

Malice eut un petit sourire révélateur : Zaknafein ne la surprenait pas, c'était ce qu'elle attendait depuis le début.

— Tu as fait tes preuves au combat, objecta la Matrone. Il serait difficile de te surestimer dans ce domaine, comme tu l'as toi-même reconnu. Te sacrifier à la Reine Araignée l'apaiserait, mais ne laisserais-tu pas un grand vide dans la Maison Do'Urden ?

— Un vide que Drizzt remplira sans problème, affirma Zak.

Il espérait au fond de son cœur que, contrairement à lui, son fils parviendrait à fuir tout cela, échapperait d'une manière quelconque aux manœuvres démoniaques de Matrone Malice.

— Tu en es certain ? insista celle-ci.

— Il me vaut au combat, et sa valeur va encore croître, au-delà de tout ce dont Zaknafein a jamais été capable !

— Tu es donc prêt à te sacrifier pour lui ? demanda Malice d'un ton méprisant, une bave impatiente au coin des lèvres.

— Vous le savez bien.

— Toujours le même imbécile, conclut Malice.

— Vous savez aussi, et cela vous perturbe, poursuivit Zak sans crainte, que Drizzt ferait de même pour moi !

— Oh, il est jeune, répliqua suavement Malice, on pourra l'éduquer !

— Comme vous avez fait avec moi ?

Le sourire victorieux de Malice se changea en rictus.

— Je te préviens, Zaknafein, gronda-t-elle, hideuse dans sa rage, si au terme de ta pathétique existence tu fais quoi que ce soit qui risque de gâcher la cérémonie destinée à apaiser la Reine Araignée, si tu décides de m'irriter une toute dernière fois, je livrerai Drizzt à Briza. Elle et ses instruments de torture le sacrifieront dignement à Lolth !

Zak, la tête fièrement levée, ne manifestait aucune crainte.

— Je me suis offert, Malice. Amusez-vous tant que vous voulez ; finalement Zaknafein connaîtra la paix tandis que Matrone Malice sera pour toujours en guerre !

Furieuse que ces quelques paroles dignes aient suffi à la priver de son moment de triomphe, Malice ne put que murmurer :

— Emportez-le !

Zak ne résista pas quand Vierna et Maya l'attachèrent sur l'autel en forme d'araignée dans la chapelle. Il observa surtout Vierna car il voyait une lueur de pitié au bord de ses yeux impassibles. Elle aussi aurait pu lui ressembler, mais tous les espoirs qu'il aurait pu nourrir pour elle avaient été enfouis bien longtemps auparavant sous les commandements impitoyables de la Reine Araignée.

— Tu m'as l'air triste, lui fit-il remarquer.

Vierna se raidit et serra plus étroitement les liens de Zak, ce qui le fit grimacer de douleur.

— C'est vraiment dommage, répondit-elle le plus froidement qu'elle put. La Maison Do'Urden doit sacrifier beaucoup pour compenser l'acte stupide de Drizzt ! J'aurais préféré vous voir côte à côte au combat.

— Ah, la Maison Hun'ett n'aurait pas apprécié, sans aucun doute ! ajouta Zak avec un clin d'œil. Ne pleure pas... ma fille.

Vierna le gifla violemment.

— Emporte tes mensonges avec toi dans la tombe !

— Nie-le si tu veux, Vierna, conclut Zak, que le sujet n'intéressait déjà plus.

Vierna et Maya s'éloignèrent de l'autel. Vierna s'efforça de figer ses traits dans une expression impitoyable ; Maya, quant à elle, réprima un gloussement amusé. Matrone Malice et Briza entrèrent dans la chapelle. Malice portait sa plus somptueuse robe de cérémonie, une tenue noire fine comme une toile d'araignée qui semblait à la fois coller à son corps et flotter autour d'elle ; Briza avait avec elle un coffre sacré.

Zak ne prit pas garde au rituel, aux psalmodies pour la Reine Araignée, aux suppliques d'apaisement. Il avait ses propres prières, ses propres espoirs.

— Bats-les, chuchota-t-il à l'insu de toutes. Va plus loin que moi, mon fils, ne te contente pas de survivre, mais vis ! Suis la vérité de ton cœur.

Les feux rugirent soudain, la pièce s'illumina. Zak ressentit la chaleur et sut que le contact avec le plan d'existence inférieur avait été établi.

— Accepte ce…, entendit-il Matrone Malice psalmodier, mais il chassa ce chant de son esprit et poursuivit l'ultime prière de sa vie.

La dague en forme d'araignée planait juste au-dessus de sa poitrine. Malice serrait l'arme dans ses mains anguleuses, et sur sa peau luisante de sueur les flammes orange se reflétaient en une lueur surnaturelle.

La transition de la vie à la mort ne fut pas moins surnaturelle.

28

Un maître digne de ce nom

Combien de temps cela faisait-il, une heure, deux heures ? Masoj faisait les cent pas entre les deux stalagmites juste à l'entrée du tunnel dans lequel Drizzt, puis Guenhwyvar, avaient pénétré.

— Le fauve devrait déjà être revenu ! grommela le sorcier qui s'impatientait.

Le soulagement l'envahit un instant plus tard à la vue de la grosse tête de la panthère à l'entrée du tunnel, juste derrière l'une des statues qui y montaient la garde. La fourrure autour de sa gueule dégouttait de sang.

— C'est fait ? demanda Masoj, qui avait peine à s'empêcher de pousser un cri de joie. Drizzt Do'Urden est mort ?

— Pas vraiment, s'entendit-il répondre.

Drizzt, malgré sa nature fondamentalement bonne, ne put s'empêcher d'éprouver un peu de plaisir à la vue de la terreur qui vint subitement rafraîchir les joues de Masoj, auparavant rougies par l'exultation.

— Qu'est-ce que cela signifie, Guenhwyvar ! s'exclama le sorcier. Obéis-moi, tue-le tout de suite !

La panthère lança un regard vide à Masoj et s'allongea aux pieds de Drizzt.

— Tu reconnais donc avoir voulu attenter à ma vie? demanda le guerrier.

Le sorcier évalua la distance jusqu'à son adversaire: trois mètres. Il devrait pouvoir jeter un sort. Peut-être. Masoj avait déjà été témoin de la rapidité et de la précision des mouvements de Drizzt, et il ne tenait pas vraiment à prendre un tel risque s'il trouvait un autre moyen de se sortir de cette situation difficile. Le jeune guerrier n'avait pas encore dégainé ses armes redoutables, mais il gardait les mains tranquillement posées sur leur garde.

— Je comprends, poursuivit calmement Drizzt. La Maison Hun'ett et la Maison Do'Urden sont sur le point d'entrer en guerre.

— Comment le sais-tu? lâcha Masoj sans réfléchir, trop abasourdi par ces paroles pour envisager que son interlocuteur soit en train de prêcher le faux pour savoir le vrai.

— J'en sais long mais cela ne m'intéresse guère! répondit Drizzt. La Maison Hun'ett veut attaquer ma famille. Je n'ai aucune idée de la raison qui l'y pousse.

— Pour venger la Maison DeVir! s'exclama une autre voix.

Alton, debout sur le flanc d'une stalagmite, regardait Drizzt de sa position en hauteur.

Masoj retrouva le sourire: l'avantage changeait vite de camp!

— La Maison Hun'ett n'attache aucune importance à la Maison DeVir, analysa Drizzt à qui cette intervention ne faisait pas perdre son calme. J'en sais assez sur notre peuple pour être sûr que le sort d'une Maison donnée n'en touche aucune autre.

— Mais cela me touche, moi! cria Alton. (Il rabattit sa capuche en arrière et révéla son hideux visage ravagé par l'acide.) Je suis Alton DeVir, dernier survivant de la Maison DeVir ! La Maison Do'Urden va périr pour les crimes qu'elle a commis à l'égard de ma famille. Et je vais commencer par toi !

— Je n'étais même pas né quand cette bataille a débuté ! protesta Drizzt.

— Cela ne change rien ! Tu es un de ces sales Do'Urden, c'est tout ce qui compte !

Masoj jeta la figurine d'onyx par terre.

— Guenhwyvar, ordonna-t-il, va-t'en ! (Le fauve regarda Drizzt par-dessus son épaule ; le jeune drow approuva d'un hochement de tête.) Va-t'en ! répéta le sorcier en criant. Je suis ton maître, tu dois m'obéir !

— Tu n'es plus le maître de cet animal, annonça tranquillement Drizzt.

— Et qui donc, alors ? cracha Masoj. Toi, peut-être ?

— Guenhwyvar, et personne d'autre. Pour un sorcier, tu maîtrises étonnamment peu la magie que tu utilises.

Avec un grondement bas qu'on aurait pu prendre pour un rire moqueur, la panthère bondit jusqu'à la statuette et se dissipa en un néant brumeux.

Le fauve pénétra dans le tunnel interplans, en route pour sa tanière située dans le plan astral. Jusqu'à présent Guenhwyvar avait toujours été impatiente de retourner chez elle, d'échapper aux tâches ignobles que lui imposait son maître. Mais cette fois la panthère hésitait à chaque pas, regardait par-dessus son épaule le point noir qu'était Menzoberranzan.

— Veux-tu négocier ? proposa Drizzt.

— Tu n'as rien à proposer ! rétorqua Alton en riant.

Il sortit la fine baguette magique que Matrone SiNafay lui avait donnée. Masoj l'interrompit.

— Attends ! Peut-être Drizzt peut-il nous apporter un avantage dans notre combat contre la Maison Do'Urden.

(Il regarda le jeune guerrier dans les yeux.) Que dirais-tu de trahir ta famille ?

— Pas question ! répliqua Drizzt d'un ton méprisant. Comme je t'ai déjà dit, ce conflit imminent m'indiffère. Que les Maisons Hun'ett et Do'Urden aillent au diable, comme elles y sont sans aucun doute destinées ! Mes préoccupations sont plus personnelles.

— Tu dois avoir quelque chose à nous proposer si tu veux négocier, raisonna Masoj. Sinon quel marché espères-tu conclure ?

— J'ai bien quelque chose à vous offrir, annonça calmement Drizzt. Vos vies !

Masoj et Alton échangèrent un regard et éclatèrent de rire, mais une légère nervosité pointait au milieu de leur joie ostensible.

— Donne-moi la figurine, Masoj, insista Drizzt sans se laisser intimider. Guenhwyvar ne t'a jamais appartenu et elle ne t'obéira plus. (Le rire du sorcier cessa.) En échange, poursuivit le guerrier sans laisser au mage le temps de réagir, je quitterai la Maison Do'Urden et ne participerai pas à sa guerre.

— Les cadavres ne peuvent pas combattre ! s'exclama Alton avec dédain.

— J'emmènerai un autre membre de la Maison Do'Urden avec moi ! cracha Drizzt dans sa direction. Un maître d'armes. La Maison Hun'ett aura sans doute un avantage non négligeable si à la fois Drizzt et Zaknafein…

— Silence ! hurla Masoj. Le fauve est à moi et je n'ai pas besoin d'un marché avec un pitoyable Do'Urden ! Tu es mort, pauvre crétin, et le maître d'armes de la Maison Do'Urden ne tardera pas à te suivre dans la tombe !

— Guenhwyvar est libre ! gronda Drizzt.

Les cimeterres jaillirent dans ses mains. Il n'avait jamais vraiment combattu contre un sorcier jusqu'à présent, sans parler de deux, mais il n'avait pas oublié la douleur que des sorts avaient pu lui causer lors d'autres confrontations. Masoj avait déjà entrepris d'en élaborer un, mais c'était surtout Alton qui l'inquiétait parce qu'il se trouvait plus loin et pointait sur lui sa baguette magique.

Avant que Drizzt ait pu choisir sa tactique, les événements décidèrent pour lui. Un nuage de brume engloutit Masoj, qui tomba en arrière, son sort dissipé par le choc.

Guenhwyvar était revenue !

Alton se trouvait hors de portée de Drizzt, qui ne pouvait espérer atteindre le sorcier avant que la baguette ait libéré sa puissance, mais, pour des muscles félins fuselés, la même distance n'était rien. Ses pattes postérieures prirent un appui solide et se détendirent, lançant la grande panthère dans les airs.

Le sorcier pointa à temps sa baguette sur son nouvel ennemi et envoya un éclair magique retentissant qui frappa Guenhwyvar à la poitrine. Mais il en aurait fallu davantage pour décourager l'animal féroce ! Étourdie mais toujours dans l'action, Guenhwyvar heurta le mage défiguré et le fit tomber de l'autre côté de la stalagmite.

La lumière de l'éclair avait aussi ébloui Drizzt, mais cela ne l'empêcha pas de se précipiter vers Masoj ; il ne pouvait qu'espérer que Guenhwyvar allait survivre. Il contourna la base de la stalagmite et se trouva nez à nez avec le sorcier le plus jeune qui avait repris la préparation de son sort. Drizzt, sans ralentir, baissa la tête et fonça sur son adversaire, cimeterres en avant.

Il passa à travers Masoj, à travers l'image projetée de Masoj !

Drizzt heurta violemment la stalagmite et roula sur le côté dans l'espoir d'échapper à l'assaut magique qu'il savait sur le point de se produire.

Cette fois Masoj, qui se trouvait bien dix mètres derrière l'image qui avait trompé Drizzt, ne prit pas le risque de mal viser : il lâcha une volée de projectiles d'énergie magique qui, adoptant des trajectoires courbes au besoin, se concentrèrent infailliblement sur le combattant malgré les efforts de ce dernier pour les éviter. Ils frappèrent Drizzt, le firent tressaillir, l'atteignirent sous la peau !

Mais le jeune combattant fut capable d'ignorer l'engourdissement douloureux qu'ils provoquaient et de se remettre debout. Il savait à présent où se tenait vraiment le sorcier et n'avait pas l'intention de laisser ce truqueur échapper encore à sa vue !

Une dague à la main, Masoj regardait Drizzt qui, étonné, s'approchait d'un pas raide : pourquoi le sorcier ne préparait-il pas un nouveau sort ?

Il s'était rouvert l'épaule en tombant, et les projectiles magiques lui avaient déchiré la peau sur le flanc et à la jambe. Mais ces blessures étaient superficielles et Masoj n'avait aucune chance contre lui lors d'un affrontement physique.

Pourtant le mage se tenait devant lui sans inquiétude, la dague sortie, un sourire vicieux sur le visage.

Alton, à plat ventre sur la pierre dure, sentait la chaleur de son sang qui coulait à flots entre ses deux yeux, ou plutôt les cratères sans paupières qu'ils étaient devenus. Guenhwyvar se trouvait plus haut sur la stalagmite, pas encore complètement remise de l'éclair magique qui l'avait frappée.

Le sorcier blessé se força à se redresser et leva sa baguette pour frapper une deuxième fois… mais il n'en avait plus qu'un morceau en main !

Frénétique, il en récupéra l'autre bout et le tint sous ses yeux, incrédule. La panthère se rapprochait de nouveau de lui, mais il n'y prit pas garde.

Les extrémités luisantes où s'amassait le pouvoir auparavant piégé dans le bois enchanté fascinaient Alton.

— Ce n'est pas possible ! chuchota-t-il sur un ton de protestation.

Guenhwyvar bondit au moment ou la baguette brisée explosait.

Une boule de feu rugit dans la nuit éternelle de Menzoberranzan. Des débris rocheux rebondirent sur le mur est de la caverne et sa haute voûte. Drizzt et Masoj furent tous deux jetés à terre !

— Maintenant, oui, Guenhwyvar n'appartient plus à personne ! ricana Masoj en jetant la figurine.

— Et plus aucun DeVir n'est là pour justifier une vengeance contre la Maison Do'Urden ! rétorqua Drizzt dans un grondement furieux pour tenter de tenir son désespoir à distance. (Il concentra sa fureur sur le rire moqueur de Masoj et il se rua furieusement sur lui. Mais, juste quand Drizzt allait l'atteindre, le sorcier claqua des doigts et disparut.) Invisible ! rugit Drizzt, taillant en vain de ses lames l'air devant lui.

L'effort physique calma le plus fort de sa rage et il se rendit compte que le sorcier ne se trouvait sans doute plus devant lui. Drizzt devait avoir l'air d'un bel idiot aux yeux de Masoj, un idiot vulnérable !

Il s'accroupit et écouta. Il crut entendre une psalmodie chuchotée très haut au-dessus de lui, sur le mur de la caverne.

Son instinct lui disait de plonger de côté, mais son expérience tout récemment acquise des tactiques de combat des sorciers lui indiquait que Masoj allait sans doute anticiper ce mouvement. Il feignit de se diriger vers la gauche et entendit l'incantation qui montait dans les aigus, ce qui annonçait la fin proche de l'élaboration du sort. Au moment où l'éclair magique frappait à côté de lui, Drizzt, indemne, se jeta en avant, espérant que le sorcier allait réapparaître et qu'il pourrait l'atteindre.

— Misérable ! s'écria Masoj qui avait vu la feinte juste après avoir raté son coup.

Sa fureur se mua subitement en terreur à la vue de Drizzt qui galopait sur le sol, bondissait au-dessus d'un tas de débris et gravissait plusieurs stalagmites avec la grâce d'un fauve en chasse.

Masoj cherchait frénétiquement dans ses poches les ingrédients nécessaires à son prochain sort ; il devait faire vite. Il se trouvait à plus de cinq mètres du sol de la caverne, perché sur une étroite plate-forme, mais Drizzt approchait vite, beaucoup trop vite !

Le guerrier ne remarquait pas le terrain qu'il foulait ; dans son état normal, le mur de la caverne lui aurait paru défier toute tentative d'escalade, mais maintenant il le voyait à peine ! Guenhwyvar était perdue. Morte !

Et ce maudit sorcier sur sa plate-forme, cette incarnation du mal le plus démoniaque, en était la cause ! Drizzt bondit sur la paroi, se rendit compte qu'il avait une main libre (il avait dû jeter son cimeterre à un moment) et trouva une prise incertaine. Cela n'aurait pas suffi à un drow doué de raison, mais l'esprit de Drizzt ignora tout simplement les protestations adressées par les muscles de ses doigts soumis à la torture ; il ne lui restait que trois mètres à faire.

Une autre volée de projectiles magiques le heurta, tous lui martelèrent le sommet du crâne.

— Combien te reste-t-il de sorts, grand mage ? s'entendit-il crier d'un ton de défi, toute douleur oubliée.

Le regard de Drizzt suffit à faire s'effondrer Masoj de terreur. Les yeux lavande du guerrier brûlaient d'une lueur qui promettait la mort au sorcier ! Masoj avait souvent vu combattre Drizzt, et ces images l'avaient hanté au cours de ses préparatifs d'assassinat.

Mais il ne l'avait encore jamais vu dans un tel état de rage, sinon il aurait obstinément refusé la mission de tuer Drizzt, il aurait répondu à Matrone SiNafay d'aller s'asseoir au sommet d'une stalagmite !

Quel sort lui restait-il, quel sort pouvait au moins ralentir le monstre que se révélait Drizzt Do'Urden ?

Une main que la chaleur de la colère rendait ardente dans l'infravision agrippa le rebord de la corniche. Masoj la piétina du talon de sa botte ! Il en brisa tous les doigts – il en était sûr ! – pourtant Drizzt (et c'était impossible) se trouva soudain devant lui et une lame de cimeterre s'enfonça entre ses côtes.

— Je t'ai cassé la main ! hoqueta le sorcier et ce furent ses dernières paroles.

Drizzt la regarda et remarqua la douleur pour la première fois.

— Peut-être, dit-il d'un ton neutre, mais elle guérira.

Drizzt alla récupérer en boitant son autre cimeterre et se fraya un chemin précautionneux au milieu des gravats d'une des stalagmites. Luttant contre la crainte qui envahissait son cœur anxieux, il se força à examiner le champ de ruines après l'explosion de la baguette : l'autre côté du tas de débris brillait étrangement à cause de la chaleur résiduelle ; toute la cité avait dû voir ça à son réveil !

Il ne pouvait plus espérer passer inaperçu.

Des fragments du corps d'Alton DeVir et de ses robes fumantes gisaient éparpillés au pied de la stalagmite.

— Es-tu en paix maintenant, Sans-Visage ? murmura Drizzt dans une dernière bouffée de colère. (Il se rappela cette attaque qu'Alton avait tentée contre lui si longtemps auparavant, à l'Académie. Le maître défiguré et Masoj avaient prétendu qu'il s'agissait d'une épreuve destinée à le former au combat !) Tu as porté si longtemps cette haine, ajouta-t-il à l'adresse des pitoyables débris de chair.

Mais Alton DeVir ne l'intéressait plus désormais. Il examina le reste des gravats, en quête d'un indice sur le sort de Guenhwyvar ; il ignorait les conséquences d'une pareille catastrophe sur une créature magique. Il ne restait rien du fauve, rien qui pourrait même laisser penser qu'il avait jamais existé.

Drizzt refoula son espoir, mais son pas alerte le trahissait, en dépit de la rigidité sévère de son visage. Il s'éloigna des débris et se précipita vers l'autre stalagmite, à l'endroit où Masoj et lui s'étaient trouvés lors de l'explosion de la baguette magique. Il vit tout de suite sur le sol la figurine d'onyx.

Il la ramassa délicatement ; elle était tiède, comme si elle aussi avait été prise dans l'explosion, et Drizzt ressentait un affaiblissement de sa magie. Il avait envie d'appeler tout de suite la panthère, mais il n'osa pas car le chemin que devait suivre Guenhwyvar d'un plan d'existence à l'autre la fatiguait beaucoup, il le savait. Si elle était blessée, sans doute valait-il mieux lui laisser le temps de récupérer !

— Oh, Guenhwyvar, gémit-il, mon amie, ma vaillante amie !

Il mit la statuette dans sa poche, espérant que la noble panthère avait survécu.

29

Seul

Drizzt revint au corps de Masoj Hun'ett. Il avait été obligé de le tuer. Masoj était celui qui avait déclenché les hostilités.

Mais ce fait ne suffisait pas à apaiser la culpabilité qu'il éprouvait à la vue du cadavre. Il avait tué un autre drow, avait pris la vie d'un compatriote ! Se trouvait-il donc piégé, comme Zaknafein depuis tant d'années, dans un cycle éternel de violence ?

— Plus jamais ! promit Drizzt à sa victime. Je ne tuerai plus jamais d'elfe noir.

Il se détourna, écœuré, et sut en regardant les demeures silencieuses et sinistres de la vaste cité des drows qu'il ne pourrait pas survivre longtemps à Menzoberranzan s'il tenait sa promesse.

Mille idées tourbillonnaient dans l'esprit de Drizzt tandis qu'il avançait dans les rues tortueuses de la cité. Il fit taire ses pensées car il ne voulait pas se laisser distraire. L'aiguille de Narbondel luisait de bas en haut à présent ; la journée drow avait débuté, et Menzoberranzan grouillait d'activité. Dans le monde de la surface, le jour était une période de plus grande sécurité, le moment où les assassins se retrouvaient exposés à la lumière. Dans l'éternelle obscurité de Menzoberranzan, le « jour » des elfes noirs était plus dangereux encore que leur « nuit ».

Drizzt choisit avec soin son itinéraire et passa au large des plantations de thallophytes où se trouvaient les demeures des Maisons dirigeantes, dont celle de la Maison Hun'ett. Il ne rencontra pas d'autres adversaires et parvint rapidement à la sécurité du domaine Do'Urden. Il passa rapidement la porte, ignora les soldats étonnés et fit signe aux gardes sous le balcon de s'écarter.

La demeure semblait bien calme ; Drizzt s'attendait à trouver tout le monde sur le pied de guerre, avec le combat qui s'annonçait. Il ne s'interrogea toutefois pas davantage sur cette étrange tranquillité et se dirigea directement vers la salle d'entraînement et les quartiers privés de Zaknafein.

Il s'arrêta devant la porte de pierre qui menait à la salle, la main serrée sur la poignée. Qu'allait-il dire à son père ? Allait-il lui proposer de partir ? Zaknafein et lui seuls par les chemins dangereux d'Outreterre, combattant quand ils le devaient, enfin délivrés de la culpabilité accablante de leur existence sous la férule drow ? Drizzt aimait bien cette idée, mais il n'était pas si certain à présent, devant cette porte, de pouvoir convaincre Zak de le suivre. Son père aurait pu partir depuis longtemps déjà, à tout moment au cours des siècles qu'avait duré sa vie, mais, quand Drizzt lui avait demandé pourquoi il restait ici, toute chaleur avait déserté le visage du maître d'armes. Étaient-ils vraiment pris au piège de cette existence que leur offraient Matrone Malice et ses ignobles cohortes ?

Drizzt chassa ces soucis d'un rictus ; il n'y avait aucun intérêt à débattre dans le vide alors que Zak ne se trouvait qu'à quelques pas !

La salle d'entraînement était aussi calme que le reste de la demeure. Beaucoup trop calme. Drizzt ne s'était pas attendu à trouver son père ici même, mais il avait l'impression que Zak n'était pas momentanément absent. Il lui semblait qu'un vide plus grand régnait dans la pièce !

Il comprit que quelque chose n'allait pas, et hâta le pas en direction de la chambre de Zak, finissant par courir. Il y entra en trombe, sans frapper, et ne s'étonna pas de voir son lit vide.

— Malice a dû l'envoyer me chercher, se raisonna-t-il. Bon sang, il a des ennuis à cause de moi !

Il s'apprêtait à quitter la pièce lorsqu'il vit quelque chose qui le retint : la ceinture de Zak, celle où il accrochait ses armes !

Zaknafein n'aurait jamais quitté sa chambre sans ses épées, même pour effectuer des tâches à l'intérieur de la demeure où il n'avait rien à craindre !

« *Tes armes sont tes compagnes les plus fidèles,* lui avait-il répété un millier de fois, *garde-les toujours à tes côtés !* »

— La Maison Hun'ett ? chuchota Drizzt.

Il se demandait si la Maison ennemie avait pu lancer une attaque magique au cours de la nuit, tandis qu'il était dehors à combattre Alton et Masoj. Mais le domaine paraissait serein ; un tel événement n'aurait sûrement pas échappé aux soldats !

Drizzt ramassa la ceinture et l'examina. Pas de sang, la boucle soigneusement défaite et non arrachée : ce n'était pas un ennemi qui l'avait prise de force à Zak. La bourse-collier du maître d'armes se trouvait non loin, tout aussi intacte.

— Mais quoi, alors ? reprit Drizzt à voix haute.

Il déposa la ceinture à côté du lit mais plaça la bourse autour de son cou et se tourna vers la porte sans savoir où il voulait se rendre.

Il devait trouver les autres membres de la famille, se rendit-il compte avant même d'être sorti de la pièce ; peut-être alors l'énigme de l'absence de Zak se résoudrait-elle !

Cette idée fit poindre l'effroi en Drizzt tandis qu'il suivait le long couloir richement décoré en direction de la chapelle. Malice ou quelqu'un d'autre avait-il fait du mal à son père ? Mais dans quelle intention ? Cela lui semblait illogique mais ne l'en tracassait pas moins constamment, comme si un sixième sens s'obstinait à le mettre en garde.

Et il n'y avait toujours aucun signe de présence !

Les battants richement ornés menant à l'antichambre s'ouvrirent devant lui en silence, mus par la magie, avant même qu'il ait levé la main pour y frapper. Il vit d'abord la Mère Matrone, assise, hautaine, sur son trône au fond de la pièce, avec un sourire étonnamment encourageant.

Le malaise de Drizzt ne diminua pas. Toute la famille était là : Briza, Vierna et Maya près de leur Matrone, Rizzen et Dinin placés discrètement sur la gauche, près du mur. Mais Zak manquait.

Matrone Malice observa soigneusement son fils ; ses nombreuses blessures ne lui échappèrent pas.

— Je t'avais ordonné de ne pas quitter le domaine, lui dit-elle d'un ton bizarrement dénué de reproche. Où tes pérégrinations t'ont-elles mené ?

— Où est Zaknafein ? répliqua Drizzt, ignorant la question.

— Réponds à la Mère Matrone ! glapit Briza, le serpent-fouet bien en vue à sa ceinture.

Drizzt lui jeta un regard foudroyant et elle en rabattit ; elle avait ressenti le même frisson glacial que sous l'œil mauvais de Zak, plus tôt dans la nuit.

— Je t'avais ordonné de ne pas quitter le domaine, répéta Malice sans perdre son calme. Pourquoi m'as-tu désobéi ?

— J'avais à faire, éluda Drizzt, des choses qui ne pouvaient attendre ; je ne voulais pas vous ennuyer avec cela.

— Nous sommes sur le point d'entrer en guerre, mon fils, expliqua Matrone Malice. Seul, tu es vulnérable dans la cité, et la Maison Do'Urden ne peut se permettre de te perdre !

— Je devais me charger seul de cette affaire.

— Est-ce terminé ?

— Oui.

— Je te fais donc confiance pour ne plus me désobéir. (Le ton restait calme et posé, mais Drizzt perçut la menace cruelle qui se cachait sans équivoque derrière ces paroles.) Changeons de sujet.

— Où est Zaknafein ? osa de nouveau demander Drizzt.

Briza marmonna un juron inaudible et sortit le fouet-serpent de sa ceinture. Matrone Malice leva la main pour arrêter son geste. C'était le tact et non la brutalité qui allait leur permettre de contrôler Drizzt à cet instant crucial. Il y aurait bien des occasions de le châtier plus tard, après la victoire sur la Maison Hun'ett !

— Le sort du maître d'armes ne te concerne pas, déclara Malice. Il est en train d'agir pour le bien de la Maison Do'Urden au moment où nous parlons – je l'ai envoyé seul en mission. (Drizzt n'en croyait pas un mot ; Zak ne serait jamais parti sans ses armes ! Il commençait malgré lui à entrevoir la terrible vérité.) Ce qui nous intéresse, c'est la Maison Hun'ett, poursuivit Malice à l'adresse de tous. Les premiers coups de cette guerre frapperont peut-être dès aujourd'hui.

— Ils ont déjà frappé, interrompit Drizzt.

Tous les regards se tournèrent vers lui, et tous remarquèrent ses blessures. Il aurait préféré continuer à parler de Zak mais il comprenait que cela ne ferait que leur attirer des ennuis, à son père – s'il était toujours en vie – et à lui-même. Peut-être allait-il glaner d'autres informations par des moyens détournés.

— Tu t'es battu ? demanda Malice.

— Connaissez-vous Sans-Visage ? rétorqua Drizzt.

— Le maître de l'Académie, intervint Dinin, à Sorcere. Nous l'avons employé plusieurs fois.

— Oui, il a pu nous être utile, précisa Malice, mais ce n'est plus le cas. Il s'agit d'un Hun'ett, Gelroos Hun'ett !

— Non, corrigea Drizzt. Autrefois peut-être, mais il se nomme en fait – se nommait – Alton DeVir !

— Je vois le lien ! grommela Dinin qui venait de comprendre. Gelroos devait tuer Alton au moment de la chute de la Maison DeVir !

— Il semble qu'Alton ait été le plus fort, supposa Malice. (Tout était devenu clair à ses yeux.) Matrone SiNafay Hun'ett l'a accueilli et utilisé à son profit, expliqua-t-elle à sa famille. (Elle reporta son attention sur Drizzt.) Ainsi tu t'es battu contre lui ?

— Il est mort, lui apprit Drizzt.

Matrone Malice émit un ricanement ravi.

— Un sorcier de moins ! remarqua Briza en remettant son fouet-serpent à la ceinture.

— Deux, rectifia Drizzt, sans aucun triomphe dans la voix. (Il n'était pas fier, loin de là, de ses actes.) Masoj Hun'ett a péri lui aussi.

— Mon fils ! s'écria Matrone Malice. Quel avantage tu nous apportes dans cette guerre ! (Elle parcourut du regard les membres de sa famille, leur communiquant à tous, excepté à Drizzt, son exaltation.) Avec une position aussi affaiblie, la Maison Hun'ett pourrait même décider de renoncer à la lutte. Mais nous ne les laisserons pas s'en tirer comme ça ! Nous allons les détruire aujourd'hui même et devenir la Huitième Maison de Menzoberranzan ! Malheur aux ennemis de Daermon N'a'Shezbaernon !

» Nous devons agir sans tarder, ma famille, raisonna Malice en se frottant les mains de jubilation. Nous n'allons pas attendre qu'on nous attaque, nous prenons l'offensive ! Alton DeVir est mort à présent, le prétexte de cette guerre n'est plus. Le Conseil régnant connaissait sans aucun doute les intentions de la Maison Hun'ett et, démunie de ses deux sorciers comme de l'espoir de nous surprendre, Matrone SiNafay va très certainement vouloir maintenant éviter le combat.

Les mains de Drizzt, pendant ces considérations tactiques, s'étaient portées à la bourse de Zak.

— Où est le maître d'armes ? demanda-t-il encore une fois d'un ton impérieux qui mit fin aux conciliabules. Le silence se fit subitement.

— Cela ne te concerne pas, mon fils, insista Malice, qui voulait garder son calme en dépit de l'impudence dont faisait preuve Drizzt. Tu es maître d'armes de la Maison Do'Urden désormais. Lolth t'a pardonné ton insolence, plus aucun crime ne t'est imputé. Ta carrière peut reprendre son cours et te porter aux plus hautes cimes !

Ces paroles transpercèrent Drizzt aussi sûrement qu'aurait fait son propre cimeterre.

— Vous l'avez tué, l'accusa-t-il.

Cette affreuse vérité ne pouvait rester confinée à ses pensées !

Le visage de la Matrone rougit soudain, échauffé par la colère.

— C'est toi qui l'as tué ! répliqua-t-elle. Nous avons dû racheter ton insolence aux yeux de la Reine Araignée ! (La langue de Drizzt resta empêtrée dans sa bouche.) Mais toi tu vis, reprit Malice en adoptant une pose plus détendue, tout comme l'enfant elfe vit ! (Dinin ne fut pas le seul dans la pièce à pousser une exclamation de surprise.) Eh oui, nous savons que tu as trompé tout le monde ! La Reine Araignée l'a toujours su, et elle exigeait réparation !

— Vous avez sacrifié Zaknafein ? déclara Drizzt dans un souffle. (Il put à peine prononcer ces paroles terribles.) Vous l'avez livré à cette maudite Reine Araignée ?

— Tu devrais surveiller tes paroles quand tu parles de Lolth la Souveraine ! le prévint Malice. Oublie Zaknafein, son sort ne te concerne pas ! Vois plutôt la vie qui t'attend, une longue vie de guerrier. La gloire t'attend, mon fils, ton rang sera des plus honorables ! (Drizzt était effectivement en train d'imaginer son existence à venir : la vie qu'on lui proposait serait consacrée au combat et au meurtre d'autres drows !) Tu n'as pas le choix, ajouta-t-elle en entrevoyant son dilemme. Voilà ce que je t'offre en échange de ton obéissance, tout comme Zaknafein m'obéissait.

— Vous avez joliment tenu votre part du marché ! cracha ironiquement Drizzt.

— Mais oui ! protesta Matrone Malice. C'est lui qui a voulu se sacrifier pour te sauver !

Ces paroles ne bouleversèrent Drizzt qu'un instant. Non, on ne le rendrait pas responsable de la mort de Zaknafein ! Il avait agi au mieux, aussi bien à la surface lors du carnage des elfes qu'ici, dans cette maudite cité.

— Mon offre est intéressante, insistait Matrone Malice. Je te la fais ici, devant toute la famille. Nous en tirerons profit tous les deux, n'est-ce pas… maître d'armes ?

Drizzt croisa le regard froid de Matrone Malice et lui adressa un large sourire qu'elle prit pour une acceptation.

— Maître d'armes ? répéta Drizzt. Pas vraiment !

Malice se trompa encore une fois.

— Je t'ai vu au combat, objecta-t-elle. Deux sorciers aujourd'hui ! Vraiment tu te sous-estimes.

Drizzt faillit éclater de rire devant l'ironie involontaire de ces paroles. Elle croyait qu'elle le ferait ployer (et ainsi échouer) là où Zaknafein avait ployé, le ferait tomber dans le même piège que son ancien maître d'armes, un piège dont on ne pouvait plus sortir ensuite.

— C'est vous qui me sous-estimez, Malice, annonça-t-il avec un calme effrayant.

— Matrone ! s'égosilla Briza, mais elle se tut tout de suite en voyant que Drizzt, comme tous les autres, ne lui prêtait aucune attention.

La situation était trop grave pour prendre garde à ses criaillements !

— Vous me demandez de servir vos plans pervers, poursuivit Drizzt.

Il voyait que tous étaient en train de se préparer nerveusement à dégainer leurs armes ou élaboraient fébrilement des sorts, mais cela ne l'intéressait pas ; ils attendaient le moment opportun pour frapper à mort cet imbécile et ses blasphèmes. Il se rappelait l'agonie subie dans son enfance lorsqu'on usait des fouets-serpents sur lui ; son châtiment à présent serait bien pire ! Les doigts de Drizzt s'étaient refermés sur un objet sphérique qui le confortait dans son intention (mais, même sans lui, il aurait continué).

— Vos plans retors et trompeurs tout comme notre... non, votre peuple, constituent un pur mensonge !

— Avec ta peau aussi noire que la mienne, lui rappela Malice, tu es un drow, même si tu n'as jamais pu comprendre ce que cela signifiait !

— Oh si, j'ai parfaitement compris.

— Alors suis les règles ! vociféra Matrone Malice.

— Vos règles ? gronda Drizzt. Mais elles aussi ne sont qu'un maudit mensonge, un mensonge aussi monstrueux que cette répugnante araignée que vous avez prise comme déesse !

— Insolente limace ! s'écria Briza en brandissant son fouet-serpent.

Mais Drizzt frappa le premier : il leva la main qui contenait le minuscule globe de céramique sorti de la bourse de Zaknafein.

— Puisse un dieu véritable vous maudire tous ! hurla-t-il en projetant la sphère sur le sol de pierre. (Il ferma les yeux au moment où le gravier qu'elle enfermait, un fragment enchanté par un puissant dweomer d'illumination, explosait dans la pièce et aveuglait les autres drows présents.) Et puisse votre Reine Araignée souffrir les tourments des Neuf Enfers !

Malice se jeta en arrière ; son grand trône bascula et s'écrasa avec elle. Devant cette lumière éblouissante, insupportable, des cris de douleur et de rage s'élevèrent dans toute l'antichambre. Finalement, Vierna parvint à lancer un sort contraire et fit revenir l'obscurité habituelle.

— Ramenez-le-moi ! exigea la Mère Matrone, encore hébétée par sa chute brutale. Je le veux mort !

Les autres étaient à peine en état de lui obéir, et de toute manière Drizzt avait déjà quitté la demeure.

⚔ ⚔ ⚔ ⚔ ⚔

L'appel porté par les vents silencieux du plan astral parvint jusqu'à l'entité Guenhwyvar qui se redressa malgré sa douleur et entendit la voix familière, réconfortante.

Le fauve courut de tout son cœur, de toutes ses forces, vers l'appel de son nouveau maître !

⚔ ⚔ ⚔ ⚔ ⚔

Un peu plus tard, Drizzt émergea d'un tunnel étroit, Guenhwyvar à ses côtés, et traversa le parvis de l'Académie pour avoir une dernière vue de Menzoberranzan.

—Y a-t-il un endroit, demanda Drizzt à son amie d'un ton calme, que je puisse considérer comme ma patrie ? Là demeurent ceux de mon peuple, dont la peau et l'histoire sont les miennes, mais je ne suis pas, comme eux, irrémédiablement perdus ! Combien d'autres sont-ils semblables à moi ? chuchota encore Drizzt en jetant un ultime regard sur la cité. Des âmes tourmentées comme celle de Zaknafein, le pauvre Zak ! C'est pour lui que je fais cela, Guenhwyvar ; je m'en vais quand lui ne l'a pu ! Sa vie m'a servi de leçon, ces sombres années où le poids du marché pervers de Malice l'avait écrasé. Adieu, Zak, mon père ! s'écria-t-il d'une voix qui sonnait comme un défi. Conforte-toi, comme je le fais, à l'idée que lorsque nous nous reverrons dans une autre vie, ce ne sera sûrement pas dans l'enfer brûlant auquel les nôtres sont promis !

Drizzt fit signe à la panthère de le suivre dans le tunnel par où ils étaient venus, et qui menait à l'Outreterre sauvage. En admirant les mouvements gracieux du fauve, Drizzt se rendit compte de la chance qu'il avait eue de trouver un être dont il pouvait se sentir proche, une véritable amie. Le chemin ne serait pas facile pour Guenhwyvar et lui, au-delà du périmètre parcouru par les patrouilles ! Ils seraient seuls, sans protection, et bien mieux pourtant, estimait Drizzt, qu'ils ne pourraient jamais se sentir au milieu de la perversité des drows.

Il entra dans le tunnel à la suite de Guenhwyvar et laissa derrière lui Menzoberranzan.

BRAGELONNE – MILADY, C'EST AUSSI LE CLUB :

Pour recevoir la lettre de Bragelonne – Milady annonçant nos parutions et participer à des rencontres exclusives avec les auteurs et les illustrateurs, rien de plus facile !

Faites-nous parvenir vos noms et coordonnées complètes, ainsi que votre date de naissance, à l'adresse suivante :

Bragelonne
35, rue de la Bienfaisance
75008 Paris

club@bragelonne.fr

Venez aussi visiter nos sites Internet :
http://www.milady.fr
http://www.bragelonne.fr

Vous y trouverez toutes les nouveautés, les couvertures, les biographies des auteurs et des illustrateurs, et même des textes inédits, des interviews, des liens vers d'autres sites de Fantasy et de SF, un forum et bien d'autres surprises !